SCOTT CANTERBURY

Der Club der toten Herzen

Buch

Sie haben eines gemeinsam: ein gebrochenes Herz, eine gescheiterte große Liebe. Und so treffen sich die Mitglieder aus dem »Club der toten Herzen« einmal die Woche im Hinterzimmer eines heruntergekommenen Lokals mit ihrem Therapeuten. Hier können Harris Tillman, Eric Porter und Arthur Penbroke ihren verletzten Gefühlen freien Lauf lassen.

Doch eines Abends schlagen Ärger und Einsamkeit in unglaubliche Wut um. Harris Tillman erzählt von Niana Embers, die ihn vor sechs Jahren von einem Tag auf den anderen verließ. Er hat sich ganz offensichtlich nie von diesem Schock erholt. Nach dem Treffen schleicht er wie schon sooft ziellos durch die Straßen und landet vor Nianas Apartment. Doch in dieser Nacht wird er bei ihr klingeln, sie wird ihm die Tür öffnen – und er wird sie töten. Als Detective Conrad Voort an den Tatort kommt, sieht er die in den Küchentisch geritzten Initialen CTH. Der schwierige und zeitraubende Fall kommt ihm gerade recht, denn seine Freundin Camilla will eine Beziehungspause. Als dann ein weiterer Mord geschieht und alle Spuren zu Eric Porter führen, steht die Polizei vor einem Rätsel: Eric Porter ist bereits seit Jahren verstorben …

Autor

Scott Canterbury lebt und arbeitet in New York. »Der Club der toten Herzen« ist sein erster Roman.

Scott Canterbury

Der Club der toten Herzen

Roman

Aus dem Amerikanischen
von Bernhard Schmid

GOLDMANN

Titel der amerikanischen Originalausgabe:
»The Broken Hearts Club«
bei Ballantine Books, New York

Umwelthinweis:
Alle bedruckten Materialien dieses Taschenbuches
sind chlorfrei und umweltschonend.

Deutsche Erstausgabe 1/99

Umschlaggestaltung: Design Team München
Umschlagfotot: TIB/Packert
Satz: Uhl & Massopust, Aalen
Druck: Elsnerdruck, Berlin
Verlagsnummer: 44266
FB · Herstellung: Heidrun Nawrot
Made in Germany
ISBN 3-442-44266-4

1 3 5 7 9 10 8 6 4 2

Für Esther,
die Komplimente nicht mag.
Zu schade.
Eine bessere Agentin gibt's nämlich nicht.

1

»Kummer? Ich sag Ihnen, was Kummer ist«, sagt der Mann im dunklen Anzug. »Und Schmerzen so schlimm, daß man schier eingehen möchte, furchtbarer, als man es je für möglich gehalten hätte. Schmerzen, die weh tun, ohne daß eine Wunde zu sehen ist. Aber sie fesseln einen ans Bett, lähmen einen, reduzieren die Phantasie auf eine endlose Abfolge ewig gleicher Bilder. Sie alle haben das am eigenen Leib erfahren, sonst kämen Sie nicht Woche für Woche her, um Ihre Geschichte zu erzählen.«

Schweigend, nur durch ein Nicken, bekräftigten die anderen drei Männer die Wahrheit dessen, was er da sagt. Man sitzt an einem kleinen runden Tisch im Hinterzimmer von Mackey's Steak & Ale Tavern Ecke Twelfth Avenue und 44. Straße, New York. Der Putz blättert bereits ab, und der Raum riecht nach Bier. Der Boden besteht aus Dielen, das Fenster ist mit Teerpappe ausgebessert, und es zieht. An der Decke hängt eine giftgrüne Lampe mit einer Birne mit höchstens vierzig Watt. Dampf zischt durch ein Rohr irgendwo hinter der Heerschar englischer Kutscher, die ihre Rösser kreuzfidel über eine von Wasserflecken verunzierte Tapete treibt.

»Es ist das schlimmste Leid, das ein Geschlecht dem anderen zufügen kann. Das Leid eines gebrochenen Herzens.«

»Das können Sie laut sagen, Kamerad.«

»Wir sollten unserem Doktor dankbar sein, daß er uns hier zusammengebracht, uns für diesen Club ausgewählt hat. Solche Gefühle gehören sich nicht für Männer, aber wir haben sie nun einmal. Männer haben unglückliche Affären einfach wegzustecken, aber wir können das nicht. Vielleicht sind wir sensibler als andere. Vielleicht stimmt mit uns irgend etwas nicht. Ich weiß nur eines: Ich wache nach all der Zeit immer noch auf, und mein Wohnzimmer scheint mir meilenweit weg. Kaum daß ich es schaffe, mir ein Frühstück zuzubereiten, und falls doch, kriege ich keinen Bissen hinab. Ich sage mir, du mußt zur Arbeit, aber statt dessen mache ich die Augen zu in der Hoffnung, daß die Schmerzen vergehen. Am liebsten schliefe ich wieder ein.

Wenn ich aus dem Haus gehe, dann erinnert mich jeder Sinneseindruck – alles, was ich sehe, rieche, schmecke – an sie. Und wenn ich es abends wieder nach Hause schaffe und überhaupt einschlafen kann, dann träume ich. Es hört einfach nicht auf.«

Der Mann im dunklen Anzug, der tagsüber Banker ist, nippt an seinem Bier, während die Runde, eine Bruderschaft im Leid, mitfühlend nickt. Auf dem Tisch steht das Abendessen, vier Steaks, dicke Porterhouse Steaks mit Kartoffelbrei und langen Sägemessern auf Leinenservietten. Das Fleisch ist nur kurz angebraten, so daß das Blut auf die Porzellanteller läuft. Der Schaum auf den Bierkrügen ist zu vereinzelten Flecken geschrumpft. Ein fünfter Platz für ein nicht erschienenes Mitglied ist leer. Das Zimmer ist alt und riecht nach Moder und hundertjährigem Holz. Nach Mäusen in der Wand und der Kanalisation unter den Dielen. In den Tisch sind die Namen von Leuten eingeritzt, die hier gegessen haben. *Zwergen-Richie. Stecher-Eddie. Edna liebt Brian. Edna bumst Sam.*

»Ich habe schreckliche Träume«, flüstert der Banker. Er sieht seinen Psychologen an, Ian Bainbridge, einen sanften Herrn mit gebeugten Schultern, der ihn mit einem Lächeln zum Fortfahren ermutigt. Nachbarn und Kollegen des Bankers hätten die Höllenqualen in dem Mann nie geahnt. In der

Öffentlichkeit strahlt er übers ganze Gesicht. Er scheint Kinder zu mögen. Er lädt Frauen übers Wochenende in die Hamptons auf Long Island ein. Wenn er Überstunden machen muß, verschenkt er Theaterkarten aus seinem Abo an die Sekretärinnen in seinem Büro. Er besitzt eine hübsche Eigentumswohnung im obersten Stock eines Hauses am Gramercy Park.

»Das wäre ein Fang«, flüstern die Sekretärinnen hinter ihm auf dem Flur, ein Patrizier – groß, gutaussehend, reich.

So wie der möchte ich auch sein, denken die Männer.

»In dem Traum von heute nacht«, sagt der Banker, »ging ich in ihr Schlafzimmer. Schluß gemacht hatten wir schon Wochen zuvor, aber ich hatte noch ihren Schlüssel und hoffte, sie umstimmen zu können. Sie lag unter der Decke und schlief, das Mondlicht kam durch die Spitzenstores und fiel auf ihre bloßen Schultern, und sie war so was von schön, so zierlich, so reizend, das Herz wurde mir schwer. Ich ging ins Bad. Ich mußte pissen, im Traum, ich war etwas nervös, weil ich Angst hatte, sie könnte mich auffordern wieder zu gehen. Im Bad jedoch begann das Klo überzulaufen, und ich sah, daß es mit einem Totenkopf verstopft war, den das Wasser nach oben trieb.«

Von seinen Gefühlen übermannt, bringt der Banker kein Wort hervor. Er winkt ab, als die anderen helfen wollen, und tupft sich die Wangen mit einem Taschentuch ab – eine teure venezianische Marke von Barney's, mit Monogramm.

»Wenn es gar so weh tut, können Sie nächste Woche hingehen«, sagt der Psychologe, der seine eigene Geschichte für sich behält und Woche für Woche nur zuhört.

»Danke, lieber nicht. Ich denke die ganze Zeit an sie, da mache ich lieber so weiter. Geben Sie mir nur einen Augenblick.« Der Banker atmet langsam. Ein. Aus. Schließlich fährt er fort. »Sie war Dichterin. Sie schrieb Gedichte. Ein Banker und eine Dichterin, das ist ein gutes Gespann, finde ich. Es gibt der Welt eine gewisse Balance. Ich verbrachte meine Tage damit, Zahlen zu addieren. Sie verbrachte eine Woche mit der Suche nach dem einzigen richtigen Wort.«

Der Banker lächelt, als er zurückdenkt. Sein Ton ist steifer, förmlicher als der der anderen. Vielleicht verbirgt sich dahinter ein größerer Schmerz. »Ich war von dieser Welt, sie ein ätherisches Wesen. Sie hieß Niana. Niana Embers. Ich habe sie einmal gefragt, im Bett: Heißt du wirklich so, ich meine Embers, *Glut*, oder ist das erfunden? Worauf sie, meine Herren, antwortete – etwas dramatisch, was ihr jedoch Feuer gab: ›Ich bin wie brennende Glut. Ich werde dich verbrennen.‹«

Das Lächeln des Bankers verschwindet. Seine Haut dehnt sich über den Schädel und hebt dessen Form noch hervor.

»Was sie denn auch tat.«

»Fangen Sie doch von vorn an. Erzählen Sie uns, wie Sie sie kennengelernt haben«, sagt der Mechaniker, der jüngste der Männer. Er sitzt zur Linken des Bankers, auf seinem angestammten Platz.

»Ja, natürlich. Es war eine arrangierte Verabredung. Ist das zu fassen? Eine Sekretärin aus der Bank, eine verheiratete ältere Frau, hat eine Nichte ... sie sah mich eines Tages das Foto auf ihrem Schreibtisch bewundern und sagte – sie hat mich schon immer gemocht: ›Wollen Sie sie kennenlernen? Sie ist noch frei.‹

Nun, ich habe was gegen Blind dates«, sagt der Banker. »Aber ich war einunddreißig, und in meinem Leben hatte sich seit langem nichts Spektakuläres mehr getan. New York kann sehr einsam sein, wie jeder der Herren hier weiß. Es ist jeden Augenblick etwas los, aber man hat keine Freude daran. Nach einer Weile wird es geistlos. Wie unter Narkose. Man geht in ein Restaurant. Auf eine Party. Ich war einsam, und das Foto ... wie soll ich sagen ... es schien mir irgendwie etwas Besonderes zu haben. Es strahlte so etwas aus. Die meisten Fotos sind nur zweidimensional, eher Annäherungen an einen oberflächlichen Schein, aber als ich das da so ansah, also ich hatte das Gefühl, daß ihre Augen, strahlend blau wie sie waren … so unglaublich blau … und das Haar, glänzend, dick, irgendwie schwärzer als gewöhnliches Schwarz … Ihre Lippen gefielen mir. Ich hatte das Gefühl – ich weiß, das ist unmöglich, aber ich sage Ihnen ja auch nur, was ich empfand –, also ich hatte das Gefühl, wo immer sie in diesem Augenblick in der Stadt sein mochte, sie spürte, daß ich sie ansah. Es war mir sogar peinlich – als ob einen jemand dabei ertappt, daß man ihn anstarrt. Und dann habe ich erfahren, daß sie Dichterin ist, und ich wußte einfach, daß ich in diesem Gesicht etwas Besonderes sah. Ich glaube, daß man Vorahnungen haben kann, was andere anbelangt. Meinen Sie nicht auch, es ist möglich, daß einem hin und wieder ein großes Ereignis schwant?«

Der Mechaniker fragt: »Was heißt das – ›schwant‹?«

»Schwanen? Zu wissen, daß etwas passieren wird«, sagt der Banker. »Obwohl es nicht gleich passierte.«

»Ja«, sagt der Mechaniker kauend, in Gedanken. »Schwanen. Ich hab's auch geschwant.«

»Erzählen Sie's uns, wenn Sie an der Reihe sind«, sagt der Psychologe, ihr Lenker und Leiter.

Der Banker, offensichtlich erregt, spricht schneller.

»Natürlich haben Sie. Der Verstand, der menschliche Verstand, die Ärzte wissen noch nicht mal fünf Prozent dessen, wozu er fähig ist. Und ich sage Ihnen, ich wußte, als ich das Foto ansah, wenn ich mich mit ihr treffe, dann bleibt es nicht bei einem Blind date.«

»Blind dates sind Scheiße«, sagt der Mechaniker.

Der Literaturagent mischt sich ein: »Ich habe etwa eines die Woche. Man kommt in die Weinbar, die Kleine ist hübsch, man plauscht über seine Deals, fragt sie nach ihrer Familie, verabredet sich für ein nächstes Mal, vielleicht geht man abends essen, klettert vielleicht aus dem Fenster, um auszubüxen, wie in der Geschichte, die unser Banker vor wenigen Wochen erzählt hat – über die Kleine, mit der ihm das passiert ist.«

Der Banker ist die Unterbrechungen langsam leid. Niemand im Büro wagt es, ihn zu unterbrechen. Aber er weiß, im »Club der toten Herzen« sind Unterbrechungen gestattet. Jeder kann zu jeder Zeit etwas beitragen. Und um die Wahrheit zu sagen, wenn die anderen ihre Geschichten erzählen, unterbricht er sie auch.

»Als ich in das Café kam, saß sie mit dem Rücken zu mir, aber ich wußte, daß sie es war«, sagt der Banker. »Sie strahlte so etwas, nun ja, Weibliches aus. So als ... als wäre sie genau die Richtige. Die Art, wie sie sich hielt, hatte etwas Schönes. Sie war ziemlich klein. Später dann nahm ich sie immer hoch, um sie durch die Wohnung zu tragen. Sie saß auf der Anrichte, in der Küche, und erzählte mir von einem Gedicht oder einer Lesung, auf der sie gewesen war, einem Streit mit ihrer Mutter, und mich, meine Herren, mich übermannte die Lust. Ich hob sie auf, an der Taille, und sie umschloß mich mit den Beinen – sie ging ins Fitneßstudio und hatte kräftige Beine –, und ich trug sie einfach ins Schlafzimmer oder auf den Küchentisch oder die Couch auf meinem Balkon. Sie hatte so einen seidenen Morgenmantel, mit Orchideen darauf, einen goldenen Morgenmantel, und wenn der auseinanderklaffte, auch nur einen Spalt weit, dann sah ich ihre Brüste ... Gott, sie fehlt mir. Ich kann nicht glauben, daß es zu Ende ist.«

Tränen strömen über das Gesicht des Bankers.

»Lassen Sie sich Zeit«, sagt Dr. Ian Bainbridge. Er studiert diese Männer und ihre Unfähigkeit, sich von der Liebe zu erholen, für ein Buch, das er schreibt. Er schreibt Artikel, hält Vorträge über sie. »Es hat keine Eile. Wir haben das Zimmer bis elf. Es ist erst halb zehn.«

»Zeit haben wir jetzt ja alle genug«, sagt der Banker bitter, durch seine Tränen hindurch.

»Das Café«, sagt der Psychologe freundlich.

»Das Café. Sie lächelte mich an, als ich mich setzte, und ich schwöre Ihnen, ich habe andere Frauen gekannt, eine ganze Reihe, aber dieses Lächeln, als ich das sah, also das ging mir durch und durch, und mehr noch, hineinstürzen wollte ich mich.«

Der Banker lacht. Er sieht ziemlich gut aus, denkt sich der Psychologe, wenn er nicht gerade verzweifelt ist; er ist der größte von den vieren, das dicke blonde Haar vorzeitig mit grauen Strähnen durchsetzt und mit gestutztem Bart. Er bevorzugt britische Nadelstreifenanzüge. Außerdem trinkt er mehr als die anderen. »Ich sagte ihr noch in der ersten Sekunde: *Ich liebe dich*. Noch vor der ersten Tasse Kaffee. Glauben Sie mir, eine derartige Spontaneität ist sonst nicht meine Art. Es ist verrückt. Aber sie sah das anders. Sie legte eine Hand auf meine. Ihre Haut war so glatt. Und sie trug Ringe, eine ganze Menge, an jedem Finger. Silberne von den Straßenkünstlern in Greenwich Village«, sagt der Banker und beginnt wieder zu träumen, unfähig, etwas dagegen zu tun. Sein Blick bekommt etwas Verstörtes. »Später spazierten wir an den Samstagen durchs Village, und ich kaufte ihr Schmuck.« Er spricht wieder schneller.

»Nichts Teures. Sie mochte Silber. Armreifen oder Halsketten. Aus Israel oder Ägypten. Mit Anhängseln. Schwere Glieder und Münzen dran. Wenn wir nach Hause kamen, zündete sie Kerzen an, in der ganzen Wohnung – parfümierte Kerzen – Vanille, Fichte, Sahne, im ganzen Raum, meine Herren, die reinste Sexkapelle, es wurde richtig heiß in dem winzigen Apartment, und im Schein dieser Kerzen zog sie sich aus. Sie trug Strings, die sich tief zwischen ihre Backen zogen. Es machte mich völlig verrückt. Das war ihr Schönstes, wenn ich verrückt wurde. Sie kletterte auf ihr großes Bett, wie ein kleines Mädchen, beugte sich vor, zog die Knie unter sich an, so daß ihr Arsch in die Höhe stand … dann blickte sie auf …

richtig geziert, wissen Sie. Und dann … Stört es Sie, sich das anzuhören?«

»Deshalb sind wir doch hier«, sagt der Literaturagent. »Wir können hier alles sagen. Und wir können alles denken. Nichts ist tabu. Wir kommen hierher, um Dinge zu sagen, die wir sonst niemandem sagen können.«

»Der Schmerz kennt keine Grenzen«, sagt Dr. Bainbridge. »Wieso sollte also die Erinnerung welche haben? Oder die Rede?«

»Genau, keine Grenzen«, sagt der Mechaniker. »Ihr Arsch. Sie waren bei Ihrem Arsch.«

»Wir trieben es in der ganzen Wohnung«, sagt der Banker. Sein Gesicht ist jetzt rot, und obwohl es Winter ist und das Hinterzimmer von Mackey's Steak & Ale zugig wegen des zerbrochenen Fensters, ist das Gesicht des Bankers rot angelaufen, als hätte er stundenlang in der Sonne gelegen. Eine einzelne Schweißperle schleicht sich über die rechte Hälfte seiner glatten Patrizierstirn, aus der perfekten Frisur in den sauber gestutzten Van Dyke. Sie landet, neben der Krawatte von Yves St. Laurent, auf dem gestärkten Hemd. Im New Yorker Athletic Club denken die Männer: Ich möchte so fit und selbstsicher aussehen wie er.

»Sie machte die tollsten Sachen mit meinem Riemen, meine Herren. Sie setzte sich drauf, manchmal mit dem Rücken zu mir – schob sich einfach rücklings auf ihn und ritt mich, wobei sie sich aufbäumte, daß ihr Haar nur so flog. Oder wir fuhren hinaus in die Hamptons und legten eine Decke draußen auf den Boden – pfeif drauf, ob ein Nachbar uns sah. Wir trieben es in Korbsesseln, wir trieben es auf dem Teppich, und nicht ein einziges Mal guckten wir ein Video zu Ende, wenn wir eines ausgeliehen hatten. Wir machten Witze darüber: ›Erinnerst du dich an die Szene im *Bildnis des Dorian Gray*?‹ Worauf sie sagt: ›Welche?‹ Und ich sage: ›Die, in dem die Frau ihr Trägertop auszieht. In der sie nach dem Typen greift, ihm die Hose aufmacht und seinen Riemen rausholt. Wie sie sich vorbeugt und ihn an ihren Brüsten reibt, an beiden, bis es ihm kommt, und wie gut ihm das tut.‹ Was natürlich im *Dorian Gray* gar nicht passiert. Aber es ist passiert, als wir ihn ausgeliehen hatten. O Gott! Ich liebe sie.« Und dann, nach einer Pause: »Umbringen möchte ich sie.«

Der Mechaniker schneidet in sein Steak, und die Männer sehen zu, wie das Blut auf den Teller und über das blitzende Restaurantmesser rinnt. Der Mechaniker ißt am meisten von allen und nimmt sich sogar manchmal von den Tellern der anderen. Er sagt: »Zurück zum Café.«

»Genau«, sagt der Banker. »Ich habe ihr gesagt, daß ich sie liebe, und sie lachte nicht einmal! Sie legte mir eine Hand auf die meine. Nickte. Sagte: ›Kommt durchaus vor, daß man irgend etwas einfach weiß.‹«

»Hat Sie Ihnen gesagt, daß sie Sie auch liebt?« fragt Dr. Bainbridge nüchtern, als mache er sich im Geiste Notizen. Angezogen ist er wie ein Farmer – Latzjeans und Flanellhemd; außerdem hat er eine Glatze mit einem Kranz schütteren rötlichen Haars. Die dicke Brille mit dem Drahtgestell betont seine onkelhafte Erscheinung. Er hat Monate gebraucht, um so extreme Patienten wie diese hier zu finden und sie zu bitten, in seinem Club einzutreten.

»Später am selben Abend. Wir unterhielten uns, bis das Café schloß. Bis nachts um zwei oder halb drei. Dann gingen wir in die Polish Soup Kitchen an der Second Avenue, die die ganze Nacht offen hat, und hatten ein gewaltiges spätes Souper. Kartoffelsuppe und rumänischen Rotwein, dazu schweres, köstliches schwarzes Brot. Nie im Leben habe ich so gut gegessen. Ich war halb verhungert. Und als ich fertig war, meine Herren, hatte ich immer noch nicht genug. Als ich meine gute alte Amex herausholte, um zu bezahlen, zitterten mir die Hände, und sie sah es und umfaßte sie mit ihren. Ich hatte gehört, daß Liebe so unmittelbar sein konnte, so sorgenfrei. Ich hatte Bücher gelesen, in denen die Liebe so schnell und so gewaltig über jemanden kam. Aber ich hätte mir nie erträumt, daß *mir* das passieren könnte. Liebe war immer ein Problem gewesen für mich. Das gebe ich zu. Ich habe mich zurückgehalten. Und jetzt, endlich, passierte es.«

»Der Anfang ist immer großartig«, sagt der Literaturagent.

»Wir gingen zu ihr, zu Fuß, sie hatte eine Wohnung im dritten Stock an der 9. Straße, Altbau ohne Aufzug, aber dafür mit Mietpreisbindung. Junkies vorm Haus. Auf der anderen Seite der Gasse übte einer Trompete. Ich meine, es war halb fünf Uhr morgens, und der Idiot spielt Trompete. Sie muß mindestens fünf Riesenschlösser an ihrer Stahltür gehabt haben. Aber aus der Wohnung, also aus der hatte sie wirklich etwas gemacht«, sagt der Banker voller Bewunderung. »Sie hatte Farne und besondere Seifen im Bad und schöne Bücher, alte Ausgaben von Frost und Keats. Und Antiquitäten, britische Truhen und einen mexikanischen Kandelaber, aufwendig gearbeitete Sachen vom Trödler. Sie hatte ein Auge für so was, das kann ich Ihnen sagen.

Bis dahin hatten wir uns unterhalten, praktisch die ganze Nacht, über Gott und die Welt. Gedichte. Essen. Ihre dämlichen Katzen, die sie verrückt machten. Sie hatte zwei Siamesen, Schwestern. Einfach alles. Ich ... ich erinnere mich noch, daß sie von einem Buch sprach, aus dem ihre Mutter ihr als Kind vorgelesen hat. Dr. Seuss.«

Der Banker greift nach seinem Bierglas und leert es, als es an der Tür klopft.

Die Männer hören die Stimme einer Kellnerin, die munter zu klingen versucht, aber nur Gleichgültigkeit rüberbringt. »Ist bei Ihnen da drin alles in Ordnung? Wollen Sie noch etwas?«

»Alles paletti!« antwortet der Banker mit seiner Geschäftsstimme, forsch, zufrieden, der verwegene Typ. »Ist das meine Lieblingskellnerin da draußen? Ist das Carrie?«

»Aber sicher doch.«

»Sie schnuckliges Ding, Sie«, ruft der Banker. »Wenn ich nicht gerade eine Freundin hätte, auf Sie würde ich fliegen – sofort!«

»Ach, Sie«, sagt die Stimme und versucht sich spielerisch zu geben, was sich positiv auf das Trinkgeld auswirkt, aber sie vermittelt nur den Eindruck extremer Lustlosigkeit, wie man sie nur in New York, spätabends, unter den Einsamen findet. Die Schritte entfernen sich.

Der Banker blickt in die Runde.

Das Bemühen, höflich zu sein, hat ihm einiges abverlangt. Seine Stimme senkt sich und klingt gepreßt. »Ich möchte nicht, daß Sie denken, es war nur Sex. Sex mit ihr war großartig wie nie, Gott, wenn ich zusammen mit ihr kam … Aber es war mehr als Sex. Es war die Art und Weise, wie sie meine Wohnung bereicherte, mit Blumen, einer Schale Orangen, einem Gemälde, einer besonderen Sorte australischen Weins. Wie sie mich zu Lesungen mitnahm. Es waren die stillen Dinge, mit ihr in East Hampton am Strand zu sitzen, meine Herren, ja, selbst einkaufen ging ich gern mit ihr. Abends im Bett zu sehen, wie sich ihr Rücken hob und wieder senkte. Sie atmen zu hören. Sie schnarchte sogar, und ich fand es nett. Es war unglaublich. Es dauerte drei unglaubliche Monate, und es endete schrecklich.«

»Wie denn?« fragt der Mechaniker, der mit seinem Steak fertig war. »Ach übrigens, Sie essen Ihres ja doch nicht, kann ich es haben?«

»Sie bekommen noch einen Herzanfall, bei all dem Fleisch, das Sie essen«, bemerkt der Psychologe.

»Ich habe kein Herz mehr«, sagt der Mechaniker. »Das hat mir Greta gebrochen. Kaputter kann es wohl nicht mehr werden, oder?«

Es gehört sich für Männer nicht, so zu reden, das wissen die Mitglieder des »Club der Toten Herzen« genau. Männer sollen stoisch ertragen. Nicht heulen. Ihr ganzes Leben lang bekommen sie die Sprüche zu hören, sehen zu, wie die anderen sich in die Brust werfen: *Rein, raus, danke Maus! Kann er hier nicht, kann er da.* Ihr Leben lang haben sie im Kino harte Kerle den Bruch einer Beziehung überstehen, hübsche Frauen oder Freundinnen verlassen gesehen, um in den Krieg zu gehen, auf den Viehtrieb, zur U-Boot-Ausbildung oder um allein in eine Höhle zu ziehen. Richtige Männer verlassen Frauen, ohne sich Gedanken darüber zu machen. Richtige Männer sind harte Knochen.

Den Angeschlagenen vom »Club der toten Herzen« erscheinen diese Filmtypen so fremd wie Marsmenschen. Männer, so wissen sie von Vätern, Müttern und Freunden, überwinden den Schmerz. Wachsen über ihn hinaus.

Dr. Bainbridge nennt die Männer in seinen Artikeln den Banker, den Mechaniker, den Agenten und den zaudernden Patienten, der sich bisher noch nicht hat sehen lassen. Er sagt: »Es ist Viertel vor elf. Noch fünfzehn Minuten, dann müssen wir gehen.«

»Ich werde es kurz machen, meine Herren«, sagt der Banker. »Meine Affäre dauerte drei unglaubliche Monate, und dann, eines Sonntags, waren wir in East Hampton, in meinem Haus. Wir hörten Bach. Es war morgens. Wir aßen Blaubeerpfannkuchen, und aus heiterem Himmel«, sagt der Banker mit erstickender Stimme, »sagt sie, ›Ich glaube, wir sollten etwas Ruhe reinbringen.‹«

Der Mechaniker stöhnt auf.

»Und ich sage: ›Was soll das heißen, Ruhe reinbringen?‹

Und sie sagt: ›Na ja, ich finde, du steigerst dich da zu sehr hinein. Mir geht das zu schnell. Ich habe ein Problem mit zuviel Intimität, es macht mich nervös, wenn ich jemandem zu schnell nahekomme. Es liegt nicht an dir, glaub mir. Es liegt an mir.‹«

»Ich hasse Frauen«, sagt der Mechaniker.

»Man kann ihnen nicht trauen«, pflichtet der literarische Agent ihm bei.

»Ich gehe an die Decke. ›Intimität‹, sage ich. *Intimität!* Was zum Teufel hatten wir denn die letzten drei Monate, wenn nicht Intimität? Und was soll das heißen, wenn du ›jemandem‹ nahe kommst? Ich bin nicht ›jemand‹! Ich bin ich! Was willst du damit sagen? Was hab ich gemacht? Sag mir, was ich gemacht habe, und ich hör damit auf, ich bessere mich, ich werde ein besserer Mensch. Habe ich etwas falsch gemacht?‹«

Der Banker schreit es hinaus in den kalten kleinen Raum. »›Was soll das heißen, es geht dir zu schnell‹?«

Er atmet schwer. Sein Gesicht hat die Farbe des Blutes, das aus dem halbgegessenen Steak auf den Teller des Agenten gesickert ist. Er hat etwas Speichel im linken Mundwinkel. Genau wie damals gerät er in Panik.

»Sie sagt, ich reagiere übertrieben. Sie sagt, ›Warum machen wir nicht ein paar Tage Pause?‹«

»Tut mir leid«, sagt Bainbridge und sagt ihm durch seinen Ton, daß er zu ihm steht, so gut er nur kann. Er steht auf, dreht sich nach rechts und legt die Arme um den Banker.

Der Banker beginnt zu schluchzen. Seine Schultern heben und senken sich; Falten bilden sich an den grauen Wollschultern des britischen Nadelstreifenanzugs.

»Ich halte das nicht aus. Ich halte das nicht aus. Ich halte das nicht aus«, wimmert er.

Die anderen warten darauf, daß sich der Sturm legt, dann ist die Bedienung wieder an der Tür und klopft. Der Literaturagent erwidert schreiend: »Fünf Minuten, okay? Hören Sie auf!«

»O Gott, ich liebe sie«, sagt der Banker. »Ich will, daß sie stirbt.«

»Das meinen Sie doch nicht so«, sagt der Agent.

»Ich weiß. Ich weiß nicht. Nicht wirklich. Aber manchmal«, sagte der Banker und versucht sich ein Schluchzen zu verkneifen, »kann ich nicht anders, als daran zu denken. Ich habe ihr nie etwas getan. Ich war wie geschaffen für sie. Ich habe sie geliebt. Ich würde alles für sie tun. Ich würde töten für sie. Niana«, stöhnt der Banker und sinkt auf den Stuhl zusammen. »Niana.«

Die Kellnerin an der Tür ruft: »So leid's mir tut, aber um zehn nach elf beginnt hier die Pokerpartie!«

»Zum Teufel mit der Pokerpartie!« schreit der Literaturagent. »Wir lassen Ihnen auch ein großes Trinkgeld da. Fünf Minuten!«

»Sie können nicht jede Woche länger bleiben!«

»Ja, ja, Augenblick noch, okay?«

Diesmal sind die Schritte flink und zornig, als sie wieder geht. Der Literaturagent nimmt einen 50-Dollar-Schein und legt ihn, als Trinkgeld, auf den Tisch. Essen und Trinken, und getrunken wird viel, gehen immer auf Bainbridge. Der Banker sagt: »Haben Sie nie – überhaupt nie – daran gedacht, sie umzubringen? Alle. Die, die uns das angetan haben?«

»Nein.«

»Sie müssen einfach.«

»Ich habe einmal davon geträumt«, sagt der Literaturagent. »Ich fühlte mich grauenhaft, als ich aufgewacht bin.«

»Erzählen Sie's uns nächste Woche. Wir müssen jetzt los«, sagt der Mechaniker, »sonst lassen die uns nicht mehr rein, Trinkgeld hin oder her.«

Die Männer beruhigen sich. Die Geschichte des Bankers hat jeden berührt. Sie öffnen die Tür. Sie sagen kein Wort, als sie die enge, dunkle Schneise zwischen den Tischen von Makkey's Steak & Ale hinaufgehen, an Männern auf Hockern vorbei, die sich umdrehen, um zu gaffen. Sie haben das Geschrei im Hinterzimmer gehört. Vorbei an Mackey, der hinter der Bar steht, in einer weißen Schürze, und Biergläser spült. An den jungen Pärchen vorbei, die nach dem Theater auf einen Hamburger hierhergekommen sind, und um an den Tischen mit den rotweißen Tüchern Händchen zu halten, einander zu sagen, wie sehr sie sich lieben, und sich über ihr Glück zu wundern, auf der ganzen Welt die eine Person gefunden zu haben, die zu ihnen paßt.

»Bis nächsten Donnerstag!« ruft Mackey hinterher.

Eine andere Gruppe von Männern, offensichtlich wohlhabend, junge Zahnärzte, Zigarrenraucher, drängen ungestüm auf den Raum hinten zu. Mackey kassiert jeden Donnerstag seinen Anteil an ihrer Pokerpartie. Sie bleiben da hinten bis vier.

Draußen schneit es. Mackeys Laden liegt dem West Side Highway gegenüber am Hudson. Die Flocken sind dick, und die Schneeschicht auf dem Gehsteig durchnäßt die Socken der Männer. Die Scheinwerfer sporadisch auftauchender Taxis bohren sich durch den Sturm. Ein heftiger Windstoß sorgt einen Augenblick für Sicht, und sie erkennen den schwarzen Fluß und das gespenstische Leuchten New Jerseys von drüben; dann schließt sich der Vorhang wieder, und man hört nur noch das Singen der Reifen, das Zischen des Winds, der sich um die Häuser treibt, und das Dröhnen eines Flugzeugs, das zu hoch fliegt, als daß sie es sehen könnten; es startet entweder nach Europa, oder es kommt nach Haus.

Der Mechaniker und der literarische Agent gehen sofort. Dr. Bainbridge bleibt noch, fragt den Banker, ob alles in Ordnung ist. Es scheint ihm diesen Abend schlechter zu gehen als sonst.

»Man hat mich verwarnt, im Büro.«

»Tut mir wirklich leid.«

»Die Bank fusioniert mit einer anderen. Man wird das Personal kürzen müssen. Ich stehe etwas unter Druck, das ist alles. Ich mach das schon. Ich komm schon zurecht.«

Bainbridge geht.

Und der Banker macht sich ebenfalls auf den Weg.

Ich will nicht nach Hause, denkt er. Ich schlafe ja doch

nicht, wenn ich nach Hause gehe. Wenn ich nach Hause gehe, mache ich nur den Fernseher an. Ich werde daran denken, wie sie geschrien hat, als wir uns liebten. Aus einem so tiefen Glücksgefühl heraus, daß ich mir wie der mächtigste Mann auf der Welt vorkam. Meinen Namen.

O Gott.

Ich gehe nicht nach Hause.

Er entschließt sich, einem Verlangen nachzugeben, das er sich für die schlimmsten, die absolut schlimmsten Nächte aufspart. Er entschließt sich, die U-Bahn zu nehmen – downtown! – und zu ihrem Fenster hinaufzusehen. Er muß ihr nahe sein. Er wird ihr nichts tun, keinen Kontakt zu ihr aufnehmen, sagt er sich. Er wird tun, was er immer tut. Still die Straße hinaufgehen. Den Blick über die rote Fassade ihres Hauses schweifen lassen, wo sie immer noch wohnt. Er hofft, daß in einem der Fenster noch Licht brennt, und vielleicht sieht er dann ihre Silhouette. Er wird beten, daß es, falls er eine Silhouette sieht, die ihre ist und nicht die eines Kerls.

Der Banker geht schneller, umklammert von den Klauen seiner Besessenheit. Er geht auf der 44. Straße nach Osten, durch Hell's Kitchen, vorbei an den drogensüchtigen Prostituierten in jeder Tür, die ihm in ihren engen Kleidern zurufen: »Na, so allein?« Anfangs, nachdem Niana ihn verlassen hatte, hat er sich ihrer bedient. Er kaufte sie und ließ sich von ihnen in Hotelzimmer mitnehmen, den Riemen waschen, ein Kondom überziehen und Schatz nennen, Süßer, Baby, Putzi. Dieselben Worte, die Niana benutzt hatte.

Aber der Sex war hohl gewesen, und er fühlte sich innerlich schmutzig danach. Der Sex hatte ihn, außer einen Augenblick lang, nicht im geringsten berührt. Eine kurze befreiende Explosion im Genitalbereich. Ein Nachlassen des Drucks in der Leistengegend. Und dann das Aufblühen der Einsamkeit, als er sich verdrückte, von Selbsthaß erfüllt nach Hause schlich und tags darauf ins Büro.

»Na, Schatz, so allein?«

Der Banker erreicht die Sixth Avenue, steigt in die Erde hinab und nimmt die F-Linie downtown, Richtung East Village. Sein Herz schlägt wie wild. Sein Mund ist ganz trocken. Genauso fühlte er sich immer vor einer Verabredung mit ihr. Obwohl er genau weiß, daß alles vorbei ist, keimt in ihm eine schreckliche Hoffnung. Daß ein Wunder geschieht. Daß sie irgendwie seine Anwesenheit spürt und aus dem Fenster blickt, herunterkommt, nach ihm sieht, daß sie seine Ausstrahlung spürt. Daß das Gefühl ihrer Verbundenheit, das er gehabt hatte, als er ihr Foto zum erstenmal sah, nach wie vor existiert.

Er kann nicht dagegen an. Dieser Schmerz meldet sich wieder, in seiner Brust, dieses hohle Gefühl, als der Zug in die Station an der Second Avenue einfährt. Er steigt aus. Sein Herz schlägt so heftig, daß er sich gegen die schmutzigen Fliesen der Wand lehnen muß, um sich zu beruhigen.

»Alles in Ordnung mit Ihnen, Mister?«

»Ja, danke.«

Er kann sich so nicht sehen lassen. Er hat eine Stellung zu wahren, einen Standard aufrechtzuerhalten. Er schafft es hinauf auf die Straße. Der Sturm ist schlimmer in diesem Teil der Stadt, der Wind bläst wie verrückt, aus dem Norden herab, treibt dicke Flocken der Länge nach die Second Avenue hinauf. Schneller als der Verkehr. Sie treiben ihm ins Gesicht, brennen ihn, geißeln ihn geradezu. Sie schmelzen auf seinen Wangen und vermischen sich mit seinen Tränen.

Es ist unmöglich, denkt er, daß sie mich wirklich verlassen hat. Es ist unvorstellbar, daß etwas so Gutes so rasch den Bach runtergeht. Es muß ein Irrtum sein. Es kann so nicht weitergehen. Gott bestraft einen doch nicht ohne Grund.

Und dann denkt er, wenn er mich schon bestraft, dann kann ich genausogut etwas tun, wodurch ich die Buße auch verdiene, die man mir auferlegt hat.

Sein Herzschlag beruhigt sich etwas, als er um die Ecke biegt. Noch nicht einmal die Junkies sind heute abend draußen. Die Gebäude sehen finsterer aus, enger beisammen, scheinen sich einander zuzuneigen über die schmale Straße hinweg. Die sonst rund um die Uhr geöffnete Bodega ist zu, aber der koreanische Lebensmittelladen ist geöffnet. Er versteckt den Kopf vor einem Mann, der – und das bei einem Blizzard! – Blumen gießt, und erreicht dann die Mitte des Blocks. Erst jetzt wagt er den Blick zu heben, läßt ihn über die Häuser schweifen, hinauf in den zweiten Stock. Dunkles Fenster, helles Fenster, dunkles Fenster, dunkles Fenster.

In Nianas Fenster ist Licht.

Sie hat einen durchsichtigen Vorhang.

Hinter dem Vorhang bewegt sich eine einzelne Silhouette.

Du mußt mich lieben, denkt der Banker. Du liebst mich, du hast nur Angst, es dir einzugestehen. Du denkst genauso an mich, stimmt's? Wie kann etwas zwischen zwei Leuten so gut und dann einfach zu Ende sein? Das ist doch wider jede Natur. Es ist unrecht. Ich fehle dir, hab ich recht? Du bist nur zu stolz, um anzurufen.

Das ist der Augenblick, in dem ihn das Verlangen befällt, heftiger als jemals zuvor. Er kämpft dagegen an, aber als sie sich vom Fenster wegbewegt, wird es so gewaltig, daß er nicht einmal merkt, wie er weitergeht, bis er vor ihrer Treppe steht.

Ich bleibe nur einen Augenblick stehen, dann gehe ich, sagt er sich.

Einen Augenblick darauf denkt er, ich probiere nur mal die Tür. Es wird ohnehin abgeschlossen sein, und damit hat es sich dann. Aber die Junkies haben wieder mal das Schloß kaputtgemacht. Sie stehlen Schecks aus den Briefkästen. Der Banker verschafft sich Eintritt in das geflieste Foyer. Eine Welle aus nostalgischem Schmerz bemächtigt sich seiner, so heftig, daß er sich, eine Hand an die Brust gepreßt, gegen die Wand lehnen muß.

Ich werde jetzt gehen, sagt er laut, seine Stimme merkwürdig blechern in dem Foyer. Ich gehe nach Hause, auf der Stelle, bevor ich etwas tue, was mir später leid tut.

Der Sturm draußen nimmt zu. In den Betten der ganzen Stadt wenden sich Leute, sofern sie welche haben, ihren Lebensgefährten zu, legen die Arme um sie, küssen sie, halten einander, während der Wind draußen pfeift. In der ganzen Stadt fühlen sich die Einsamen noch mehr allein. Der Sturm hat die Heftigkeit eines gebrochenen Herzens.

Der Banker macht kehrt, um zu gehen, erinnert sich aber noch in der Drehung mit einem plötzlichen lebhaften Schmerz daran, was am Nachmittag im Büro passiert ist. Er sieht sich an seinem Schreibtisch, an seinem Fenster. Er sieht die Skyline Manhattans, die gewaltigen Gebäude hoch vor dem Grau eines aufziehenden Sturms. Er hört, im Geiste, wie sich jemand räuspert, und sieht, daß sein Chef auf seinen Schreibtisch zukommt. Der Freundlichkeit des Mannes fehlt der sonst übliche Schliff, er ist verlegen. Der Banker erinnert sich an das banale Geplauder des Chefs, als sei es ihm peinlich, direkt zur Sache zu kommen.

Sie scheinen nicht bei der Sache zu sein. Ihre Arbeit ist nicht so brillant wie üblich. Sie haben soviel Zeit auf die Analyse des Kreditantrags der Blake Company verwendet, daß wir ihn verloren haben. Sie kommen da wieder raus, aber ich muß Ihnen sagen, wir haben Order, die Belegschaft zu kürzen.

Reißen Sie sich zusammen. Ich weiß, Sie sind wieder der alte, bevor wir anfangen, äh, Leute zu entlassen.

Der Blick des Bankers klärt sich wieder; er steht wieder in dem engen kleinen Foyer. Er sieht seinen behandschuhten Zeigefinger auf einem Klingelknopf. Er hat noch nicht gedrückt. Er findet es amüsant, wie wenig Druck in diesem Augenblick nötig wäre, um den Kontakt wieder herzustellen.

Ich werde nicht klingeln, denkt er.

Er klingelt.

2

Niana Embers, gescheiterte Dichterin, gescheiterte Romantikerin, eine leidenschaftliche Frau, deren erste Leidenschaft die Angst ist, geht um ein Uhr morgens in ihrer Studiowohnung auf und ab und hängt vertanen Gelegenheiten nach. Sie ist jetzt vierzig, etwas runder im Gesicht, etwas fülliger in den Hüften, etwas langsamer, einen ersten grauen Schatten im lockigen schwarzen Haar, aber sie weiß, sie zieht die Männer nach wie vor an. Sie sieht die Geilheit in ihren Blicken, wenn sie die Straße entlanggeht. Sie ist sich nicht sicher, was es ist, ihre Unabhängigkeit oder irgend etwas, das ihnen sagt, daß sie Spaß am Sex hat; vielleicht zieht sie aber auch das Gespür dafür an, daß ihr letztlich alles gleichgültig ist. Aber sie ist eine jener Frauen, nach denen man sich umdreht, wenn sie sechzig sind. Eine jener Frauen, an die Männer sich im Alter, im Schaukelstuhl auf der Veranda, lächelnd erinnern, wenn sie in die Vergangenheit zurücksehen.

Der Sturm draußen rüttelt an ihren Fenstern und treibt dicke Flocken gegen das Glas. Die Wohnung ist überheizt, die Wände fleckig vom Wasser, das ständig aus dem Bad über ihr läuft. Auf dem Klapptisch, der ihr als Schreibtisch dient, steht eine Schreibmaschine. Ein Blatt Florpost steckt in der Maschine. Sie schreibt ein Gedicht.

Verlangen, hat sie geschrieben, *ist ein kaltes Getränk, das einem das Herz verbrüht.*

Sie könnte sich, wenn sie wollte, in diesem Zimmer umsehen und an all die Liebhaber zurückdenken. Den Besitzer des Fitneßcenters, der jetzt ein Freund ist und sie umsonst den Stairmaster benutzen läßt. Die beiden italienischen Brüder, Tim und Frank, und die Nachmittage, die sie sich hier amüsiert haben. Den Professor von der Uni New York. Den Anwalt von Covington und Burling. Den Mann aus der Chefetage der First Boston. Den Romancier. Den arbeitslosen Metzger. Den Polizisten, der bei ihr klingelte, nach Schichtende, früh um fünf Uhr.

Die Verheirateten. Die, die auf Trios standen. Die, die sich wochenlang nicht blicken ließen. Die, die ihr beim Gehen sagten, sie liebten sie.

Und der Banker.

Sie hat folgendes in die Maschine getippt: *Irgendwo stehen Frauen an ihren Fenstern wie brennende Kerzen.*

Niana Embers ist voller Traurigkeit, voller Bedauern. Sie könnte nicht so recht sagen, wann der Sex monoton wurde. Wann genau sie gemerkt hat, daß sie all die Jahre vor den Menschen davongelaufen war, sich eingeredet hat, auf der Suche nach etwas Besserem zu sein, jemandem, der besser, stärker, gescheiter, schöner, geistreicher ist.

Als der Summer ertönt, erschrickt sie, sie denkt gerade, daß sie ihren Körper nach wie vor gern hat, sich gerne pflegt, ins Fitneßstudio geht, keine harten Sachen trinkt und einen Arzt bezahlt, damit er die kaputten Venen von ihren Beinen entfernt. Sie ist noch immer stolz auf den gestählten Körper, den hübschen Hintern, die Art, wie sie sich im Bett zu drehen und wenden und einen Mann glücklich zu machen vermag.

Aber es genügt ihr nicht mehr.

Sie macht keinerlei Anstalten, zur Tür zu gehen.

Immerhin ist die Tür unten kaputt. Die Junkies gehen im Haus aus und ein.

Niana Embers spürt, daß sich eine Träne bildet. Es ist komisch, wie man die Gedanken an jemanden aussperren kann, wie Jahre vergehen, und mit einemmal hat man den Betreffenden wieder im Kopf. Bei dem Gedanken lacht sie laut auf. Der Banker. Der feierliche, stille, ergebene Banker. Bei all den Männern in ihrem Leben, so fragt sie sich, wie kommt sie gerade auf ihn?

Der Summer meldet sich wieder, beharrlich.

Sie ist nicht in Stimmung in dieser Nacht. Wütend stapft sie zur Tür und drückt den Sprechknopf. »Wenn Sie nicht auf der Stelle vom Flur verschwinden«, sagt sie, »rufe ich die Polizei.«

Sie läßt den Knopf los, noch bevor sie hören kann, was auch immer die Person unten zu sagen hat.

Ich habe diese Junkies so satt, diese Gegend, das Alleinsein in der Nacht.

Früher schrieb sie gern nachts, weil sie sich da besonders kreativ fühlte. Jetzt arbeitet sie bis spät in die Nacht, weil sie nicht schlafen kann.

Sie liest, auf dem Blatt: *Mond, gib sie frei.*

Kein Mensch veröffentlicht ihre Gedichte. Sie arbeitet im Telefonmarketing, um das bißchen Geld für die Miete aufzubringen. Sie ißt billig.

Sie geht in alte Filme. Sie macht sich Abendessen mit Freunden. Aber dieser Tage sind ihr, zum ersten Mal in ihrem Leben, Freunde nicht mehr genug.

Der Summer lärmt.

»Herrgott!«

Niana Embers, ihr richtiger Name ist Mary Jackson, denkt zurück an den Banker. Seine Liebe war, wie bei einem Hundebaby, in den Augen zu sehen, wann immer sie zusammen waren. Die Art, wie er ihr in der allerersten Sekunde gesagt hatte, er liebe sie. Die Art, wie er ihr Dinge gekauft, wie er sich jede ihrer Geschichten angehört hatte. Nie, auch nicht einen einzigen Augenblick, hatte er etwas gemacht, was ihr auf die Nerven ging.

Aber natürlich war ihr in jenen Tagen die Liebe an sich schon zuviel.

Ich habe ihm weh getan.

Der Summer ertönt.

Ich habe es mit der Angst bekommen und ihn ausgeschlossen.

Der Summer gibt keine Ruhe.

Sie sieht sich und ihn, in einem Kino im East Village, bei einem Film, in den sie ihn geschleppt hat. Sie kannten sich drei Wochen, und er war sexuell aufgewacht. Er hatte ihr während des Films die Hand zwischen die Beine gesteckt. Es war irgendein langweiliger, von Ängsten gezeichneter deutscher Streifen voll jammernder, rauchender Leute mit traurigem Blick. Alles ändert sich außer der Avantgarde.

Er hatte glatte Hände; sie hat sie gemocht. Er strich ihr gern damit über den Körper, die Taille entlang, die bloßen Arme hinab, die Beine. Stundenlang. Für sein Leben gern saugte er an ihr, bearbeitete sie mit der Zunge und nahm gleichzeitig die Finger dazu.

Er war ein guter Liebhaber. Nicht so gut wie einige andere, aber sehr gut.

Ich werde naß. Tropfnaß. Ich fasse es nicht.

Der Summer kreischt.

»Okay, Arschloch«, sagt sie im Aufspringen und stürmt an die Gegensprechanlage.

»Hören Sie, ich rufe die Polizei, ich zähle bis –«

»Warte, warte«, sagt die Stimme. Die Stimme nennt einen Namen, den des Bankers.

Niana Embers ist fassungslos.

Ungläubig sagt sie: »Du?«

»Ja.«

»Wirklich?«

»Ich bin es.«

»Was machst du denn hier?«

»Ich weiß, es ist spät«, sagte die alte Stimme, vertraut und unfaßbar wie eine zweite Chance. »Ich ... ich kam gerade vorbei. Ich sah das Licht. Tut mir leid, daß ich störe. Ich kann wieder gehen.«

»Nein!« Ihr Ausbruch ist Niana peinlich. Solche Zufälle gibt es doch nicht. Mit einemmal fühlt sie sich dicker, älter, albern, erregt.

Sie sagt der Stimme unten: »Komm doch rauf.«

Ihr Herz hämmert. Ihr ist schwindlig. In einer halben Minute wird sie seine Schritte vom zweiten Podest heraufkommen hören, auf dem fadenscheinigen Teppich, den der Hausherr ständig auszuwechseln verspricht. Sie wird das Geländer knarren hören.

Sie stürzt in die Küche, als hätte sie wirklich noch Zeit aufzuräumen, und steckt den schmutzigen Teller vom Abend mitsamt den Spaghettiresten in die Stahlvitrine. Sie holt eine Flasche Chianti aus dem Schrank. Stellt sie wieder hinein.

Jetzt hört sie ihn kommen. Leise, gemessene Geräusche, und sie erinnert sich an seinen steifen, fast aristokratischen Gang.

Ihr fällt ein, was ihre Mutter ihr immer gesagt hat, in Indiana, als sie ein Mädchen war: »Liebes, jeder hat einen Engel, und der Engel sieht nach dir. Hin und wieder erfüllen einem die Engel einen Wunsch, nur daß keiner weiß wann, also wünsch dir nie was, was du nicht wirklich willst.«

Er ist vor ihrer Tür. Sie spürt ihn dort, spürt seine männliche Wärme, noch aus der Vergangenheit.

Klopf, klopf.

»Großer Gott«, sagt sie im Aufmachen. »Du bist es wirklich.«

Er sieht anders aus, älter natürlich, aber wer nicht? Es ist ihr egal. Er hat noch immer ein Lächeln, von dem andere nur träumen können, denkt sie, und ihr fällt das erste Mal ein, daß sie es sah, in einem Café, an dem Abend, an dem sie sich kennengelernt haben. Dieses schöne Lächeln. Er hört sich schüchtern an, als wüßte auch er nicht so recht, wieso ihn das Schicksal an ihrer Tür abgesetzt hat.

»Du wirst es nicht glauben, aber ich habe gerade an dich gedacht«, sagt sie.

»Was hast du denn gedacht?« fragt er, als er so dasteht. Eine Erscheinung.

»Lieber nicht«, antwortet sie mit der alten Koketterie. »Möchtest du Tee?«

Tee, denkt sie. Hier ist gerade etwas Unglaubliches passiert, und der Normalität meiner Stimme nach möchte man meinen, es passiert jeden Tag. Möchtest du dich nicht setzen? Erzähl doch, was du so gemacht hast! Ich hab Kekse – Pepperidge Farm Mint. Magst du die noch?

Als er hereinkommt, entdeckt sie jedoch weitere Veränderungen an ihm. Er bewegt sich etwas langsamer als früher, und seine Schultern sind gebeugt; als trage er eine Last. Man hat ihm weh getan, denkt sie besorgt, und nimmt an, es müsse erst kürzlich gewesen sein. Sie will ihn umsorgen. Sie bringt den Tee. Sie setzen sich auf die Couch und unterhalten sich, und alles ist wie in alten Tagen. Er erzählt ihr von der Bank, und sie erzählt ihm von den Frustrationen der Poesie. Sie sprechen über Baseball, Lasagnerezepte, Samba, Supermanhefte. Nach einer Weile sieht sie zu ihrer Überraschung, die Uhr steht auf halb vier.

Sie denkt, ich hoffe, er will mich wiedersehen. Ich hoffe, es bleibt nicht bei diesem einen Besuch.

In den alten Tagen, wird ihr klar, hätte sie jetzt seine Hand genommen. Sie geküßt und gekost, ihn wissen lassen, daß sie will, daß er bleibt. In den alten Tagen wären sie längst im Bett, schnaufend, stöhnend, leckend, und flüsterten sich ihre Namen zu.

Aber wie sie jetzt merkt, will sie mehr, selbst wenn es nur ein Abendessen sein sollte oder eine weitere Unterhaltung, eine Gelegenheit, sich eine Illusion zu bewahren. Sie will jetzt eine Chance auf eine Zukunft, mehr als nur den Rest einer Nacht. Sie traut sich nicht über den Weg, was ihre alten schlechten Gewohnheiten anbelangt, wenn sie ihn jetzt bittet zu bleiben. Sie will anders sein, sich anders verhalten, sich eine langsamere Gangart gönnen, lieber verletzlich sein als kontrolliert. Sie will die Einsamkeit vergessen, nicht betonen. Wie ein kleines Mädchen sagt sie sich, daß Gott vielleicht dafür sorgt, daß diese Nacht zu was Gutem führt.

»Ich muß ins Bett«, sagt sie und beißt sich sofort auf die Lippe. Sie wollte nicht, daß es sich anhört, als werfe sie ihn hinaus, aber sie hat wenig Erfahrung damit, verletzlich zu sein.

Als sie den Schmerz auf seinem Gesicht sieht, will sie sich schon korrigieren, als er sagt: »Warum hast du Schluß gemacht? Warum hast du mir derart weh getan?«

»Wie bitte?«

»Ich denke an nichts anderes«, sagt er und beugt sich ihr auf der Couch zu. »In der Bank. Nachts. Ich träume von dir.«

»Nun übertreib mal nicht.«

Er scheint sie nicht zu hören. Er sagt ihr, daß er zum Psychologen geht und einer Männergruppe beigetreten ist, die der nette Psychologe ins Leben gerufen hat: einen Club, wie er sagt, der sich donnerstags trifft, gestern abend, um genau zu sein, in einer Bar. Die Gruppe, so sagt er, analysiere Frauen wie sie.

»Ich dachte, Psychologen sollen sich nicht privat mit ihren Patienten einlassen, geschweige denn einen Club mit ihnen gründen?« sagt sie. »Außerdem, was heißt hier Frauen wie mich?«

»Frauen, die Männer benutzen. Frauen, die Männer zurückweisen. Frauen, die Männer hassen und von Liebe nichts wissen wollen.«

Er bricht in Tränen aus.

»Warum hast du mir derart weh getan?« sagt er.

Jetzt bekommt sie es mit der Angst; sie fragt sich, ob es eine so gute Idee war, ihn hereinzulassen. Er ist nicht mehr der alte. Er ist von einem Zorn erfüllt, den sie an ihm nicht kennt. Er ballt die Fäuste und öffnet sie wieder, und das anscheinend, ohne daß er es merkt.

Niemand bleibt ewig gleich, denkt sie erstaunt.

Im Aufstehen, als würde ihn dieses schlichte Signal zum Gehen veranlassen, sagt sie, um ihn zu beschwichtigen, denn sie will ihn nun doch nicht mehr sehen, will nur noch, daß er geht. »Ich wollte dir nicht weh tun. Für mich warst du immer ein netter Kerl.«

»Ein *netter* Kerl?«

»Du weißt, was ich meine.«

»Ein *netter* Kerl? Ich habe dich geliebt. Ich werde dich immer lieben?«

»Du gehst jetzt besser.«

Aber er weint nur noch mehr. Er verliert völlig die Kontrolle über sich. »Ich verstehe dich nicht«, sagte er. »Ich habe dir doch nie was getan. Ich habe dich nur geliebt. Wieso mußte ich gehen?«

»Bitte«, sagt sie.

»Bitte was?«

»Bitte, hör auf!«

»Aber ich liebe dich«, sagt er, als würde das das Blatt wenden, die Welt wieder ganz machen, die Sicherheit ihrer Wohnung wiederherstellen, für Logik in ihrem Herzen sorgen. In seine Augen tritt ein merkwürdig glasiger Blick.

Sie will, daß er geht. »Hör zu, wir können das morgen besprechen, wenn du willst. Wir treffen uns in einem Café.«

»Das sagst du nur so.«

»Aber nein.«

»Du willst nur, daß ich wieder gehe.«

»Nein, wirklich nicht«, sagt sie und schätzt die Entfernung zum Telefon ab, weiß aber, sie würde es niemals erreichen. Sie denkt an die Messer in der Küche. Die Küche ist näher als das Telefon, und sie würde keine Zeit mit der Wahl des Notrufs verschwenden.

»Wirklich?« fragt er. »Du triffst dich morgen mit mir? Du lügst mich nicht wieder an? Wir sprechen wirklich darüber?«

»Selbstverständlich«, sagt sie und legt alles in die Stimme, was ihr an Umgänglichkeit, an Gewandtheit zu Gebote steht, all ihre Hoffnung, ihn mit diesem Trick dazu zu bekommen, daß er endlich geht.

Aber es hilft nichts. Er durchschaut sie. Augenblicklich wird sein Gesicht zu einer zornigen Fratze, wie sie sie von ihm gar nicht kennt. Weder von ihm, noch von anderen. Es ist, als käme ein anderer Mensch durch, ein brutales Wesen, das ihm noch nicht einmal ähnlich sieht. Die Verwandlung ist augenblicklich. Der Mund ist verzerrt. Die Augen sind klein geworden. Schweiß läuft ihm übers Gesicht.

Sie springt auf und läuft zur Küche. Sie hört seine Schritte hinter sich, als sie die Anrichte erreicht, und greift nach dem hölzernen Messerregal. Sie hat eines der Messer halb aus dem Schlitz, als sie nach hinten gerissen wird.

Das kann doch nicht wahr sein, denkt sie.

Meine Mutter, denkt sie, hat mir immer gesagt, keine Männer in die Wohnung zu lassen.

Sie spürt seine Hand, die glatte Hand, die sie früher gestreichelt, die ihr das Gefühl gegeben hat, eine Frau zu sein, die Hand, deren Forschen sie in sich gespürt hat, deren Finger sie berührt und erregt haben, diese merkwürdig vertraute Hand schließt sich nun fest um ihren Mund.

3

Voort öffnet die Augen und sieht sich eine Ellenlänge von Camilla entfernt. Ihre Schultern heben und senken sich sachte über dem Vermonter Quilt; das Winterlicht im Zimmer ist von beruhigendem Grau. Von draußen dringt das Kratzen eines Schneepflugs herein. Sie befinden sich im zweiten Obergeschoß, im Schlafzimmer von Voorts Haus in der 13. Straße, in seinem hundert Jahre alten Federbett. Das Vier-Millionen-

Dollar-Haus gehört laut Daily News dem reichsten Polizisten New Yorks.

Er kennt sie erst seit vier Monaten, aber er liebt Camilla hingebungsvoll. Genaugenommen hatte er, bevor er sie kennenlernte, nie wirklich gewußt, was »Liebe« eigentlich heißt. Mit seinen neunundzwanzig Jahren ist Voort ein blendend aussehender Mann, hochgewachsen, schlank, aber mit breiten Schultern, und seine Augen sind mittelmeerblau. Sein aschblondes Haar wäre nicht zu bändigen, wäre es vorn nicht ganz kurz geschnitten, obwohl es ihm hinten in Locken auf die Schultern fällt. Seine runden holländischen Züge verleihen ihm, je nach Laune, das Aussehen angeborener Gutmütigkeit oder Gesetztheit, beides von Nutzen in seinem Beruf. Freundinnen hat er jede Menge gehabt und sie alle geliebt. Aber nie eine, mit der er sich so gefühlt hätte wie jetzt.

Vor Camilla hat er keine Frau gekannt, der er beim Schlafen hätte zuschauen wollen, allein ihr Anblick erfüllt ihn mit Glück. Nie hatte er eine gekannt, die er – in Gedanken – mitnahm, wenn er zuweilen St. Patrick's besuchte. »Gott«, sagte er dann im Gebet, erstaunt über solche Gefühle in ihm, »laß mich gut genug sein, um sie richtig glücklich zu machen. Laß mich imstande sein, ihr genausoviel Freude zu machen wie sie mir.«

Jetzt dreht Camilla sich im Schlaf um, etwas unwillig. Sie spricht im Schlaf und runzelt, aus der Tiefschlafphase kommend, die Stirn. »Geben Sie mir mal Turner, Sie Arschloch.« Voort lächelt. Camilla ist Herstellungsleiterin bei NBC, und sie hat das notwendige lose Mundwerk dafür. »Also Sie sind der stinkreiche Bulle«, hatte sie ihm gesagt, als sie sich bei einer Spendenveranstaltung der Umweltschützer zugunsten des Hudson River Projekts kennengelernt hatten. Sechs Monate ist das nun her. Sie hatte ihren damaligen Freund, einen Tänzer, am Arm. Zwei Monate später hatte Voort nach der Schicht in dem Bootsschuppen in Tribeca vorbeigeschaut, wo sie Kajak fuhr. Sie war ihm nicht mehr aus dem Kopf gegangen.

Eine Woche darauf schoß sie den Tänzer ab.

Voort steht auf, sorgfältig darauf bedacht, sie nicht zu wecken, und tappt barfuß über den dicken Teppich, zwei Treppen hinab in die Küche. Es ist eine holländische Küche mit Holzboden, einem gewaltigen Herd und einer Gefriertruhe. Peter Stuyvesant hat an diesem Tisch gegessen. Man hätte in dem Haus einen Monat lang essen können, ohne auszugehen. Durch das vergitterte Erkerfenster sieht er, daß der Schneefall nachläßt, die Autos draußen sind halb bedeckt von weißen Wehen. Die Schulen bleiben heute geschlossen. Die Kriminellen bleiben zu Hause. Ein angenehm ereignisloser Tag für die New Yorker Polizei, denkt er, als er die Kaffeemaschine aktiviert und dazu NBC einschaltet.

»In den Nachrichten vom heutigen Morgen: Heute nacht wurde die ganze Stadt Larkin, Oklahoma, von Tornados zerstört.«

Voort sieht sich den Ort der Verwüstung an und nimmt sich vor, nach einem Hilfsfond zu suchen, um Geld zu überweisen. Sein Wohlstand ist ererbt. Seinen täglichen Lebensunterhalt bestreitet er von seinem Gehalt bei der Kripo und ausgezeichneten Anlagen. Das zweihundert Jahre alte Haus jedoch und der Grund, auf dem es steht, sind ein Geschenk des Continental Congress an einen von Voorts Vorfahren, Admiral Conrad Voort, der im Unabhängigkeitskrieg bei Cape May einen Landeversuch der Briten abwehrte.

Das Original der Schenkungsurkunde hängt gerahmt im Wohnzimmer, an der Backsteinwand neben einem Kamin, der gebaut worden war, um das ganze gewaltige Erdgeschoß zu heizen. Schon mit zehn Jahren kannte Voort den Wortlaut auswendig.

»Für Heldenmut über Pflicht und Schuldigkeit hinaus und an Bezahlung Statt übertragen wir hiermit Admiral Voort und desselben Nachfahren auf unbegrenzte Dauer die Parzelle 28 auf der Insel Manhattan in der Stadt New York. Weder Land, noch Gebäude darauf werden jemals besteuert werden, nicht von den Behörden des Bundes, des Staates, noch von der Stadt selbst. Haus und Land können von Generation zu Generation weitergegeben werden. Dieses Edikt bleibt in Kraft bis zum Tode des letzten Voort oder bis zum Verkauf des Eigentums, bei dem alle aus einer solchen Transaktion erworbenen Mittel im Besitz der Familie bleiben und von keiner Behörde der Vereinigten Staaten zu versteuern ist, weder einer des Bundes, noch des Staates oder der Stadt selbst. Wir danken Ihnen, Admiral Voort. Bezeugt und gezeichnet.«

Unter den Unterschriften befinden sich die George Washingtons, Thomas Jeffersons, Alexander Hamiltons und John Adams'. Laut einem Auktionator von Christie's, einem Bekannten Voorts, hat allein dieses Papier schon einen Wert von zweihunderttausend Dollar. Und die Möbel, die massiven alten holländischen Tische und Betten, die Wohn- und Eßzimmereinrichtung im Förderalistenstil, die Ölgemälde aus der Hudson River School im Schlafzimmer, so der Mann, würden für das Sechsfache weggehen.

Voort hört oben die Dusche. Er und Camilla waren gestern abend bis zwei Uhr früh im Bootshaus, am West Side Highway, wo sie die Wände isolierten, um es winterfest zu machen. Camilla hat dort ihr Kajak stehen; an Sommerabenden arbeitet sie ehrenamtlich bei der Aktion »Sauberes Wasser im Hudson« mit, indem sie dem Fluß Proben entnimmt.

Er stellt zwei dampfende Becher und eine bis an den Rand gefüllte Keramikkanne auf ein Tablett, dazu einen Porzellanteller mit Biscotti. Auf dem Weg nach oben kommt er an den Ölporträts der Voorts der letzten zweihundert Jahre vorbei. Pelham, der Sohn des Admirals, 1799 in der Uniform des New Yorker Polizeipräsidenten. Mit ihm begann die nun zweihundertjährige Familientradition bei der Polizei.

Voort hat die alten Familienbücher seit seiner Kindheit studiert. Er weiß, daß seine Vorfahren 1801 die berüchtigten O'Briens verhaftet haben, eine Bande von Flußpiraten auf dem Hudson, als sie mit der Beute von John Astors Privatjacht anlegten. Er weiß, sie haben bei den Unruhen um die Aushebungen während des Bürgerkrieges Mörder gejagt. Er kennt die Zeitungsschlagzeilen aus den Familienchroniken, als ein Voort dem damaligen Polizeipräsidenten Teddy Roosevelt beim Aufspüren des »Mordfleischers von Tribeca« half. Als Kind hat er zugesehen, wie sein Onkel Felix Voort anläßlich eines Prozesses – bei dem die halbe Führungsriege der Teamsters im Knast landete – vor dem Kongreß über die kriminellen Machenschaften der Gewerkschaften ausgesagt hat.

»Sieh einer an, der moderne Mann. Kocht. Bringt Kaffee. Und Leckereien«, sagt Camilla, als sie aus dem Bad kommt. Sie hat einen Fön in einer Hand und ein Handy in der anderen. Wie er sieht, hat sie bereits mit ihrem Büro telefoniert.

»Du wirst es nicht glauben. Wir haben vor, eine Stunde über diese Tornadostadt zu machen, Larkin in Oklahoma, und die Leute da wollen nicht mit unseren Reportern reden. Sie sagen, als Baptisten mißbilligen sie die Haltung des Senders gegenüber gleichgeschlechtlichen Ehen. Meine Herren!«

»Was willst du machen?«

»Ich habe dem Büro gesagt, sie sollen Harry Pierrepont rüberschicken. Sein Ressort ist die Religion, er kann mit den Leuten da reden. Die Stadt ist ein einziger Trümmerhaufen. Wäre eine ziemlich gute Stunde. Hey, sind das Schokokekse?«

»Allerdings.«

»Das ist es, was ich an eurem neuen Dezernat für Sexualverbrechen so mag – daß man euch Kerlen da beibringt, wie man das andere Geschlecht verwöhnt.«

»Ist ziemlich eklig draußen«, sagt Voort und bekommt eine Erektion, als er sich die Szene letzte Nacht im Bootshaus vorstellt: nackt, breitbeinig, von Heizstrahlern umringt, hatte sie sich in der Ausrüstungskammer auf ihn gesetzt.

Sie sagt: »Sie schicken den Car Service. Wird zwar langsam gehen, aber jedenfalls arbeitet er. Die bezahlen denen schließlich auch 'ne Million pro Fahrt.«

Voort legt einige Kissen auf dem Bett übereinander und nippt an seinem Kaffee, während sie sich kauend das Haar trocknet. Nackt ist sie das schönste Geschöpf, das er je gesehen hat. Ihr Haar ist lang, weißblond und gerade; es fällt ihr zwischen den Schulterblättern hinab bis über den Hintern, wo ihre langen Beine beginnen. Ihre Arme sind lang, zart und schlank. Ihre Brüste sind klein und rund, und ihre Muskeln überall hart von den langen Stunden im Fitneßraum. Sie kann während des Verkehrs ihre Vagina zusammenziehen und an seinem Penis saugen; er hat das Gefühl, als ziehe sie seinen ganzen Körper in sich hinein.

Camilla ist Bergsteigerin, und sie fährt Rad. Zwei Tage die Woche schwimmt sie fünf Meilen. Im Frühling und im Sommer fährt sie nach der Arbeit Kajak, auf dem Hudson, zwanzig, sonntags dreißig Meilen am Stück. Voort, von Natur aus ein Sportler, hat sich diese Disziplin rasch angeeignet. Camilla ist eine gute Lehrerin. Sie war Kajakmeisterin der Frauen am Queens College, wo sie zur Schule ging.

»Was macht denn Mr. Schniedel?« fragt sie.

»Er denkt an dich.«

»Das hab ich bemerkt.«

»Und Miss Pussy?«

»Die ist ganz naß.«

»Und das nicht vom Duschen«, sagt Voort zufrieden.

»Leg dich zurück«, fordert sie ihn auf, das Handy ignorierend, das laut zu summen beginnt.

Manchmal, wenn sie ihm einen bläst, meint er vor Lust die Besinnung zu verlieren.

Sie ist wie eine Droge.

Sie beginnt damit, ganz vorn an der Spitze zu saugen, fest, zieht ihn rasch durch die Lippen, fast brutal, rein und raus. Es läßt seinen Penis so hart werden, daß er meint, er möchte ihm in hundert Stücke zerspringen.

Doch dann drosselt sie das Tempo und lächelt kokett zu ihm auf. Sie weiß genau, daß er drauf und dran ist zu explodieren, in ihrem Mund.

»Immer mit der Ruhe, Mr. Schniedel.«

Sie wendet sich wieder seinem Schwanz zu.

Im Einklang bewegt sie Hand und Mund, erhöht den köstlichen Druck, wird schneller, stößt ihn, auf und ab, auf den Höhepunkt zu.

Er bäumt sich auf. Er ergießt sich in sie. In ihren Rachen. In ihren Bauch. Es kommt ihm vor, als schieße der letzte Tropfen Flüssigkeit aus seinem Körper. Er fühlt sich, als habe sich der Blutspiegel in seinem Kopf gesenkt.

Er greift nach ihr.

Sie wendet sich ab.»Nicht jetzt. Später.«

Camilla steht auf, und er sieht zufrieden zu, wie sie sich anzuziehen beginnt. Niemand, der die dezente Eleganz ihrer Kleidung sieht, würde vermuten, was für ein sexhungriges Tier in ihr wohnt.

Heute trägt sie eine schlichte blaue Seidenhose, ausgesprochen teuer, und ein passendes Jackett, dazu einen weißen Pulli und eine Goldkette, die locker mehr gekostet haben dürfte, als Voort in einem Monat verdient. Camilla hat nicht nur viele Verehrer hinter sich. Sie hat auch ein dickes Gehalt und kauft für ihr Leben gern ein.

Aber seine Träumerei findet ein jähes Ende, als das Telefon neben dem Bett klingelt.

»Voort.«

»Hier Mickie, Connie. Tut mir leid, dich und die Walküre zu stören, aber ich hab hier eine üble Geschichte.«

Voort hört zu seinem Erstaunen, daß sich sein Partner übergibt.

Mickie ist seit zehn Jahren bei der Kripo. Als er sich erholt hat, sagt er: »So was hab ich noch nicht gesehen.«

Voort notiert sich die Adresse an der Lower East Side, die Mickie ihm gibt, und beginnt ebenfalls sich anzuziehen. Die Fernsehproduzentin und der Detective. Sie der professionelle Voyeur, er der professionelle Beteiligte. Beide in Eile, beide ganz auf ihren Beruf konzentriert, ziehen sie sich an: Krawatte, Sakko, Strümpfe, Parfum. Voort genießt die Häuslichkeit der Szene.

»Was hast du denn heute noch vor, abgesehen von dem Bericht über den Tornado?« fragt er.

Sie stutzt. »Nichts«, lügt sie.

Sie beeilt sich und schlüpft, mit dem Rücken zu ihm, in die pelzgefütterten Stiefel. Voort fällt ein, daß Freitag ist, der Tag, an dem sie sich immer merkwürdig abweisend gibt. Er fragt sich, was sie wohl jeden Freitag anstellt, daß sie ein solches Geheimnis daraus macht.

Er denkt an den Tänzer zurück, den sie an jenem ersten Abend bei der Spendenveranstaltung dabei gehabt hat. Ein Typ von klassischer Männlichkeit, Muskeln, kantiges Kinn. Ein Broadwaytyp à la Barishnikov, die Hauptrolle aus dem Hit *Hip Hop Meets Tap*, eine Show mit begeisterten Rezensionen sowohl im *New Yorker* als auch in der *Times*. Er war stinksauer gewesen, als Camilla Voort etwas Aufmerksamkeit zu widmen begann.

Er verdrängt das Bild.

Aber auf dem Weg nach unten muß er sich eingestehen, daß sie wahrscheinlich eine dunkle Seite hat. Mit jeder Woche, in der sie sich näherkommen, weiß er, daß auch der Augenblick näher rückt, in dem dieses finstere Wesen sich zeigen wird.

Sie ist großartig im Bett, aber im Gespräch eher verschlossen. Sie ist ein Derwisch im Bett, aber Voort spürt zunehmend, daß sich in ihrer Vergangenheit etwas Schlimmes verbirgt.

Voort trinkt den Rest des Kaffees und läßt den Becher auf dem Tisch neben der Tür für das Hausmädchen stehen. Was Camilla angeht, hat er die Geduld eines Mannes mit Selbstbewußtsein. Geduld, so glaubt Voort, ist in der Liebe das höchste Geschenk.

Draußen, auf dem Treppenabsatz, als spüre sie seine Gedanken, dreht sie sich um und umarmt ihn ausgiebig und fest. Ihr Lincoln Town Car steht im Leerlauf auf der zur Hälfte geräumten Straße; durch seine Abgase sind die anderen Häuser und die kahlen Eichen auf der anderen Seite kaum noch zu sehen. Ein Streifenwagen des 6. Reviers hält hinter ihm. Sieh mal einer an, denkt Voort, da haben wir ja heute Abholservice für Sie und Ihn.

Ein Paar aus downtown Manhattan macht sich auf den Weg zur Arbeit.

»Ich glaube nicht, daß wir uns heute abend sehen«, sagt sie zögernd. »Ich muß was erledigen. Aber morgen möchte ich Abendessen machen. Ich mache tolle Carbonara. Ich werde alles selbst machen. Ich kaufe ein, stelle den Wein kalt und besorge den Nachtisch. Sieh du nur zu, daß du mir den ganzen Tag nichts ißt. Ich räume sogar hinterher auf. Und dann habe ich mir gedacht, fahren wir doch nächstes Wochenende mal rauf nach Montauk. Ich kenne da ein Hotel. Mit Einzimmerapartments. Im Winter ist es da urgemütlich.« Sie grinst. »Man muß doch mal raus aus dem eigenen Bett.«

»Mir soll's recht sein.«

»Voort, du bist gut zu mir. Glaub ja nicht, daß ich das nicht zu schätzen weiß. Du bist das Beste, was mir je passiert ist.«

Die große, beinharte Fernsehproduzentin.

Als sie auseinandergehen, denkt Voort: Was versteckst du vor mir? Was soll die Träne in deinem Auge?

In der Wohnung der toten Frau schafft Voort es gerade noch ins Bad, wo er auf die Knie geht und sein Frühstück herauskommen sieht: Keksbrocken, fast unverdaut, und der dunkle Cremeton in seiner Galle kommt vom Kaffee. Als nichts mehr in ihm ist, würgt er weiter, den Geruch in der Nase, der aus dem Wohnzimmer kommt. Mickie hatte recht, denkt er. Das ist der schlimmste Mord, den ich jemals gesehen habe.

Er wischt sich mit Toilettenpapier über die Stirn und widersteht dem Verlangen, sich das Gesicht zu waschen, weil er dazu die Hähne berühren müßte, auf denen womöglich die Fingerabdrücke des Mörders sind. Im Waschbecken befindet sich womöglich ein Hautfetzen, ein kleines Haar. Womöglich hat die Tote ihren Angreifer verletzt und der Mann sich in dem Bad hier zu säubern versucht. Voort kramt in der Innentasche seines Jacketts, findet eine Rolle Certs und steckt eines davon in den Mund.

Im Wohnzimmer sind Leute von der Spurensicherung dabei, sauber zu machen, und stäuben, auf der Suche nach Fingerabdrücken, die Möbel ein. Der Leichenbeschauer kniet neben der Leiche oder, besser gesagt, neben dem größten Stück. Alles ist voll Blut, die Wände, der Tisch, in der Küche sind die Schränke verschmiert. Wer immer sie getötet hat, er hat sie an ihren langen Haaren durch die Wohnung gezogen. Und Dutzende Male auf sie eingestochen. Er hat ihr Stücke von den Handgelenken zu hacken versucht.

Voort versucht seinen Herzschlag zu beruhigen. Sich in Camilla zu verlieben hat ihn irgendwie empfindlicher gemacht, ganz allgemein, in jeder Situation. Er weiß, er muß sich beruhigen, sich dazu bringen, rationaler zu denken, sonst übersieht er vielleicht eine wichtige Spur.

Was diesen Mord jedoch irgendwie schlimmer macht, ist die winzige Wohnung, die Sorgfalt, die darauf verwendet wurde. Selbst noch durch dieses Trümmerfeld hindurch spürt

Voort, mit welcher Liebe diese Frau ein schäbiges kleines Loch in ein Heim verwandelt hat.

In New York, wo der Quadratmeter teuer ist, sieht er alle heilige Zeit mal eine Wohnung, in die man soviel Liebe gesteckt hat. Er hat das Nest eines Menschen mit kleinem Einkommen vor sich, eines Menschen, der sich in einer billigen Mietskaserne, Jahr für Jahr, sei es aus Einsamkeit, zwischen vier Wänden ein Leben geschaffen hat.

Voort mustert die frischen Blumen, die jetzt überall verstreut sind. Der Tisch, eine Antiquität, nun zerstochen und schartig, den Orientteppich, ein dicker Perser mit Blumenmuster, ein schönes Stück, das den Lärm dämpfte, als man die Leiche durch die Wohnung gezogen hat; jetzt ist er verschmiert mit klebrigem, trocknendem Blut. Eine kupferne Wasserflasche aus Israel, die der Dekoration diente, ist umgekippt. Er sieht Bücher, Gedichtbände mit Lederrücken, Hardcovers, nicht etwa Taschenbücher; sie sind geöffnet wie tote Vögel, einige auf dem Boden, einige mit herausgerissenen Seiten. Ein alter Plattenspieler und Hunderte von Platten. Immer ein Hinweis auf einen Musikfreund, dem es an Kleingeld fehlt – man hat seine Liebe zur Musik in Vinyl gesteckt und kein Geld für den Umstieg auf CD. Das Adreßbuch ist dick und voller Namen, meist Frauen. Die Telefonrechnung in dem zertretenen Weidenkorb zeigt, sie hat eine Menge Ortsgespräche geführt. Die Frau hat Freunde gehabt.

Er hat den Tod viele Male gesehen, aber seit er Camilla kennt, scheint er ihm tragischer zu sein als zuvor. Der Verlust von Möglichkeiten, einer Zukunft. Der Verlust jeglicher Chance auf irdische Liebe.

»Bist du in Ordnung, Connie?« sagt Mickie, der ihm Zeit gegeben hat, sich vom Anblick Niana Embers zu erholen, ihrem Gestank.

»Scheiße.«

»Das Erstaunliche ist, daß der Typ, ich meine, er muß über

Bärenkräfte verfügen, bei einem derartigen Trümmerhaufen – also wahrscheinlich ein Typ –, daß er keine Fingerabdrücke hinterlassen hat. Wir haben noch keinen gefunden. Null. Es ist, als hätte er durchgedreht und dann saubergemacht. Wir haben den vorderen Teil eines Schuhabdrucks im Blut vor der Bettcouch. Größe neuneinhalb. Das ist bisher alles.«

»Habt ihr schon mit den Nachbarn geredet?«

»Keiner hat was gehört. Keiner hat was gesehen.«

»Habt ihr draußen Fußabdrücke gefunden, im Schnee?«

»Ja, aber nur so um die zwölftausend, von den Junkies in der Straße.«

»Wer hat denn die Leiche gefunden?«

»Der Hausmeister. Er ist unten in seiner Wohnung, falls du mit ihm reden willst. Er ist völlig fertig.«

»Markiert er?«

»Glaub ich nicht.«

»Und der findet einfach so eine Leiche, um fünf Uhr früh? Was macht er denn um diese Zeit hier?«

Mickie nickt. Er ist ein kleiner, kräftiger Mann in italienischer Bundfaltenhose und teurem anthrazitfarbenem Blazer von Calvin Klein. Er ist verheiratet, wohnt in King's Point, am Sound, und verfügt zusammen mit seiner fast schon berühmten Frau, einer Chirurgin, und seinen chilenischen Investmentfonds, über ein Einkommen, das es ihm erlaubt, seiner Vorliebe für Kleidung zu frönen. Man hat die beiden Detectives zum Gespann gemacht, weil sie beide wohlhabender als der Polizeipräsident sind. Wenn sich die Kollegen nicht gerade lustig über sie machen, versuchen sie, sie anzupumpen.

»Das habe ich mir auch gedacht, Connie«, sagt Mickie mit einem Blick auf die Wasserflecken an der Decke. »Aber die Wohnung hier drüber hat ein schlimmes Leck, eine kaputte Toilette, und das Wasser tropft runter bis in 2C. Der Hausmeister hat zuerst gedacht, es käme von hier, nicht von der Wohnung darüber. Er klopft. Keine Antwort. Klopft lauter.

Die Leute von unten schreien schon rauf, also nimmt er halt seinen Schlüssel.«

»Und 2C bestätigt das?«

»Sie standen hinter ihm im Flur, mit ihrem sechsjährigen Sohn. Der Doktor hat dem Kleinen eine Spritze gegeben. Willst du mit ihm reden?«

»Ja. Wir versuchen's mit dem ganzen Block. Vielleicht hat einer was gesehen, aus dem Fenster geguckt und Glück gehabt.«

»Das machen schon die vom Revier.«

»Machen wir eben mit. Was ist mit dem koreanischen Lebensmittelladen? Der hat die ganze Nacht offen.«

»Ich weiß, Connie. Sie war vierzig. Kein Ehemann. Keine Kinder. Nie verheiratet. Hat im Telefonmarketing gearbeitet. Gedichte geschrieben, aber ich sag dir, ich habe einige davon gesehen. Ziemlicher Mist.«

Voort wirft einen Blick durch das verwüstete Einzimmerapartment, über die umgekippten Farne und Blumen, die Erde und das Wasser und das Blut auf dem Boden, hinüber zu dem zerschlagenen Klapptisch und der Schreibmaschine, die kopfüber am Fuß der ausgeräumten Bücherwand lehnt.

In der Rolle steckt, halb zerrissen, noch ein einzelnes weißes Blatt. Auf diesem zerrissenen Blatt ist ein roter Spritzer zu sehen.

Voort wird plötzlich von einer Woge der Angst um Camilla erfaßt. Die Stadt draußen scheint ihm wild, und obwohl er weiß, daß sie bei der Arbeit ist, hinter Mauern, von Freunden umgeben, hat er Angst um sie. Sie ist nicht in Gefahr, das weiß er, aber ihm kommt der Gedanke, ihr könnte etwas passieren. Der Gedanke ist Voort unerträglich und schnürt ihm das Herz zusammen.

»He, Connie. Sie haben was gefunden!«

Mickie steht auf der anderen Seite des Raums, neben einem Uniformierten, und blickt hinab auf den umgeworfenen

Küchentisch. Es ist ein schweres Stück, italienisches Barock, eine echte und solide Antiquität.

»Sieh dir das an. Es ist frisch.«

Voort hatte noch nicht mal gemerkt, daß sein Partner inzwischen zu dem winkenden Uniformierten hinübergegangen ist. Es ist, als hätte Mickie sich einfach in Luft aufgelöst.

In das Holz hatte jemand Initialen geritzt.

»CTH«, liest Voort vornübergebeugt. Die Buchstaben sind schartig und nicht weniger ungestüm als das Trümmerfeld rund um sie. Das Holz darunter ist blütenweiß. Um die Wunde herum befinden sich noch Schiefer aus braunem Holz, die Buchstaben sind also ganz frisch.

»Die Initialen des Typs?« sagt Mickie.

»Das wäre zu schön.«

»CTH. Was heißt CTH?«

»Ich hoffe, wir finden es heraus«, sagt Voort und stellt sich einen Fremden vor, einen gewalttätigen Mann, der irgendwo da draußen in dem nachlassenden Sturm durch den Schnee stapft, das Gesicht versteckt, mit dem Rücken zu Voort, ein Mann mit einem brutalen Geheimnis im Herzen.

Voort verspürt ganz plötzlich den Drang, Camilla anzurufen, ihre Stimme zu hören, ihre aufgesetzte Härte, ihre vibrierende Lebenskraft. Er ist von einem starken Bedürfnis erfüllt, sie zu beschützen.

Statt dessen sagt er: »Ich sehe mir besser die Leiche an.«

Voort, der professionelle Beschützer, geht hinüber zu dem Klumpen toten, tranchierten Fleisches, der in der Mitte des Zimmers liegt.

4

Der Banker blickt auf und stellt fest, daß er bis ganz in den Ostabschnitt der 94. Straße gegangen ist. Es ist eine hübsche Straße mit Braunsteinhäusern, in der in Abständen kleine, vom Gewicht des nassen Stadtschnees gebeugte Bäume stehen. Es ist acht Uhr morgens. Die Schneepflüge sind noch nicht so weit gekommen. In einigen Häusern brennt Licht, und die Ampeln blinken orange. Er wendet sich nach Westen und stapft, auf seinem Weg von der Second zur Lexington Avenue, durch tiefen Schnee.

Er kennt diese Straße. Er ist schon viele Male hier gewesen. Weitere dreißig, vierzig Meter durch die riesigen Schneewehen, und er wird vor der Treppe am Haus des Psychologen stehen.

Eine weiße Bö erfaßt ihn, und da er ohnehin schon aus dem Gleichgewicht ist, wirft sie ihn beinahe um. Seine Hose ist durchnäßt, und die Schuhe kann er wegwerfen. Sein Regenmantel ist falsch geknöpft, und der Schneesturm hat ihm das Hemd und den für gewöhnlich so perfekt gebundenen Schlips versaut.

Aber weder im Gesicht noch im Haar ist Blut. Das hat er abgewaschen, in ihrer Wohnung.

O Gott, denkt der Banker. Laß mich aufwachen. Mach, daß ich nur geschlafen habe.

Eine andere Stimme, der Hauch eines Flüsterns in ihm, sagt: *Sie hat es nicht anders verdient!*

Plötzlich kommt von oben ein Schwall Operngesang, als jemand ein Wohnzimmerfenster öffnet und wieder schließt. Er hört den Radau einer Katze, die in einer schneebedeckten Mülltonne gefangen ist; miauend kratzt sie auf das Aluminium ein. Mit einem Tritt wirft er die Tonne um, und eine große undankbare Calico kommt herausgeschossen, erstarrt, als sie den Schnee sieht, und läuft wieder hinein, zurück in ihr Gefängnis.

Als sich der Banker die Treppe hinauf vor die gläserne Doppeltür von Dr. Bainbridges Braunsteinhaus quält, fällt ihm auf, daß man kaum die Dächer der Autos sehen kann. Auf der rechten Seite der Eingangstür befindet sich ein Aufkleber, auf dem HOLMES SECURITY steht. Die rostbraune Farbe schält sich auf dem Holzbogen über dem Wolfskopf des Klopfers.

Der Banker steht da wie die Katze aus der Aschentonne, unfähig sich zu bewegen, während er die grausigen Bilder zu bannen versucht.

Dann sieht er zu, wie sein halberfrorener bloßer Zeigefinger auf die busenförmige Klingel drückt. Der Strom scheint ins Haus zu fließen und durch seinen Körper zugleich, wie ein Vorbote seiner Zukunft, wie das schrille Vibrieren eines erschauernden elektrischen Stuhls.

Er ist so mit seinen Gedanken beschäftigt, daß er nicht einmal sieht, wie die Tür sich öffnet, nur daß Dr. Bainbridge plötzlich dasteht und blinzelnd aus der Brille mit dem Drahtgestell blickt.

»Stimmt was nicht?«

»Ich muß Sie sprechen.«

»Ich erwarte einen Patienten.«

»Jetzt. Bitte. Bitte.«

Bainbridge tritt beiseite, und der Banker stolpert beinahe, als er die letzte Stufe in die Halle nimmt. Es ist dunkel hier drin, und wie immer – wie schon vor einem Jahr, als er als Patient hierher zu kommen begann – wird im Haus renoviert.

Der Banker weiß nicht, ob Dr. Bainbridge verheiratet ist. Er weiß nicht, ob er eine Freundin hat. Er hat keine Ahnung, ob sich in diesem Augenblick irgendwo im Haus ein weibliches Wesen aufhält. In den fünfzig Wochen, die er nun herkommt, hat er nichts weiter gesehen als die Halle, in der die Farbe abblättert, die vergipsten Löcher neben dem französischen Spiegel, die überbreite Falttür, die in das im Erdgeschoß gelegene Sprechzimmer führt, und das Sprechzimmer selbst mit seinen passenden, verstellbaren Ledersesseln, dem Teakschreibtisch, der ovalen Brücke, den häßlichen grünen Brokatvorhängen, die noch nicht einmal einen Blick auf das gestatten, was auch immer hinter dem Haus liegen mag.

»Ich ... ich war bei ihr.«

»Niana?«

»Ich war dort. Bei ihr. Ich habe ihr was getan.«

Hinter den dicken Gläsern der Brille mit dem Drahtgestell beginnen sich Dr. Bainbridges braune Augen entsetzt zu weiten. Fast widerwillig fragt er, leise, verängstigt, als wolle er nicht zuviel wissen, als wolle er, daß die Zeit noch in diesem Augenblick stehenbleibt: »Was soll das heißen, ›was getan‹?«

»Ist jemand hier?«

»Ich erwarte einen Patienten.«

»Jetzt!« sagt der Banker gereizt. »Ich meine, ist im Augenblick sonst noch jemand im Haus?«

»Nein.«

Es scheint dem Psychologen merkwürdig peinlich zu sein einzugestehen, daß dieses riesige Haus nur einen einzigen Menschen beherbergen soll.

»Mir ist kalt«, sagt der Banker.

»Sie sind völlig durchnäßt.«

»So was von kalt.«

»Kommen Sie rein. Warten Sie hier«, sagt Bainbridge, der den Banker selbst in seiner extremen Besorgnis nur ungern sehen läßt, was es in dem Haus sonst noch gibt. »Ich bringe Ihnen etwas Warmes. Sie haben ungefähr meine Größe.«

Erforscher der Geheimnisse anderer. Vehementer Bewahrer seiner eigenen.

Zehn Minuten später sitzen sie in ihren angestammten Sesseln im Sprechzimmer, als wäre nicht das geringste passiert, als wäre dies nichts als ein weiterer Besuch im Lauf einer langen Zeit. Nur daß sie jetzt ähnlich leger gekleidet sind, was der Banker komisch findet. Normalerweise bevorzugt er strenge Kleidung, *Powerkleidung*, forsche Anzüge mit Nadelstreifen und Hemden mit gestärkten Krägen, Seidenkrawatten mit regelmäßigem Muster, Manschettenknöpfe, die den Kunden zeigen, das ist ein Mann, der sich zu pflegen weiß.

Dr. Bainbridge dagegen ist eher der lockere Typ, der Farmer, ein alter Hippie vielleicht. Er ist eine sanftere Erscheinung. Er mag weite Jeans, französische Pullis, Overalls aus Denim und Turnschuhe oder bequeme Wüstenstiefel.

Der Banker trägt jetzt einen grauen Overall und hat einen Becher dampfenden Kamillentee vor sich auf dem Tischchen, unmittelbar neben der stets präsenten Kleenex-Box. Die kurze Zeit, die Bainbridge nicht bei ihm war, hat seinen Selbsterhaltungstrieb etwas gestärkt.

Jetzt sagt er, fast kokett: »Sie stehen unter Schweigepflicht, stimmt's?«

»Wie bitte?«

»Was ich Ihnen erzähle, bleibt unter uns. Sie haben mich zu schützen.«

»Was wollen Sie damit sagen?«

»Wenn Sie's wissen wollen, müssen Sie schwören«, sagt der Banker, während ihm bewußt wird, daß er sich wie ein Achtjähriger anhört. »Es bleibt unter uns«, sagt er und fügt dann, wie ein Versprechen, von dem sie beide wissen, daß er es niemals halten wird – hinzu: »Später können wir dann zusammen entscheiden, was zu tun ist.«

»Ich verspreche es.«

»Ich habe sie umgebracht.«

»O Gott«, sagt Bainbridge und begräbt, leicht schwankend, das Gesicht in den Händen. »O nein.«

Der Banker jedoch fühlt sich etwas besser jetzt, wo er die Worte ausgesprochen hat. Die ganze Nacht, bis in den Morgen hinein, hat er die Wahrheit zu verbannen versucht, ist herumgelaufen, hat sich gesagt, es sei nichts passiert, hat die schreckliche Macht eines Geheimnisses gespürt, das ihn in Stücke zu reißen drohte. Jetzt, da er es ausgesprochen hat, ebbt der Schmerz ab. Er ist noch da, aber nicht mehr so schlimm. Die Schultern des Doktors haben etwas nachgegeben, und der Banker sieht, wo seine Last gelandet ist.

»Ich hatte nicht vor, bei ihr zu klingeln, aber dann sah ich, wie ich es tat. Ich wollte gar nichts sagen, als ich ihre Stimme über die Sprechanlage hörte, aber dann hörte ich mich antworten.«

»O Gott.«

»Ich ging hinauf. Sie sah aus wie immer. Ich dachte, wir kämen gut miteinander aus, aber dann bat sie mich, wieder zu gehen.«

»Vielleicht ist sie nicht tot. Vielleicht haben Sie sie nur verletzt.«

Der Banker sieht seinen Arzt an, und Bainbridge erscheint ihm kleiner als sonst, machtlos und weit, weit weg. Die Kraft scheint vom einen auf den anderen überzugehen.

»Glauben Sie mir. Sie ist tot.«

»Ich gehe mit Ihnen zur Polizei.«

»Nein.«

»Sie müssen es ihnen sagen.«

»Ich muß überhaupt nichts – außer daran denken. Ihr Gesicht am Ende, als sie sah, daß ich es tun würde, als sie verstand, wie sehr und wie lange sie mir weh getan hat …«

Die Worte des Bankers verlieren sich in der Erinnerung. Er blickt hinab auf seine Hände. Sie scheinen ihm nicht anders als gestern, aber er weiß, sie können unmöglich dieselben sein. Vielleicht sind sie die eines anderen. Glatt, schwielenlos von der Arbeit mit dem Bleistift. Manikürte Nägel. Kein Hinweis darauf, nicht der geringste, daß diese Hände jemanden aufgeschlitzt haben.

»Was haben Sie mit der Waffe gemacht?«

»Abgewischt. Und in einen Gully geworfen. Das Blut auf meiner Haut habe ich abgewaschen.«

Bainbridge steht auf und geht auf seinen Schreibtisch zu. Auf diesem liegt eine Ausgabe des *Psychology Journal* mit seinem Namen auf dem Umschlag und darunter der Titel seines Artikels: »Jagd auf das geliebte Objekt. Menschen, denen man keinen Korb gibt.«

Der Banker sagt erschreckt: »Was machen Sie denn?«

»Ich rufe die Polizei.«

»Nein!«

»Wir machen das zusammen. Wir suchen uns einen Anwalt. Ich stehe das mit Ihnen durch.«

Der Banker erhebt sich rasch und legt, auf Strümpfen, die Distanz zwischen ihnen zurück. Der Becher Tee ergießt sich über die grün-braune Brücke. Am Schreibtisch reißt der Banker Bainbridge den Telefonhörer aus der zitternden Hand. Er wiegt ihn wie eine Keule. Der Zorn in ihm ist wieder da. Einen Augenblick lang stellt er sich vor, wie der schwarze Hörer auf den Schädel des Psychologen knallt. Ihn zerschlägt wie ein Ei. Ob wohl Dotter auf den Schreibtisch liefe, auf die medizinischen Artikel, auf das Flugticket auf die Bahamas, wo der Doktor eine Tagung hat?

Eine körperlose elektronische Stimme kommt aus dem Hörer.

»Falls Sie ein Gespräch zu führen haben, warten Sie auf die Vermittlung. Ihr Telefon ist nicht aufgelegt. Bitte legen Sie auf.«

Der Banker legt den Hörer wieder auf die Gabel.

»Sie haben mich dazu gebracht«, sagt er.

»Das ist doch verrückt.«

»Sie haben damit angefangen«, insistiert der Banker, der plötzlich erkennt, daß es die Wahrheit ist. Er gewinnt an Stärke, indem er, wenigstens in seiner Einbildung, die Verantwortung teilt. »Ihr Verein. Ihr ›Club der toten Herzen‹. Was passiert wohl, wenn herauskommt, daß Sie der Drahtzieher sind. Sie haben uns betrunken gemacht.«

Bainbridge sagt nichts.

»Sie haben uns ausgesucht, alle drei, aus all ihren Patienten. Sie haben nach Fallbeispielen gesucht, nach Männern, die es nicht verwinden können, daß man ihnen das Herz gebrochen hat. Sie haben uns ermutigt, uns in einer Bar zu treffen. Sie haben Alkohol spendiert, und nicht zu knapp. Sie haben uns gedrängt, über unseren Haß zu sprechen. Jetzt wird es mir klar! Deshalb haben Sie uns ausgesucht. Sie suchten Leute am Rande des Wahnsinns. Völlig verkorkst. Leute, über die sich schreiben läßt. Sie wollten, daß wir ihnen etwas antun. Sie wollten es von Anfang an.«

»Nein!«

»Vielleicht«, sagt der Banker durchtrieben, »aber was wird die Polizei glauben? Was werden die Kollegen glauben? Was werden die Zeitungen sagen? Das Fernsehen. Die Nachbarn. Die Masse der Nachbarn vor Ihrer Tür.«

Bainbridge geht langsam zurück zu seinem Sessel und läßt sich hineinfallen.

»Man erteilt Ihnen Berufsverbot, wenn Sie Glück haben. Schlimmstenfalls, wer weiß – wer weiß, was ich denen erzähle. Daß wir darüber diskutiert haben. Daß ich mit Ihnen darüber gesprochen habe. Vielleicht, ja, vielleicht sogar, daß ich es zusammen mit Ihnen geplant habe. Vielleicht lüge ich. Dann gehen Sie auch ins Gefängnis.«

»Das kann doch nicht wahr sein«, sagt Bainbridge.

Die Holzuhr auf dem Sims des Kamins, der schon die ganzen fünf Jahre, seit Bainbridge nun hier wohnt, völlig verrußt ist und deshalb nicht funktioniert, schlägt Viertel vor neun. Noch eine Viertelstunde bis zu seinem ersten zahlenden Patienten. Lithographien hängen an den Wänden; nur andeutungsweise wirken sie dem Geruch der Baufälligkeit entgegen, der das ganze Haus durchzieht. Es ist eine französische Cafészene darunter, die in ihrer Fröhlichkeit völlig fehl am Platz ist, insbesondere in diesem Augenblick, während dieses Gesprächs. Dann gibt es noch ein Ärztetrio, das – vor hundert Jahren – in den geöffneten Körper eines Patienten späht. Keiner der Ärzte trägt einen Mundschutz. Sie werden ihre eigenen Patienten anstecken. Zwei fidele junge Frauen aus dem Jazz-Age spazieren lachend mit ihren engen Rocksäumen die Promenade an der West Side am Hudson entlang.

Bainbridge liebt entweder die Abwechslung, oder er ist sich nicht sicher, was ihm am besten gefällt.

»So ist es schon besser«, sagt der Banker jetzt, da die Bedrohung vorüber ist und Bainbridge wieder sitzt. »Sie wollten, daß ich ihr was tue.«

»Das ist nicht wahr.«

»Sie sprechen ständig von Haß. Sie hören das gern. Sie sollten Ihr Gesicht sehen, bei unseren Treffen am Donnerstag, wenn sich einer hinreißen läßt, wenn einer von uns sagt: ›Ich möchte sie töten.‹ Sie warten darauf. Sie ziehen sich daran hoch. Vielleicht haben Sie den Club deshalb aufgemacht.«

»Nein.«

»Geben Sie's zu. Vielleicht dachten Sie, daß es keiner von uns wirklich tut. Vielleicht sind Sie sich Ihrer Macht, bei uns Dinge auszulösen, nie bewußt geworden. Sie fragen uns ständig, was in uns vorgeht, aber können Sie mit Sicherheit sagen, hundertprozentig, daß Sie es nicht doch gerne hören? Warum all das Geld ausgeben? Warum sich die Zeit nehmen? Können Sie sagen, nur für sich, daß Sie kein persönliches Interesse an der Frage haben? Daß Sie nicht selbst durch irgendeinen Schmerz so verkorkst sind? Daß Sie sich nie vorgestellt haben, so etwas selbst zu tun?«

»Sich etwas vorzustellen und etwas zu tun, das sind zwei verschiedene Paar Stiefel.«

»Können Sir mir das hundertprozentig sagen? Das ist alles, was ich wissen will. Ehrlich«, sagt der Banker, ermutigt durch das, was er in Bainbridges Gesicht sieht. Er schätzt, er hat wenigstens zum Teil die Wahrheit gesagt und fühlt sich stärker jetzt, nachdem er dem Doktor den Gedanken, die Polizei zu rufen, ausgetrieben hat. »Ihnen ist nie, nicht ein einziges Mal in den Sinn gekommen, einer von uns könnte jemandem etwas tun?«

Ein langes Schweigen.

»Das habe ich mir gedacht.«

»Das Komische ist«, sagt der Banker, »daß ich immer dachte, es wäre der Agent, der gewalttätig wird. Ich meine«, sagt er, auf und ab gehend, für den Augenblick sicher, mit päpstlicher Unfehlbarkeit, »er ging schließlich immer am leichtesten in die Luft. Erinnern Sie sich daran, wie er das Bierglas zerbrochen hat? Wissen Sie noch, wie er mit den Scherben herumgefuchtelt hat? Wissen Sie noch, wie er durchgedreht und gesagt hat, er hätte davon geträumt, seiner alten Freundin die Kehle durchzuschneiden?«

Bainbridge, den Blick auf den Boden gerichtet, sagt nichts. Er ist so schockiert, daß ihn jeder Wille verlassen zu haben scheint.

»Sie sind der ruhige, sanfte Typ, während der Mechaniker nie weiß, was er fühlt. Ich habe mich für gewöhnlich«, der Banker lacht, »völlig in der Gewalt. Aber der Agent, Eric Porter, der ist immer hart an der Kante. Verstehen Sie, was ich meine?«

Der Doktor schweigt.

»Und der Typ, der sich nie blicken läßt, ist wahrscheinlich der Schlimmste von allen.«

Der Banker zieht zwei Papiertücher aus der Box auf dem kleinen Holztischchen neben dem Patientensessel. Die hält er dem Doktor hin. Bainbridge tupft sich, den Kopf noch immer abgewandt, den Schweiß von der Stirn.

»Deswegen haben Sie uns ausgesucht. Das ist mir jetzt klar. Sie haben drei potentielle Mörder zusammengebracht, die dasselbe Problem haben wie Sie. Kaum zu glauben, daß mir das jetzt erst klar wird.«

»Hören Sie auf.«

»Ich bleibe hier, bei Ihnen. Für einige Tage.«

»Nein!« sagt Bainbridge bestürzt und hebt den Kopf.

»Sie sagen doch, Sie leben allein. Ich glaube nicht, daß ich irgendwelche Spuren hinterlassen habe in ihrer Wohnung. Die Bank bleibt heute ohnehin geschlossen, wegen des Sturms. Ich sehe fern, lese die Zeitungen. In einer Woche oder so gehe ich, wenn alles in Ordnung ist, wieder nach Hause.«

»Ich lasse Sie nicht hier bleiben«, sagt Bainbridge kraftlos. »Wir rufen die Polizei. Jetzt.«

»Wir sind aneinander gefesselt, der ganze Club. Wir haben uns gegenseitig aufgestachelt, um so etwas zu tun, wir wollten, daß es einer von uns tut. Sie wissen es.«

Die Uhr schlägt neun. Die Klingel an der Haustür bleibt stumm. Vielleicht, denkt Bainbridge, kommt die Patientin gar nicht. Ich rufe die anderen Patienten an und sage ihnen, die Praxis ist heute geschlossen, wegen des Sturms.

»Wir können darüber sprechen, zusammen daran arbeiten. Sie können mich zu überreden versuchen, daß ich mich stelle«, sagt der Banker, von seinem Sieg überzeugt. Er macht es Bainbridge nur einfacher, sich noch einmal selbst zu belügen, sich einzureden, er hätte noch irgendeinen Einfluß auf die Situation. »Ich bin bereit, mir Ihren Versuch anzuhören. Immerhin, Sie sind schließlich mein Arzt.«

Der Banker verkneift sich ein Lachen. Er verspürt ein merkwürdiges, aber mächtiges Gefühl der Freiheit.

Es klingelt an der Haustür, schrill, abrupt, nachdrücklich, wie es nur die Glocke eines Psychologen sein kann.

»Mein Patient«, sagt Bainbridge.

»Dann sind wir uns also einig«, sagt der Banker.

»Nur für ein paar Tage. Und Sie versprechen mir, wir sprechen darüber, daß Sie zur Polizei gehen.«

»Versprochen«, sagt der Banker mit einer Hand auf der Brust des Overalls, den er trägt. Noch nie im Leben hat er so ein Ding angehabt.

Bainbridge ergibt sich in die Situation und steht auf, entläßt den Banker in dem aussichtslosen Versuch, sich auf die folgende Stunde zu konzentrieren, sich die Probleme eines Patienten anzuhören: Probleme mit der Liebe, mit der Arbeit, er oder sie liebt mich nicht, meine Mutter hat mich gehaßt, ich glaube, ich bin homosexuell, warum kann ich nicht glücklich sein, Herr Doktor. Machen Sie mich glücklich, glücklich.

Glücklich.

Der Banker steigt die Treppe in der dunklen Halle nach oben und denkt: Ich fühle mich sicher hier. Ich weiß, hier habe ich, wenigstens für den Augenblick, alles im Griff. Bainbridge ist unten geblieben, im Sprechzimmer, versucht sich zu sammeln und seine professionelle Maske aufzusetzen. Es klingelt wieder. Der Banker stellt sich den Mann draußen vor. Einen wie er selbst, einen Mann in den Klauen seiner Erinnerungen, irgendeines Schmerzes, seiner Erziehung. Zu seiner Überraschung bemerkt der Banker plötzlich, daß er Niana während der letzten Stunden gar nicht vermißt hat. Es ist die erste Nacht seit langem, in der sie ihm nicht fehlt.

Oben ist das Haus noch unfertiger als der Teil, den er bereits kennt. Die Flure sind dunkel, Kabel liegen offen, überall sind vergipste Stellen an der Wand. Im Schlafzimmer des Hausherren liegt eine Matratze auf dem Boden, daneben eine halbe Flasche Wein, ein Buch mit dem Titel *Weg von Schmerz und Gewalt*. Nicht die Spur von Dekoration an der Wand. Das Fenster ist mit einem Laken verhängt, und als er es beiseite zieht, blickt er durch ein verschlossenes Gitter auf eine Feuertreppe, eine schmale Gasse und, auf der anderen Seite, auf einen schneebedeckten Garten hinaus.

Der Banker stellt fest, daß es ihm Spaß bereitet, wenigstens für den Augenblick, im Haus des Psychologen herumzuschleichen. Ich habe eine ganze Stunde für mich hier oben, denkt er. Um Schubladen zu öffnen. Mir seine Fotos anzusehen. Zu sehen, wer er in Wirklichkeit ist.

Das Klingeln an der Tür endet jäh.

Der Banker schleicht zurück in den Flur. Er kann die Person nicht sehen, die eintritt, da die Treppe gewunden ist, aber er hört das scharfe Stakkato der Absätze von Damenschuhen. Er hört eine leise Stimme, die einer Frau. Er versteht jedoch nicht, was sie sagt.

Er hört Dr. Bainbridge sagen: »Ich weiß. Ich habe die Klingel zuerst nicht gehört. Tut mir leid, Camilla, kommen Sie rein.«

5

Das Schluchzen der Frau läßt etwas nach, ihre Schultern hören zu zucken auf, als sie, durch Tränen hindurch, fragt: »Möchten Sie einen Kakao? Ein Sandwich? Vielleicht etwas essen?«

Voort bittet um Saft, weil er sieht, daß sie etwas zu tun braucht. Es ist Samstag, anderthalb Tage nach dem Mord, und er vernimmt Niana Embers' beste Freundin, Rachel Gold, in der Eigentumswohnung im 20. Stock, die sie mit ihrem Gatten und zwei Söhnen, Zwillingen, direkt am Central Park West bewohnt.

Er hat sich die ganze Nacht über Sorgen um Camilla gemacht. Er hat nichts von ihr gehört, wohingegen sie sich sonst immer am Abend gemeldet hat.

Rachel Gold ist fassungslos. »Mary war manchmal ein kleiner Wirrkopf, aber ansonsten ein herzensguter Mensch. Sie hat den Zwillingen immer Geschenke gebracht. Wenn sie nichts kaufen konnte, hat sie eben einen Pulli gestrickt, eine Collage gemacht.«

Für ihre Freunde war Niana Embers immer Mary Jackson geblieben, die Farmerstochter aus Indiana, die nach New York gekommen war.

Voort sagt ermutigend: »Sie sind eine große Hilfe, Rachel. Alles, was Ihnen einfällt, ist gut.«

»Ich hatte langsam den Eindruck, sie war endlich bereit für eine Beziehung. Es ist nicht fair, wenn ein guter Mensch keine Liebe findet, meinen Sie nicht? Ich habe ihr gesagt, wenn du bereit bist, dann passiert es auch. Dann brauchst du nicht mehr einsam zu sein.«

Voort folgt ihr in die Küche, was ihm Gelegenheit gibt, mehr von der Wohnung zu sehen und Rachel Gold als Verdächtige zu studieren. Ihre Füße sind zu klein, sieht er, für einen Herrenschuh der Größe neuneinhalb. Sie hat nicht mal genug Kraft, ein Glas Oliven zu öffnen, verglichen mit den Bärenkräften, die der Mörder eingesetzt hat.

Aber natürlich, so sagt er sich, kann – im richtigen Augenblick – selbst ein Zehnjähriger dazu angespornt, getrieben, gehetzt, ungeheure Kräfte freisetzen.

»Sind Sie sicher, daß Sie kein Sandwich wollen?«

»Nur Saft. Preiselbeer ist prima.«

Wieder im Wohnzimmer, gehen sie über einen blutroten Perser mit Blumenmotiv in Blautönen. »Es ist derselbe wie Nianas«, sagt Rachel. »Mein Mann hat ihr einen geschenkt, nach unserem Urlaub in der Türkei. Entschuldigen Sie mich, aber ich muß nach den Zwillingen sehen.« Sie wendet sich dem Panoramafenster zu, starrt besorgt hinab auf die weiße Fläche des Central Parks. Sie macht sich Sorgen um ihre Söhne. Wenn ein Mord passiert, ist jedermann in Gefahr. Sie macht einen hilflosen Eindruck, als sie zwei braune Punkte auszumachen versucht, die zwei Schlitten durch die Wellen der Schneewehen ziehen.

»Ich habe sie kennengelernt, als ich nach New York gezogen bin, vor zwölf Jahren. Wir sind beide vom Land, wollten beide berühmt werden, groß rauskommen. In New York.«

Rachel kehrt zurück auf die Couch, nippt an ihrem Saft, braucht aber zwei Hände, um ihn ruhig zu halten. Sie gibt auf und stellt das dicke Kristallglas auf einen Keramikuntersatz auf dem schweren Glascouchtisch. Alles scheint so zerbrechlich. »Wir haben uns bei Tony Roma's kennengelernt, wo wir beide kellnerten. Wir sind dann zusammengezogen, in ein Studioapartment in der Nähe der Second Avenue, wo sie immer noch wohnt. O Gott. Ich meine, wo sie gestorben ist.«

Rachel bricht wieder in Tränen aus. Ihren Schmerz respektierend, wendet Voort sich ab und benutzt die Gelegenheit, sie im Spiegel zu mustern. Eine Frau mit freundlichem Gesicht, etwas üppig, doch im Augenblick ist die Liebenswürdigkeit ihrer Züge unter Flecken von häßlichem Violett kaum zu erkennen. Sie trägt einen cremefarbenen Rollkragenpullover, einen wadenlangen Tweedrock, den Camilla ihm letzte Woche in einer Anzeige der *Times* vom Sonntag gezeigt hat, und dazu teure hochhackige Lederstiefel; letztere gelten im Augenblick in der 57. Straße als der letzte Schrei. Ihr dunkles Haar ist von grauen Strähnen durchsetzt und zu einem Knoten zusammengefaßt, der von einem silbernen Clip – von Tiffany's – gehalten wird.

Das Wohnzimmer ist so groß, daß Voort annimmt, es müssen früher zwei Räume gewesen sein, vielleicht sogar zwei Studioapartments. Riesige Orientteppiche, an den Ecken überlappend, bedecken den Boden. Er und Rachel sitzen sich am Tisch auf zwei identischen schwarzen Ledersofas mit ausladenden Rückenlehnen gegenüber, teuren Modellen – er hat die gleichen im Arbeitszimmer bei sich zu Hause stehen. Der Kamin ist gut drei Meter hoch, sein Sims besteht aus zwei handgeschnitzten Anacondas, wahrscheinlich in einem Urlaub am Amazonas erstanden. Bücher sieht er keine, nur Immobilienmagazine in einem hölzernen Ständer und einen schwarzen Sony-Fernseher von der Größe einer kleinen Kinoleinwand; er beansprucht drei Viertel der gegenüberliegenden Wand. Es ist absolut kein Verkehrslärm zu hören, was bei zwanzig Stockwerken über Central Park West bedeutet, daß die Scheiben von mindestens dreifacher Stärke sind.

Rachel fragt: »Hat sie gelitten?«

»Es ging schnell. Erzählen Sie mir mehr über die Zeit, als Sie zusammenwohnten.« Voort will, daß sie sich beruhigt, bevor er auf die eigentlich wesentlichen Fragen zu sprechen kommt. Er braucht ihre Konzentration, das Gedächtnis eines Fremden, um seine Arbeit zu tun. Ihre Unvollkommenheit setzt seinen Ermittlungen Grenzen. Sein Lammfellmantel liegt neben ihm. Wegen der kalten Witterung trägt er dicke italienische Cordhosen und Wanderschuhe von Raichle. Ein roter Kaschmirschal hängt über seine kräftigen Schultern, ein Geschenk von Camilla wie das preußischblaue Flanellhemd mit den zwei Brusttaschen aus Maine.

Wieder muß Voort an Camilla denken. Er hat nichts von ihr gehört, seit sie tags zuvor aus dem Haus gegangen ist. Er hat Nachrichten auf ihrem Anrufbeantworter hinterlassen, und Telefonjunkie, der sie ist, hört sie ihn ständig ab und ruft, selbst wenn sie es eilig hat, immer innerhalb weniger Stunden zurück.

Rachel Gold redet leise weiter: »Wir waren achtzehn. Wir aßen nicht viel. Wir brauchten nicht viel zum Anziehen. Wir lebten billig. Und wir brauchten keine Angst zu haben, mit jemandem ins Bett zu gehen.«

»Sie meinen, es gab kein AIDS.«

»Wir waren ziemlich wild. Wir gingen zu viert aus. Ich stand auf Künstlertypen, Schriftsteller, Sänger. Ha! Und lande bei einem Immobilienmogul! Sie hatte lieber normale Typen. Börsenmakler. Investmentbanker. Die hatten was Solides, und das brauchte sie. Ihr fehlte was, ohne daß sie es wußte. Sie kennen den alten Spruch von Groucho Marx? Ich möchte doch keinem Club angehören, der mich als Mitglied nimmt? Aber kaum begannen sie sie zu mögen, war sie auch schon weg.«

»Wissen Sie, ob sie in letzter Zeit einen Freund hatte?«

Rachel Gold lehnt sich seufzend zurück. Es ist offensichtlich, daß sie sich nicht wohl in ihrer Haut fühlt. »Wer hätte gedacht, daß ich mit vierzig noch über ›Freunde‹ rede«, sagt sie. »Sie hatte einen ziemlichen Verschleiß, und sie hatten immer Geld. Nicht daß sie des Geldes wegen mit ihnen ausgegangen wäre, nur wegen der Solidität, die das Geld ihnen gab. Ja, sie hat sogar hinterher, nachdem sie ihnen den Laufpaß gegeben hatte, alles weggeworfen, was sie ihr geschenkt hatten – Schmuck, Briefe, Kleider. Die Trennung war immer total. Erst spielt sie verückt wegen einem Typ. Ist nur für ihn da. Und dann, aus heiterem Himmel, gibt sie ihm den Laufpaß. Ärgert sich über ihn, löscht jede Spur von ihm aus. Wirft ein Kollier für tausend Dollar in den Müll.

Ich konnte das nicht. Ich habe sie bewundert für ihre Stärke. Erst später, als ich ein bißchen erwachsener war, wurde mir klar, daß für sie Liebe nicht Stärke, sondern Schwäche war.«

Plötzlich hat Voort das Gefühl, als habe sie das Thema gewechselt, als spreche sie nicht mehr von Niana, sondern von Camilla. Er sieht Camillas hübsches Gesicht vor sich, so intensiv, daß er glaubt, sich nur zur Seite wenden zu müssen, und sie säße neben ihm, auf dieser Couch. Er riecht sie. Er schiebt sie beiseite. Er muß sich konzentrieren, wenn er Niana Embers' Mörder finden will.

Rachel sagt: »Nach einiger Zeit bekam sie Probleme mit ihrem Verhalten. Aber da konnte sie nicht mehr zurück.«

Voort wiederholt nickend: »Nicht mehr zurück.«

Sie steht wieder am Fenster, sucht unten nach ihren Söhnen. All das Gerede sorgt für Panik im Herz einer guten Mutter.

»Es ist traurig«, sagt sie, den Blick abgewandt, als wäre das Fenster ein Aquarium und das Leben unter ihr ein Ausstellungsstück. »Als ich aufwuchs, auf unserer Farm, also da gab es so wenig zu tun, daß ich schier verrückt wurde. Aber hier in New York ist es so einfach, seine Probleme zu verdrängen, weil es so viel zu tun gibt. Ständig neue Männer. Immer ein besserer. Einer, der besser aussieht, reicher ist, talentierter. Niana gewöhnte sich eine bestimmte Verhaltensweise an. Eine Routine, die Zeit totzuschlagen. Dann, eines Tages, war sie älter, die Jahre waren dahin, und es war kein Mann da, nur die traurige Hülse des kranken Gedankens, es könnte noch etwas Besseres geben. Rede ich Unsinn? Ihr war klargeworden, daß sie ihre Stärke gegen sich selbst einsetzte. Sie hatte immer ihrer Angst nachgegeben. Und jetzt, so denke ich, war sie endlich so weit – es hört sich dumm an, wenn man es so sagt – erwachsen zu werden.«

Sie sieht verlegen aus. Sie hat das Gefühl, zuviel geredet zu haben, über Dinge, die im Augenblick völlig unwichtig sind. Voort stellt fest, daß sie ihm sympathisch ist. »Alles hilft«, sagt er, und seine Freundlichkeit bringt sie wieder zurück, weg vom Fenster, zurück auf die Couch.

Sie scheint von Augenblick zu Augenblick älter zu werden. Voort kann sehen, wie sie in fünf Jahren aussehen wird, wenn sie ein halbes Jahrhundert hinter sich hat. Ihr freundliches Wesen wird ihre Weiblichkeit in den Schatten stellen. Zu den drallen Armen gesellt sich ein schlaffes Kinn. Trotzdem weigert sie sich, sich liften zu lassen. Dazu ist sie zu stolz. Sie bleibt das Mädchen vom Land, die vollschlanke Matrone, die Gattin des Immobilienmoguls, die ihre Jungs nach Middlebury schickt, Williams, Princeton, Yale.

»Mary Jackson«, sagt Rachel. »Unglückliche Frauen ändern ihren Namen. Unglückliche Männer kaufen sich keine Möbel. Gott, ich höre mich an wie ein Seelenklempner in der *Oprah Winfrey Show*.«

Er spürt, daß er sie durch das Gespräch führen muß. »Fällt Ihnen jemand ein, mit dem sie kürzlich Streit gehabt hat, ein Name?«

»Nein.«

»Die Initialen CTH. Sagen Ihnen die was? CTH?«

»Nein.«

»Jemand, der sie haßte. Jemand, der sie verklagt hat. Ein Nachbar. Ein verärgerter Onkel. Ein Junge aus der Straße, der mittlerweile erwachsen sein müßte.«

»Tut mir leid«, sagt Rachel und gibt ihm damit die gleiche Antwort, die Voort und Mickie von Nianas Nachbarn, Freundinnen und ihrem Vater zu Hause in Fort Wayne, Indiana, bekommen haben. Von ihren Kolleginnen bei der Telefonmarketingfirma. Von dem koreanischen Ladenbesitzer in ihrer Straße. Von den alten Freunden, die sie bisher ausfindig gemacht haben. Allen tut es leid.

»Schon in Ordnung«, sagt er. »Erzählen Sie mir vom letzten Mal, als Sie sie gesehen haben.«

»Das war vor zwei Tagen. Ich bin Mitglied am MOMA«, sagt sie, »Museum of Modern Art. Wann immer eine Ausstellung eröffnet wird, nehme ich sie mit. Ich gebe ein Essen aus. Mein Beitrag zu den Künsten. Sie hat kein Geld. Sie ist Dichterin. Man kann sich seine Leidenschaften schließlich nicht aussuchen, nicht wahr? Ein Dichter verbringt nicht weniger Zeit auf seine Verse als ein Geschäftsmann auf seine Deals. Ich hatte Glück«, sagt Rachel Gold mit einem Blick auf ein Foto auf dem Couchtisch. Es zeigt Rachel im Skianzug mit einem gutaussehenden weißhaarigen Mann. »Michael verdient genug für eine doppelt so große Familie. Also«, lacht sie, »mit Niana gebe ich der Welt etwas zurück. Ich lade sie zum Essen ein. Ich kaufe ihr Geschenke, wenn wir verreisen.«

»Als Sie sie vor zwei Tagen gesehen haben, hat Sie da irgendeinen Mann erwähnt, mit dem sie gerade ausgeht?«

»Es gab da jemanden, der in einer Bank arbeitet, glaube ich, mit dem war sie ein paarmal aus. Es verlief sich aber.«

»Und wie hieß der?«

Sie zuckt hilflos die Achseln. Das ungute Gefühl stellt sich wieder ein. Die Angst, etwas Wichtiges zu vergessen.

»Bei welcher Bank?«

»Chase? Apple?« Sie sieht ihn hilflos an. »Irgendwo im Village, das ist alles, was ich noch weiß.«

»Vielleicht die Zweigstelle in ihrem Viertel. Hat sie ihn in ihrer Bank kennengelernt?«

»Ich ..., ich denke schon. Aber ob ich es denke, weil Sie es vorgeschlagen haben oder weil sie es gesagt hat? Oh, ich möchte so sehr helfen.«

Das möchte Voort auch, aber er darf keine Ungeduld zeigen. Er muß sie beruhigen. Sie soll zufrieden sein mit sich. Die Bank, selbst wenn Voort herausbekommt, welche es ist, macht nicht vor Montag wieder auf. Falls der aus der Bank Niana Embers umgebracht hat, dann läuft er das ganze Wochenende herum, es sei denn, er ist bereits aus der Stadt geflohen.

»Versuchen Sie sich zu erinnern, ob sie seinen Namen erwähnt hat.«

»Tut mir wirklich leid. Wir haben über tausend Dinge gesprochen. Verflucht noch mal«, sagt sie heftig. »Rachel, denk nach!«

»Könnte der Namen mit einem ›C‹ angefangen haben? CTH?«

»Ich bin wirklich zu nichts zu gebrauchen.«

Er steht auf und geht um den Glastisch herum, da er ihr Bedürfnis nach menschlicher Nähe spürt. Er legt einen Arm um sie. Sie lehnt sich an ihn, und er riecht ihr Parfum. Shalimar. Er sagt: »Glauben Sie mir, sich ein Bild von einem Opfer zu machen hilft einem mehr, als Sie sich vorstellen können. Alles ist wichtig. Wenn Ihnen etwas nicht einfallen will, dann vielleicht weil es *nicht* wichtig ist, und falls doch, na ja, dann kommt es eben später wieder. Verstehen Sie?«

»Sie sind lieb.«

»Ich sage Ihnen etwas. Wir spielen ein Spiel, wenn's Ihnen nichts ausmacht. Denken Sie zurück. Schließen Sie die Augen. Sie sind mit Niana im Museum. Erinnern Sie sich? Was für eine Ausstellung haben Sie sich angesehen?«

»Russische Plakatkunst aus der Zeit der Oktoberrevolution.«

»Hat Ihnen die Ausstellung gefallen?«

»Sie war schön. Die Künstler waren Brüder. Sie haben auf ihren Plakaten eine neue Art, für Filme zu werben, kreiert.«

»Wie sah die aus?«

»Man stellte Bilder einander gegenüber, ich meine, aus den Filmen. Sie waren die ersten, die das machten.«

»Und wann waren Sie essen, vorher oder danach?«

»Danach«, sagt sie mit kindlichem Stolz, froh über seine führende Hand.

»Gut. Behalten Sie die Augen geschlossen. Sie sind im Speisesaal für Mitglieder. Ich bin selbst eines. Man hat vom Saal aus einen hübschen Blick auf den Skulpturengarten«, sagt Voort und denkt an einen Brunch, zu dem er mit Camilla dort war, ein Jazz-Brunch am Sonntag vor zwei Wochen. Er versucht, die Sorge um sie zu verdrängen, die ihn plötzlich befällt.

Sie hätte zurückrufen sollen.

Er ist vermutlich nur etwas aus dem Gleichgewicht wegen des Mordes.

»Okay, Sie sind jetzt beim Essen im Speisesaal. Was essen Sie?«

»Tofusalat. Mary hat sich irgendein Fleischgericht bestellt und einen großen Salat. Wir haben uns eine halbe Flasche kalifornischen Weißwein geteilt.«

Voort gestattet sich etwas Hoffnung. Vielleicht fällt ihr etwas ein. »Worüber haben Sie sich unterhalten?«

»Worüber sie immer spricht. Daß es in New York keine guten unverheirateten Männer gibt.« Die schwarzen Augen öffnen sich, streifen, selbst in ihrem Schmerz, Voorts leeren Ringfinger an der linken Hand, und ihr wird klar, sie hat, so verrückt es ist, gerade überprüft, ob *er* nicht mit der Freundin ausgehen könnte, die eben gestorben ist.

Er ist sich jetzt sicher, sie hat mit dem Mord nichts zu tun.

Rachel sagt: »Ich habe genauso gedacht wie Mary, als ich noch allein war, daß die Hälfte der Männer, die hier rumlaufen, Arschlöcher sind. Jetzt glaube ich, man muß einfach so weit sein, sonst geht's nicht, und dann lernt man auch jemanden kennen, der einen ebenfalls liebt.«

Sie richtet sich plötzlich auf.

»Clarence! So hieß er. Sie hat's mir gesagt. Clarence!«

Nach dem Nachnamen braucht Voort nicht zu fragen. Er und Rachel starren einander an. Sie warten beide darauf, ob er ihr wohl einfällt. Falls sie ihn überhaupt gehört hat.

Rachel schließt die Augen, ihr Mund formt sich zu einem »O«. Sie versucht sich zu erinnern, wie sein Nachname begann.

»Ogilvie!« ruft sie triumphierend. »Clarence Ogilvie. Und sie sagte, er wohnt in Chelsea.«

Voort lehnt sich, von der Anstrengung ermüdet, zurück und grinst. Vielleicht ist das seine Chance, vielleicht hat er Glück. Er nimmt das Telefonbuch in der Küche zur Hand. Er findet vier C. Ogilvies und darunter, in ganz Manhattan, auf der ganzen Insel, nur einen einzigen Clarence. Er wohnt in der 16. Straße, in der Nähe vom Fluß.

Chelsea.

Aufgeregt darüber, eine Spur zu haben, wählt er die Nummer von Mickies Skypage. Während er auf den Rückruf wartet, stellt er Rachel Routinefragen, mit denen er jede Vernehmung beschließt.

»Wollen Sie mich vielleicht noch etwas fragen?«

Sie sieht ihn überrascht an, dann erfreut, wie die meisten Leute, denen sich eine solche Gelegenheit bietet.

Wenn Kommunikation auf Gegenseitigkeit beruht, so Voorts Erfahrung, sind die Leute zufrieden, sie gehören dazu. Sollte ihnen später noch etwas Wichtiges einfallen, dann rufen sie mit Sicherheit an.

»Sie sind doch der Detective, über den es den langen Artikel in der *Daily News* gab, nicht wahr? Der mit dem Geld.«

»Genau der.«

»Ich habe gehört, die Stadt hat Sie verklagt, um die Steuerbefreiung für Ihr Haus aufzuheben. Daß man Sie schikaniert hat. Daß man Sie durch einen Privatdetektiv hat beschatten lassen. Sie haben geklagt, ein paar Millionen bekommen und dann Belladonna zweihunderttausend Dollar gegeben«, sagt sie und meint damit den neuen Bürgermeister, der soeben – mit Voorts Hilfe – den alten abgelöst hat.

»Hört sich nicht nach einer Frage an«, sagt Voort.

»Ich habe aber eine«, sagt Rachel. »Sie haben sich doch Gedanken über mich gemacht die ganze Zeit, die Sie nun hier sind. Sie haben sich doch nicht nur notiert, was ich gesagt habe, oder? Auf Ihrem kleinen Block da? Dazu haben Sie viel zuviel geschrieben.«

»Wenn ich derart gut wäre«, grinst Voort, »dann hätten Sie's nicht bemerkt.«

»Was halten Sie von mir?« fragt Rachel Gold.

Er ist überrascht.

Er versteht ihre Frage nicht.

Sie sieht das und sagt: »Es würde mir helfen. Ich möchte wissen, ob Sie so clever sind, wie ich hoffe. Ich möchte sehen, wie Sie denken. Ich will, daß Sie den kriegen, der das getan hat. Sie treten mir schon nicht zu nahe. Sie haben gesagt, ich kann Sie etwas fragen. Es ist die einzige Möglichkeit zu sehen, wie gut Ihre Beobachtungsgabe ist.«

Er überlegt.

»Okay, aber es ist nur geraten. Das hier ist Ihre zweite Ehe, und Sie sind erstaunt, wie problemlos sie ist. Ihr Mann möchte, daß Sie ein Hausmädchen einstellen, aber Sie wollen das nicht. Sie putzen und kochen selbst. Sie sind in die Wohnung hier erst nach Ihrer Heirat gezogen. Er hat bereits hier gewohnt. Und Sie sind übrigens Vegetarier, er aber nicht.«

Sie starrt ihn an.

Voort erklärt es ihr: »All die Fotos von Ihnen beiden hier an der Wand sind jüngeren Datums, die Zwillinge jedoch sind älter als die Fotos, und sie sehen Ihnen ähnlich, also vermute ich mal, daß sie aus einer ersten Ehe sind.

Als wir uns die Hand gaben, spürte ich Schwielen, die von der Hausarbeit stammen, obwohl das Apartment eine Menge wert und die Sachen in der Küche Topqualität sind. Knickrig sind Sie also nicht. Ihr Gatte tut Ihnen offensichtlich jeden Gefallen, wenn er Perser verschenkt, und in dieser Einkommensklasse bedeutet das für gewöhnlich, daß jemand anderes putzt. Er will, daß Sie ein Mädchen einstellen. Sie wollen das nicht.

Und zu guter Letzt«, sagt er mit einem Blick durch das Wohnzimmer, »die Möbel sind männlich. Sie haben sie nicht ausgesucht. Sie sind die Besonnenere. Sie sind Geld nicht gewöhnt. Sie ziehen es vor, die Möbel nicht auszutauschen. Sie waren schon vor Ihnen da. Er hat hier schon vorher gewohnt. Ach ja, und Sie haben das Gesicht verzogen, als Sie sagten, Niana hätte ›irgendein Fleischgericht‹ bestellt. Andererseits ist ein großer Truthahn im Kühlschrank, der dann wohl für den Rest der Familie sein muß.«

Rachel Gold sagt einen Augenblick nichts, macht dann ein trauriges Gesicht. Noch Monate wird sie so aussehen, wenn sie an Niana denkt. »Ich bin froh, daß Sie es sind, der ihr hilft«, sagt sie leise. »Sie verstehen was von Liebe. Sie haben eine starke weibliche Seite, Mr. Voort.«

Voort schüttelt den Kopf: »Weiblich?« Er denkt über das Kompliment nach. Voller Zuneigung sagt er: »Die Frauen sollten aufhören, alles Gute auf dieser Welt als ihren Verdienst anzusehen«

Die Max Bar, in der Voort sich mit Mickie verabredet hat, ist ein In-Lokal in Chelsea mit angeschlossener Kunstgalerie. Die Galerie ist, obwohl Samstag ist, wegen des Sturms geschlossen. Die Bar ist geöffnet, wenn auch ungewöhnlich leer, und als Voort eintrifft, ist Mickie noch nicht zurück aus Queens.

Es ist ein langer, schmaler Raum mit Tresen, Art-Nouveau-Tischen und Zeichnungen japanischer Architektur an der Wand, von einem Tokioter Architekten, dessen Werk eine kometenhafte Wertsteigerung erfahren hat, seit er an AIDS gestorben ist. Voort bestellt einen Espresso bei der Barfrau, einer hübschen Latina mit Fingernägeln so lang wie Zitronenzesten, und während sie sich über die dampfende Maschine beugt, geht er zum Telefon und ruft noch mal in Camillas Wohnung an.

»Hi, ich bin im Augenblick nicht da«, sagt die Stimme, bei der ihn eine Woge der Zuneigung übermannt. »Hinterlassen Sie doch eine Nachricht. Ciao.«

Als er zu seinem Hocker zurückkommt, versucht die Barkeeperin mit ihm zu flirten, doch als er seine »Freundin« erwähnt, macht sie ein enttäuschtes Gesicht und zieht sich an die Spüle zurück. In einer Ecke sitzt ein Paar über zwei Irish Coffees. Von der Tür her weht ein eisiger Luftzug, doch es war nicht Mickie, der ihn verursacht hat, sondern eine Frau. Im Fernseher über der Bar ist Larkin zu sehen, der Ort in Oklahoma, der zwei Nächte zuvor von einem Tornado verwüstet wurde.

»Die Leute hier im Herzen Amerikas sind religiös«, sagt der NBC-Korrespondent mit der für die Networks typischen Überheblichkeit gegenüber allem, was zwischen New York und L. A. liegt. »Sie treffen sich allabendlich zum Gebet und erbitten sich Hilfe bei Gott.«

Aus der Art, wie sich die Leute aus dem Ort um die Kamera bewegen, wird klar, daß dem Korrespondenten Zugang gewährt wurde. Wie es aussieht, hat Camilla wieder einmal einen Weg gefunden, wie sie bekommt, was sie will.

Zwei Tassen später spürt Voort wieder die kalte Luft von der Tür her, und diesmal ist es Mickie. Er trägt einen halboffenen blauen Kaschmirmantel von Barneys, der ein Vermögen gekostet hat, dazu einen Doppelreiher von Armani. Auf dem Kopf trägt er eine Pelzmütze, wie sie in Moskau üblich sind, und der Schnee darauf sieht aus wie Kokain.

»Trinke stets bei der Arbeit, vor allem in einem Job wie dem unseren«, sagt Mickie und bestellt einen Manhattan. »Weißt du, daß den eine Frau erfunden hat«, fährt er fort. »Die Mutter von Winston Churchill. Eine berühmte Schnapsdrossel. Gab auch immer eine Kirsche in die harten Sachen.«

»Das da ist keine Kirsche«, sagt Voort. »Das ist was Giftiges.«

»Was ist das heutzutage nicht?« fragt Mickie und ißt sie. »Der Freund in Flushing hat ein Alibi. Er war in der besagten Nacht bis um vier auf einer Party, jede Menge Augenzeugen. Die Schnellstraße ist zu, und in der U-Bahn riecht es nach Wolle. Hast du die Adresse? Vielleicht haben wir Glück.«

Voort wirft sechs Dollar auf die polierte Mahagonitheke, dann treten die beiden reichsten Polizisten New Yorks auf die Straße hinaus.

Das Wetter hat sich wieder geändert, es ist grob und grau, und ein strenger Westwind trägt Salzwassergeruch vom Hudson in die Stadt. Der Schnee auf der Erde ist schmutzig. Das Sirren der Reifen mischt sich mit dem Kratzen von Schaufeln; Portiers in braunen Uniformen räumen die Gehsteige, um Schadenersatzklagen gegen die Hauseigentümer vorzubeugen. Autobesitzer buddeln ihre Chevies aus, mit Pickeln,

Spaten, Gartenwerkzeugen. Behutsam, denn sie haben Angst, die Fenster dabei einzuschlagen. Die Stadt riecht nach Zerstörung. Wer heute seinen Hund ausführt, macht sich nicht die Mühe, die Kacke wegzuräumen, die den Schnee verunziert.

Die Kälte schließt jeden New Yorker in einen privaten Kokon. Sie isoliert die Menschen, die aneinander vorbeitappen, nur wenige Schritte entfernt.

»Du scheinst mir so still heute, Connie. Alles in Ordnung?«

»Ja, ja.«

»Zu Hause?«

»Ja, ja.«

»Mit der Walküre?«

»Ja, ja.«

»Sag mir, wenn du reden willst.«

Das Haus, in dem Clarence Ogilvie wohnt, erweist sich als renoviertes Gebäude mit Eigentumswohnungen in der Nähe der Tenth Avenue. Das Viertel erfährt gerade jene Art des blitzschnellen Aufschwungs, um die Immobilieneigentümer in ganz New York beten. Noch vor zehn Jahren hausten hier Junkies, dann Künstler, dann Schwule. Jetzt sind es Anwälte und Leute von der Wall Street. Bald wird es in die Liga der Kennedys aufsteigen, Japaner, Filmstars, die gerade mal drei Wochen im Jahr in New York sind. Aus Kötern werden Rassehunde. Die Lieferanten werden mit dem Wagen kommen statt mit dem Rad.

Die Halle ist riesig, die Tapete eine Max-Parish-Kopie. Nymphen räkeln sich an Quellen. Obstbäume beugen sich unter der Last von Orangen, aber keinem der mürrischen Bewohner des Hauses, die vorbeischlurfen, fallen sie auf. Die Pfeiler sind verspiegelt, der Boden aus schwarzem Marmor, und der Portier verhält sich wie der Concierge des Hilton, der in der Lobby einen Penner erspäht. Dann sieht er ihre Marken und richtet sich etwas auf. Sie erfahren die Nummer von

Ogilvies Wohnung und warnen den Mann davor, sie oben anzukündigen.

»Ich habe AT & T abgestoßen und mir einen Thai-Fond zugelegt«, sagt Mickie. »Ich sag dir, Connie. Die haben dort die Währung abgewertet, die Talsohle in Südostasien ist erreicht, jetzt kommt der Boom.«

Im Aufzug läuft Musik, Chopin auf Bratsche. Die Wände sind aus poliertem Kupfer, so daß es den Liftpassagieren unmöglich ist, dem Blick des anderen zu entgehen.

Voort spürt eine pochende Hoffnung in sich, als sie im achten Stock den mit Teppich ausgelegten Flur entlanggehen, der grau ist und beruhigend, wie in der Psychiatrie. Sie klopfen kräftig, zweimal, an der Tür von 8H. Beide Detectives, denen immer noch schlecht ist vom Anblick der Leiche gestern, denken: Laß es den Kerl hier sein!

Keine Antwort.

Dann nähern sich, auf der anderen Seite, Schritte der Tür. »Polizei.«

Ein Auge füllt den Spion. Mickie bewegt sich nach rechts und läßt die Hand sinken, für den Fall, daß Clarence Ogilvie schießend zur Tür herauskommt, oder mit einem Messer. Statt dessen geht die Tür auf, und sie sehen sich einem Schwarzen gegenüber, etwa achtunddreißig, schlecht rasiert, mit brauner Hornbrille und grauem Trainingsanzug. Der Mann hält etwas in der rechten Hand, zwischen den Fingern. Voort sieht, daß es ein Würfel ist. Hier wird gespielt.

»Ja?«

Sie weisen sich aus. Ob sie wohl reinkommen können? Sie erklären ihm, daß es um Niana Embers geht.

Der Mann runzelt die Stirn.

»Ist ihr etwas passiert?«

Bingo!

»Würde es Ihnen was ausmachen« sagt Voort, »sich kurz mit uns zu unterhalten?«

Jetzt hört er Stimmen aus einem Teil der Wohnung, Gelächter, einen Fernseher, das Zischen einer Dose Limonade, vielleicht auch Bier. Clarence Ogilvie sieht für einen Augenblick verängstigt drein, nickt dann und führt sie weg von den Stimmen, einen kurzen, von Fotos – eine Frau am Strand – gesäumten Flur entlang in ein getäfeltes Arbeitszimmer mit einem Sessel, passender brauner Ledercouch und einer Vitrine mit Basketballtrophäen.

»Die habe ich an der Columbia gewonnen, bevor ich so auseinander gegangen bin«, sagt der Banker, um einen lockeren Ton bemüht, was ihm jedoch nicht gelingt. Aber anderseits, denkt Voort, wer freut sich schon, wenn die Polizei bei ihm aufkreuzt?

Clarence Ogilvie setzt sich in den Sessel. Er fragt die Detectives nicht, ob sie Kaffee wollen, etwas zu essen, vielleicht einen Drink. Er blinzelt zu häufig hinter der Brille. Er ist nervös. Er bittet sie nicht einmal, sich zu setzen.

»Wann haben Sie sie zuletzt gesehen?« fragt Mickie eindringlich.

»Dienstag. Wir waren abends essen. Wir waren ein paarmal miteinander aus, aber ich habe ihr gesagt, ich halte es für besser, wenn wir uns nicht mehr sehen.«

»Sie haben *ihr* das gesagt«, sagt Voort.

»Es hatte keine Zukunft. Darf ich fragen, wie Sie auf mich kommen?«

»Wie hat sie's aufgenommen, als Sie ihr den Laufpaß gaben?« fragt Mickie, während er seine Lesebrille aufsetzt und den Block herausholt.

Bei dem Wort »Laufpaß« zuckt Clarence Ogilvie zusammen. Er berührt seine Stirn und wirft einen Blick auf die Tür, als hätte er Angst, wer immer noch in der Wohnung ist, könnte etwas hören. Er sagt leise, aber mit tiefer Stimme: »Das war nichts Ernstes mit uns. Wir haben uns vielleicht drei-, viermal getroffen. Es hat sie ein bißchen getroffen, ihr

Ego, als ich ihr gesagt habe, wir sollten Schluß machen. Aber ich bitte Sie, können Sie mir nicht sagen, worum es geht?«

»Was genau hat Sie denn gesagt«, fragt Voort freundlich. »Hat sie geweint? Haben Sie sich gestritten? Lassen Sie sich Zeit. Erzählen Sie's uns Wort für Wort.«

Der Mann gerät langsam in Panik. »Was ist ihr zugestoßen? Ich will es wissen!«

Mickie nickt, er versteht die Frage, sagt aber dennoch: »Macht es Ihnen was aus, uns zu sagen, wo Sie in der Nacht von Donnerstag auf Freitag gewesen sind?«

»Donnerstag.« Der Banker beginnt zu schwitzen.

»Von Mitternacht bis vier.«

»Das war die Nacht mit dem Sturm«, sagt Clarence Ogilvie mit noch leiserer Stimme.

»Genau«, sagt Mickie. Jetzt starren sie einander an; die Angst im Raum scheint fast greifbar. Ein Tier.

»Kommen Sie mit«, sagte Clarence Ogilvie und führt die beiden aus dem Arbeitszimmer, einen Flur entlang in ein kleines Wohnzimmer mit Blick auf ein Lagerhaus. Das Lagerhaus ist so nahe, daß das riesige Transparent, das an der Fassade hängt, nur einige Meter von Clarence Ogilvies Wohnung entfernt zu sein scheint. HIER ENTSTEHEN EIGENTUMSWOHNUNGEN. ANFRAGEN BEI IMMOBILIEN NILES.

Im Wohnzimmer jedoch, auf dem Teppich, sieht Voort einen Mann, eine Frau und zwei Kinder. Der Fernseher läuft, eine riesige lila Plüschfigur ist zu sehen, ein Mann im Kostüm, der singend tanzt: »Hoppe, hoppe, Reiter!« Das Mädchen trägt einen rosa Strampelanzug mit einem Kätzchen auf der Brust. Der des Jungen ist hellblau mit einem Tiger.

Die Erwachsenen sind eindeutig die Eltern der beiden Kinder, und alle vier blicken sie verwirrt zwischen Clarence Ogilvie und den beiden Detectives hin und her. Sie hatten gerade StarWars Monopoly gespielt. Das Spiel ist über den ganzen Teppich verstreut.

Voort wird klar, daß der weiße Würfel in Ogilvies Hand zum Monopoly-Spiel gehört.

Er war's nicht, denkt Voort.

Und jetzt, als hätte er diesen Gedanken hören können, wird Ogilvies Stimme kräftiger. Er hat sich von den beiden Detectives aus der Fassung bringen lassen. Jetzt hat er sie wiedergefunden. Jetzt ist er ein Mann, dem man unrecht getan hat.

»Das hier sind meine Schwester und mein Schwager aus Syracuse. Sie kamen am Donnerstag abend hier an, bevor der Kennedy Airport geschlossen wurde. Wir haben seit dem Abendessen am Donnerstag die Wohnung nicht verlassen. Wir sitzen mit den Kindern pausenlos über diesem dämlichen Spiel.«

Die Hände in die Hüften gestemmt, tritt Clarence Ogilvie auf sie zu. Aus der Angst auf dem Gesicht des Bankers wird jetzt zum erstenmal Zorn.

Wo zum Teufel ist bloß Camilla, denkt Voort.

»Sie sagen mir jetzt, was Niana zugestoßen ist!« sagt Clarence Ogilvie. »Oder haben Sie gedacht, Sie beschuldigen einfach den ersten Schwarzen, der Ihnen unterkommt?«

6

»Na jedenfalls«, erzählt Voort Stunden später Camilla, »ziehen wir nichts als Nieten. Keine Abdrücke. Keine Haare. Keine Fasern. Als hätte der Mörder eine professionelle Putzkolonne kommen lassen, nachdem er fertig war, die jeden Hinweis auf ihn beseitigt hat.«

»Bis auf die Initialen – CTH«, sagt Camilla, die an der Spüle Knoblauch hackt.

»Und wer weiß, ob sie die nicht sogar selbst in ihren Tisch geschnitzt hat. Weiß Gott warum, aber wie soll ich sicher sein?«

Die Wahrheit ist, er hat keine Lust, jetzt über seine Arbeit zu sprechen. Über Niana Embers zu sprechen erscheint ihm dumm. Es scheint ihm dumm, etwas anderes zu sagen als: *Camilla, was ist eigentlich los?*

Sie stand in seiner Küche, als er nach Hause kam, und kochte hingebungsvoll für ihren »Samstagabendschmaus«, wie sie es nannte. Sie hatte die Zutaten bei Balduccis eingekauft: gefüllte Paprikaschoten, gefüllte Pilze, frischen Knoblauch und Engelshaarnudeln, Tomatensoße mit Basilikum, kaltgepreßtes Olivenöl, Hollandtomaten. Geräucherten Mozarella und Kolamata-Oliven. Knackigen Blattsalat. Zwei Flaschen Pinot Noir aus Oregon und von Frederico's noch warmes Brot. Dazu irgendein süß duftendes Dessert in einer Schachtel, die zu öffnen sie ihm verbot.

»Liebe geht durch den Magen«, sagt sie.

Und will man dem Geliebten das Herz brechen, dann steht man am Hackbrett und dreht ihm den Rücken zu.

»Wie ich sehe, hast du deinen Bericht über die Tornadostadt gekriegt.«

Er beguckt sich ihre engen Jeans, die Art, wie ihr Hintern sich unter dem Denim bewegt. Ihr türkisfarbener Kaschmirpulli, herrlich eng wie er ist, schmiegt sich an ihren wunderschönen Oberkörper. Sie trägt dicke weiße Socken, keine Schuhe.

Sie sagt, über das regelmäßige Hacken des Messers hinweg: »Gekriegt haben wir sie, aber der Sender denkt daran, die ganze Sendung zu kippen.«

»Wieso?«

»Weil das Arschlöcher sind. Wir haben drei Emmys gewonnen. Zwei Edward R. Murrows. Dann setzen sie uns gegen *ER* an und wundern sich, daß die Quote nach unten geht. Sie wollen, daß ich zu *Today* gehe. Ich scheiß auf *Today*. Ich steh nicht mehr um drei Uhr früh auf!«

Voort steht auf, nippt an dem Wein, den sie geöffnet hat,

und tritt nahe genug an sie heran, um den gehackten Knoblauch zu riechen; dann legt er ihr die Hand auf die Wölbung ihres Hinterns.

»Nicht jetzt. Später«, sagt sie, aber mit milder Stimme.

»Jetzt ist später«, entgegnet Voort.

»Schlimmer Junge«, sagt sie, während sie sich von ihm das Messer aus der Hand nehmen und an der Hand ins Wohnzimmer ziehen läßt. Allzu bereit, stets an der Schwelle zur Welt der Leidenschaft. Sein Herz pocht wie wild. Unter seinem Daumen und Zeigefinger öffnet sich der Knopf ihrer Jeans. Er sieht, als die Jeans rutscht, das winzige Orchideenmuster auf ihrem String, und als sie ihren Rücken biegt, damit er sie ausziehen kann, sieht er die wunderschönen weißen Halbmonde ihres unglaublichen Hinterns.

Sie fällt zurück auf die Couch und streckt, eines nach dem anderen, die Beine, damit er ihr die Jeans ausziehen kann. Sie landet auf dem Teppich. Dann zieht er ihr langsam den Slip über die langen Beine.

»Voort«, sagt sie kehlig, »ich bin so was von naß.«

Das Licht im Wohnzimmer ist schon gedämpft, sie hat mit einem halben Dutzend Kerzen für Stimmung gesorgt; der Vorhang ist offen, der Blick nach draußen herrlich. Er kann den schneebeladenen Ast eines Ahornbaums sehen.

Voort spreizt ihr die Knie, er kann nicht glauben, wie schön ihre Schamgegend ist. Ihr Geruch, steigt zu ihm auf. Camilla, denkt er, und reibt das Gesicht an der Haut ihrer Schenkel. Er drückt die Zähne gegen die scharf hervorstehenden Hüftknochen, widersteht dem Drang, richtig zuzubeißen, und setzt gerade soviel Druck hinter die Schneidezähne, um sie vor Verlangen nach mehr stöhnen zu hören. »Voort.«

Er schiebt ihren Pullover nach oben und fährt mit der Zunge an ihren Bauchmuskeln entlang hinauf und wieder hinab, wo das Haar beginnt, an der Grenze ihrer Scham entlang.

Er drückt seine Zunge in sie, zuerst gegen die Außenseite, was ihr Stöhnen heftiger werden läßt. Mit der harten Spitze forscht er tiefer, die Wände ihrer Vulva entlang, spürt die Hitze, spürt, als er einen Kreis zieht, ihre Wonne, als er auf den kleinen Knopf trifft.

»Aaaah.«

Er drückt die Zunge gegen den Knopf und zieht sie dann der Länge nach darüber hinweg, langsam, hin und her. Er versucht es mit Kreisen und sieht sich mit unregelmäßigeren Atemstößen von oben belohnt. Camilla zieht sich vor Wonne zurück, als wolle sie ihm entkommen, als versuche sie sich in die weichen Kissen zu graben, die unter ihrer Schulter liegen. Als wüßte sie vor Vergnügen nicht, wohin sie sich bewegen soll: ihm entgegen oder von ihm weg.

Voorts Kinn ist triefend naß von ihr. Er taucht wieder ein, mit seiner Zunge, nimmt diesmal gleichzeitig den rechten Zeigefinger, führt ihn ein, reibt die Vorderseite ihres Knopfes mit der Zunge dabei. Mit dem Finger forschend findet er das zweite Lustzentrum in ihr.

Camilla schnappt nach Luft. Sie weiß, was er macht, sagt aber dennoch: »Was machst du mit mir?«

Jetzt schiebt er die andere Hand nach oben, findet ihre Brustwarze, drückt.

»Großer Gott, Voort. Oh, Voort«, sagt sie. Und wiederholt es. »Oh, Voort. Voort.«

Sie schwebt jetzt fast mit gewölbtem Rücken über der Couch, die Fersen seitlich in die Polster gestemmt, die Schultern in die Kissen gedrückt, Arsch und Rücken, der Anziehungskraft trotzend, hoch in der Luft.

»Ich komme gleich«, flüstert sie, während sie immer heftiger bebt.

So sachte wie möglich streckt Voort die Zungenspitze, berührt sie wie mit einer Feder, ganz leicht, spürt das Brennen in ihr. Er bewegt sich nicht. Die Zunge auf ihr, hört er auf.

Sie explodiert, wimmernd und bäumt sich auf. Jetzt bewegt er die Zunge wieder, treibt Camilla weiter in sich hinein, tiefer in ihre Lust, behält den Druck bei, während sie sich von einer Seite auf die andere wirft. Mit beiden Armen umfaßt er ihre Schenkel, damit er sie nicht verliert.

Als sie fertig ist, lockert er seinen Griff ein klein wenig; sie hat die Augen geschlossen und bebt noch immer ein wenig.

»Spürst du, wie meine Beine zittern?« fragt sie.

Voort antwortet nicht. Er steht auf und zieht sich Pullover und Unterhemd aus. Er knöpft sich die Jeans auf. Es geht hier nicht nur um Sex. Da ist noch etwas anderes. Etwas, was er nie gehabt hat. Es ist etwas, von dem er nie gedacht hätte, daß es existiert.

Bevor er Camilla kennengelernt hat, mit anderen Freundinnen, und von denen gab es immer zahlreich, hörte Sex mit dem Höhepunkt auf. Sex war wunderbar, aufregend, entspannend. Zuweilen dauerte er Stunden. Und nach der Akrobatik kam der Höhepunkt, das schöne Gefühl, ein Mensch zu sein und Tier zugleich, trotzdem hatte er – bis zum nächsten Mal – genug davon.

Mit Camilla jedoch ist da noch etwas anderes. Er beugt sich über sie. Sie berührt ihn. Es ist die Lust schlechthin. Er gleitet auf sie zu.

Kaum dringt er in sie ein, explodiert sie noch mal, wild, schlingt die Beine um ihn, zieht ihn stöhnend am Hals zu sich herab. Normalerweise kann Voort sich eine Weile zurückhalten, eine zähneknirschende Gratwanderung mit Unterbrechungen, kontrolliert. Aber heute sagt sie: »Ich will mit dir kommen. Zugleich.«

Voort vergißt jede Kontrolle, jede Grenze. Er hört nur noch, wie sich ihrer beider Schreie in dem riesigen Haus vereinen.

Danach liegt sie ausgestreckt da, halb auf den Polstern, mit baumelnden Armen. Irgendwo draußen ist eine Sirene zu hören, ein Krankenwagen, sagt sich Voort. Nicht die Polizei.

Das Zischen einer erlöschenden Kerze, begleitet von einer Rauchfahne, und das leise Sprudeln aus der Küche, wo die Raphaelsoße vor sich hin köchelt.

Es ist ein perfektes Haus für die Liebe, dieses Haus, da es mitten in der größten Stadt der Welt absolute Stille gewährt. Seit zwei Jahrhunderten erlaubt es den Voorts, in vollen Zügen und absolut intim ihrer Liebe zu frönen, ihren Leidenschaften und ihrem Haß.

Er ist in diesem Haus aufgewachsen. Sein Großvater ist in diesem Haus aufgewachsen. Manchmal spürt er die Geister sämtlicher Voorts, die die Luft anreichern, seine Wurzeln vertiefen, ihn an diese Insel binden, den Mann gutheißen, der er geworden ist.

»Erinnerst du dich daran, wie wir uns kennengelernt haben, auf der Wohltätigkeitsveranstaltung?« fragt Camilla.

»Habe ich dich da kennengelernt? Ich hab's vergessen.«

»Sehr witzig. Hast du dich da in mich verliebt?«

»Nein.«

»Hast du gedacht, daß du dich in mich verlieben würdest?«

»Nein. Aber ich hatte ja keine Ahnung.«

»Dachtest du, wir würden mal zusammen ausgehen?«

»Du schienst mir recht beschäftigt und zufrieden zu sein«, antwortet Voort.

»Schien mir auch so. Aber später dann habe ich immer wieder an dich gedacht. Weißt du, daß man an diesem Abend auf der Damentoilette Wetten abgeschlossen hat, wer dich ins Bett kriegt?«

»Ach?« Voort fühlt sich geschmeichelt, er hört es gern, daß er anziehend auf Frauen wirkt, aber um die Wahrheit zu sagen, Camilla ist die einzige, die ihn interessiert. Jener Abend scheint eine Ewigkeit her zu sein als er noch auf andere Frauen geachtet hat. Er erinnert sich an die Brünette, die er nach der Veranstaltung mit nach Hause genommen hat, eine Schönheit, eine Schauspielerin mit der Hauptrolle in einer Neuaufführung von *Endstation Sehnsucht* am Broadway.

»Hat jemand die Wette gewonnen?«

»Eine Schauspielerin.« Er war ihrer schnell müde geworden. Voort lacht.

»Weißt du noch, wie du am Bootshaus aufgekreuzt bist?« sagt sie. »Zwei Monate, nachdem wir uns kennengelernt hatten. Ich dachte nicht, daß du noch an mich denkst, und arbeitete an der Ostwand. Ich war dabei, sie zu isolieren, draußen regnete es, ich drehe mich um … ich sah furchtbar aus … meine Haare … die Latzhose … und da standst du, grinsend.«

»Ich wußte noch, daß du gesagt hast, du arbeitest nach der Arbeit im Bootshaus, wenn du überhaupt einmal mit der Arbeit fertig bist.«

»Wir sind zum Abendessen zu Carmines. Du hast mich auf einen Kaffee mit hierhergenommen. Du hast eine Platte aufgelegt, hübsche brasilianische Musik, und wir haben einfach getanzt. Du hast nicht versucht, mich ins Bett zu kriegen. Du hast dir alles angehört, was ich zu sagen hatte. Ich hatte nie jemanden kennengelernt mit dieser Mischung aus Aufmerksamkeit und Geduld. Ich wußte noch nicht mal, ob ich dir gefalle.«

»Das mußt du doch nicht so traurig sagen.«

»Ja«, sagt sie und sieht dennoch traurig aus. »Du hattest zwei gegensätzliche Seiten, Voort. Du warst stark und zugleich verletzlich. Außer dir kenne ich keinen solchen Mann.«

»Solche gibt es genug. Hör auf, alles zu glauben, was man im Kino sagt. Guck dir die Typen im richtigen Leben an.«

Camilla wechselt plötzlich das Thema: »Die Soße brennt an.« Sie erschauert, dann steht sie auf. Er glaubt, sie sei noch etwas wacklig auf den Beinen vom Sex, aber dann, als sie sich die Jeans überzieht, beginnt sie zu weinen.

»Ich wollte es dir nach dem Essen sagen. Ich wollte, daß das Essen perfekt wird, daß der ganze Abend perfekt wird, oder wenigstens der erste Teil, bevor ich's dir sage.«

»Mir was sagst?«

Camilla sinkt auf die Couch zurück. Eine weitere Kerze erlischt, die große mit dem Zimtduft, die sie in Stowe gekauft haben, während ihres ersten gemeinsamen Wochenendes im Gables Inn, von wo sie auf den Mt. Martinsfield gewandert waren; abends hatten sie Wein getrunken, in dem großen Himmelbett, während ein offenes Feuer im Kamin am Fuße der Suite loderte.

Jetzt, ohne Kerze, wird es düster im Raum, das Licht flakkert, und der Schatten des Baums draußen windet sich an der Wand wie winkende Finger. Alte, knorrige Finger.

»Es wird dir nicht gefallen, Voort«, sagt Camilla.

7

»Es war meine Schuld«, sagt Eric Porter, der Literaturagent. »Ich gebe es zu.« Er setzt zu seiner Geschichte an, auf dem nächsten Treffen des »Club der toten Herzen«. »Karen und ich, wir hatten etwas Besonderes. Nicht zu fassen, daß ich etwas so Schönes einfach kaputtmachen, wegwerfen kann.«

Die Männer sitzen wieder im Hinterzimmer vom Mackey's Steak & Ale. Porterhouse Steaks stehen vor ihnen, Bier, der Extrastuhl für den fünften Mann, der sich noch immer nicht blicken läßt. Ein vager Kanalisationsgeruch haftet dem Kondenswasser auf dem verschmierten Heizungsrohr an. Eric Porter lächelt, seinen schmerzlichen Worten zum Trotz. Ständig kommt es zu Diskrepanzen zwischen dem Ausdruck auf seinem Gesicht und den Worten aus seinem Mund.

»Aber warum muß ich derart leiden, frage ich Sie? Andere sind nicht weniger Mensch als ich, nicht weniger unvollkommen, und die brauchen nicht durchzumachen, was ich durchmache.«

Die Männer nicken, drängen ihn, weiterzumachen, identifizieren sich mit ihm. Aber die Stimmung im Raum ist irgendwie anders heute abend. Sie hat ein instabileres, wilderes Element. Es ist, als spürten sie alle, daß das Ungleichgewicht zwischen dem Club und dem Rest der Welt noch größer geworden ist als in der Woche zuvor.

Porter scheint zorniger zu sein. Der Mechaniker sitzt schon beim dritten Bier, obwohl er sonst gar nichts trinkt. Der Banker und Dr. Bainbridge sind zusammen gekommen, sie scheinen tatsächlich zusammen hergefahren zu sein, was merkwürdig ist, denn sie kommen schließlich sonst aus den entgegengesetzten Enden der Stadt.

»Karen Chambers«, sagt der Agent, der jetzt auf dem Ehrenplatz steht wie der Festredner auf einem Bankett, eine literarische Größe, ein politischer Experte, im »Club der toten Herzen« jedoch ein Mann mit einer zerbrochenen Liebe. Physisch ist er der kräftigste der Gruppe, mit einem guten Körperbau gesegnet, den er noch stählt, indem er mehrere Stunden pro Woche trainiert. Die weite Kleidung, die er bevorzugt, betont diesen Eindruck von Manneskraft noch. Sein Schnurrbart ist dick und schimmert, wie seine künstliche Bräune. Sein schwarzes Haar ist, die hohe Stirn betonend, nach hinten gekämmt, ein Stil, wie er im Augenblick von trendigen Schauspielern oder Designern bevorzugt wird. Leute, die ihr Aussehen von Jahr zu Jahr ändern. Leuchtendrote Hosenträger umspannen seine Brust unter dem perlgrauen italienischen Sakko, das *GQ* diesen Monat vorgestellt hat. Eric Porter sieht die neuesten Filme, kennt die angesagten Restaurants. Bei Partys ist er gefragt, weil er darüber zu klatschen weiß, wer von den Prominenten der Stadt als nicht geouteter Schwuler gehandelt wird. Was die Branche angeht, so kennt er bis auf zwei Stellen hinter dem Komma die Tantiemen des Nonfiction-Werks *Blutrünstig*, das nun seit 41 Wochen in den Bestsellerlisten ist.

»Karen war nicht unbedingt schön. Aber auf der anderen Seite bin ich schließlich auch nicht gerade Tom Cruise«, sagt er. »Aber ich bin gut, was Beziehungen angeht. Ganz im Gegensatz zu unserem Banker hier«, sagt er mit einem Blick nach links. »Es macht mir nichts aus zuzugeben, daß Sex nicht das Wichtigste für mich ist. Ich versuche zu erklären, wie ich auf sie gewartet habe. Liebe ist es wert, darauf zu warten. Wir sind ein halbes Jahr zusammen ausgegangen, bevor wir an den Punkt kamen, wo wir zusammen schlafen wollten. Und während dieser Zeit war ich die Aufmerksamkeit in Person. Glauben Sie mir. Ich habe ihr immer Blumen und Geschenke mitgebracht. Ich war mit ihr beim Arzt, wenn sie krank war.

Und um Ihnen zu zeigen, daß die Zuneigung nicht einseitig war, glauben Sie mir, wenn ich mich über irgendeinen Deal im Büro aufgeregt habe, dann war auch sie für mich da. Sie war ein echter Freund. Sie verstehen mich, ja?«

»Wenn es so toll war«, meint der Banker herausfordernd, dessen Stimme diese Woche einen neuen, scharfen Unterton hat, »was ist dann schiefgelaufen?«

Einen Augenblick lang kann Eric Porter nicht weitersprechen. Seine Illusion beginnt zu bröckeln.

»Das habe ich mir gedacht«, sagt der Banker. »Es war nicht so vollkommen, wie er sagt.«

»Es *war* vollkommen« insistiert Porter und zieht sich krampfhaft zurück, an einen Ort, der beruhigend auf ihn wirkt, jenen Punkt, an dem die Geschichte auch anders hätte verlaufen können, an dem Träume noch Substanz hatten. Aber die Anstrengung ist ihm deutlich anzusehen. Sein Gesicht scheint zu zerfallen, jeder einzelne Muskel kämpft um Ordnung, Kontrolle.

»Ich habe Herpes«, sagt er schüchtern mit einem Griff nach seinem Glas, bevor er fortfährt, kühner: »Sie haben mich gehört. Herpes.« Er leert das große Glas Bier. »Ich habe es seit zehn Jahren. Ich hasse es. Ich komme mir schmutzig vor. Ich habe es von einer Jurastudentin von der Universität New York, eine Geschichte für eine Nacht.«

»Sie haben sich bei Karen Herpes geholt?« fragt der Mechaniker, dessen Blick schon etwas getrübt ist vom Bier.

»Ich spreche nicht von *Karen*. Ich spreche von der Zeit, bevor ich sie kannte. Hören Sie nicht zu, wenn andere etwas sagen?«

»Vielleicht sind Sie einfach nicht so gut im Erklären.«

»Lassen Sie ihn weitererzählen«, sagt Dr. Bainbridge und versucht sich in seiner angestammten Rolle als Mentor und lenkende Hand. Er benutzt seine ruhige, besänftigende »Doktorstimme«, die heute abend jedoch nicht funktioniert. Er scheint weniger mächtig, sein Einfluß auf die Gruppe weniger groß. Sein Blick gleitet nach rechts, auf den Banker, Harris Tillman. Eine gewisse Intimität hat sich zwischen ihnen beiden gebildet, die die anderen bemerken, obwohl keiner etwas sagt. Im »Club der toten Herzen« ist nichts wichtig außer der Geschichte, die man erzählt.

»Ich werde versuchen, mich klarer auszudrücken«, sagt Eric Porter und entledigt sich seines Jacketts. Die Hosenträger scheinen noch roter, fröhlicher, wie ein Weihnachtsmann mit gebrochenem Herzen. »Ich wollte nicht unwirsch sein. Ihr seid die besten Freunde, die ich habe.

Wie auch immer, mein Herpes bricht nicht einmal mehr aus, obwohl man es natürlich nie wieder los wird. Aber es gab einen Zeitraum von etwa drei Jahren, da brach die Krankheit manchmal sogar dreimal im Jahr aus. Ein Auslöser war Streß, es dauerte eine Woche, zehn Tage vielleicht. Das erste Anzeichen ist ein Juckreiz. Dann Bläschen. Nach ein, zwei Tagen kommt der Schorf, ein paar Tage danach ist man den Spuk wieder los. Es tut nicht weh. Es juckt. Aber, sagt er und richtet sich stolz auf, »ich hielt es immer für eine Frage der Ehre, den Frauen, mit denen ich etwas hatte, zu sagen, daß ich Herpes habe. Leute, die Krankheiten verbreiten, kann ich nicht leiden«, sagt er. Sein Lächeln ist jetzt viel zu breit.

»Dann wird das wohl eine glückliche Geschichte«, spottet Tillman.

»Was haben Sie denn?«

»Dasselbe wie Sie alle, meine Herren. Unser aller Gebrechen: ein gebrochenes Herz.«

»Millionen«, sagt Bainbridge mitfühlend, »haben Herpes.«

»Ich versuche doch nur zu sagen, sie hat von der Krankheit gewußt. Ich habe es ihr bei unserer ersten Verabredung gesagt, was gar nicht so einfach ist. Glauben Sie mir, mein Herz schlug wie verrückt, als ich es ihr sagte. Nie war ich so nervös gewesen, aber auf der anderen Seite habe ich auch nie jemanden vom ersten Augenblick an so gemocht wie sie. Ich hatte eine Heidenangst, sie zu verschrecken, aber sie sagte nur: ›Sie haben so viele schöne Qualitäten, Eric. Mit einem Ausschlag, der nur alle paar Monate auftaucht, kann ich leben.‹«

Der Literaturagent wird blaß, jegliche Farbe ist aus seinem Gesicht gewichen. »So war sie. Rücksichtsvoll. Wenigstens am Anfang.« Der Kummer scheint ihn plötzlich zu übermannen. Er schlägt die Hände vors Gesicht und bohrt die manikürten Nägel in das Gewebe, wo sie tiefe, von Rot nach Rosa verlaufende Kratzer hinterlassen.

»Ich hasse sie.«

»Was ist denn *passiert*?«

»Nach sechs Monaten waren wir soweit, daß wir wußten, wir würden miteinander schlafen. Und mit *schlafen*, Harris, meine ich *sich lieben*. Nicht *ficken*, wie Sie es ausdrücken würden. Ich bin ja sexuell vielleicht nicht so aktiv wie Sie, aber ich wußte, es würde etwas Besonderes sein. Die Art, wie sie sich anfühlen, wie sie riechen würde. Sie wohnte über einer Gewürzfabrik, und sie roch nach den diversen Gewürzen. In den Monaten, die darauf zuführten, wurde mir schwindelig vor Verlangen, wann immer mich ein Hauch von ihr traf, selbst in der Öffentlichkeit. Wir konnten im Theater sein, im Museum, hundert Leute um uns herum, und wenn mich dieser Duft traf, ich schwöre, bekam ich weiche Knie.«

»Mir ging es genauso mit Greta«, sagt der Mechaniker. »Mann, dieser Frauengeruch.«

»Es war Liebe, nicht Sex. Es war echt«, insistiert Eric. »Und ich werde es nicht besudeln, indem ich sexuell ins Detail gehe. Wir haben uns gesucht und gefunden, selbst unsere Freunde sagten das. Ja, selbst die hartgesottenen Agenten bei uns im Büro, bei IW & A. Wir waren in derselben Branche, wir hatten die gleichen Interessen. Wir mochten das Shea Stadium, die Oper. Wir gingen in jeden Film in der Stadt.«

»Sie hat Sie betrogen, stimmt's«, sagt der Mechaniker traurig. »Das hat Greta auch getan. Mich betrogen.«

»Kommen Sie zum Herpes«, hält Tillman ihn an.

Sie werden jedoch von einem Klopfen an der Tür unterbrochen, was Dr. Bainbridge auffahren läßt. Die Silhouette der Kellnerin füllt das durchscheinende Glas an der Tür. »Hey!« ertönt die muntere Frauenstimme. »Brauchen Sie was da drin?«

Eric verliert die Beherrschung. Es ist einfacher, seinen Zorn an der Bedienung auszulassen als an den Mitgliedern des Clubs. »Was ist los mit Ihnen?« ruft er. »Warten Sie verdammt noch mal immer auf den heikelsten Augenblick, um zu klopfen? Horchen Sie an der Tür, um zu hören, wenn jemand nicht unterbrochen werden will, und stecken dann Ihre dumme Visage herein?«

Schweigen. Dann sagt die Stimme gekränkt: »Rutschen Sie mir doch den Buckel runter.« Unter dem zornigen Stakkato ihrer Absätze zieht sie sich in den Schankraum zurück.

»Sie sollten sich lieber entschuldigen«, sagt der Mechaniker, überrascht über den Ausbruch, respektvoll gegenüber jeder Art von Autorität. Der Mechaniker möchte, daß alle ihn mögen, immer und überall.

»Die kann mich mal«, sagt Eric. »Ich glaube, sie lauscht manchmal an der Tür.«

»Dann lassen Sie lieber ein hübsches Trinkgeld da, sonst läßt Mackey uns vielleicht nicht mehr rein.«

»Ja, schön, dann eben ein Riesentrinkgeld, okay? Macht's Ihnen was aus, wenn ich jetzt zu Ende erzähle?« Eric funkelt sie alle an, als wolle er sie herausfordern, ihn zu unterbrechen. Als keiner Anstalten macht, beruhigt er sich.

»Schon besser.« Nur daß jetzt die Tür aufgeht, ohne Klopfen, und Mackey selbst hereinkommt. Wütend steht er da, in seiner fleckigen Schürze, ohne die man ihn niemals sieht.

»Ich will keine Scherereien mit Ihnen«, sagt er zu allen auf einmal. »Raus! Und zwar sofort!«

Auf der Stelle ist Eric um den Tisch herum, reumütig, kleinlaut, die Hände ausgebreitet, ein Schauspieler par excellence.

»Sie haben recht, Sir. Tut mir leid. Ich hatte einen unglaublich schlechten Tag im Büro.« Eric gräbt in seiner Gesäßtasche nach seinem Geld.

»Keiner schimpft mit meinen Kellnerinnen«, sagt Mackey. »Das Mädel kam her, um Sie zu bedienen, und nicht, um sich so was bieten zu lassen.«

Der Agent gibt Mackey zwei neue Hundert-Dollar-Noten. »Einer für Sie. Einer für sie. Aber ich sage Ihnen«, sagt Eric, völlig geknickt, »nichts entschuldigt mein Verhalten. Geld bedeutet nichts. Es zählt einzig und allein, wie man mit den Leuten umgeht. Ich verspreche Ihnen, ich spreche nie wieder so mit ihr. Im Ernst. Ich verspreche es.«

»Das möchte ich Ihnen auch raten.« Mackey, verlegen, weil er käuflich ist, geht hinaus und schließt die Tür.

»Fetter Aasgeier«, sagt Eric, während er nach seinem Wasserglas greift und es austrinkt.

»Ich war mir sicher, daß er uns rausschmeißt«, sagt der Mechaniker.

»Da sehen Sie mal wieder: Geld regiert eben die Welt«, sagt

Eric. »Aber wenn's Ihnen nichts ausmacht, also, wo war ich ... bei dem Wochenende, von dem wir wußten, wir würden miteinander schlafen. Es hatte sich, wie gesagt, langsam entwickelt, wir waren zuerst Freunde geworden und verstanden uns gut. Für besagtes Wochenende, es war der 21. August, hatten wir einen Ausflug geplant, nach New London an der Küste Connecticuts. Ein Agenturkollege hat dort ein Haus am Strand. Er würde es nicht brauchen. Er war in Cannes. Karen kaufte Vorräte ein: Wein, Käse, italienische Salami, geräucherten Truthahn. Ich mietete ein Cabrio, einen Mustang. Ich war furchtbar aufgeregt. Es war so wichtig, daß alles perfekt wäre. Ich machte mir Sorgen, daß etwas schiefgehen könnte. Ich war völlig unkonzentriert im Büro, weil ich an nichts anderes denken konnte. Der Ausflug wurde, da so viel von ihm abhing, zum reinsten Streßtrip für mich.«

»Und Streß läßt Herpes ausbrechen«, sagt Dr. Bainbridge.

Eric fällt in sich zusammen. Während er atmet, heben und senken sich seine Hosenträger. »Ja. Plötzlich, auf dem Hinweg, im Auto, genau in dem Augenblick, als ich drauf und dran bin, unser Leben vollkommen zu machen, stellt sich das dämliche Jucken ein.«

»Und da haben Sie ihr gesagt, daß Sie Herpes haben«, errät der Mechaniker. »Und damit alles verbockt.«

Eric Porter läßt den Kopf hängen. »Viel schlimmer«, sagt er. Seine Stimme versagt, und er setzt sich, ein Bild des Jammers. Schluß mit der Großspurigkeit. »Warum habe ich es nur getan? Ich habe das doch zuvor auch nie gemacht. Warum gerade da?«

»Sie haben es ihr nicht gesagt?« fragt der Banker. »Sieh einer an.«

Wäre Erics Wille stark genug gewesen, er hätte die Vergangenheit geändert. Hätte sein Schutzengel ihm einen Wunsch gewährt, er hätte sich gewünscht, die Erinnerung möge sich in einen bösen Traum auflösen. »Zuvor war ich bei den Frauen immer so pingelig gewesen. Ich brauchte nur das leiseste Kitzeln zu spüren, es brauchte gar nicht mal etwas zu sein, schon habe ich gewartet, bis es wieder sicher war, Sex zu haben. Bei Karen wollte ich so sehr, daß es nicht Herpes war, daß ich ... daß ich mir eingeredet habe ... ich habe mir eingeredet, auf dem Highway, daß es vielleicht gar nicht Herpes war. Vielleicht juckte es mich ja einfach nur.«

Eric verstummt.

Er fährt mit Grabesstimme fort: »Ich wollte sie nicht enttäuschen. Ich wollte ihr Gesicht nicht sehen ... ich meine, schon beim ersten Mal Herpes zu haben. Ich habe sogar nachgesehen, aber ich war wohl nicht so pingelig, wie ich hätte sein sollen.«

Schweigen legt sich über die Männer in der Brüderlichkeit ihres geknechteten Seins. Die Geschichte eines jeden hier hat ihren Wendepunkt, an dem noch alles hätte glücklicher enden können. Wenn Bedauern eine Religion ist, dann befinden sich diese Männer hier im Gebet. Ist es ein ewiges Aufsagen falscher Entscheidungen, dann bleiben sie für immer und ewig Gefangene ihrer defekten Vergangenheit.

»Das Wochenende ließ sich großartig an«, zieht Eric sein Resümee. »Wir hatten Sex, und er war so gut, wie ich gehofft hatte. Sex am Freitag, am Samstag morgen, am Samstag nachmittag, am Samstag abend. Vielleicht bin ich kein so großer Abenteurer wie ihr hier, im Bett, meine ich, aber für mich war schon die schlichte alte Missionarsstellung der Himmel. Ich erinnere mich noch an den würzigen Duft, als sie mich in die Arme nahm. Ich erinnere mich noch daran, wie wir in dem riesigen Bett aufgewacht sind. Vom Meer kam eine Brise herein, und wir hatten die ganze Nacht eng umschlungen geschlafen.

Am Sonntag vormittag fühlten wir uns so gut, daß wir traurig waren, daß das Wochenende schon wieder zu Ende ging. Sehen Sie, wie sehr wir uns geliebt haben? Wir würden zusammen nach Hause fahren, wir würden die ganze Woche in der Stadt zusammensein, aber der Gedanke, daß das Wochenende zu Ende gehen sollte, machte uns traurig. Statt uns also in den Wagen zu setzen und einfach loszufahren, liebten wir uns noch ein letztes Mal.«

Die Stimme des Agenten verliert sich, die Arme fallen ihm an den Seiten herab.

Als er wieder aufblickt, kommen die Tränen.

»Als wir fertig sind, liege ich da und sehe zum Fenster hinaus in den Himmel. Es ist so was von schön, und ich habe noch nie mit jemandem geschlafen, den ich so s... s... sehr liebe«, sagt er und beginnt zu stottern dabei, was ihm sonst kaum passiert, nur in Augenblicken höchster Not. »Und dann höre ich sie sagen: ›Was sind denn das für k... k... kleine B... B... Bläschen, Eric?‹«

»Tut mir leid, Kamerad«, sagt Tillman, dessen Zorn für den Augenblick verflogen ist, voller Sympathie für den Freund.

»Und da waren sie, die Bläschen, unter meinem Schamhaar. Ich sagte mir, das ist doch nicht wahr. Sie spielte verrückt. Sie schrie, ich hätte sie verraten. Daß sie vor mir noch nie jemandem getraut hätte. Ich versuchte, es ihr zu erklären, aber ich stand unter Schock, die Situation hatte sich so blitzartig gedreht, in einem Sekundenbruchteil. Egal, was ich sagte, es machte alles nur noch schlimmer. ›Du meinst, du hast das Jucken *gespürt*‹, schrie sie, ›und du hast mir nichts gesagt?‹«

Eric Porter preßt sich die Hände auf die Ohren, als versuche er, die schrillen Beschuldigungen auszusperren, die er pausenlos hört. »Ich bin ihr durchs Haus gefolgt, auf die Veranda, ins Schlafzimmer. Ich konnte einfach nicht zu ihr durchdringen. In meinem ganzen Leben hatte ich mich noch nie derart miserabel gefühlt. Sie ließ sich von mir in einen Zug nach New York setzen und mich allein zurückfahren, in diesem blöden fröhlich roten Mustang. Stundenlang stand ich im Verkehr.

Sie wollte mich nicht hereinlassen, als ich später zu ihr ging. Im Büro wollte sie mich noch nicht mal ansehen, w... w... wochenlang.«

»Tut mir wirklich leid.«

Eric zittert. »Es ist kalt hier drin.«

»Sie hat den Herpes nie gekriegt. Aber sie hat mir auch nie verziehen.«

»Eine schreckliche Geschichte«, sagt Dr. Bainbridge, »aber ich muß Ihnen sagen, als Psychologe, wenn das Band zwischen Ihnen so stark war, wie Sie sagen, dann hätten Sie beide diese Hürde nehmen können.«

»Es war das Ende von allem.«

»Entschuldigen Sie, daß ich das nicht erläutert habe«, sagt Bainbridge beharrlich, »aber so stark wie das Band Ihrer Schilderung nach war, schließe ich aus ihrer Reaktion, daß sie einige eigene Probleme hatte, die nicht mit Ihrer Krankheit zu tun hatten.«

Erics Nase läuft. Er sieht gebrochen aus, wie ein achtjähriger Junge. Jämmerlich. »Ich mache immer alles kaputt.«

»Sie hassen sie«, sagt der Banker.

»Nein. Ich liebe sie.«

»Niemand hat das Recht, einem anderen so weh zu tun wie sie Ihnen.«

Bainbridge scheint erschreckt über die Richtung, die das Gespräch nimmt. Er will ihm ins Wort fallen, aber der Banker hebt eine Hand, worauf Bainbridge verstummt.

»Haben Sie schon einmal daran gedacht, ihr was anzutun?« fragt der Banker leise.

»Seien Sie nicht albern.«

»Aber Sie haben. Sie haben es doch gesagt, einmal. Sie haben also ein klein wenig daran gedacht. Vielleicht etwas Schweres in der Hand zu halten, damit zuzuschlagen, spüren, wie es auf die Knochen kracht.«

»Hören Sie auf.«

»Haben Sie nicht dran gedacht? Nie?«

»Ich würde ihr nie etwas tun.«

»Natürlich nicht«, sagt der Banker. »Ich spreche von Phantasien. Passiert doch keinem was in einer Phantasie. Geben Sie zu, mindestens einmal daran gedacht zu haben, wenn auch nur für eine Sekunde, ihr so ein klein wenig weh zu tun.«

»Wer würde sich das nicht vorstellen, für einen Sekundenbruchteil?« sagt Eric. »Nach dem, was passiert ist. Es ist wie ein Flüstern in mir, das mir sagt: ›Mach's!‹ Aber es dauert noch nicht mal eine ganze Sekunde. Weniger noch.«

»Schluß damit, habe ich gesagt«, befiehlt Dr. Bainbridge, aber seiner Stimme fehlt einfach die Kraft.

»Was genau haben Sie sich denn vorgestellt in Ihren Phantasien?« fragt der Banker. »Ich meine, nur so zum Spaß.«

»Ich weiß nicht. Sie zu schlagen. Eine Ohrfeige, vielleicht. Das ist alles. Ich würde sowieso nie eine Frau schlagen. Ich weiß noch nicht mal, ob ich je einen Mann geschlagen habe. Ich habe mich als Kind nie gerauft. Ich bin ein friedfertiger Typ.«

»Also nur eine kleine Ohrfeige, ja?« sagt der Banker.

»Was spielt das schon für eine Rolle?« sagt Eric. »Ist ja doch nur Phantasie. In Wirklichkeit ist sie schlicht und ergreifend fort.«

»Ganz genau! Aber da wir nun mal von der Phantasie reden, kann es doch auch nichts schaden, sie ein bißchen zu erforschen. Mein Freund, diese Frau hat Ihnen weh getan. Erinnern Sie sich noch, als Sie vor ein paar Wochen die Flasche zerbrochen haben? Erinnern Sie sich noch, wie Sie mit der Scherbe herumgefuchtelt haben? Ist eine ›Ohrfeige‹ wirklich alles, woran Sie gedacht haben? Oder war es nicht vielleicht doch etwas mehr?«

Ein Kratzen ist zu hören, als der Mechaniker den Stuhl zurückschiebt. Er sieht von dem Banker zum Agenten.

»Ihr macht mich nervös«, sagt er.

»Mit Ihnen spreche ich doch gar nicht«, weist ihn der Banker zurecht. Er scheint Bainbridge die Führungsrolle abgenommen zu haben. »Sie sind mit Ihrer Geschichte nächste Woche dran«, sagt er dem Mechaniker. »Heute ist Eric dran. Also«, wendet er sich an Porter, »woran haben Sie gedacht, als Sie damals mit der Scherbe herumgefuchtelt haben? Sagen Sie's Ihren Freunden vom ›Club der toten Herzen‹.«

»Sie aufzuschlitzen.«

»Das reicht! Das Treffen ist vorbei«, unterbricht Bainbridge die beiden und steht auf.

Der Mechaniker steht ebenfalls auf, dankbar wie es scheint. Der Banker jedoch bleibt sitzen, und Eric scheint zu benommen, um sich zu bewegen. Der Banker macht eine wegwerfende Handbewegung. »Sie beide wollen gehen? Gehen Sie. Es ist Viertel vor elf. Wir haben noch fünfzehn Minuten.«

Er wendet sich wieder an Eric, als wären die anderen bereits fort. Auf seinem Gesicht liegt ein interessierter Ausdruck – wie der eines Biologen, der eine neue Gattung Fisch seziert.

»Was, wenn Sie ihr etwas tun und damit durchkommen könnten?« sagt er.

»Das ist doch widerlich.«

»Weil Sie sie lieben? Weil Sie Gefühle für sie haben? Weil sie so gut zu Ihnen gewesen ist, ja? So treu?«

Eric Porter sagt: »Lassen Sie mich in Ruhe.«

»Oder«, sagt der Banker, »weil Sie Angst haben, man könnte Sie erwischen?«

»Also, ich gehe jetzt«, sagt der Mechaniker, steht auf und beginnt seinen mit Schmierflecken übersäten Parka anzuziehen. »Ich habe eine lange Heimfahrt vor mir, nach Washington Heights. Was meinen Sie, wollen wir nicht alle gehen, jetzt gleich?«

»Ich komme mit«, sagt Eric Porter mit geschlossenen Augen. Die roten Hosenträger heben und senken sich langsam.

Der Mechaniker sagt: »Okay, dann los!«

Als Porter sich nicht bewegt, verabschiedet sich der Mechaniker: »Na dann, gute Nacht.«

Nachdem der Mechaniker gegangen ist, blickt der Banker Dr. Bainbridge an. Sein Lächeln ist zu strahlend. »Wir reden nur. Ich verspreche es.«

Bainbridge sieht ihn zweifelnd an.

»Er ist so aufgeregt, ich kann ihn jetzt nicht allein lassen.«

»Ich bleibe auch«, sagt Bainbridge, fast flüsternd.

»Ausgezeichnet«, sagt der Banker. »Vielleicht wollen Sie ihm ja auch etwas sagen. Vielleicht wollen Sie ihm erzählen, was Sie diese Woche gemacht haben.«

»Wovon reden Sie?« fragt Eric Porter, der Agent. Aber sein Kummer ist so groß, daß er kaum aufnahmefähig ist.

Tillman stachelt Bainbridge an, amüsiert, bestärkt von der Angst auf seinem Gesicht. »Na los, erzählen Sie's ihm.«

»Ich habe Kopfschmerzen«, weicht Bainbridge aus.

»Das ist der Alkohol«, sagt Tillman. »Wenn man zuviel trinkt, ist alles möglich. Aber unser Doktor weiß das. Er bezahlt ihn schließlich, unseren Alkohol.«

Über dem gesenkten Kopf des Agenten taucht Tillmans Blick tief in Bainbridges Augen ein. Und jetzt, da die Drohung im Raum steht, wird das Lächeln des Bankers mitfühlend. Er weiß instinktiv, wann er das Zuckerbrot gebrauchen muß und wann die Peitsche.

»Ich habe darüber nachgedacht, was ich Ihrer Ansicht nach machen soll«, sagt er und meint damit – wie Bainbridge weiß –, sich der Polizei zu stellen. »Vielleicht mache ich es morgen. Morgen.«

»Wirklich?«

»Wir sind nur hier, um zu reden. Eric und ich.«

»O Gott«, sagt Bainbridge, verzweifelt bemüht, ihm zu glauben und wenigstens einen kleinen Teil dessen, was schiefgelaufen ist, wieder gutmachen zu können. Es muß einfach eine Möglichkeit geben. Wenn er Tillman nur zur Mitarbeit bewegen könnte, dazu, daß er der Polizei alles erklärt.

»Ich denke daran, es morgen zu tun«, wiederholt Tillman. »Sie vertrauen mir. Ich vertraue Ihnen. Dann lasse ich Sie heute allein nach Hause gehen, okay?«

Einen langen Augenblick herrscht Schweigen.

»Gehen Sie nach Hause«, sagt Tillman, plötzlich ungeheuer mitfühlend und wohlwollend. »Nehmen Sie was gegen die Kopfschmerzen.«

Bainbridge rührt sich nicht.

Tillman sagt, jetzt etwas irritiert: »Hören Sie, wenn Sie mir nicht trauen, dann kann ich auch Ihnen nicht trauen.«

Bainbridge preßt seine Hände gegen die Schläfen.

»Und Sie wissen, was das bedeutet«, sagt Tillman. »Dann wird nichts aus morgen. Alles klar?«

Bainbridge antwortet, als müsse er all seinen Willen aufbieten, um sich einzureden, daß Tillman die Wahrheit sagt. »Sie haben recht. Ich brauche ein Aspirin.«

Einen Augenblick später dreht er sich um und geht.

Der Banker wendet sich an Eric Porter: »Nicht zu fassen, diese Typen«, während er die Schultern des Mannes massiert, den harten Klumpen verspannter Muskeln in seinem Nacken. »Sie in einem Augenblick wie diesem allein zu lassen. Gehen wir woanders hin. Ich gebe einen aus, aber kein Bier, sondern was Hartes. Irischen Whiskey. Bei der Kälte draußen. Wir können uns noch über die Phantasie unterhalten. Ich meine, Männer wie wir, was haben wir denn schon noch außer Phantasie? Haß ist alles, was uns geblieben ist.«

Zwei Stunden später verlassen der Banker, Harris Tillman, und der Agent, Eric Porter, Sardi's, die bekannte Broadway-Schwemme. Sie hatten zusammen sechs Irische Whiskey, abgesehen von dem Bier zuvor. In New York ist es warm geworden, und das im Januar, mitten im Winter. Das Wetter scheint völlig schizophren dieses Jahr. Im einen Augenblick ist es eiskalt, im nächsten siedend heiß.

Die Schneepflüge haben die Straßen seit letzter Woche geräumt, und der Großteil des Schnees ist geschmolzen. Die Theaterbesucher sind schon vor Stunden nach Hause gegangen. Der Broadway gehört jetzt den Zuhältern, Touristen und Leuchtreklamen für japanische Produkte.

Sie machen sich auf den Weg in die Eighth Avenue, wo der Banker für die U-Bahn-Chips bezahlt, und warten auf dem Bahnsteig. Der Zug kommt aus dem Tunnel geschossen wie eine Bestie aus ihrem Bau. Das weiße »A« in dem blauen Kreis auf dem ersten Wagen zeigt nächtlichen Reisenden in den Süden der Stadt das Ziel.

»Wenn Sie ein Taxi nehmen, dann erinnert sich der Fahrer an Sie. Nehmen Sie die U-Bahn, erinnert sich kein Mensch«, sagt der Banker, der seinen Freund am Ellbogen in einen vollen Wagen bugsiert.

»Was spielt es schon für eine Rolle, ob sich einer an mich erinnert?«

»Sie haben recht. Ist völlig egal«, sagt der Banker, und das Thema ist erledigt.

Die Linie A fährt in so großen Abständen, daß der Zug auch um ein Uhr nachts immer überfüllt ist. Zu dieser Stunde hat das Licht im Wagen etwas Kaltes an sich. Die stählernen Räder unter ihnen rattern, scharf wie ein brechendes Herz.

»Ich wußte doch, Sie wissen, wo sie wohnt«, sagt der Banker vertraulich, verschmitzt. »Ich konnte sehen, daß Sie manchmal dort gewesen sind. Und ihr Mann, sagen Sie, ist Pilot? Vielleicht ist er nicht da, ich meine, nicht daß wir reingehen.«

»Wir sehen es uns nur an, stimmt's?«

»Genau«, beruhigt der Banker ihn. »Glauben Sie, es besteht die Möglichkeit, daß sie nach all der Zeit bedauert, was sie Ihnen angetan hat?«

»Nein.«

»Sie sagen das, weil Sie nicht wollen, daß man Ihnen noch mal weh tut. Aber was, wenn sie Ihnen all die Zeit über gern gesagt hätte, wie leid es ihr tut? Was, wenn sie versucht hat, Sie zu finden? Wäre das nicht eine Ironie? Wenn *sie* mit *Ihnen* reden, *Ihnen* sagen wollte, daß sie einen Fehler gemacht hat.«

»Ich bin betrunken. Sie verwirren mich völlig.«

Der Zug rumpelt unter dem East River hindurch und schiebt sich auf der anderen Seite wieder heraus, auf die Station Brooklyn Heights an der High Street zu. Die beiden Männer nehmen den Aufzug nach oben. Brooklyns Straßen sind leerer als die in Manhattan. Es ist eine wohlhabende Gegend, kleine baumgesäumte Straßen, alles saniert. Eric Porter geht voran in Richtung East River, auf ihr Haus zu, das gleich an der Brooklyner Uferpromenade liegt.

Sie bleiben vor einem Gebäude im Tudorstil stehen; überhaupt hat die ganze Straße viel Charme. Es gibt noch eine Menge Bäume, und der Schnee ist noch kaum geschmolzen. Es hat fast etwas Weihnachtliches. Der Banker holt das Messer, das er bei Mackey's gestohlen hat, aus seiner Manteltasche und schiebt es zusammen mit der Leinenserviette, in die es gewickelt ist, in die tiefe Tasche von Erics Mantel von Yves St. Laurent.

»Tun Sie sich nicht weh«, ermahnt er ihn.

»Ich will es nicht.«

»Na schön, dann nehme ich es eben wieder.«

»Sie haben gesagt, wir wollen uns nur das Haus ansehen.«

»Genau«, sagt der Banker und steckt das Messer wieder weg. Statt dessen gibt er Eric etwas anderes, eine gefaltete Papierserviette. »Ich sehe, Sie denken daran hinaufzugehen. Tun Sie mir einen Gefallen. Wenn Sie mit ihr sprechen, geben Sie ihr das von mir.«

Eric, teils betrunken, teils verwirrt, faltet die Cocktailserviette von Sardi's auf. Er sieht, daß der Banker mit blauem Kugelschreiber vorne über das goldene Firmenzeichen CTH gemalt hat.

»Die Initialen des Clubs. Ist nur meine Art und Weise, mit Ihnen da reinzugehen, Sie wissen zu lassen, daß Sie Freunde haben, daß Sie jemand unterstützt. Betrachten Sie sich nicht mehr als allein. Nie wieder. Hören Sie? Ich meine, Sie wollen doch mit ihr sprechen. Ich weiß es. Vielleicht haben Sie Angst, aber wir sind ganz unter uns. Zwei Freunde, die die Geheimnisse des anderen kennen. Sie wollen es, aber Sie trauen sich nicht. All die Jahre, und wäre das nicht was, wenn eine einzige Unterhaltung dazu führen könnte, daß Sie sich besser fühlen?«

»Hören Sie auf.«

»Beachten Sie mich einfach nicht. Ich plappere nur. Warum sollen Sie *sie* aufwecken, stimmt's? Warum *ihr* Ungelegenheiten bereiten? *Sie* ist es doch, die hier zählt, nicht Sie, nicht wahr? Das denken Sie doch, oder?«

»Ich habe Magenschmerzen.«

Zehn Minuten später betritt Eric, von seiner eigenen Kühnheit überrascht und ohne Messer, das Haus. In der Marmorhalle ist niemand außer einem Portier, einem Mann spanischer Herkunft auf einem Klappstuhl, der in der Spätausgabe der *Post* den Kasten mit den Hockeyergebnissen liest. Ein einsamer Mann, der lieber nachts arbeitet. Ein Seelenbruder vielleicht, denkt Eric, voller Zuneigung für den Mann. Auch er hat gelitten. Eric spürt es.

Doch der Portier ist irritiert. »Ich rufe da oben nicht an, Sir. Sie erwartet Sie nicht, es ist zwei Uhr.«

»Aber es ist wichtig«, sagt Eric, »daß ich mit ihr spreche.«

»Nein!«

»Sie müssen anrufen«, sagt Eric. Jetzt, wo er endlich seiner Eingebung folgt, ist es ungeheuer wichtig, daß er hinaufgeht. Er schaltet auf seinen beinharten Berufston um. Die Stimme, mit der die obere Schicht mit der unteren spricht. Eine Stimme, wie sie die wohlhabenden liberalen New Yorker nie zu benutzen behaupten. »Besucher auszusortieren ist nicht

Ihre Aufgabe. Ihre Aufgabe ist es, ihr zu sagen, daß ich da bin. Sie kriegen Schwierigkeiten, wenn Sie nicht anrufen. Dafür werde ich sorgen.«

Der Portier geht die Wohnungsliste nach der richtigen Nummer durch, um wenigstens nur die Person zu wecken, die es betrifft. Er tippt ein Paßwort ins Haustelefon. Eric hört es in Karens Wohnung klingeln. Blechern und weit entfernt, trotzdem schlägt sein Herz jetzt schnell.

Er stellt sich oben ein Telefon vor, das sie weckt. Er stellt sie sich in einem weißen Nachthemd vor, wie sie es in Connecticut trug. Er sagt sich, daß er sich vielleicht von dem Banker nicht hätte beschwatzen lassen sollen, aber auf der anderen Seite ist ihm irgendwie schwindelig, als hätte er, indem er hierher kam, so verrückt es klingt, eine zweite Chance.

Wie auch immer, der Portier erreicht sie schließlich.

»Er hat mir befohlen, Sie anzurufen. Ich weiß, wie spät es ist«, sagt der Portier zu Karen, während Eric das Herz aufgeht und er gleichzeitig gegen die Übelkeit ankämpft. »Wie er heißt? Eric. Sir, wie heißen Sie mit Nachnamen?« fragt der Portier, wütend über die Lage, in die man ihn gebracht hat. Womöglich, so denkt er, fällt damit das Trinkgeld für den Urlaub im nächsten Jahr flach.

»Porter.«

Der Portier gibt ihn weiter. »Sie will nicht mit Ihnen sprechen.«

»Ich will ihr nur sagen, wie leid es mir tut.«

»Sir …«

»Wegen dem Herpes, ich muß ihr das erklären …«

Bei dem Wort »Herpes« kommt ein Schwall Worte der Frauenstimme aus dem Hörer. Karen hat sich schon immer zuviel Gedanken darüber gemacht, was man über sie denkt. Er weiß, sie denkt, daß der Portier, dieser bezahlte Fremde, der mit allen im Haus spricht, daß dieser Mann, der wahrscheinlich liebend gern über die Mieter tratscht, nun die Geschichte vom Herpes zu hören bekommt. Also will sie nun doch mit ihm sprechen, wenn auch nur am Telefon. »Bitte, laß mich doch für ein paar Minuten raufkommen«, sagt er.

Es ist jämmerlich, dieses Gebettel. Es macht ihn wütend. Genau das hat er in Connecticut getan und Monate danach, in dem Versuch, sie zurückzugewinnen. Er hätte nie auf Tillman hören und hierher kommen, sich derart erniedrigen sollen. Sie weigert sich, ihn hochkommen zu lassen, und er wird noch wütender. Doch als er noch einmal das Wort »Herpes« sagt, flucht sie und sagt: »Fünf Minuten. Nicht mehr. Und mach keinen Lärm. Die Kinder schlafen.«

Kinder, denkt er. Sie hätte auch mit mir Kinder haben können. Ich hätte ihnen bei den Hausaufgaben helfen, ihnen Taschengeld geben, ihr dabei helfen können, sie zu füttern und zu wickeln; im Sommer hätte ich sie zum Angeln mitnehmen, sie sogar anschreien können, wenn einer was falsch macht.

Dann wird ihm klar, daß Karen den Piloten nicht erwähnt hat. Vielleicht sind sie geschieden. Oder er fliegt heute nacht, sitzt irgendwo in einem Flugzeug. Ganz offensichtlich ist er nicht oben, sonst hätte sie etwas davon gesagt, daß er ihren Mann nicht aufwecken soll.

Plötzlich fühlt Eric ein Glücksgefühl.

Ich werde wieder allein mit ihr sein, zum ersten Mal seit jenem schrecklichen Wochenende in New London.

Irgendwo in seinem Kopf weiß Eric, wie schwachsinnig seine Freude ist, doch das mindert sie nicht. Er ist glücklich. Richtig glücklich. Er ist ein Liebhaber, der zu seiner Geliebten geht.

Während der Aufzug nach oben fährt, nimmt er sich vor, höflich zu sein, seine Freude für sich zu behalten. Er wird einfach erklären, wie das damals in Connecticut war. Oder vielleicht ist das längst Schnee von gestern. Vielleicht plaudern sie einfach über ihr Leben, und der freundliche Plausch sagt ihm, daß sie ihm verziehen hat. Er redet sich ein, er wolle einzig und allein, daß sie ihm vergibt. Immerhin weiß er, sie kann ihn nicht mehr zurücknehmen, nie mehr, sie hat ein anderes Leben. Er ist ein logisch denkender Erwachsener, sagt er sich, und die Zeit läßt sich nicht zurückdrehen. Er weiß, es kann nie wieder so werden wie früher, wegen dieser Dummheit von vor so langer Zeit. Er will nur, daß die Schmerzen vergehen.

Eric Porter will glauben, daß man mit ein paar Worten um zwei Uhr morgens ein gebrochenes Herz reparieren kann.

Im Aufzug rückt er seine Krawatte zurecht. Ich werde die Ruhe selbst sein, sagt er sich, als die Doppeltür aufgeht. Aber wie er feststellt, zittert er.

Er wendet sich ab, um zu fliehen.

Er dreht sich wieder um.

Er geht den leeren Flur hinauf, an verschlossenen Türen vorbei, die die Erfolgreichen schützen, sie und ihre Familien.

Vor 6J bleibt er stehen.

Und jetzt wird ihm klar, daß er die Hand in die Manteltasche gesteckt hat, auf der Suche nach dem Messer, das der Banker hineingesteckt hat. Aber natürlich ist es nicht da. Er hat es ihm ja zurückgegeben. Natürlich. Aber dafür kommt die Hand mit der Serviette von Sardi's heraus, mit den Initialen darauf: CTH.

Der Banker wartet draußen. »Manche Dinge muß man alleine tun«, hat er gesagt. »Aber ich bin im Geiste dabei.«

Eric streckt die Hand aus, um zu klopfen, aber die Tür öffnet sich, bevor er sie trifft. Sie hat am Spion gewartet.

»Weck die Kinder nicht auf«, zischt sie. »Ich hab dir doch schon vor Jahren gesagt, laß mich in Ruhe!«

Ich hätte das Messer sowieso nicht benutzt, denkt er. Ich weiß nicht einmal, warum ich danach gesucht habe.

Sie schließt die Tür hinter ihm, leise, nachdem er eingetreten ist, und dreht – umsichtig, wie sie es damals schon war – den Schlüssel im Schloß.

8

Am Tag, an dem seine Eltern sterben, ist Voort neun Jahre alt. Der schlimmste Vormittag seines Lebens beginnt im Central Park während eines herrlichen Julis, kühl und grün. Es ist ein aufregender Morgen. Der Tag der Softballmeisterschaften des Polizeisportvereins. Ein Morgen, an dem Voort, in seiner frisch gewaschenen Uniform der »Mordkommission«, mit klopfendem Herzen im Leftfield steht.

»Hau ihn rüber!« schreit er.

Seine Eltern stehen nicht unter den schreienden Zuschauern auf der Tribüne, als es im siebten Inning zu einem Tie kommt. Sie haben ihn in der Obhut eines Onkels, eines Polizeicaptains, zurückgelassen, während sie – was für eine Ironie – nach Albany zu einer Benefizveranstaltung für die verwaisten Kinder verstorbener Polizisten geflogen sind.

Es wäre schön, wenn sie hier wären, aber da er in einer Polizistenfamilie aufgewachsen ist, stellt Voort die Pflichten nicht in Frage, die ein Polizist verstorbenen Kameraden gegenüber hat. Ebensowenig wie die Liebe seiner Eltern zu ihm. Er weiß, daß sie lieber hier wären, daran hat er nicht den geringsten Zweifel.

Ich kann's kaum erwarten, Paps von dem Spiel zu erzählen, heute abend, bei der Grillparty auf dem Dach, die sie fürs ganze Team geben.

Er liebt seinen Papa über alles, einen geachteten Detective der Mordkommission, einen mächtigen Mann, der den Jungen sogar zu Ermittlungen und nach der Schule mit ins Polizeipräsidium One Police Plaza mitnimmt, wo Voort durch die Flure wandert, die Polizeiarbeit kennenlernt und sich mit Kripobeamten anfreundet, mit denen er vielleicht eines Tages arbeiten wird.

Jetzt fängt er, tief im Feld mit einer Hand, einen Flyball und entscheidet das Inning damit. Seine Mannschaftskameraden jubeln, und als er auf die Bank zuläuft, dankt er seinem Vater im stillen dafür, daß er ihm beigebracht hat, die Sonnenbrille auf die Nase zu nicken, wenn im Outfield ein Flyball auf ihn zukommt. Und als er mit Schlagen an die Reihe kommt, dankt er ihm dafür, daß er ihm beigebracht hat, wie er den rechten Fuß zu heben hat, bevor er nach einem hereinkommenden Ball schlägt.

Du wirst stolz auf mich sein.

Doch als Voort in den Aufwärmkreis tritt, bemerkt er, daß sein Onkel sich auf der Tribüne mit zwei Detectives aus dem Präsidium unterhält. Die drei Männer kommen auf Voort zu, der sich aufwärmt, indem er seinen extraschweren, extrawuchtigen Louisville Slugger durchzieht, sich abwendet, um sich anzusehen, wie die hochgezogenen Bälle über das Schlagmal gehen und um sich, ganz wie sein Vater es ihm beigebracht hat, die Lücke im rechten Centerfield anzusehen.

»Leg mal den Schläger weg«, sagt sein Onkel, das Gesicht von der blendenden Sonne verdeckt. Voort blickt blinzelnd auf, als er den ungeheuren Schmerz in der Stimme hört. Einen solchen Ton hört er bei diesem sonst so fröhlichen Mann das erste Mal. Er macht ihm angst – als käme die schlechte Nachricht direkt aus dem Himmel, unwiderruflich, von weit über ihm.

Einen Augenblick darauf hört Voort seine eigene Stimme, als käme sie von ganz weit her: »Was soll das heißen, das Flugzeug ist abgestürzt?«

Die Beerdigung zwei Tage später ist gut besucht, von Polizisten, dem Bürgermeister, Zeitungsleuten, Vertretern verschiedener Wohltätigkeitsorganisationen der Stadt. Man mag die Voorts, eine alte Familie, auch wenn sie im Viertel als Fremde gelten. Mit Polizisten stellt sich jeder gern gut.

Später wandert der Junge unter bitteren Tränen durchs Haus, während Onkel und Tante unten mit seinem gepackten

Koffer stehen. Die Familie hat beschlossen, das Haus zu vermieten und die Einkünfte für Voort anzulegen. Er wird sie nach und nach ausbezahlt bekommen, wenn er alt genug ist, um aufs College zu gehen.

Sie lassen ihm die Zeit, in der er durch die Geschichte wandert. Er beginnt unter dem Dach, bei den alten Militärsachen seines Vaters, dem Kleid, das seine Mutter beim Abschlußball ihrer Highschool trug, immer noch blendend weiß und so schlank wie ihre Figur, als sie starb. Er geht in ihr Schlafzimmer, wo seine Eltern am Sonntagmorgen die *Times* lasen, sein Vater Pfeife rauchend, seine Mutter mit ihren Virginia Slims.

Als nächstes kommt das Ankleidezimmer seiner Mutter an die Reihe, mit den drei Dutzend runden Birnen rund um den Spiegel und dem Duft von französischem Parfum, den er stets in der Nase haben wird, wenn er sie am Jahrestag des Absturzes auf dem Friedhof besucht.

Jeder Schritt birgt Erinnerungen. Er blickt den Porträts der Voorts ins Gesicht: dem Admiral, den Streifenpolizisten, den Polizeipräsidenten, den Onkeln, die Polizeipferde ritten, Barken der Wasserschutzpolizei steuerten, in der Ehrengarde der Polizei zackig Haltung annahmen, wenn Präsident Franklin D. Roosevelt zu Besuch in New York war.

Selbst in seinem Kummer sorgen die Verbindungen, die Vergangenheit, die Geschichten, die er so kennt, dafür, daß es ihm besser geht.

Dann, in seinem Schlafzimmer, passiert etwas, was den Jungen für immer verändern wird.

Voort liegt auf seinem alten holländischen Bett und sieht unter Schmerzen zum Fenster hinaus, während er spürt, daß dies der schlimmste Tag seines Lebens ist. Er kann nicht verstehen, wie seine Eltern ihn im Stich lassen konnten, obwohl sein Verstand ihm sagt, daß sie schließlich keine Wahl hatten.

Während er so daliegt, wird es im Raum plötzlich still. Ein warmes, schönes Gefühl überkommt ihn, ein Gefühl unendlicher Geborgenheit, als laufe Honig durch seine Adern. Es ist dasselbe Gefühl, das er hat, wenn sein Papa ihn abends unter die Decke packt oder wenn seine Mutter ihm die Medizin bringt, wenn er die Grippe hat.

Jetzt jedoch verwirrt ihn dieses Gefühl. Es kommt von nirgendwo, aber einen Augenblick später versteht Voort und setzt sich erstaunt auf.

»Seid ihr das?« fragt er verwundert in die Dunkelheit.

Das Gefühl verschwindet so schnell, wie es gekommen ist. Er bricht in Tränen aus, aber er weiß, daß seine Eltern ihn soeben besucht haben. Sie haben ihn wissen lassen, auf die einzige Art und Weise, die ihnen möglich war, daß sie noch da sind, mit ihrer ganzen Liebe für ihn. Voort ist sich dessen gewiß; es ist ihm egal, ob ihre Anwesenheit wirklich oder nur eingebildet war. Der Trost war so echt und übermächtig, daß er weiß, von jetzt an ist er, wenn auch auf andere Weise, nie mehr allein.

Ereignisse, zu diesem Schluß kommt der Junge, können einem weh tun, aber sie sind nicht so schlimm, wenn man sich dagegen wehrt.

Als Voort nach unten geht, findet er Onkel und Tante in der Küche, wo sie Unterlagen ordnen.

»Ich bleibe hier wohnen«, sagt der Junge.

»Das ist unmöglich.«

»Nichts ist unmöglich«, sagt Voort, »wenn man weiß, was man will.«

Sie reden auf ihn ein, energisch zuerst, dann behutsam. Er werde von jetzt an bei *ihnen* leben, mit seinen Cousins zur Schule gehen, die er doch mag. Sie würden eine große Familie sein, solide, liebevolle Kirchgänger, die füreinander da sind.

»Nein, ihr zieht zu mir«, antwortet Voort. »Die Onkels können sich abwechseln. Alle zwei Monate.«

Letztendlich gibt die Familie seinem eigensinnigen Selbstvertrauen nach. Sie haben ihn gern, und um die Wahrheit zu sagen, bewundern sie seine Unnachgiebigkeit. Für alle Voorts bedeutet dieses Haus Solidität, Geschichte und Stolz, auch wenn für das alles im Augenblick nur ein dünner Neunjähriger steht.

Also wohnt eine Weile der eine Onkel bei ihm, dann für ein paar Monate der andere, und schließlich gibt ein anderer Voort, ein Anwalt, Junggeselle und Cousin zweiten Grades, seine Eigentumswohnung auf und bezieht für die nächsten neun Jahre das Schlafzimmer im ersten Stock.

Voort kommt ins Teenageralter, selbständig, extrovertiert, großzügig gegenüber Freunden, ohne sich jemals ganz zu öffnen, immer hält er einen Teil zurück, nämlich den, der verletzt wurde, als seine Eltern gestorben sind. An der Schule ist er beliebt. Harvard bietet ihm ein Sportstipendium, aber er ist ein eingefleischter New Yorker und entscheidet sich für die NYU. Er hat Freundinnen, trotzdem rufen ständig auch andere Mädchen bei ihm an, die sich in ihn verlieben und ihm sagen: Ich liebe dich. Ich denke an dich. Ich mach es mir in Gedanken an dich. Ich möchte dich heiraten.

Voort hat Sex, wann immer er will. Er hat ein erfülltes Leben. Er betrachtet sich als glücklichen Menschen.

Bis auf den heutigen Tag hat Voort gedacht, er wüßte, was Kummer ist, und daß er damit zurechtgekommen sei. Jetzt jedoch erkennt er, daß der Verlust der Eltern nur für eine von mehreren Arten gebrochener Herzen gesorgt hat.

Es ist Freitag, und er sitzt auf einer der hinteren Bänke von St. Patrick's. Sieben Tage ist der Mord an Niana Embers nun her, und vor sechs Tagen ist Camilla zu ihrem alten Liebhaber zurückgekehrt. Die Messe ist schon seit einer Stunde vorbei. Deutsche Touristen knipsen im Mittelschiff den Altar, eine Gruppe Japaner ist mit einem ständig quasselnden Führer da. Voort zündet Kerzen an, spricht ein Gebet für seine Familie, seine Eltern, für die Stadt, deren Wohlstand und Sicherheit. Er steckt einen Hunderter in den Opferstock.

»Gott«, so betet er, »beschütze Camilla.«

Laß sie glücklich und in Sicherheit sein, denkt er. Was für eine komische Bitte. Nicht: Bring sie mir wieder zurück. Nur: Beschütze sie. Wie immer denkt er an ihren Schutz. Sie sah so unglücklich aus, denkt er, so verwirrt, als sie ihn vor einer Woche verließ.

Ich brauche Zeit, Voort.

Nimm dir, soviel du brauchst.

Er denkt daran zurück, wie sie ihren Mantel nahm, erinnert sich daran, in die Küche gegangen zu sein, nachdem sie weg war, völlig erstaunt über die Normalität des Hauses, daß alles noch genauso war wie zuvor, daß der Topf nicht übergekocht war. Daß der Boden noch glänzte. Daß die Vorhänge noch an den Fenstern hingen. Daß es in seinem Haus überhaupt noch so etwas wie Ordnung gab.

Ich schätze, ich empfinde noch immer etwas für Kenny. Ich schätze, das mit dir, Voort, das ging einfach zu schnell. Es wird mir wahrscheinlich leid tun, dich zu verlassen. Aber ich muß ihn einfach wiedersehen, um sicherzugehen.

Links vom Mittelgang verschwindet ein Priester, den er kennt, in einem der Beichtstühle. Voort beichtet nie. Er kommt, um zu beten, nicht um zu beichten.

Als er die Kathedrale verläßt, entdeckt er Mickie, der ganz hinten gegen einen Pfeiler gelehnt steht. Mickie trägt einen dunklen Doppelreiher aus der Londoner Savile Row, ein cremefarbenes Hemd mit Button-down-Kragen und eine smaragdgrüne Krawatte aus Venedig. Seinen doppelt geknöpften Wollmantel hat er über dem Arm. Voort wird klar, daß er Mickie in den letzten beiden Tagen, als er in der Stadt herumgelaufen ist, nicht gesehen hat.

Mickie stößt sich von dem Pfeiler ab. »Connie, du hast dich krank gemeldet? Wirst doch sonst nie krank, und selbst dann hat dich das nicht vom Dienst abgehalten.«

»Ich hab mir die Darmgrippe geholt, die gerade umgeht.«

»Ich habe zu Hause nach dir gesehen, in deinem Fitneßclub, bei dem Griechen, wo du frühstücken gehst. Ich hätte gleich draufkommen sollen, wenn Connie was auf den Magen schlägt, dann geht er zur Messe.«

»Könntest du auch mal probieren. Es hilft mir beim Denken.«

»Ich geh meinen Weg. Gott den seinen. Er hat meine erste Frau krepieren lassen, schreiend, an Krebs. Ich versuche ein guter Mensch zu sein. Ist eben eine Welt voller Kompromisse.«

Während der letzten Woche hat keiner der beiden Detectives etwas Brauchbares in Erfahrung gebracht, was die Ermittlungen im Fall Niana Embers angeht. Diese Sackgassen waren auch die Entschuldigung für Voort, sich krank zu melden. Vielleicht sehe ich die Dinge, so hat er sich gedacht, mit Abstand in einem anderen Licht. Und zu Hause, wenn er nicht schlief oder nachts stundenlang in der Stadt herumlief, war er im Geiste immer wieder in Niana Embers' Wohnung zurückgekehrt. Der Schuhabdruck in der Blutlache. Die Initialen im Holz.

»Unser Knabe hat wieder zugeschlagen«, sagt Mickie.

Es ist also wieder ein Mord passiert.

»Ich habe den Wagen draußen«, sagt Mickie. »Diesmal ist es in Brooklyn. Man hat die Leiche vor ein paar Stunden gefunden. Ich erzähl's dir unterwegs.«

»Wer ist das Opfer?«

»Eine Frau. Eine verheiratete Frau mit drei Kindern. Gehen wir. Siehst gar nicht gut aus, Connie. Hat deine Magengrippe irgendwas mit dem zu tun, was die Walküre immer freitags treibt?«

Voort bleibt auf der langen breiten Treppe vor der Kathedrale stehen. Drei Meter weiter sagt ein Fremdenführer einer Gruppe britischer Touristen: »Bleiben Sie bei mir, wenn wir drin sind.«

»Was weißt du über die Freitage?«

»Du bist jeden Freitag völlig verdreht, also denke ich mir, Freitag ist wohl die Kacke am Dampfen. Ich bin Detective. Auf so was zu achten ist mein Beruf.«

In Voorts Schläfen beginnt es zu pochen, während er in den Wagen steigt. Er hört sie sagen: *Ruf mich nicht an. Versuch nicht, mich zu sehen. Ich bin auch nicht glücklich darüber. Ich hoffe, nach einer Weile renkt sich das wieder ein.*

Nach einer Weile, denkt Voort.

Wie lang ist eine Weile?

Sie fahren auf der Fifth Avenue nach Süden, nehmen die 23. bis zum Broadway und fahren dann Richtung Brooklyn Bridge. Die Straßen sind voller Schlaglöcher, die in diesem Winter besonders schlimm sind. Abwechselnder Frost und Tauwetter richten großen Schaden an in der Welt. Teams der E-Werke sind unterwegs, verschwinden in den Mannlöchern. Männer in Parkas und Schutzhelmen steigen in die Erde, unter aufsteigendem Dampf.

»Guck dir mal die Mappe auf dem Sitz an«, sagt Mickie. »Aber mach dich auf was gefaßt. Ist wieder schlimm.«

Auf den körnigen Schwarzweißfotos, die Voort aus dem Umschlag nimmt, ist eine Orgie der Zerstörung zu sehen. Der Tweedrock der Frau ist hochgeschoben, bei all den Einstichen an den Schenkeln könnte man meinen, nicht einer, sondern ein Dutzend Männer hat sie angegriffen. Die Arme sind fleischig, schlaff und so übel zugerichtet, daß selbst das zweidimensionale Foto vor trocknendem Blut zu kleben scheint. Voort verzieht das Gesicht, als er die Spritzer an den Wänden, dem weißen Tischtuch und auf den Bettlaken sieht. Das Herz bricht ihm im Gedanken an denjenigen, der diese Frau liebt. Ich muß mich wieder in den Griff kriegen, denkt er. Nie in meinem Leben habe ich derart heftig auf einen Fall reagiert.

»Mickie, woher weißt du, daß das unser Typ war?«

»Bild Nummer fünf.«

Voort findet die Vergrößerung einer Serviette mit den Buchstaben, die darauf gekritzelt sind.

»CTH«, bemerkt Mickie, der mit einer Hand den Wagen steuert. »Er hat sie auf dem Tisch liegen lassen, gleich an der Wohnungstür, wie eine Visitenkarte. Ordentlicher geht's nicht mehr.«

»Und wieder keine Fingerabdrücke?«

»Nee, nee, diesmal war's anders. Geradeso, als wär's ein anderer gewesen, als er wieder zu sich kam.« Mickie nimmt die Auffahrt zur Brücke, aber wegen der ewigen Bauarbeiten staut sich der Verkehr nach Brooklyn. Die Detectives sitzen hinter einem Lieferwagen der Bäckerei Entenmann fest. Voort öffnet das Fenster, klebt das Rotlicht aufs Dach, und Mickie macht die Sirene an. Es hat keinen Sinn. Keiner geht aus dem Weg, dafür schreit der Fahrer des ramponierten Ford zu ihrer Rechten sie an: »Wo zum Teufel sollen sie denn hin? Ich hab schon genug Krach im Kopf! Hören Sie auf!«

Mickie seufzt: »Diesmal gibt es Abdrücke; Haut unter ihren Nägeln, Zeugen, und das gleich drei. Er hat dem Portier sogar einen Namen genannt. Und jetzt paß auf! Er tranchiert sie und weckt dabei die Kinder auf, die ins Wohnzimmer kommen und alles sehen.«

»Er hat die Kinder umgebracht?« fragt Voort.

Mickie schüttelt verwundert den Kopf. Die Menschen bleiben ein Rätsel für ihn, auch wenn er noch so lange mit ihnen zu tun hat. »Es ist völlig verrückt. Sie sagen, es war, als wäre er in Trance gewesen. Sie sagen, er hätte sie nur so komisch angeguckt und zu ihnen – jetzt paß auf! – gesagt: ›Geht wieder ins Bett!‹«

Voort versucht es zu verstehen, aber es ist ihm unmöglich. Der Mörder wie auch das Opfer sind Fremde für ihn. Was immer zwischen den beiden gewesen ist, nie wird ein Außenstehender das jemals wirklich verstehen. Der Chevy schiebt sich aus dem Stau, mit heulender Sirene, und Mickie fährt die

Cadman Plaza hinauf, am Brooklyner Rathaus vorbei. Brooklyn Heights ist ein älteres Viertel New Yorks, seine engen malerischen Straßen sind von lässiger Eleganz. Viele Schriftsteller wohnen hier, es gibt hübsche Bäume, Kutschenhäuser, eine Promenade am Fluß. Ein Pulk Streifenwagen und ein Krankenwagen stehen vor dem Wohnblock der Toten geparkt. Ein Van von *Eyewitness News* ist darunter, und Voort erkennt einen der Fotografen der *Post*.

»Wir behalten das mit den Initialen weiterhin unter Verschluß«, sagt Mickie. »Auch das hiesige Revier gibt's nicht raus.«

Die Leiche ist aus der Wohnung entfernt worden; weißes Klebeband weist in groben Umrissen auf die Stelle, wo sie gelegen hat. Voort kann die ungeheure Schändung des Orts in sich fühlen, als er sich die Zimmer ansieht. Es gibt eine Menge irdene Nippes, teilweise zerbrochen oder umgekippt. Ein kleines Mädchen mit einem Hundebaby. Ein Papst beim Segen. Er sieht ein buntes modernes Gemälde, die Stofftiere der Kinder. Er findet nichts, was die Leute vom Revier und die Spurensicherung übersehen haben könnten, jedenfalls keine Spur.

Während die Spurensicherung noch in der Wohnung beschäftigt ist, geht Voort mit Mickie nach unten und tritt, ohne anzuklopfen, ins Büro der Hausverwaltung, wo die Detectives vom zuständigen Revier den Portier vernehmen, der die Leiche gefunden hat.

»Ich habe versucht dem Mann zu sagen, daß er nicht raufgehen kann«, beteuert der Portier den beiden alten Polizisten, die Voort kennt. »Daß es zu spät ist. Aber er hat gesagt, ich verliere meinen Job, wenn ich nicht anrufe.«

Für ein Gebäude mit derart wohlhabenden Bewohnern ist das Büro erstaunlich schäbig. Es erinnert Voort an eine alte Weisheit, die er im Philosophieunterricht am College gehört hat; der Professor nannte sie das »Axiom vom Gemeinschaftsgut«: Je mehr etwas allen gemeinsam gehört, desto weniger kümmert man sich darum.

Die Schreibtische sind alt, die Farbe blättert bereits überall ab, die Aktenschränke haben mehr Dellen als die auf dem Polizeirevier in Harlem. Der Portier klammert sich an eine Tasse kalten Instantkaffee. Die Detectives geben sich professionell, aber Voort spürt, wie aufgebracht sie sind. Irgend etwas an der Gewalttat da oben hat jenen Teil in ihnen berührt, weswegen sie zur Polizei gegangen sind. Aus der Wohnung über ihnen dröhnt Rock 'n' Roll. *Aerosmith*. Die Gitterfenster im Tudorstil stehen offen. Der Geruch von Schnee und dem East River von draußen ist frisch und für die Jahreszeit ziemlich warm. Voort sieht, daß die Bäume da draußen blühen. In einer Woche, das weiß er, wenn blitzartig die Kälte zurückkommt, sterben sie ab.

»Aber sie hat ihm gesagt, daß er raufkommen soll«, sagt der Detective vom hiesigen Revier zum Portier.

»Er hat irgendwas davon gesagt, daß er sie mit Herpes angesteckt hat. Ich denke, das war ihr wohl peinlich. So zurückgezogen wie sie gelebt hat. Sie wollte nicht, daß ich den Rest höre.«

Die Detectives werfen sich einen Blick zu. Wenn der Portier recht hat, dann ist diese Neuigkeit enorm wichtig, vielleicht ist es eine Möglichkeit, dadurch den Mörder aufzuspüren. Vielleicht hat der Arzt der Frau den Namen des Mannes, der sie angesteckt hat.

»Er hat sie mit Herpes angesteckt? Sie ist doch verheiratet, dann hatte sie also was mit dem Typ?«

»Ich weiß nicht. Ich habe ihn noch nie gesehen. Er hat ihr nur gesagt, das mit dem Herpes, das tut ihm leid. Und da hat sie ihm gesagt, daß er mir wieder das Telefon geben soll. Und als er wieder runterkam, hinterher, ganz blutig«, der Mann erschauert, »da bin ich rauf.«

»Wo ist denn ihr Mann?« mischt Voort sich ein.

»Sie leben getrennt. Er fliegt für American. Aber ich glaube, sie wollten wieder zusammenziehen.« Der Portier wirft einen Blick auf seinen kalten Kaffee und streckt sich. Seine Schicht ist seit Stunden vorbei. »Vielleicht hat sie mit dem anderen geschlafen, und er hat sie angesteckt. Und sie haben sich gestritten.«

Voort läßt sich die Beschreibung und den Namen des Mannes bestätigen. Eric Porter. Er überprüft derlei Informationen grundsätzlich zweimal.

Den Weg nach Manhattan legen er und Mickie in angespannter Erwartung zurück. Sie haben jetzt Spuren, und das Labor wird Fingerabdrücke und DNS durch den Computer jagen. Sie werden sich die Telefonbücher vornehmen, wenn sie wieder im Büro sind, und nach dem Namen Eric Porters sehen. Sie werden ihre Freunde und ihren Mann aufsuchen und nach Eric Porter fragen. Sie werden die Vorstrafenregister nach Eric Porter durchgehen. Sie werden mit der Phantomzeichnung in Bars und Geschäften hausieren gehen. Sie werden überprüfen, ob Niana Embers einen Eric Porter kannte, ob es Fotos, Adresse oder sonstige Hinweise gibt. Sie werden Fotos der Zeichnung an die Streifen ausgeben und nach einigen Tagen, falls sich nichts tut, auch an die Presse.

»Das macht zwei«, sagt Mickie nur. Plötzlich ist es ausgesprochen.

Werden aus den zwei Opfern drei? denken die Detectives, werden aus dreien fünf? Haben sie es hier mit einem Serien-Killer zu tun?

Camilla dürfte das brennend interessieren, denkt Voort. Dann wird ihm klar, daß er gar nicht mit ihr sprechen wird. *Voort, ich höre am besten gleich auf, bevor es bergab geht mit uns.*

Er hat ihr gesagt: »Du mußt tun, was du für nötig hältst.« Aber gedacht hatte er: Wie sollte es noch schlimmer werden als jetzt?

Sie rasen von der Brücke und erreichen One Police Plaza. Sie geben den Namen und die Beschreibung den Mädels von der EDV und die Zeichnung sowie ein Foto der Bildabteilung, damit man sie verteilt. Dann gehen sie in ihr Büro und machen sich über die Telefonbücher her. Günstigenfalls werden nur ein oder zwei Eric Porters im Manhattaner Buch stehen, sie werden zu einer Wohnung gehen, und wie durch ein Wunder wird die Gerechtigkeit siegen, und die Person aus dem Buch wird ihr Mann sein.

Sie haben ein kleines, fensterloses Büro wie die anderen Detectives dieser neuen Sonderabteilung, doch sie haben das Büro mit ihren eigenen Möbeln eingerichtet. »Warum sollten wir nicht so hausen, wie wir's uns leisten können?« hat Mickie gesagt und einen Innenarchitekten bestellt. Die Wände sind honigfarben. Die Couch ist von Bloomingdale's, teuer, feudal, und es passen bequem vier Leute darauf. Die Schreibtische sind von Shaker, Mickies Frau hat sie bei einer Auktion bei Berkshire gekauft. Die Aktenschränke sind aus Mahagoni. Sie haben zwei neue Fernseher von Sony, und wenn sie bei jedem den Bildschirm splitten, können sie vier Nachrichtensendungen gleichzeitig sehen. Sie haben einen kleinen Kühlschrank. Immer wieder kommen Kollegen herein, um eine Cola abzustauben, Orangensaft oder Eistee.

Die Nachrichten laufen, CBS und NBC, und um fünf Uhr, als sie allein im Großraum New York achtundvierzig Eric Porters gefunden haben, wird im Fernsehen zwei Minuten lang über den Mord in Brooklyn berichtet. Bei Niana Embers hat es dazu nicht gereicht. Ein Auffahrunfall mit zwölf Fahrzeugen nahm die Reporter an jenem Tag in Beschlag. Heute jedoch ist kaum was passiert. Voort sieht, wie »das Opfer, Karen Chambers« in vier vergrößerten Fotos auf den Bildschirmen erscheint.

Draußen verdüstert sich der Himmel, wie es sich für den Winter gehört. Im Rathaus, zwei Blocks weiter, gehen die

Lichter an. Tausende von städtischen Angestellten strömen aus den Gebäuden der Gegend. Die Stadt stellt, wie Mickie, der Republikaner, gern sagt, Leute ein wie ein sozialistischer Staat. Ihre Lohnschecks in der Hand, verlassen die Arbeiter der verschiedenen Ressorts die Gebäude – Parkverwaltung, Kraftfahrzeugamt, Feuerwehr, Sozialamt, Baubehörde, Stadtkasse. Die New Yorker haben die Taschen voll Geld – Feiern, Liebe, Vergessen, ein heißer Freitagabend steht ihnen bevor. Camilla ist am Freitagabend für gewöhnlich müde, nachdem sie sich die Woche über mit der Chefetage von NBC gerauft hat.

Voorts Aufmerksamkeit jedoch richtet sich wieder auf den Bildschirm, als der Nachrichtensprecher von Channel 4 bekanntgibt, die Polizei habe bereits jemanden in Verdacht. »Die Polizei sucht einen Mann namens Eric Porter«, sagt er und sorgt dafür, daß Mickie von seinem Stuhl auffährt.

»Scheiße!«

»Dem Korrespondenten von Channel 4 ist es gelungen, eine Zeichnung des Mannes zu bekommen.«

»Dieses Arschloch von Commissioner!« schreit Mickie und schlägt mit der Hand auf den Tisch, als die ganze Stadt die vergrößerte Zeichnung zu sehen bekommt. Der Commissioner, wie jedermann weiß, pflegt die Beziehungen zur Presse, weil er nach dem Bürgermeisterstuhl schielt. Jetzt hat NBC den Detectives das einzige genommen, was sie hatten, nämlich Zeit. Es ist in Ordnung, wenn die Stadt so ein Phantombild irgendwann einmal zu sehen bekommt, aber nicht in den ersten Stunden, wenn Eric Porter, ohne zu wissen, daß er identifiziert ist, womöglich einfach zu Hause sitzt und man nur zuzugreifen braucht.

Jetzt macht er sich aus dem Staub. In wenigen Minuten werden, wie Voort genau weiß, ihre Telefone zu klingeln beginnen, da man sämtliche Anrufer zu ihnen durchstellen wird. Ich habe die Zeichnung gesehen, werden sie zu hören bekommen, das ist mein Nachbar. Das ist mein Schwager. Das ist der Typ, den ich neulich in Louie's Bar gesehen habe, ich schwör's. Das ist der Kassierer vom Fairway an der Vierundsiebzigsten, Ecke Broadway. Ich wußte doch, daß mit dem was nicht stimmt, so wie der immer nach meinen Beinen schielt.

In wenigen Minuten wirft Eric Porter, falls er schuldig ist, womöglich schon Hemden in einen Koffer, steigt in einen Wagen, einen Bus, einen Zug aus der Stadt. Er kauft sich eine andere Brille, eine Perücke, wenn er clever ist. Er läßt sich einen Bart wachsen. Und alles nur, weil der Commissioner das Foto zu früh herausgegeben hat.

Voort und Mickie stehen auf ihrem maulwurfsgrauen Teppich und starren hilflos auf die Zeichnung, die eigentlich an die Streifenpolizisten verteilt werden sollte: weitstehende Augen, das Haar nach hinten geklatscht, volle Lippen, halb offen, als hätte der Mann eben ein Bier gekippt.

»NBC«, sagt Mickie, »weckt in mir den Wunsch nach einer faschistischen Regierung. Die weiß, wie sie mit den Arschlöchern in der Presse umzuspringen hat. In den Knast gehören die.«

Und tatsächlich, fünf Sekunden nachdem die Nachrichtenleute zu den Basketballergebnissen übergegangen sind, beginnt das Telefon zu klingeln. Mickie wirft seinen Glücksdollar in die Luft. »Kopf«, sagt er, während die Münze sich blitzend dreht.

»Connie, du verlierst. Sieht so aus, als gingst du ran.«

Und tatsächlich, als er den Hörer abnimmt, hört er eine Stimme, die ganz eindeutig keiner Polizistin gehört. Dazu ist sie zu nervös.

»Ich habe darum gebeten, mit jemandem wegen Karen Chambers zu sprechen«, sagt die Frau, nachdem sie ihren Namen genannt hat. Jackie May. Die Stimme ist etwas zittrig, besitzt aber trotzdem Autorität. Sie sagt Voort, sie sei Literaturagentin. Sie habe sich eben die Nachrichten angesehen.

»Einer der Autoren, die wir betreuen, wurde interviewt, wegen seines neuen Buches«, sagt sie. »Normalerweise sehe ich im Büro nicht fern.«

»Ja?«

»Karen hat hier bei uns gearbeitet, ebenso wie Eric Porter.«

Voort richtet sich auf. Er wünscht sich inbrünstig, daß die Information stimmt. Er möchte soviel Glück haben. Er möchte, daß einmal im Leben der erste Anruf der richtige ist. Vorsichtig sagt er: »Sind Sie sicher?«

Die Stimme ist schockiert, aufgebracht, aber die Gewißheit kommt durch. »Unsere Firma ist IW & A, International Writers & Artists. Wir sind an der Siebenundfünfzigsten, zwischen Fifth und Sixth Avenue. Ich kann nicht glauben, daß sie tot ist.«

Voort legt auf, schlägt die Agentur im Telefonbuch nach und wählt die Nummer von International Writers & Artists. Er bittet die Sekretärin, mit der Agentin zu spechen, die ihn angeblich gerade angerufen hat. Als die Agentin sich meldet, sagt Voort: »Haben Sie gerade die Polizei angerufen?«

»Sehr gründlich. Ich bin beeindruckt«, antwortet die Stimme.

Voort hat den Anruf entgegengenommen, also darf er auch den Besuch machen. Mickie wird im Büro bleiben, Anrufe beantworten und die Mädchen von der EDV nerven, wo die Antwort vom FBI bezüglich der Fingerabdrücke bleibt.

Der Verkehr ist um diese Zeit katastrophal, deshalb geht Voort zur U-Bahn, nimmt den CC, steigt an der Westlichen Vierten um in den uptown fahrenden B, und auf dem B sieht er tatsächlich, am anderen Ende des Wagens Camilla, die selten in diesen Teil der Stadt kommt, mit einer Rothaarigen plaudern. Sie sitzt mit dem Rücken zu Voort, so daß sie ihn nicht sieht. Doch die hochgewachsene Gestalt, der teure blaue Mantel gehören Camilla, also drängt er sich, mit klopfendem Herzen, auf sie zu, sieht jedoch, als sie sich umdreht, um an der 42. Straße auszusteigen, daß sie es gar nicht ist.

Zum erstenmal in seinem Leben denkt Voort, wenn auch nur eine Sekunde lang: Ich wollte, ich wäre jemand anderes. Ich wollte, ich müßte da nicht durch.

Auf der Höhe der 57. Straße entläßt ihn die U-Bahn in die Sixth Avenue, eine der Enklaven des alten, des mächtigen New York. Die Boutiquen sind für die Reichen. Die Passanten sind besser gekleidet. Es ist eine Straße voll Selbstvertrauen. Die 57. Straße ist das Gehirn der Unterhaltungsindustrie. Hier sitzen die Agenturen, die literarischen wie die für Musik. Broadway. Die Leute gehen hier nicht einfach sondern schreiten. Wie Herrscher einer Welt, um die alle anderen sie glühend beneiden. Voort findet den kupferfarbenen Glasturm, in dem die Literaturagentur sitzt. Er nimmt den Aufzug in den elften Stock, wo die Empfangsdame in Tränen ausbricht, als er sich ausweist.

»O Gott. Ich habe Karen gekannt. Sie war die netteste Frau auf der Welt. Jackie hat gesagt, ich soll Sie gleich nach hinten schicken. Sie erwartet Sie in ihrem Büro.«

Als er sich seinen Weg durch das Labyrinth abgeteilter Arbeitsbereiche in Richtung der großen Büros sucht, hat er den Eindruck, in einer von Frauen regierten Welt gelandet zu sein. Frauen sitzen in all den Büros, an denen er vorbeikommt, Frauen mit Headsets und Verbindungen zu jedem Verleger der Stadt.

Jackie May ist eine der Chefinnen hier, eine zierliche kleine Frau Ende Vierzig, mit kurzgeschnittenem schwarzen Haar, maßgeschneidertem blauen Kostüm und einer Menge Baseballtrophäen auf dem Schreibtisch, die neben Fotos von einer Katze und dem Modell eines Segelboots aufgereiht stehen. Sie hat ein Foto von Carl Yastremski mit Autogramm und einen von Roger Clemens signierten Baseball. Ein Schnappschuß von ihr vor dem Bostoner Fenwick Park.

Voort setzt sich auf eine Couch, von der aus er, über die Dächer zweier Blocks hinweg, einen Blick auf den Central

Park im Norden hat. Die Regale sind bis unter die Decke voller Bücher von Autoren, die er kennt. Auf diesen Regalen müssen Millionenumsätze stehen, denkt er, Jahr für Jahr.

»Eric Porter hat hier gearbeitet«, sagt sie. »Vor einigen Jahren ging er mal mit Karen.«

»Ist er noch hier?«

»Nachdem das mit den beiden auseinanderging, hat er gekündigt. Sie standen sich ziemlich nahe, und an einem Wochenende dann, als sie zusammen weggefahren sind, ist wohl irgend etwas passiert, aber keiner von beiden hat je darüber gesprochen. Sie war ohnehin sehr zurückhaltend, ein bißchen steif und nervös. Verschlossen. Er war emotioneller. Er begann tatsächlich eines Tages im Büro zu schluchzen. An dem Tag, als er ging.«

»Wissen Sie, wo er wohnt?«

»Ich habe keinen Kontakt mehr, aber ich habe Unterlagen. Kyle!«

Auf der Stelle steht ein Sekretär in der Tür, ein durchtrainierter Kerl mit breiten Schultern, Ohrring und kurzgeschorenem Haar, der eine Akte in der Hand hält. Die Stimme des jungen Mannes jedoch klingt nach Privatschule und Ivy League. »Ich hoffe, Sie kriegen den Typ«, sagt er. »Hier drin sind seine Sozialversicherungsnummer und seine alte Adresse.«

Voorts Hoffnung wächst. Den Namen eines Verdächtigen zu haben, ist gut, seine Sozialversicherungsnummer jedoch ist Gold wert. Er entschuldigt sich, ruft Mickie an und gibt ihm die Nummer durch. Dann geht er wieder zurück zu Jackie May.

»Erzählen Sie mir von diesem Eric. Wissen Sie was über seine Hobbys, seine Familie? Wo stammt er her?«

»Komisch, ich habe das alles nachgesehen, während Sie unterwegs waren. Er hat hier vor vier, fünf Jahren gearbeitet. Er war etwas alt für den Job, als er anfing, als Bürobote, aber so kommen die Leute eben hier rein. Die Guten arbeiten sich hoch. Sie machen Telefondienst, kopieren Manuskripte, sagen den Autoren, wir sind beim Lunch, wenn wir in Wirklichkeit hier sind und nur ihr Gejammer nicht hören wollen.«

Voort lächelt höflich.

»Eric war fleißig, aber nichts Besonderes. Er schleppte immer wieder Manuskripte an, manchmal was aus dem Stapel dessen, was unverlangt hier ankommt. Das meiste davon ist schrecklich, aber hin und wieder kommt auch etwas Wunderbares herein. Leider hatte Eric eben keinen Geschmack. Außerdem übertrieb er gern, er nahm sich einfach zu wichtig.

Karen fing zur selben Zeit an wie er, aber sie hatte mehr Freunde, verkehrte in Künstlerkreisen, kannte auch einige Autoren, die gerade anfingen, und brachte ein paar ausgezeichnete Leute ins Haus. Kennen Sie *Eyesore*, den Roman?«

»Gutes Buch.«

»Karen hat das aufgetan. Sie wurde Assistentin. Er blieb in der Postabteilung. Sie wurde Agentin. Aber ich glaube nicht, daß das etwas mit dem zu tun hatte, was schiefging zwischen den beiden. Sie ging ein halbes Jahr nach ihm, zu einer anderen Agentur.« Jackie zieht die Stirn in Falten. »Die Hap Twitchell Agency. Vielleicht fragen Sie mal bei denen nach. Eric sprach auch davon, die Agentur zu wechseln, aber was aus ihm geworden ist, weiß ich nicht.«

»Sie wissen nicht zufällig, wer Karens Hausarzt war? Haben Sie vielleicht alte Formulare ihrer Krankenversicherung?«

»Nein.«

»Haben Sie mal die Initialen CTH gehört? In bezug auf Karen?«

»Das war aber nicht in den Nachrichten. Ist das eine der Spuren, die Sie zurückhalten?« fragt sie und lächelt, als Voort verlegen dreinschaut. »Die Hälfte meiner Klienten schreibt Krimis«, sagt sie. »Ich lese das Zeug praktisch jeden Abend zu Hause. Aber keine Bange. Ich sag's nicht weiter.«

»Hatte Eric Freunde hier?«

»Er war ein Einzelgänger. Er hat sie wirklich geliebt. Er hatte seinen ganzen Arbeitsbereich mit Fotos von ihr tapeziert. Er nahm es sich furchtbar zu Herzen, als es zu Ende ging. Ach übrigens, die Akte ist bereits kopiert, nehmen Sie ruhig alles mit. Meine Privtanummer ist auch drin. Ich kann nicht glauben, daß er immer noch verliebt war in sie. Das ist doch krank. Wenn ich irgend etwas tun kann, helfe ich gerne, wo ich kann.«

»Kann ich mit den Leuten sprechen, die ihn hier gekannt haben?«

»Ich habe sie gebeten zu bleiben. Sie sind im Konferenzzimmer 2.«

Voort erfährt nichts Neues von den anderen Agenten, und als er um acht Uhr abends wieder auf dem Weg ins Präsidium ist, denkt er an die EDV-Mädchen, die bereits Kontakt zu Militär, Kreditkartenfirmen, Finanzamt, Gerichten und Kfz-Zulassungsstelle aufgenommen haben. Irgendwo wird eine neuere Adresse von Eric Porter darunter sein, die zu der Sozialversicherungsnummer paßt. Es wird sich eine Firma finden, bei der er angestellt ist, oder ein Kreditantrag, vielleicht sogar eine Vorstrafe.

Wir haben ihn, selbst wenn er nicht mehr in New York wohnt. Mickie wartet auf Voort, als er ins Büro zurückkommt. Die Fenster in der Stadtverwaltung gegenüber sind dunkel. Der East River ist ein schwarzes Band, das sich auf der anderen Seite dem Meer entgegenwindet. Die Brücke ist beleuchtet, sie strahlt geradezu, und vor dem Funkenregen der Schweißer auf dem unteren Deck fließt ausnahmsweise der Verkehr in beiden Richtungen ohne Stau.

»Ich habe eine Gourmet-Weizenpizza bestellt. Oliven und Paprika. Und Gingerbeer aus Jamaika. Nimm dir ’n Stück.

»Ich habe keinen Hunger.«

»Ja, das habe ich bemerkt. Du schrumpfst. Du siehst aus, als hättest du statt deiner eigenen Hemden was von Lieutnant Fahey an. Nimm dir ’n Stück, verflucht noch mal, und mach mir hier keinen Ärger. Willst du, daß ich alles allein esse und fett werde?«

Voorts weiß, er sollte was essen. Er hat die ganze Zeit nichts gegessen. Die Pizza schmeckt nach nichts, und während er halbherzig kaut, entdeckt er Camillas Nachricht neben dem Telefon auf seinem Tisch.

Ich hole mir heute abend meine Sachen bei dir ab, Voort. Ist es okay, wenn ich das allein mache?

Mickie trinkt seine Limonade und tut so, als beobachte er ihn nicht.

»Tut mir leid.«

»Erzähl mir einfach von Porter. Haben wir seine Adresse?«

»Na ja, wir haben ihn durch sämtliche Computer gejagt. Wir haben seine Abrechnungen von Visa, die Miete, Steuern, Telefonrechnungen ... Adressen? Es gibt sogar *zwei*.«

Mickie hält einen dicken mit Informationen gespickten Packen Computerpapier hoch. »Tja, geht doch nichts über die Technik«, sagt er, zieht aber eine angewiderte Miene dabei.

»Warum haben wir ihn dann noch nicht abgeholt?«

»Weil er, laut diesem Wunder der Bürokratie hier«, sagt Mickie und läßt den Packen fallen, »vor zehn Jahren verschwunden ist. Seither nichts. Und ich meine damit absolut null. Laut unserer modernen Technik hier, der Geißel aller Kriminellen, Objekt des Neids aller Kollegen, ist unser Mörder schon vor Jahren gestorben. Oder die Erde hat ihn verschluckt.«

9

Camilla Ryan, zwölf Jahre alt, sitzt wie gebannt vor den Abendnachrichten mit dem dunkelhaarigen Sprecher, der so schön und selbstsicher ist. Mit einem ungeduldigen Winken bedeutet sie ihren Eltern und den beiden älteren Schwestern hinter ihr am Küchentisch im New Yorker Stadtteil Queens, doch leiser zu sein.

Wie können sie sich während der Sendung unterhalten!

Ich möchte zum Fernsehen, denkt Camilla. Eines Tages werde ich beim Fernsehen arbeiten. Dann schreibe ich die Nachrichten, wenn sie aus dem Ticker kommen. Ich sage den Kameraleuten, wo sie sich hinstellen sollen, um ein besseres Bild zu bekommen. Ich arbeite in Dunkelkammern, mit Tonbändern und Bildern, schneide sie, forme sie, erfahre alle Nachrichten noch vor der übrigen Welt und beschließe dann, wie man sie am besten präsentiert.

Papa sagt lachend. »Camilla, so viel Fernsehen, du wirst uns noch blind.«

Sie ist blond, hübsch genug, um Cheerleader zu werden, der Pferdeschwanz reicht ihr bis zwischen die Schulterblätter. Sie trägt ein rückenfreies weißes Trägerhemd mit passendem Hosenrock. Ein Mädchen in Tennisschuhen, die Beine unter sich angezogen, eine Pepsi mit Eis neben sich, die sie noch nicht angerührt hat. Es gibt so viel zu studieren auf dem großen Bildschirm. So viele Aspekte, aus denen sich jede Sekunde dieses wunderbaren Mediums Fernsehen zusammensetzt. Timing. Kamerawinkel. Persönlichkeiten. Make-up.

Camilla sagt: »Ich schreibe Channel 4 einen Brief, Mama, und frage wegen eines Volontariats an.«

Ihre Familie bricht in schallendes Gelächter aus. Die Erdgeschoßwohnung auf den Garten hinaus ist so klein, daß Küche und Eßecke halb im Wohnzimmer sind. Es riecht nach Tomatenpaste aus der Dose, und überall steht Nippes herum, den ihre Mutter zusammenträgt: gläserne Schafhirten, Engel, Beagles, Mädchen mit Sonnenschirmen und Reifenrock; Familienfotos – Jones Beach, Coney Island, Cape May.

Es ist Dienstag abend, an dem für ihren Vater als Einkäufer bei Korvette, einem Kaufhaus, das Wochenende beginnt.

Mama macht jeden Dienstag Spaghetti, wenn sie von ihrem Job im Kosmetiksalon nach Hause kommt.

Im Augenblick wischt Papa die Soße mit Wonder Bread auf.

»Camilla, du bist doch gescheit. Du wirst eines Tages Chefsekretärin. Fernsehen! Für was hältst du dich denn? Einen Star?«

Die Nachrichten gehen zu Ende, und sie läßt den Apparat abschalten. Sie sind voller Zuneigung für Camillas Besessenheit, die Begeisterung, mit der sie ihre Hausaufgaben in Englisch macht, während sie sich auf CBS Dan Rather ansieht. Mathematik während Gabe Pressmans Kommentar.

»Papa, können wir nicht zu einer Führung durchs Studio gehen?«

Ihre älteren Schwestern kichern. »Vergiß das Fernsehen. Geh lieber mit Danny Greene. So was von gut wie der aussieht, mit seinem schwarzen Haar. Er ist total verknallt in dich. Er vergeht nach dir. Er hat's uns gesagt, im Schulbus.«

Sie singen: »Danny liebt Camilla.«

Camilla sieht sich den dunklen Bildschirm an. »Wie, meint ihr, kriegen die das Timing so perfekt hin, daß die Stimme aus dem Off und das Bild so perfekt synchron sind?«

»Danny und Camilla, gehen Hand in Hand ...«

Ein Jahr später jedoch hat Danny sie schließlich erobert, mit Anrufen, Filmen, ruhigen Gesprächen, und den Rosen, die er ihr bringt; ein 13jähriger, der sein Taschengeld für Blumen ausgibt, und Camilla sieht nicht mehr ganz so viel fern.

Abends spazieren sie zusammen durchs Viertel, Hand in Hand, vorbei an den zweigeschossigen Gartenwohnungen und deren dröhnenden Klimaanlagen, die Bewohner sitzen auf der Treppe davor und ruhen sich von einem harten Arbeitstag an der Tankstelle, im Versicherungsbüro, Taxi oder Fahrstuhl aus.

Der amerikanische Traum in Queens.

Selbst der Name der von Lebensmittelgeschäften, Süßwarenläden, Obsthandlungen und Optikern gesäumten Straße gleich nebenan steht für Träume: Utopia Parkway.

Als sie zur High School gehen, sind die beiden bereits ein Paar. Im College wird ihr klar, daß ihre Eltern recht gehabt haben, und die Welt von Manhattan und Fernsehen ist weit, weit weg. Sie verbringt jeden Nachmittag mit Danny. Sein Vater liegt im Sterben. Krebs. Er braucht sie.

Zusammen schreiben sie sich am Queens College ein. Er hat jetzt einen Meistertitel im Schwimmen, ist kräftig geworden mit breiter Brust, Muskeln und braungebrannt, und alle anderen Mädchen beneiden sie um ihn.

»Gott, Camilla, er sieht aus wie Arnie Holtz, der Schwimmer aus dem Olympiateam! Sogar der süße Schnurrbart. Du hast vielleicht ein Glück. Ich brauch ihn bloß anzusehen, schon werd ich naß. Du und deine Kajaks. Danny und seine Schwimmerei. Ihr werdet irgendwo am Strand wohnen. Wahnsinn!«

Eines Abends sagt Danny: »Heirate mich.« Sie parken an der Throgs Neck Bridge, im Buick seines Vaters und blicken hinaus auf die Little Neck Bay, die Schiffe, die Marschen im Dunkeln, wo sie am Wochenende gern mit ihrem Kajak hingeht, auf die funkelnden Lichter, die die Umrisse des Bogens beschreiben, der das Bindeglied zwischen Queens und der Bronx bildet. Sie lacht, küßt ihn. »Du machst Witze? Dazu haben wir noch jahrelang Zeit.«

»Ich habe einen Studienplatz für Jura in Buffalo. Komm mit.«

Er sieht so gut aus, und sie küßt ihn so gern. Er ist sauber und muskulös und duftet etwas nach Chlor, ein kräftiger, gesunder Geruch. Seine Hand wandert ihren Schenkel hinauf, schlüpft unter das Strandkleid. Die Beatles singen einen Oldie, einen Song über ein Mädchen von »just seventeen«.

Ihre Eltern, ihre Schwestern, alle haben ihr gesagt: Er ist deine Zukunft. Hör auf, vom Fernsehen zu träumen, es ist nur eine Maschine mit Drähten drin. Danny liebt dich. Er gibt dir Sicherheit. Du wirst Kinder haben. Es gibt Leute, die bekommen nie so eine Chance wie du.

Ja, ja, ich heirate dich.

Drei Jahre später ist sie in Buffalo, es ist Januar, Danny studiert Jura im letzten Jahr. Er hat einen Job in Aussicht, bei einer Lobbyingfirma in Washington D.C. Lobbying ist leichter als die Juristerei, sagt er ihr, und man braucht nicht so viele Überstunden zu schieben. Du verdienst gut, kommst rum, und man hat ein Riesenspesenkonto, das wir beide benutzen können.

»Du willst Lobbyist werden?« fragt sie enttäuscht.

»Nur für gute Sachen«, fügt er rasch hinzu. »Wie die Umwelt.«

Sie haßt Buffalo – eine Barackensiedlung, die sich als Stadt aufspielt. Ein endloser Schneesturm mit Häusern darin. Eine größere Version von Queens, wo alles, was man im Fernsehen sieht, so weit weg ist, daß sie genausogut auf einem anderen Stern sein könnten. Und sieben Monate im Jahr ist es so kalt, daß sie noch nicht einmal Kajak fahren kann. Sie und Danny hausen in einer Zwei-Zimmer-Wohnung, und sie arbeitet als Assistentin in der PR-Abteilung einer lokalen Radiostation.

Na ja, denkt sie, Washington macht sicher Spaß. Es ist zwar nicht New York, aber wir werden unseren Spaß haben. Ich trete in einen Kajak-Club ein.

Es ist das Semester vor dem Abschluß, und sie fährt mit dem Bus nach Hause. Sie hat Überstunden gemacht. Der Bus hält an ihrer Haltestelle, gegenüber von einem 7-Eleven. Danny braucht den Wagen, den Buick seines Vaters, um zur Uni zu kommen. Es schneit, wie immer. Camilla rutscht auf dem Eis aus, als sie aus dem Bus steigt. Ihre Pressemeldungen fliegen durch die Gegend. Sie stürzt hinterher, sammelt sie auf, verflucht Buffalo und stolpert auf ihre Wohnung zu. Wenigstens ist er heute abend mit Kochen dran.

Als sie den Schlüssel umdreht, hört sie drinnen den Fernseher. Eine Frauenstimme schreit: »Fester! Danny! Fester!«

Dann hört sie Danny stöhnen. Im Schlafzimmer.

Als sie auf das Schlafzimmer zugeht, kommt ihr ein alberner Gedanke: So was gibt's im Fernsehen. Durchaus. Nur daß ein rothaariges Mädchen auf Danny sitzt, auf dem Boden, auf dem langflorigen grünen Teppich, neben dem sorgfältig gemachten Bett, einem Hochzeitsgeschenk ihrer Eltern. Die Haare des Mädchens bewegen sich, sie hat die Hände auf dem Rücken, um Dannys Penis zu massieren, während er ihre Brüste knetet. Danny verdreht die Augen, bis das Weiße darin zu sehen ist, dann bewegen sie sich in ihre Richtung, und die Pupille stellt scharf.

Camilla denkt: Ich fühle nichts.

Danny sagt: »O Gott.«

Die Rothaarige merkt jetzt, daß Camilla da ist, dreht sich um und sieht sie doch tatsächlich triumphierend an. Die Rothaarige hat, wie sich herausstellt, die Uhr im Zimmer zurückgestellt, damit Camilla sie fand.

»Du bist nicht die Richtige für ihn«, funkelt die junge Frau, die auf Danny sitzt – sie ist zweiundzwanzig und studiert ebenfalls Jura –, Camilla an und zeigt ihren gertenschlanken Körper, die Hände herausfordernd wie bei einer Mißwahl in die knochigen Hüften gestemmt.

»Du gehst jetzt besser«, sagt Danny zu der jungen Frau und hört sich eher wie ein verängstigter Elfjähriger an als der Olympionik Arnie Holtz.

»Nicht jetzt«, sagt die Rothaarige, als wäre *sie* seine Frau, als hätte sie hier Rechte, als gehörten die Möbel, das Geschirr, die Erinnerungen hier nicht Camilla, sondern ihr. Als verschwinde Camilla bereits, als hätte sie diesen Raum nicht bewohnt.

»Ich bin Linda. Hat er dir nichts von mir gesagt?«

»Nein.«

»Dacht ich's mir doch. Er ist ein derartiger Lügner. Man

muß streng mit ihm sein. Man kann Danny nichts durchgehen lassen.«

»Großer Gott!« versucht Danny zu protestieren, aber er scheint hilflos zu sein.

Linda läßt nicht locker. »Hat er dir von Emily erzählt? Oder Patricia? All die Jahre. Er hat dir nicht von einer dieser Frauen erzählt, stimmt's?«

Danny hat den Kopf in den Händen verborgen und sagt: »Camilla, ich liebe dich.«

Linda sagt: »Sicher doch, Schatz.«

Linda lehnt sich jetzt zurück, gegen *ihr* Bett, ihr Hochzeitsbett, und verschränkt die Beine. Sieh genau hin, sagt sie damit, denn dieser Körper ist Dannys Zukunft. Er war seine Vergangenheit, als du nichts von ihm wußtest. Er ist seine Gegenwart, in der du die Wahrheit erfährst, und seine Zukunft. Es ist der Körper, der ihn glücklich oder unglücklich macht oder an dem er das Interesse verliert, aber es ist der einzige, den er von jetzt an bekommt.

Sieh ihn dir gut an.

»Wer ist Patricia?« fragt Camilla.

»Eine von vielen«, sagt Linda. »Tja, mich wird er nicht zum Narren halten. Ich bin wie er. Ich kenne ihn.« Ihr Lachen ist herb. »Wir sind beide Arschlöcher, Danny und ich.«

Sie steht auf und beginnt langsam ihre Kleidung zusammenzusuchen. Vor Camillas Augen zieht sie sich an.

Nachdem sie gegangen ist, bleiben der Geruch von Sex und Schweiß und die Eindrücke von Lindas kleinen Füßen auf dem tiefen Teppich zurück.

Camilla sagt: »Entschuldige mich«, geht ins Bad und übergibt sich.

Als sie wieder herauskommt, ist er angezogen und heult.

»Als mein Papa krank war«, sagt er, »habe ich ihm versprochen, dich zu heiraten. Ich ..., ich wollte dich überhaupt nicht heiraten. Ich habe gern mit dir geschlafen. Aber er lag im Sterben. Ich konnte mein Wort nicht brechen. Verstehst du?«

Als sie in den Schnee hinausgeht, mit einem Koffer und dem Schlüssel für seinen Buick, weint sie ebenfalls. Sie denkt, sie müsse jeden Augenblick aufwachen, und es ist Sonntag morgen, und sie und Danny liegen im Bett, lesen die *Times*, essen Zimtkekse, trinken Kaffee und lieben sich dann.

Jeder, dem ich je vertraut habe, hat mir gesagt, daß er mich liebt. Von jetzt ab kann ich ihnen nicht mehr vertrauen. Ich kann mir nicht trauen. Ich kann niemandem vertrauen.

Im Buick ihres verstorbenen Schwiegervaters fährt Camilla auf dem verschneiten Freeway zurück nach New York, über die Triboro Bridge nach Manhattan. Sie macht einen Bogen um Queens, umgibt sich mit der Anonymität, den Aktivitäten, den Möglichkeiten dieses Schoßes aus Beton, Stahl, Dialektik und Intellektualität.

Danny hat mich jahrelang belogen, denkt sie. Er hat mich zum Narren gehalten, Tag für Tag, Stunde um Stunde, jede einzelne Sekunde! Jahrelang!

Endlich stellt sich der Schmerz ein. Er ist fürchterlich. Nie, nie wieder lasse ich jemanden an mich heran.

»Nett von Ihnen«, sagt Camilla jetzt, neun Jahre später, zu Dr. Bainbridge, »mich so einfach abends dranzunehmen. Ich bin sicher, Sie haben Besseres zu tun, ob ich nun dafür bezahle oder nicht. Sie müssen doch die schlimmsten Geschichten hören. Das muß Sie doch bedrücken.«

»Keine Sorge«, sagt Dr. Bainbridge. »Ich kann meinen Terminplan schon mal ändern, ist kein Problem. Sie haben also Voort verlassen, und Sie bekommen diese beunruhigenden Anrufe, bei denen einfach aufgelegt wird. Sie müssen sich aussprechen.«

»Bei Ihnen fühle ich mich sicher.«

Sie streckt ihren herrlichen, schlaksigen Körper auf das

norwegische Leder des »Streßfressers«, den der Doktor im Sprechzimmer hat. Sie wirft die Arme zurück, über den Kopfteil des Sessels, die Handgelenke, von denen ein silberner Armreif baumelt, völlig locker, die Brüste nach oben gereckt, ihr langer Oberkörper durch die Kissen gestützt – die Haltung, so denkt Bainbridge, einer nackten Schönheit am Strand. Er kann Camilla geradezu auf einem Frotteetuch irgendwo in der Karibik liegen sehen. In diesem Bild liegt er neben ihr, berührt er ihre Hüfte.

Sein Atem kommt stoßweise, was außer ihm jedoch niemand hört.

Es ist lange her, seit ich mich verliebt habe, denkt er.

»Glauben Sie wirklich, diese Anrufe kommen von Voort?« fragt sie zweifelnd.

»Sie begannen, als Sie ihn verlassen haben. Es *könnte* natürlich ein Zufall sein. Was meinen Sie?

Einen Augenblick später schüttelt sie müde den Kopf und sagt, eher zu sich selbst als zu ihm: »Ich weiß, was Sie denken. Ich kenne ihn erst seit einigen Monaten, und das sind die Flitterwochen, in denen er sich von seiner besten Seite zeigt. Und schließlich habe ich mich auch in meinem Mann getäuscht.«

Sie seufzt. »Vielleicht will ich nur nicht zugeben, daß er es sein könnte. Ich meine, ich habe bei der Telefongesellschaft angerufen.«

»Und die haben alle Anrufe an Sie notiert. Und sie kamen aus einer Telefonzelle zwei Blocks von seinem Haus entfernt.«

»Ich verstehe nur nicht, wie er das tun kann.«

»M-hm.«

Bainbridge muß sich konzentrieren, wenn er einen besorgten Eindruck machen will. Sie wechselt das Thema, kommt auf ihren alten Freund, Kenny, mit dem sie sich in ein paar Stunden treffen wird, heute abend nach dem Fitneßstudio.

»Ich fand, er sah umwerfend aus, das erste Mal, als ich ihn als Tänzer in einer Show sah. Er war unglaublich, so ohne

Hemd, das Spiel seiner Muskeln. Tänzer stellen mit ihrem Körper Dinge an, von denen andere Leute nur träumen können.« Sie lächelt.

Ihre Worte machen Bainbridge eifersüchtig. Was unprofessionell ist, aber neuerdings wird ihm klar, er ist in so vieler Hinsicht unprofessionell.

Ich hätte den Club nie ins Leben rufen, diese Männer nie zusammenbringen, ihnen nichts ausgeben, sie in ihrem Haß nicht bestärken dürfen.

Camilla kratzt sich am Unterarm. Bainbridge beneidet sie um die Berührung dieser Haut. »Kenny hat nicht aufgehört, mich anzurufen, die ganze Zeit über, in der ich mit Voort zusammen war. Er schickte mir Rosen ins Büro. Er hinterließ Nachrichten auf meinem Anrufbeantworter, daß er mich liebt. Ich habe ihm gefehlt. Er wollte sein Leben mit mir verbringen.«

»Was ging in Ihnen vor, als Sie diese Geschenke bekamen?« fragt Bainbridge, während er plötzlich wütend wird und denkt: Du hast doch wohl unheimliches Schwein! Zwei Männer wollen dich. Keiner hat mich je so gemocht. Kann ich was dafür, daß ich schüchtern bin? Ich habe eine Menge zu geben, nur weiß es keiner.

Dann denkt er: Herrgott noch mal, ich höre mich schon wie meine Patienten an.

»Schließlich taten seine Botschaften ihre Wirkung. Nur weiß ich jetzt nicht mehr, ob ich mit Kenny zusammensein will oder ob ich einfach nur Angst vor Voort habe. Ich meine, mal angenommen, diese Anrufe sind nicht von ihm, ich habe im Moment einfach keine Kontrolle über mich, wenn ich mit ihm zusammen bin. Meine Gefühle sind derart stark … Was machen Sie? Haben Sie was gehört?« fragt sie und folgt seinem Blick an die Tür.

Ian Bainbridge fährt zusammen. Er meint, schon vor einer Weile den Banker gehört zu haben, Harris Tillman, als er nach

Hause kam, und gerade eben war er sich sicher, daß es draußen geknarrt hat, das Ächzen einer Diele unter dem Gewicht eines Mannes, als wäre Tillman draußen und höre zu.

»Es ist nichts«, sagt er Camilla. »Ich habe einen Schreiner bestellt, um das Treppengeländer zu reparieren. Er hat tagsüber was anderes zu tun und kann nur abends. Er hat einen Schüssel.«

»Aber er könnte uns hören.«

»Ich habe mich getäuscht. Wie auch immer. Was sagten Sie eben über Kenny und Voort?«

Aufs neue beginnt die Revue der Einzelheiten, während Bainbridge sich den Banker vorstellt, in der verfallenen Halle, grinsend, vor der Tür, ein Ohr gegen das Holz gedrückt. Tillman lauscht schon die ganze Woche und macht sich über die Patienten lustig, äfft sie, nachdem sie gegangen sind, grausam nach.

Ich werde ihn aus dem Haus schaffen, und dann rufe ich die Polizei.

Camilla sagt: »Es ist mir peinlich, über Sex zu sprechen, aber –«

»Das braucht es nicht.«

»Na ja«, sagt sie, und der Gedanke an Sex bringt Farbe in ihr Gesicht, »mit Kenny, wenn wir miteinander geschlafen haben, also er hat einen herrlichen Körper. Hart und kräftig. Aber bei Kenny wußte ich eben die ganze Zeit über, daß ich mich völlig im Griff hatte. Bei Voort, ich weiß, das klingt verrückt, aber bei ihm, also wenn ich komme, da vergesse ich manchmal, wo ich bin. Ist das zu fassen? Ich bin einmal fast ohnmächtig geworden. Es ist zum Fürchten.«

»Wann ist Ihnen das zum erstenmal in Ihrem Leben passiert?« fragt Bainbridge. »Dieser Verlust der Kontrolle?«

Er ist wütend auf Kenny, auf Voort, die Rivalen, die sie in seine Praxis getrieben haben. Seit Wochen quält sie ihn nun jeden Freitag mit Bildern von etwas, was er niemals haben wird.

Sie sagt: »Mein Vater war ...«

Wenn er ehrlich ist, hat Bainbridge den »Club der toten Herzen« zusammengestellt, kurz nachdem Camilla seine Patientin geworden ist. Er hat die Gruppe zusammengesucht, sich eingeredet, er »erforsche« die Psyche von Männern, denen man einen Korb gegeben hat, die zornig sind, Männer mit Gewaltphantasien.

»... aber ich war mir dessen nie bewußt, daß ich Probleme mit der Kontrolle habe.«

»Mm-hmm«, sagt er, ohne zuzuhören, aber er wird das Band später sowieso abspielen.

Camilla rutscht auf dem Sessel herum. »Ich habe gute Freunde. Mein Leben ist in Ordnung. Ich verdiene ordentlich. Ich habe zehn Jahre gebraucht, um das zu erreichen. Es liegt wahrscheinlich nur daran, daß es mit Voort so gut war im Bett, also warum soll ich mir Gedanken machen? Warum soll ich mich mit etwas arrangieren, was mich derart aus der Fassung bringt?«

»Vielleicht sollten Sie es nicht.«

»Genau deshalb habe ich ihn verlassen, wie Sie vorgeschlagen haben.«

»Sie sollten vielleicht in Betracht ziehen, sich auch von Kenny fernzuhalten, während Sie und ich eine Lösung zu finden versuchen.«

Diesmal hört er definitiv ein Geräusch draußen, ein leises Kichern, und Bainbridge beobachtet Camilla, verärgert, die jedoch nichts gehört zu haben scheint. Sie ist zu sehr mit ihrer Geschichte beschäftigt. Aber sie *muß* doch den Fingernagel hören, der leise über das Holz der Tür fährt.

»Ich habe Kenny versprochen, mich heute abend nach der Jazzgymnastik mit ihm zu treffen. Nur zum Essen, habe ich gesagt. Kein Techtelmechtel. ›Nur weil ich Voort verlassen habe, heißt das noch lange nicht, daß das mit uns wieder läuft.‹ Er hat gesagt, er versteht das, aber glauben

Sie mir, das gibt einen Ringkampf nach dem Dessert.« Sie kichert.

Machst du das absichtlich, erzählst du mir das alles, um mich zu quälen? denkt der Doktor und bemüht sich, seinen Zorn zu verbeißen.

Das Schlagen der Uhr auf dem Beistelltisch signalisiert das Ende der Sitzung, was ihn sofort zu deprimieren beginnt. Ihre Gegenwart sorgt für ein emotionelles Chaos in ihm, und er fühlt sich sogar von der vergehenden Zeit verraten. Er kann es nicht ertragen, daß sie sich hinterher mit einem anderen trifft.

»Mein nächster Patient hat übrigens abgesagt. Wenn Sie also noch über irgend etwas sprechen wollen«, lügt er, während er rot anläuft. Er weiß genau, daß Tillman zuhört und sagt sich, er hätte das Thema nie ansprechen dürfen, »keine Hemmungen, lassen Sie sich vor Ihrem Treffen mit Ihrem Beau ruhig etwas Zeit.«

Ganz zu schweigen davon, daß du mir erzählt hast, wie wütend er wird, wenn du unpünktlich bist.

Sie lacht, steht auf, und ihr Ausdruck – dieses unglaublich hinreißende blauäugige Gesicht! – verwandelt sich wieder von Ehrlichkeit, von der Offenheit zwischen Arzt und Patient, in ihre Städtermaske, ihr beinhartes Produzentengesicht zurück. Aber Bainbridge läßt sich nicht täuschen. Sie liebt Voort, aber sie hat eine derartige Angst vor ihren eigenen Gefühlen, daß er sie vieleicht von ihm fernhalten kann.

Vielleicht sollte er sie ermutigen, sofort mit ihrem alten Freund ins Bett zu gehen; er weiß, es würde zum unwiderruflichen Bruch mit Voort führen und daß sie bei dem Tänzer nicht wirklich bleiben wird, weil er emotionell keine Herausforderung ist. Der Tänzer ist ihr Schoßhündchen, weiter nichts.

Voort dagegen entzieht sich ihrer Macht.

Ihr Finger streift über sein Handgelenk, was ihn erschauern läßt.

»Sie sind wirklich zu freundlich. Kein Wunder, daß die Leute bei NBC Sie mir so ans Herz gelegt haben.«

Und während er lächelt, denkt er verzückt: Ich hatte noch nie was mit einer Frau mit so einem Lächeln. Nicht als Teenager. Nicht im College. Nicht in meinen fünfzehn Jahren als erwachsener Mann. Frauen mit einem Lächeln wie diesem stehen auf andere. Nicht auf mich.

»*Beau*«, sagt sie leise. »Das habe ich schon lange nicht mehr gehört. Ein Wort aus dem Süden. Heiße Nächte. Bougainvilleablüten. Mein *Beau*«, sagt sie, als wollte sie das Wort ausprobieren. »Ich treffe mich mit einem *Beau*. Doktor, ich glaube, Sie sind ein Romantiker.«

Bainbridge hört, wie sich draußen ein Wandschrank schließt, als Tillman sich versteckt, während er die Doppeltür in die Halle öffnet. Sie nimmt ihren Wollmantel vom Haken vor dem Sprechzimmer und bemerkt nicht den frischen Schneefleck, den der Banker hereingetragen hat und der direkt vor der Tür schmilzt. Bainbridge begleitet sie hinaus auf die Treppe vor dem Haus und erkennt zu seiner Überraschung, nachdem er sich so sehr auf sie konzentriert hat, daß die Stadt draußen völlig normal ist.

»Gute Nacht, Dr. Bainbridge.«

»Ich seh Sie dann am Freitag, Camilla.« Zum Teufel mit den drei Tagen, die ich warten muß, um sie wiederzusehen.

Als er wieder ins Haus geht, hört er eine hohe, jammernde Stimme, einen Mann, der eine Frauenstimme nachmacht, die höhnisch aus dem Wandschrank im Flur dringt.

»Ach, Doktor«, ruft Harris Tillman, »ich weiß nicht, was ich mit Kenny machen soll. Ach, Kenny, Schatz, Liebling, mein Kennylein!«

Die verhaßte, provozierende Stimme trifft ihn wie ein Schlag. Als er sie hört, fällt ihm die schreckliche Meldung aus den Nachrichten ein, die er sich nur mit Hilfe von Camillas Gegenwart, ihrer Schönheit, nur durch diesen unglaublichen

Bann, mit dem sie ihn belegt zu haben scheint, eine Stunde vom Leib hat halten können.

»Ich habe die Nachrichten gesehen!« sagt Bainbridge.

»Und?«

»Sie haben Karen Chambers ermordet!«

Sein Kummer gilt, wie er feststellt, weniger Karen Chambers als sich selbst, seinem eignen Leben, über das er langsam die Kontrolle verliert.

Seine Kopfschmerzen stellen sich wieder ein. Er kann nicht glauben, daß er die entsetzliche Nachricht und seine eigene mißliche Lage auch nur einen Augenblick vergessen hat.

»Wer? Ich?« Die Schranktür öffnet sich. Tillman steht da, grinsend, wie der Talkmaster einer Latenight-Show, der vor sein Publikum tritt. Wie ein Clown, dem das Grinsen auf das Gesicht gemalt wurde. Es ist ein Ausdruck völligen Wahnsinns, in dem nichts, rein gar nichts Gutes mehr ist.

»Sie haben mir versprochen, sich nur mit ihm zu unterhalten«, sagt Bainbridge.

»Ich habe nichts getan. Er war es. Und außerdem sind Sie's doch, der Eric seit Monaten bearbeitet, Ian. Sie haben ihn genauso gedrängt wie mich. So jedenfalls wird es die Polizei sehen, und der Psychologenverband auch. Verdammt, ich bin nur mit ihm nach Brooklyn gefahren. Und übrigens«, fügt er hinzu, wobei er mit dem Daumen auf die abgetretene Holztreppe zeigt, »er ist oben. Er schläft.«

»Nein!«

»Ich habe ihn erst in ein Motel gebracht. Er hat völlig verrückt gespielt, geheult und getobt. Er wollte sich stellen.«

»Und Sie haben es ihm ausgeredet.«

Tillman äfft Bainbridge nach. »›*Sie* haben es ihm ausgeredet.‹ Tun Sie nicht so abfällig. Ich wohne seit über einer Woche bei Ihnen. Sie haben hundert Möglichkeiten gehabt, die Polizei zu rufen. Wieso haben Sie's nicht getan?«

»Sie haben gesagt, Sie denken darüber nach, sich zu stellen.«

»Sie haben die ganze Zeit gewußt, daß ich das nicht tue. Jetzt sind Sie schon Komplize bei zwei Morden. Sie und ich und er.« Tillmans hellgrüne Augen richten sich auf die Treppe. »Ich habe Ihre Artikel gelesen. Wie haben Sie uns genannt? ›Drei Männer einen Schritt vor der Einweisung‹?«

»Was, wenn jemand gesehen hat, wie Sie ihn hergebracht haben?«

»Na also. Das ist es nämlich, was Ihnen wirklich Sorgen macht. Ihre Nachbarn sehen doch ständig Patienten aus- und eingehen. Wie auch immer, ich habe ihm eine Brille aufgesetzt. Perücke. Hut. Ich habe uns vom Taxifahrer zwei Blocks von hier absetzen lassen. Ich habe ihn ruhiggestellt, nachdem ich ihn oben hatte.«

»Sie waren an meinem Medizinschrank?«

»Wär's Ihnen lieber, daß er zu plärren anfängt, wenn wir einen Patienten hier haben?« Der Banker lacht. »Das wäre ja vielleicht was.«

Wenn *wir* einen Patienten hier haben, denkt Bainbridge.

Oben findet Bainbridge Eric Porter, der auf der freien Matratze in dem ansonsten kahlen Gästezimmer, das er noch nie gebraucht hat, tief und fest schläft. Kein Laken. Keine Decken in dem überheizten Raum. Nur ein Mann, bewußtlos, in einem knittrigen Anzug, Hosenträgern und Strümpfen.

Putzkrümel, die von der Decke gefallen sind, sprenkeln seine Hose. Man könnte meinen, das Haus löse sich nicht weniger schnell in seine Bestandteile auf als der »Club der toten Herzen«.

Tillman schnuppert. »Wir wohnen in einem Loch. Wie kann man so leben?«

»Gehen Sie doch in Ihre Wohnung zurück.«

»Saure Milch im Kühlschrank. Schaben. Eine kaputte Waschmaschine. Die reinste Mietskaserne. Wir sollten einen Eimer Farbe kaufen. Oder eine Tapete vielleicht. Eine Tapete könnte hier Wunder wirken. Für uns.«

Uns, denkt Bainbridge.

»Tun Sie sich keinen Zwang an, ziehen Sie aus.«

»Ach was, Sie wollen doch gar nicht, daß wir gehen«, kommt sofort die Antwort. »Seien Sie froh, daß wir da sind. Immerhin, wenn man mich verhaftet oder Eric, sind auch Sie dran.«

Als Erics Name fällt, muß Bainbridge plötzlich an den Mechaniker denken, oben in Washington Heights. »Mein Gott!« sagt er erschrocken. »Ich glaube es einfach nicht! Daß ich den vergessen habe. Er muß die Nachrichten doch auch gesehen haben!«

»Sehen Sie, was ich meine? Sie haben Angst, er könnte reden, nicht umgekehrt. Aber Sie sind zu clever, um ihn zu vergessen.«

Der Doktor läßt den Kopf hängen. Das Zimmer dreht sich. Es scheint zu ticken, ein körperloses Geräusch, wie von einer riesigen unsichtbaren Uhr.

Tillman reibt Bainbridge den Nacken, rhythmisch und kraftvoll, immer im Kreis. »Was für ein Knoten. Er wird's keinem sagen, und ganz gewiß nicht der Polizei. Darauf können wir uns verlassen.«

»Können Sie jetzt auch noch Gedanken lesen?«

»Nein, aber Computer.«

»Sie sind in meine Datenbank eingebrochen!« kreischt Bainbridge. Eric Porter schläft ruhig weiter. Sein Atem ist regelmäßig.

Bainbridge stürzt durch den dunklen, engen Flur, streift das wacklige Geländer der Treppe und wirft einen Topf mit einem toten Farn um. Auf der Fußleiste krabbelt eine Schabe. Die Schmerzen in den Schläfen des Psychologen breiten sich auf seinen Hinterkopf aus, dann auf den linken Arm. Er sieht, daß er ein Ungeheuer geschaffen hat. Tillman ist schlimmer, als er es je für möglich gehalten hätte. Er ist ein Dämon. Nicht aufzuhalten. Erst jetzt sieht der Psychologe den Unterschied zwischen einer intellektuellen Fingerübung wie der Gründung seines kleinen Vereins und den Folgen davon, Gott zu spielen.

Er hört unten Musik angehen. Tillman hat eine Bachsonate aufgelegt, und Violinenklänge erfüllen den leeren Raum zwischen den nackten Dielen, den verzogenen Stufen, den mörtelverschmierten Rohren der offenliegenden Installation.

Er ist ins Archiv eingebrochen.

Bainbridge fühlt sich nackt, ihm ist schwindlig. In seiner Panik scheinen sich ihm die Wände zu drehen.

Das Büro ist der einzige Raum hier oben, der halbwegs fertig ist. Es befindet sich im ehemaligen Kinderzimmer. Die Tapete, die sich stellenweise ablöst, zeigt glückliche Jungs und Mädchen in Badekleidung an einem Strand; sie bauen Sandburgen mit Plastikschaufeln, während idyllische Schaumkronen gegen die Küste schwappen.

»Beruhigen Sie sich. Wir sind ganz ruhig. Völlig entspannt«, sagt Tillman. Er steht gegen den Türstock gelehnt und ißt ein Salamisandwich. »Wir haben übrigens keinen Senf mehr. Nehmen wir doch diesmal den würzigen, ja?«

In der Mitte des Raums steht ein alter Kapitänsschreibtisch, den Bainbridge von seiner Mutter geerbt hat. Der Apple-Computer auf der Schreibunterlage ist an. Die alten grauen Aktenschränke seiner Mutter säumen eine Wand, die kunterbunte, ovale Brücke hängt als Sitzkissen über dem verblichenen Lederdrehstuhl. Zusammen mit dem Geld seiner Mutter hat er auch das alte Kastenradio geerbt, die liebevoll gebürstete weiße Baumwollcouch aus Haiti mit dem passenden Sessel dazu. Das einzige Foto im Raum zeigt Bainbridge, etwa acht Jahre alt, in Shorts und T-Shirt, auf der hinteren Veranda eines Vorstadthauses mit seiner Mutter, die den Jungen im Schoß wiegt. Ein Schatten versteckt den Ausdruck auf ihrem Gesicht.

Die Datei auf dem blauen Bildschirm heißt CLUB DER TOTEN HERZEN.

»War nicht schwer, hinter das Paßwort zu kommen«, sagt Tillman kauend. Er hat seit dem Porterhouse Steak bei Mackey's am Donnerstag nichts gegessen, auch wenn es kaum zu glauben scheint, daß seitdem noch keine vierundzwanzig Stunden vergangen sind.

»Mistkerl.«

»Ich? Also ich weiß nicht, nachdem, was Sie da über mich so geschrieben haben, dachte ich, ich wäre... wie war das gleich wieder? Beeinflußbar? Willensschwach? Haben Sie mich in Ihrer Datei nicht so genannt? Voll latentem Zorn?«

»Sie hatten kein Recht, sich das anzusehen.«

»Sie haben nie versucht, mich zu heilen, mir zu helfen. Wir waren Versuchskaninchen. Wir waren Werkzeuge, mit denen Sie Ihren Haß auf die Welt abreagiert haben. Sie waren nie und nimmer unser Freund, also sagen Sie mir nicht, wozu ich ein Recht habe und wozu nicht.«

»Der Mechaniker wird die Polizei benachrichtigen.«

»Freut mich, daß Sie endlich zugeben, wovor Sie wirklich Angst haben. Arthur? Der Patient, den man Ihnen überwiesen hat, weil sein alter Psychologe sich vor ihm gefürchtet hat? Arthur, der seine ehemalige Freundin angegriffen hat? So daß sie ins Krankenhaus kam? Den die Detectives windelweich geschlagen haben, als *sie* sich weigerte, Anzeige zu erstatten? Und der sie dafür noch nicht mal angezeigt hat.«

Tillman lacht. »Sie befürchten, Arthur könnte zur Polizei gehen? Ein Mann, der noch nicht mal fernsehen, ja noch nicht mal Zeitung lesen kann, weil ihm das Ideen in den Kopf setzt, wie man Leuten weh tun kann? Ich habe den Überweisungsbericht gelesen«, sagt der Banker und leckt sich einen Spritzer Senf vom Daumen. »›Verachtung für jegliche Autorität. Geht in die andere Richtung, wenn er einen Streifenwagen kommen sieht. Gefährliche Persönlichkeitsveränderungen, wenn er seine Medikamente nicht nimmt, was er ständig vergißt. Eine wandelnde Zeitbombe. Perfekt für das Projekt über Zurückweisung und Gewalt.‹ Nein. Ich glaube nicht, daß Arthur zur Polizei geht.«

Bainbridge bemerkt, daß er jemanden stöhnen hört und daß die entsetzlichen Laute von ihm kommen. Sein Herzschlag scheint so laut, daß er glaubt, die Passanten draußen auf der Straße müßten das rhythmische Hämmern in ihm hören können. Sein Kopf bringt ihn schier um. Er packt ihn, aber der Schmerz hört nicht auf. Tillman steht nur da, als sehe er sich eine Broadwayshow an.

»Warum halten wir das nächste Treffen des Clubs nicht hier ab«, sagt Tillman, »ich halte es für keine gute Idee, noch mal zu Mackey's zu gehen.«

»Keine Treffen mehr«, sagt Bainbridge.

»Ich denke, Sie wissen, wenn wir uns schützen wollen, dann haben wir noch ein, zwei Dinge zu tun.«

»Nein.«

»Hübsche Frau, Ihre Patientin«, fügt der Banker hinzu. »Schön sogar. Ich verstehe, wieso Sie so verknallt in sie sind.«

»Bin ich nicht.«

»Ha! Ich höre Ihnen den ganzen Tag zu, wenn Sie mit Patienten reden. Für die anderen ändern Sie Ihren Terminplan nicht. Den anderen Patienten sagen Sie: ›Das ist eine unumstößliche Regel. Ich ändere meine Termine nie.‹«

»Ich habe Ihnen doch verboten, an der Tür zu lauschen.«

»Dann höre ich eben auf. Soll ich ihr inzwischen folgen?«

Bainbridge ist sprachlos.

»Sie wissen schon, Ihnen Bericht erstatten über den Mann, mit dem sie sich trifft. Ob sie zu ihm geht. Ob sie die ganze Nacht über bleibt.«

»Seien Sie still!«

»Ganz wie Sie meinen«, sagt der Banker. Das schwache grüne Licht der alten Lampe, die Bainbridge von seiner Mutter hat, scheint Tillmans Haut zu verfärben. Es verleiht ihm einen blassen, unwirklichen Teint. Dem Doktor scheinen die

Züge des Mannes anders als sonst, schärfer, obwohl das unmöglich ist. So schnell ändern sich die Züge eines Menschen doch nicht. Trotzdem, das Kinn sieht markanter aus, die schöne Nase gerader, kräftiger, wie die eines römischen Kaisers, eines Mannes ohne die Fesseln des Christentums, dem Barmherzigkeit kein Begriff ist. Eine Kreatur, die der Gottheit, die sie anbetet, Menschenopfer darbringt. Tillman scheint ihm sogar größer, als absorbiere er, durch ihre symbiotische Beziehung, die letzten Reste von Willenskraft des Arztes, den er einst um Hilfe gebeten hatte.

»Ich gehe aus«, sagt Tillman. »Hat sie nicht gesagt, sie geht erst noch für ein paar Stunden ins Fitneßstudio?«

Bainbridge schreit: »Lassen Sie sie in Ruhe!«

»Habe ich doch versprochen, oder nicht? Ich schwöre es«, flüstert Tillman mit einer Stimme so leise, daß Bainbridge sie kaum hört. Einer Stimme, die selbst so noch unglaublich überzeugend sein kann. »Ich kann schließlich nicht die bestrafen, die *Ihnen* weh tut, nicht wahr? Wollen Sie nicht wissen, wo sie hingeht? Ich wette, gäbe es in diesem Computer eine Akte über Sie selbst«, sagt Tillman verschmitzt, »es stünde drin: ›Er will wissen, wohin sie geht, ob er es nun zugibt oder nicht.‹«

»Tue ich nicht.«

Tillman ignoriert die Aufforderung, stehenzubleiben, und tritt an den Schrank. Er legt seinen Mantel an, seinen Schal, das Kostüm urbanen Wohlstands, das Frauen dazu bringt, ihn auf der Straße zu mustern. Er setzt die waschbärfarbenen Ohrenschützer aus Wolfsfell auf und zieht sich pelzbesetzte graue Lederhandschuhe an.

»Gehen Sie was zu essen kaufen«, sagt er, als er die Treppe in der Halle hinuntergeht, während der Psychologe ihn mit flehenden Worten verfolgt. Gehen Sie nicht. Wir können am Haus arbeiten, wie Sie wollten. Wir können neue Tapeten kaufen. Wir können einkaufen gehen.

Tillman geht zur Tür hinaus.

Jetzt steht Bainbridge allein im Flur. Er leidet Höllenqualen. Er ist in einen Alptraum geraten. Er sagt sich, es müsse Schluß sein damit, er wird all dem augenblicklich ein Ende bereiten. Er wird nicht zulassen, daß Camilla etwas passiert.

Ruf die Polizei.

Er wischt sich den Schweiß vom Gesicht und geht mit großen Schritten in die Küche, greift nach dem Telefon und schenkt dem Geschirr in der Spüle, den überquellenden Müllsäcken ebensowenig Beachtung wie den Sonnenblumen, Ölbilder seiner Mutter, die sie selbst gemalt hat. Einige der Blumen haben Gesichter; traurige, fragende Gesichter. Eine der Sonnenblumen schreit. Sie hat magere kleine Hände und preßt sich die Hände auf die Sonnenblumenohren, fast wie in einem Bild Edward Munchs.

Auf den Arbeitsflächen stehen die alten Kristallaschenbecher seiner Mutter, in denen sich noch immer die Rückstände von Zigaretten befinden. Zwanzig Jahre alter Teer, Nikotin. Der Geruch erinnert ihn an sie.

Das hier ist das erste Mal, daß ich etwas richtig mache, seit ich hier einzogen bin, denkt er, und drückt 911.

»Polizei!«

Rasch legt der Doktor wieder auf. Ihm ist klargeworden, daß die Polizei mit ihrer modernen Technik womöglich auf der Stelle seine Telefonnummer hat.

Ich wäre nicht anonym, wenn ich von hier aus anrufe.

Bainbridge ist schweißgebadet, und seine Gedanken rasen. Ich bin völlig durcheinander. Wieso sollten sie meine Nummer nicht wissen? Letzten Endes erfahren sie sie ja doch. Trotzdem stellt er fest, daß er sich für das schlechte Wetter anzieht, seinen alten Konföderiertenmantel und Gummistiefel dazu. Dieser Vorgang, diese Vorbereitungen dafür, die Polizei von einer Telefonzelle aus anzurufen, geben ihm Zeit zu überlegen. Bainbridge geht in die Nacht hinaus, vorbei an drei öffentlichen Fernsprechern, weg von seinem Braunsteinhaus, bis er zwei Blocks weiter, an der Lexington Avenue, ist.

Vielleicht zögere ich es hinaus, weil ich es nicht wirklich tun will.

Er findet ein Telefon, hat aber vergessen, einen Vierteldoller mitzubringen. Er wechselt in einem neueröffneten koreanischen Lebensmittelgeschäft.

Ich muß anrufen. Es ist einfach das Richtige. Tillman ist gefährlich.

Jetzt jedoch ist der Apparat belegt, und so macht er sich wieder auf den Weg, auf der Suche nach einem anderen, vorbei an den gut beleuchteten Geschäften, den Pizzerien, Boutiquen, dem Schuster und der Apotheke. Vorbei an Menschen, die heute abend nicht ins Gefängnis müssen. Leuten, die im Luxus leben, einem Luxus, den er zuvor nie zu schätzen wußte, den unglaublichen Luxus, ohne Angst vor der Polizei leben zu müssen.

Wenn man mich verhaftet, komme ich nie wieder dazu, auf die Straße zu gehen. Komme nie wieder in ein Restaurant. Nie wieder Patienten. Nie wieder Urlaub. Kann mir nie wieder spontan einen Film im Kino ansehen, Popcorn kaufen, mir den Platz aussuchen, den ich haben will, mir die Vorschau ansehen, rausgehen, wenn er beschissen ist.

Bainbridge sieht sich allein auf einem Einzelbett, einer Gefängnispritsche, zwischen Stahlwänden, mit gebeugten Schultern, ein alter Mann, der aus einer winzigen Zelle in die Ewigkeit blickt.

Er zittert jetzt, vor Kälte und Angst, aber er zwingt sich weiterzugehen. Das nächste Telefon ist kaputt; Vandalen haben den Hörer abgeschnitten. Beim Apparat danach ist der Münzschlitz mit Kaugummi verklebt. Doch schließlich findet er noch einen und wirft den Vierteldollar ein, wobei ihm plötzlich klar wird, daß er bei einem Polizeinotruf überhaupt kein Geld gebraucht hätte.

Er lacht laut auf. Eine alte Frau, die einen Pudel ausführt, bleibt wenige Schritte vor ihm stehen und überquert dann die Straße, um von ihm wegzukommen.

»Polizeinotruf!«

Er zwingt sich zu sprechen. Seine Stimme zittert. »Ich habe Informationen, die Ihnen bei der Aufklärung von zwei Morden helfen können. Niana Embers, an der Lower East Side, vor einer Woche. Und Karen Chambers, die Frau in Brooklyn von letzter Nacht.«

»Wie heißen Sie, Sir?«

»Ich möchte nur die Information durchgeben.«

»Besteht im Augenblick ein Notfall, Sir?« fragt die Stimme.

Bainbridge stellt sich den Banker vor, auf der Straße, wie er hinter Camilla hergeht.

»Nicht direkt in diesem Augenblick. Ich spreche hier von zwei Morden!«

»Tut mir leid, aber diese Leitung ist für unmittelbare Notfälle. Falls Sie Informationen über einen Mord haben«, sagt die Stimme und sagt ihm – es ist kaum zu glauben –, daß er eine andere Nummer anrufen soll. Er legt auf. Er kann es nicht glauben. Trotzdem drückt er die Nummer und hört das elektronische Piepsen über das donnernde Hämmern seines Herzens hinweg.

»Bitte werfen Sie fünfundzwanzig Cent für drei Minuten ein«, sagt eine Stimme vom Band.

Wenn man wegen Leuten anruft, die bereits tot sind, dann will die Telefonfirma trotzdem Geld.

Diesmal sagt eine Stimme: »Hotline.« Es ist eine höfliche Stimme, wenn auch nicht gespannt und aufmerksam. Der Doktor hat das Gefühl, die Stimme geht schon viel zu lange bei Anrufen wegen Mordfällen ans Telefon.

»Ich habe Informationen über den Tod von Niana Embers und Karen Chambers.«

»Ihr Name, Sir?«

»Der Mann, der Niana Embers ermordet hat, ist ein Banker. Er hieß Harris Tillman. Er arbeitet in der Apple Bank an der 4. Straße, im Village, am Sheridan Square. Haben Sie den Namen? Tillman.«

»Darf ich um Ihren Namen bitten, Sir?«

»Nein.«

»Darf ich fragen, woher Sie wissen, daß dieser Mister ... ah, Tillman verantwortlich ist?« Bainbridge verläßt der Mut, als ihm klar wird, daß er für diesen Mann nur eine von vielen Telefonstimmen ist. Der Beamte an der Hotline bekommt wahrscheinlich seit zwei Wochen Anrufe wie diesen, wahrscheinlich hat er mit Hunderten von Anrufern gesprochen. Anrufern, die gesagt haben, daß es der Verkäufer aus dem Lebensmittelladen gewesen sei. Der Lokführer meiner U-Bahn-Linie sieht wie die Zeichnung im Fernsehen aus. Wahrscheinlich hat die Polizei bereits Hunderte von Namen zu überprüfen.

Bainbridge sagt: »Er hat sie erstochen, und dann hat er Initialen in den Tisch geritzt. Initialen. CTH.«

Darauf ändert sich die Stimme schlagartig; mit einemmal scheint sie interessiert. Bainbridge wird klar, daß von den Initialen weder in den Zeitungen, noch im Fernsehen die Rede gewesen ist.

»Sir, ich frage mich, ob Sie mir nicht vielleicht doch sagen könnten, wer Sie sind.«

Letztendlich kriegen sie mich ja doch, denkt der Doktor. Warum also soll ich meinen Namen nicht nennen? Sie werden ihn in dem Augenblick erfahren, in dem sie Tillman verhaften.

»Na schön, Sir. Wenn Sie mir schon Ihren Namen nicht sagen wollen, können Sie mir wenigstens sagen, woher Sie diesen Mann, diesen Mr. Tillman kennen?« Die Stimme ist mild, als hätte sie Angst, daß der Doktor auflegen könnte.

»Er ist einer meiner Patienten«, bringt Bainbridge heraus. Ich sehe Camilla nie wieder, denkt er, und spürt, wie sein Herz auseinanderzubröckeln beginnt.

»Ach, dann sind Sie also Arzt. Es gibt da jemand, der sich gerne mit Ihnen unterhalten möchte.«

Ich sehe sie nie wieder. Spüre nie wieder ihre Berührung – die Art, wie mich ihre Finger gestreift haben, als sie heute abend das Haus verließ. Ich darf sie nie wieder ansehen, kann ihr nicht sagen, wie glücklich ich sie machen könnte. Und das könnte ich.

Eine andere Stimme meldet sich.

»Hallo? Hier Detective Mickie Connor.«

Bainbridge legt auf.

Er zittert. Er fürchtet, nicht mehr atmen zu können, obwohl er seinen Atem vor sich aufsteigen sieht. Er stolpert durch die Nacht zurück nach Hause, vorbei an Grüppchen von Teenagern, Kindern aus Privatschulen, die ihn anbetteln: »Mister, kaufen Sie für uns Bier?« Er sieht sein Spiegelbild in einem Fenster, einen gegen die Kälte eingemummten Mann, in einem alten Konföderiertenmantel, wie die Hippies ihn trugen. Ein Mann, der sich durch die Luft schiebt, als sei sie aus Beton.

Er muß ihre Stimme hören. Er kann nicht drei Tage warten. Er braucht sie jetzt gleich, auf der Stelle, noch in diesem Augenblick.

Das Taxi, das er heranwinkt, setzt ihn in der 14. Straße, vier Blocks von Voorts Haus entfernt, an einem öffentlichen Telefon ab, das er noch nicht benutzt hat. Er kennt die Nummer auswendig. Als sich ihr Anrufbeantworter meldet, wird ihm ganz schwindelig vor Freude, ihre Stimme zu hören, das weiche weibliche Element darin, das Versprechen von Lust.

Als die Begrüßung vorbei ist, schweigt er in die Leitung, weil er weiß, daß ein anderer Apparat in ihrer Wohnung die Nummer, von der aus er angerufen hat, registriert.

Sie wird denken, daß es Voort ist. Sie wird aufhören, irgend etwas Gutes in ihm zu sehen.

Morgen, denkt er, rufe ich sie von einem Apparat in der Nähe von One Police Plaza aus an.

Dann winkt er sich ein anderes Taxi, kommt in seine Straße zurück, an seine Treppe, an seine Tür, und als er im Haus ist, schließt er ab, lehnt sich gegen die Tür, schwer atmend, wie ein erschöpfter Schwimmer, der es gerade noch ans Ufer geschafft hat.

Was hätte ich mir da beinahe angetan?

Ich werde Tillman dazu bewegen, die Wahrheit zu sagen. Daß er es gewesen ist. Und Tillman hat versprochen, sie in Ruhe zu lassen. Er hat es versprochen.

Eine Stimme in seinem Kopf, ein Flüstern fast, sagt, geh weg. Ändere deinen Namen. Geh einfach weg, verlaß dieses Haus.

Bainbridge schafft den Weg nach oben, sieht nach Eric Porter, der immer noch schläft, sogar ordentlich schnarcht, mit zuckenden Lidern, tief in einem Traum. Bainbridge hofft, daß der Agent in seiner Phantasie einen Ort bewohnt, an dem er kein gebrochenes Herz hat.

Dr. Bainbridge legt seine Sachen ab. Er fällt auf seine Matratze und legt sich einen zweiten Quilt über, dann noch einen. Das Gewicht ersetzt ihm den Körper eines Menschen. Es ist Jahre her, seit er mit einer Frau geschlafen hat, seit er einen echten Körper neben sich gespürt hat statt eines Kissens im Arm, einer Extradecke, einem Plüschtier, das seine Mutter ihm vor langer, langer Zeit gegeben hat. Er bricht in Schluchzen aus. Er ist ein einsamer Mann, allein in einem finsteren Zimmer, und weint.

Nach einer Weile greift er nach unten. Er berührt sich. Selbst die menschliche Berührung seiner eigenen Finger hat etwas Einsames.

Er bewegt die Hand auf und ab, erst langsam, dann schneller.

Er stöhnt, ohne sagen zu können, ob es Schmerz oder Lust ist, was er da fühlt.

»Camilla«, flüstert er.

Niemand ist da, der ihren Namen hören könnte, außer ihm selbst.

10

Eine Stunde später, als Camilla noch immer nicht aus ihrem Fitneßcenter gekommen ist, schlendert Harris Tillman hinein und sagt der Frau an der Anmeldung, er sei eben in die Gegend gezogen und erwäge einen Beitritt.

»Kann ich raufgehen und mich umsehen?« fragt er lächelnd.

»Eigentlich sollten wir Sie dabei begleiten.«

Tillman kann unglaublich charmant sein, wenn es ihm paßt. Sein Lächeln wird breiter. Um ehrlich zu sein, erklärt er, reagiere er negativ auf aggressive Verkaufstaktiken. Er sei bereit, hier Geld auszugeben, und sollte ihm gefallen, was er sieht, träten auch noch zwei Freunde nebst Familien bei. An dem Blitzen im Auge der Empfangsdame sieht er, daß er richtig gelegen hat. Sie bekommt eine Provision für jedes neue Mitglied, das bei ihr unterschreibt.

»Okay, gehen Sie nur.« Sie zwinkert ihm zu. »Es bleibt unter uns.«

Sie findet ihn attraktiv, das sieht er, und er gibt ihr durch eine leichte Berührung mit der Hand zu verstehen, seine Dankbarkeit schließe eine spätere private Belohnung nicht aus. Sie sieht gar nicht schlecht aus, auf eine athletische Art, mit ihrem hübschen Hintern, den festen Bauchmuskeln, dem sauber gestutzten Haar, der Art, wie die künstlich gebräunten Waden in den weißen Sportsöckchen stehen.

Oben geht es zu wie im Tollhaus, es ist laut und voll wie die U-Bahn zur Hauptverkehrszeit. Leute strampeln sich auf Fahrrädern ab, die sie nirgendwo hinbringen, marschieren auf Tretmühlen, auf denen sie nirgendwo hinkommen, steigen Treppen, auf denen es nicht nach oben geht; und über alledem hängen riesige Fernseher, auf denen CNN, MTV oder das *Glücksrad* läuft, wo gerade einer ein Rennboot und damit automatisch eine Steuerprüfung gewonnen hat. Es ist ein großer Glaskasten, ein Aquarium für Menschen, in dem die dynamisch-aggressive Kundschaft, in knallbuntes Lycra verpackt, kalorienträchtige Pasta-Lunches verarbeitet und bewundernd vor Spiegeln steht, ständig in Eile, selbst wenn man sich gar nicht bewegt.

Er erspäht Camilla in einem kleineren Raum, dem Aerobic-Kurs, in dem Reihen von Männern und Frauen sich wie Hampelmänner zu den Bongos eines afrikanischen Juju-Beats gebärden. Die Musik ist so laut, daß die Glaswand vibriert. Der Lehrer feuert sie an: »Fester! Nur zu!«

Als er sie beobachtet, muß der Banker zugeben, daß sie ein Prachtexemplar von einer Frau ist. Ihr langes blondes Haar hüpft, zu einem Pferdeschwanz gebunden, gegen ihren herrlichen Arsch.

Aber sie ist nicht sein Typ. Er zieht kleine, dunklere Frauen vor. Frauen, die er im Bett überragt, die er hochnehmen und herumtragen kann. Von seinem anonymen Aussichtspunkt am Perrier-Automaten und dem kostenlosen Büfett mit Käse, Crackers und Trauben aus, wird er langsam, aber sicher wütend auf Camillas fröhliche Energie. Sie ruiniert das Leben von Männern, quält den Psychologen mit ihren Bettgeschichten, und dann, nachdem er ihr die weltliche Absolution erteilt hat, als hätte sie Sigmund Freud ein paar Gegrüßet-Seist-du-Marias gesagt, verdrückt sie sich fix in ihren Aerobic-Unterricht.

Und obwohl er Ian Bainbridge selbst triezt, tut er Tillman leid, weil er seine Zuneigung auf ein unwürdiges Objekt wie Camilla verschwendet, das damit gar nichts anfangen kann. Als die Musik zu Ende ist und die Klasse auseinandergeht, eilt er nach unten, läßt sich von der hoffnungsvollen Empfangsdame einen Mitgliedsantrag geben, geht hinaus und findet den Eingang einer Bar, von dem aus er den Club sehen kann. Sein Zorn wächst zunehmend, während er wartend dasteht.

Eine Viertelstunde später kommt sie heraus, mit einer Sporttasche, und einen Augenblick lang befürchtet er, sie könnte sich ein Taxi rufen, was ihm die Verfolgung erschweren würde. Aber sie genießt nur kurz die sternenklare, strahlende Nacht, bevor sie sich nach links wendet und die Madison Avenue hinauf zu ihrem Rendezvous mit »Kenny« eilt.

Tillman heftet sich mit einem konstanten Abstand von zwanzig Metern an ihre Fersen.

Er kann förmlich spüren, wie er stärker wird; er genießt die Kraftschübe, die über ihn kommen. Es ist, als hätte der »Club der toten Herzen« einen neuen Menschen aus ihm gemacht. Er muß zugeben, daß ihm der Psychologe, trotz seiner lähmenden Ängstlichkeit, sehr geholfen hat.

Gestern nacht habe ich Eric geholfen zu tun, was er tun mußte, um sich zu befreien. Ich helfe meinen Freunden gern. Er beschleunigt seine Schritte und verringert damit die Distanz. Er und Camilla sind die einzigen Leute in diesem Block; sie hasten an einem geschlossenen Hairstylisten vorbei, am Gitter eines Elektronikgeschäfts, einem Haufen blauer Plastiksäcke voll Müll und Recycling-Abfall. Kein Mensch sieht aus den Fenstern herab. Die beiden, Mann und Frau, sind völlig allein.

Ich bin die treibende Kraft hinter dem »Club der toten Herzen«.

Seine schwindelerregende Träumerei hält an, bis Camilla scharf nach links abbiegt, in die 88. Straße, wo sie auf ein vertrautes Restaurant zuhält, das *Café Tonni,* wie in schwarzen Lettern auf der gelben Markise steht. Der Anblick bringt Tillman aus dem Tritt.

Ins Café Tonni ist er nämlich mit Niana gegangen, an Frühlingsabenden während ihrer Affäre, nach einem Film im Cineplex, einem Theaterstück im Lincoln Center oder einem Ballett. Der Banker erstarrt, während Camilla zur Tür hineineilt und Saxophonjazz aus der Konserve in die Nacht herausdringt, wo er sich mit dem Verkehrslärm und dem dieselnden Protest eines vorbeifahrenden Busses mischt.

Plötzlich kann der Banker nicht mehr richtig atmen. Er erinnert sich, mit Niana Embers an einem kleinen Tisch gesessen zu haben, ganz hinten, direkt am warmen Kamin. Er erinnert sich an eine halbvolle Flasche Chianti Ruffino auf dem Schachbrettmuster des Tisches. Er erinnert sich an Nianas beringte Hand auf seinen Fingern und wie sie sie rieb. Er erinnert sich daran, daß sie gern, um seinen Schenkel zu streicheln, unter dem Tisch nach ihm griff.

Seine ganze Kraft weicht aus ihm, als er sich mit hängenden Schultern gegen die Schaufensterscheibe einer Kfz-Versicherung lehnt. Was habe ich getan? denkt er mit schmerzlicher Klarheit. Die Bilder in seinem Kopf kommen jetzt aus Nianas Wohnung. Er sieht ihren blutverschmierten Körper, den er an den Haaren herumzieht, die verdrehten Augen, das Gurgeln aus ihrem Hals, als sie zu schreien versucht, was freilich nicht geht, weil er sie so schlimm zugerichtet hat, daß keine Laute mehr möglich sind.

»Was habe ich getan?« flüstert er sich selbst zu.

Er sieht nichts mehr. Er gerät in Panik. Er ist blind! Er reibt sich die Augen.

Sein Blick klärt sich.

Es ist ein Trick, sagt ein Flüstern in ihm. Diese Reue. Es ist Niana, die dich noch aus dem Jenseits am Gängelband zu führen versucht. Sie können es einfach nicht lassen, denkt er, und spürt den Zorn wieder aufkommen, wie ein Medikament, wie Morphium für die Seele, ein beruhigendes Schlaflied im fiebernden Hirn des Kindes, das er im Grunde seines Herzens doch ist.

Plötzlich durchschaut Harris Tillman das Ganze. Es ist so sonnenklar. Er muß immer auf der Hut sein. Selbst wenn sie tot sind, so sieht er jetzt, versuchen sie nach einem zu greifen und durch die eigenen Gedanken zu gängeln.

Voller Wut geht er hinüber zum Restaurant. Als er die Tür aufstößt, ist die Kraft von vorhin wieder in ihm.

Das Lokal hat sich nicht verändert. Es ist eines jener seltenen Marksteine New Yorks, die nicht jeder Mode nachlaufen. Das Restaurant erstreckt sich über drei Ebenen, jede durch eine einzige Stufe von der nächsten getrennt, die man jedoch im Augenblick, so voll wie es ist, nicht erkennen kann. Gleich vorne befindet sich die Bar mit Farnen und Sofas. Eine Eßecke für Snacks. Zu Essen gibt es überall. Sieben Tage die Woche ist der Laden voll.

Er schiebt sich an einem Frauentrio vorbei, das lachend an der Bar steht, *Playbills* für den Broadway in der Hand, an einem Paar, das sich, in der mürrischen Phase ihres Streits, eisig anstiert, an einem anderen, das sich wie verrückt küßt, weltvergessen, eins in ihrer Leidenschaft, die Hüfte der Frau gegen die Kante der Theke gedrückt. Er sieht Camilla hinten, ganz an der Wand, an einem Tisch neben dem, an dem er das letzte Mal mit Niana gegessen hat. Sie hält Händchen mit Kenny, dem bekannten, wenn auch nicht berühmten Tänzer, den Tillman von *Playbills* kennt, die man in der ganzen Stadt an den Holzwänden von Baustellen sieht.

Sie sehen richtig verliebt aus, eine Flasche Champagner im Kübel am Tischrand; der Kellner, der ihre Bestellung entgegengenommen hat, zieht sich gerade zurück. Sie beugen sich einander zu. Sie sind so ineinander versunken, daß ihnen die Luft zwischen ihnen vermutlich wie eine Barriere erscheint. Tillman bemerkt die begehrlichen Blicke, mit denen andere Männer im Restaurant Camilla ansehen, wohingegen Frauen sie anfauchen und ihr das größte weibliche Kompliment überhaupt machen, indem sie sich wünschen, sie würde gleich wieder gehen.

Er bahnt sich einen Weg zu dem leeren Tisch hinter ihr. Als er scharrend seinen Stuhl zurückzieht, um sich zu setzen, spürt er den Stoff seines Jacketts gegen ihren Mantel streifen, den sie über die Lehne ihres Stuhls gehängt hat.

Er hört Kenny sagen: »Ich bin so froh, daß du ihn verlassen hast. Wir haben Zeit, Liebstes. Du mußt dich nicht heute abend entscheiden.«

Und sie sagt: »Ich verspreche absolut nichts.«

Und er sagt: »Ich dränge dich nicht. Wenn du Raum brauchst, bitte. Verdammt, von mir aus kannst du den Weltraum haben, so glücklich wie ich heute bin.«

»Wollen Sie bestellen, Sir?«

Tillman bittet die Kellnerin um einen Laphroaig, den fünfzehnjährigen. Ians Lieblingsgetränk. Indem er ihn bestellt, bekennt er sich dazu, in dessen Namen zu handeln. Er bestellt Tomatenbrot und Tortellini Alfredo. Er erkennt, daß er dasselbe gegessen hat, als er das letzte Mal mit Niana hier war.

Hinter ihm sagt der Tänzer soeben: »Also hat mir mein Agent gesagt, ich soll einfach weiterarbeiten, ohne Vertrag. ›Sie sind denen wichtig, Kenny. Keine Bange, zwei Monate ohne Vertrag‹, sagt er, ›und die kriegen kalte Füße und bezahlen Ihnen, was Sie wollen.‹«

Tillman nippt an seinem Laphroaig, spürt den torfigen Geschmack aus dem Magen hochkommen, weniger Flüssigkeit als vielmehr Rauch. Ich höre das Lieblingslied moderner Romanzen, philosophiert er. Laß mich dir von meinem Vertrag erzählen, Schatz. Ach, Liebste, diese Arschgeigen von Produzenten *schulden* mir die Aufstockung der Gage einfach.

Plötzlich bemerkt er, daß Camilla sich umgedreht hat und etwas anstarrt, Gott sei Dank nicht ihn, also riskiert er einen Blick. Er sieht, daß sie ganz bleich geworden ist und zu lächeln versucht, obwohl sie zu Tode erschrocken scheint. Das Gesicht des Tänzers ist rot angelaufen, als sie beide zu einem gutaussehenden blonden Mann hinübersehen, der sich mit einem Drink in der Hand zwischen den Tischen hindurch auf sie zuschlängelt.

»Hallo, Voort«, hört Tillman die Frau sagen.

He, das ist ja interessant, denkt Tillman voll Häme. Warte, bis das Ian erfährt. Das ist also der Kerl, bei dem sie die Kontrolle verliert. Das ist der Typ, mit dem sie so gern ins Bett geht. Das ist der Mann, den Ian haßt. Das Trio hinter ihm ist so mit sich beschäftigt, daß er sie beobachten kann, ohne bemerkt zu werden. Voort scheint ihm von lässigerer Eleganz als der Tänzer, mit seinem Rollkragenpulli, der italienischen Cordhose, der teuren, aber unauffälligen Uhr.

Der Tänzer sagt: »Murphys Gesetz, das ist alles, was ich dazu sagen kann. Bißchen peinlich, was, sich so über den Weg zu laufen?«

»Ich nehme das eine Lokal, wo du sonst wirklich nie hingehst«, sagt Camilla zu dem blonden Mann, »damit wir einander nicht über den Weg laufen, und du machst es natürlich prompt genauso.«

»Wie geht's dir, Camilla?« fragt Voort.

»Prima.«

»Du hast deinen blauen Pulli vergessen, oben, im Schrank.«

»Oh? Ich hab mich schon gefragt, wo der steckt. Hab ich ganz vergessen. Und wie geht's dir so, Voort? Alles in Ordnung?«

Wie zum Teufel, meinst du wohl, daß es ihm geht? denkt Tillman, und Voort hat sofort seine Sympathien als der Typ, dem man übel mitgespielt hat. Meinst du, er tanzt auf der Straße? Meinst du, er ist hier, um seine Freiheit zu feiern? Meinst du, der kann dich so einfach vergessen, du Miststück, du, so wie du ihn abserviert hast?

»Mir geht's gut. Brauchst du was?«

»Sie ist versorgt«, sagt der Tänzer, der die beiden ganz offensichtlich wissen lassen muß, daß er noch da ist. Jeglicher Kontakt zwischen Voort und Camilla stellt schließlich eine akute Bedrohung für ihn dar.

»Na, wenn du nichts brauchst«, sagt Voort.

»Ich, äh, ich ruf dich mal an.«

»Tja«, sagt Voort, doch die eigentliche Kommunikation findet in dem Schweigen statt, das darauf folgt und von dem fröhlichen Lärm um sie herum noch betont wird, von dem Gelächter an der Bar, dem Jubel des Publikums im Fernsehen, wo im Madison Square Garden einer der Knicks einen Korb gemacht hat. Der Ausdruck des kollektiven Glücks von Leuten, die was bekommen für ihr Geld. Die Gegenüberstellung mit dem Frohsinn ringsum läßt Tillman das Loch des Schweigens hinter ihm lauter erscheinen als das Donnern eines brechenden Herzens.

Voort sagt: »Schien mir nur irgendwie komisch, nicht rüberzukommen, nachdem wir uns gesehen hatten.«

»Ich bin froh, daß du gekommen bist.«

»Da kommt das Essen. War nett, mit Ihnen zu plaudern«, sagt der Tänzer.

Voort wendet sich ab und geht, und Tillman, der den gemessenen Rückzug, den kerzengeraden Rücken, beobachtet, versteht, was Voort diese Anstrengung abverlangt. Für den Augenblick verliert er das Interesse an Camilla. Es ist jetzt Voort, der ihn fasziniert und von dem er wissen will, wohin er geht. Er gibt der Bedienung ein Zeichen, tut peinlich berührt, entschuldigt sich, es habe sich ein »Problem zu Hause« ergeben und bittet um die Rechnung.

»Sie meinen, Sie essen nichts?«

»Tut mir leid. Mein Beeper ging eben los. Es ist ... na ja«, sagt Tillman und sieht dabei aus, als breche er jeden Augenblick in Tränen aus, »es ist meine Schwester. Sie ist krank.«

Die Kellnerin drückt ihm mitfühlend auf die Schulter. »Ich berechne Ihnen nur die Hälfte, Sir. Besuchen Sie uns doch wieder, wenn alles in Ordnung ist. Ich hoffe, Ihrer Schwester fehlt nichts Ernstes.«

Als Tillman fünf Minuten später nach draußen tritt, kann er nicht sagen, in welche Richtung Voort gegangen ist, also schätzt er einfach nach Süden, weil – nachdem was er Camilla in der Therapie hat erzählen hören – in dieser Richtung Voorts berühmtes Haus liegt. Tillman macht sich auf den Weg und erkennt zwei Querstraßen weiter tatsächlich den Mann, der einen Block vor ihm dahintrottet. Voort ist derart in Gedanken, daß er sich, wie Tillman sieht, trotz der Kälte nicht mal die Mühe gemacht hat, seine Handschuhe überzuziehen.

So gehen sie, der Mann und der Schatten, ihren Weg durch die Nacht, verbunden – wie Tillman meint – durch den Schmerz eines gebrochenen Herzens. Er kann nicht anders, aber Voort ist ihm jetzt irgendwie sympathisch, auch wenn er Dr. Bainbridges Rivale ist. Tillman spürt, wie Voort seinen Schmerz verliert, als sei er so voll davon, daß er beim Gehen Stück für Stück abbröckelt und eine Spur hinterläßt. Als wäre Schmerz eine greifbare Substanz, die sich abwerfen läßt wie schmutzige Rückstände, wie Hundekacke, wie Müll oder die Häufchen Stadtruß, die ein Portier in den Rinnstein spült.

In der Midtown wird Voort langsamer. Der Schmerz tut seine Wirkung. Er betritt ein chinesisches Restaurant Ecke 56. und Madison Avenue, hängt seinen Mantel an den Haken und tritt an die Bar. Um elf Uhr abends ist es so gut wie leer, da die Gäste vor allem aus Geschäftsleuten und Hotelgästen bestehen. Voort setzt sich auf einen Drehhocker an der noblen Bar.

»Hallo, Voort«, sagt der asiatische Oberkellner im schwarzen Jackett, der auf ihn zukommt. »Haben wir ein Date mit der hübschen Lady?«

»Sie arbeitet, Robert«, antwort Voort. »Ich denke, ich genehmige mir nur einen.«

»Geht auf Kosten des Hauses.«

»Sie wissen, daß das nicht geht.«

»Den kriegen Sie ja auch nicht, weil Sie Polizist sind, sondern wegen der Börsentips. Brown 'n' Black sind dreißig Punkte hochgegangen und wurden drei zu eins gesplittet. Hat mir achttausend Mücken gebracht. Nehmen Sie's als Dankeschön, Voort, nicht als Bestechung.«

»Wenn das so ist, dann einen doppelten Maker's Mark.«

Es ist eine jener herrlich beruhigend ausgeleuchteten Bars, deren Gläser kristallklar sind und das Mahagoni genauso poliert wie der Spiegel, der über die ganze Wand reicht. Die Reihen der von hinten beleuchteten Flaschen auf den Regalen wirken beruhigend mit ihren bunten Flüssigkeiten – Bernstein, Smaragdgrün, Medizinschwarz. Das Eis ist aus Quellwasser. An der silbrigen Decke sorgen winzige runde Kugeln für Licht. Das Lokal ist ein Planetarium stecknadelkopfgroßer Birnchen. Tillman rutscht auf den freien, mit weichem burgunderfarbenem Leder bezogenen Hocker links neben Voort.

»Kalte Nacht«, sagt Tillman.

»Allerdings.«

»Laphroaig, fünfzehnjährigen«, sagt Tillman dem Barkeeper. Voort blickt nicht in den Spiegel, sondern starrt in sein Glas und bewegt mit dem Cocktailstäbchen das klickende Eis.

»Prost«, sagt Tillman und nimmt einen großen Schluck.

Voort nickt, nimmt einen Cashewkern aus einer Silberschale, wirft ihn in den Mund und kaut bedächtig.

»Sir, nicht daß ich Sie stören möchte, ich sehe ja, daß Sie in Gedanken sind«, sagt Tillman, nachdem ihm die richtige Methode der Kontaktaufnahme gekommen ist. »Aber ich hoffe doch, es macht Ihnen nichts aus, mit einem Fremden zu reden. Mir ist heute abend was Schlimmes passiert, und ich weiß nicht, wenn's Ihnen nichts ausmacht, ich würde gern mit jemandem drüber reden. Ihr Pech, Sir, aber wenn Sie wollen«, sagt Tillman und rutscht vom Hocker, »ich kann auch wieder gehen.«

Voort sieht ihm jetzt ins Gesicht.

»Ist mir sogar peinlich, es zu sagen«, sagt Tillman. »Es scheint so banal. In meinem Alter, wer hätte sich träumen lassen, daß einem da eine Frau noch das Herz brechen kann.«

»Tut mir leid«, sagt Voort, der sich nun Tillman zuwendet, kaum merklich zwar, aber immerhin so weit, daß Tillman weiß, daß Voort die Seelenverwandtschaft der Abgewiesenen spüren kann und ihn nicht bitten wird zu gehen.

»Wenn ich Sie störe ...

»Nein. Erzählen Sie. Manchmal tut es gut zu reden«, sagt Voort, »gerade mit einem Fremden. Man kann Dinge sagen, die man einem Bekannten nicht sagen kann.«

»Dann wissen Sie, wie's mir geht.«

Tillman erfindet eine Geschichte von einer Frau in seinem Wohnblock, die er liebt. Sie hätten sich im Waschraum kennengelernt, erzählt er Voort. Sie sei Tanzlehrerin im Lincoln Center. Die letzten sieben Monate hätten sie eine herrliche Zeit gehabt.

»Und dann, aus heiterem Himmel«, sagt Tillman, »sagt sie mir, sie geht zurück zu ihrem alten Freund.«

»Das ist hart«, sagt Voort.

»Allerdings, Sir, so was tut ganz schön weh«, sagt Tillman.

»Ich gebe Ihnen einen aus«, sagt Voort und gibt dem Barkeeper ein Zeichen, ein weiteres Narkotikum zu bringen. Voort selbst jedoch macht keine Anstalten, von sich aus etwas über seine Situation zu erzählen. Er sagt nur: »Ich kann's Ihnen nachfühlen, mein Freund. Ich hoffe, es wird wieder, mehr kann ich dazu nicht sagen.«

Tillman macht weiter, schmückt die Geschichte aus, aber Voorts Zurückhaltung ärgert ihn. Er weiß verdammt gut, daß Voort dasselbe durchgemacht hat. Wieso frißt er dann seine Gefühle in sich hinein?

»Ist Ihnen schon mal was in der Art passiert?« fragt Tillman. »Ich meine, einen Augenblick ist alles eitel Sonnenschein, und im nächsten ...« läßt er den Satz ausklingen, als könne er nicht glauben, was ihm passiert ist.

»Mir?« sagt Voort und trinkt seinen Marker's Mark aus. »Wir sprechen von Ihnen.«

»Ich bin sogar«, vertraut ihm Tillman an, »einer Gruppe beigetreten, in der es darum geht. Männer wie ich. Wir treffen uns einmal die Woche und erzählen, was uns passiert ist.«

»Sie meinen, Sie sprechen einfach darüber, mit Fremden?«

»Es sind keine Fremden. Nach einer Weile«, sagt Tillman, »werden sie ziemlich enge Freunde.«

»Hört sich merkwürdig an«, sagt Voort. »Ein paar Typen in der Runde. Aber es hat wohl jeder seine eigene Art, so was anzugehen.«

»Dann ist Ihnen also nie was in der Art passiert?« sagt Tillman.

»Nein.« Voort hebt das Glas, als bringe er einen Toast auf die Frauen aus. »Ich habe immer Glück in der Liebe gehabt. Selbst wenn's letztlich zu Ende ging, habe ich mich wenigstens so richtig lebendig gefühlt, solange es gedauert hat.«

Was soll das heißen, *Glück?* möchte Tillman am liebsten schreien. *Glück,* daß dir jemand gesagt hat, du sollst für immer aus ihrem Leben verschwinden? *Glück,* daß dich jemand betrogen, dich angeführt und dann von der Steilwand gestoßen hat? Willst du sagen, du bist besser als ich. Bist du nicht, Mr. Lügenbeutel. Bist du nicht!

Aber er sagt: »Tolle Einstellung. Danke fürs Zuhören. Es wird langsam spät.«

Tillman läßt Voort sitzen, geht zur Garderobe und stiehlt, als keiner hinsieht, einen von Voorts Handschuhen, der in einer der Taschen steckt. Er verläßt die Bar, und als ihn die kalte Winterluft trifft, schürt sie den Zorn in ihm noch weiter an. Dann jedoch beginnt er Voort zu bemitleiden. Er erinnert sich, während er sich im Gehen den Mantel zuknöpft daran, daß *er,* gleich nachdem Niana ihm den Laufpaß gegeben hatte, sich dieselben Lügen aufgetischt hat wie jetzt Voort. Er versuchte sich einzureden, daß er Glück gehabt hätte, richtige Liebe gefunden zu haben, wenn auch nur für ein Weilchen. Er erfand Ausreden für die Frau, die ihn getäuscht hatte, und weigerte sich, sich seine Wut einzugestehen, bis Dr. Bainbridge ihm half.

Und das bringt ihn zu Camilla zurück.

Ich kann Ian etwas zurückgeben und dabei dem armen Voort noch einen Gefallen tun.

Er kennt Camillas Adresse in Tribeca; er hat sie in Ians Computer gefunden.

Ein Streifenwagen rollt vorbei, während die schemenhaften Insassen die Straße mustern, die Fenster, die Dächer. Tillman nickt ihnen zu, braver Bürger, der er ist, froh darüber, auf dem Weg zur U-Bahn einen Polizisten zu sehen. Er ist unterwegs zu dem umgebauten Lagerhaus, in dem Camilla wohnt. Als er dort ankommt, hat er Voort verziehen und ist zu dem Schluß gekommen, daß er versteht, was der Mann durchmacht. Verdammt, wie kann ich erwarten, daß der arme Kerl in ein paar Tagen dieselbe Entwicklung hinter sich bringt, die bei mir Jahre gedauert hat?

Er fühlt sich jetzt besser. Das Flüstern in ihm erinnert ihn: *Du bist der Beschützer.* Und Camillas Straße ist nichts Besonderes. Es gibt keine Bäume, die Gebäude sind größtenteils Lagerhäuser aus der Nachkriegszeit mit Fensterbögen, Blumentöpfen auf den Simsen und Balkonen an den Ecken.

Sie bewohnt 2L, erinnert er sich, und zwar zur Miete, vermeidet also sogar in bezug auf die Wohnung das Feste, indem sie die Eigentumswohnung eines anderen bewohnt. Das Problem ist, bei all den Fenstern da oben von der Straße aus zu erkennen, welche Wohnung die ihre ist.

Während Tillman überlegt, kommt ein Mann aus dem Haus, der einen Dalmatiner ausführt, oder besser von diesem an den nächsten Hydranten gezogen wird. Unter dem Gänsedaunenparka des Mannes guckt ein Flanellbademantel hervor. Seine irische Schäfermütze bedeckt ein Ohr. Der Hund muß ihn aufgeweckt, sein schlafendes Herrchen mit der Schnauze gestupst haben, als die Natur rief.

»Entschuldigen Sie. Wohnen Sie hier?« fragt Tillman.

»Meinen Sie, ich werd für das hier bezahlt?« Das Gute an

New York ist, daß selbst um halb drei noch Leute unterwegs sind, sei es, daß sie von der Arbeit kommen, sei es, daß sie zu Freunden oder von einem Schäferstündchen nach Hause gehen. Morgens um zwanzig nach zwei ist die beiläufige Frage, wie Tillman sie stellt, also durchaus normal, solange man freundlich ist.

Tillman lächelt über den Scherz. »Ich denke daran, eine der Wohnungen zu kaufen. Darf ich Sie fragen, ob Ihnen persönlich das Haus gefällt?«

Jetzt sieht der Mann in ihm einen potentiellen Nachbarn und schätzt ihn ab. »Sicher.«

»Irgendwelche Probleme mit dem Hausvorstand?«

»Eine anal-retentive Bande.« Der Mann kratzt sich am Ohr. »Die Leute haben kein eigenes Leben, und das lassen sie an anderen aus. Aber es läßt sich mit ihnen leben. Sie sorgen dafür, daß wir solvent bleiben. Sie haben ein neues Dach finanziert, ohne die monatliche Belastung zu erhöhen.«

»Und Haustiere sind auch erlaubt, wie ich sehe. Ich habe einen Labrador.«

Jetzt taut der Mann auf. »Großartige Burschen. Ich wollte nur, sie müßten nicht soviel scheißen.«

»Wahre Freunde«, sagt Tillman.

»Bessere als Exfrauen.«

Tillman lacht. »Bringen Sie mich bloß nicht aufs Thema«, sagt er. »Ach übrigens, ich denk daran, 2L zu kaufen. Wissen Sie, welche die L-Reihe ist?«

Mit trübem Blick starrt der Mann die Fassade hinauf.

»Lassen Sie mal sehen ... A bis M sind vorne, dann ist L die erste auf der Seite, in der Gasse, die Wohnung neben der Feuerleiter. Und 2L liegt dann wohl zwei Etagen darüber.«

»Danke. Mein lieber Mann«, sagte Tillman, der zusieht, wie der Dalmatiner die Beine spreizt. »Der mußte aber wirklich raus. Was haben Sie dem denn gegeben, ein 5-Gänge-Dinner?«

Lachend streift der Mann einen Plastikhandschuh über und nimmt eine kleine gelbe Plastikschaufel aus einer Plastiktüte.

Während er saubermacht, sagt er: »Was man nicht alles tut für einen Hund.«

Tillman geht um den Block herum, zählt bis zweihundert, und tatsächlich, als er wieder zurückgeht, sind der Mann und der Dalmatiner wieder im Haus.

Es ist Viertel vor drei, und Kenny, der Tänzer, kommt heraus, mit offenem Mantel, grinsend, obenauf.

Der Tänzer winkt sich ein Taxi.

Tillman geht die Gasse entlang und sieht nach Camillas Fenster neben der Feuerleiter im zweiten Stock. Es brennt noch Licht, und er erkennt, daß das Fenster einen Spalt offensteht.

Während er sich die Distanz zwischen Feuerleiter und Gehsteig ansieht, spricht Tillman in Gedanken mit Camilla: Vielleicht war dir nach frischer Luft, während du dich mit ihm verlustiert hast. Vielleicht mochtest du die Brise auf dem Rücken, während du auf ihm gesessen, ihn gemolken und geritten hast, bis er vor Lust schrie, so wie's Niana Embers mit mir gemacht hat.

Ein Stück weiter hinten in der Gasse erspäht Tillman einen Müllcontainer auf Rädern, aber als er ihn zu bewegen versucht, sieht er, daß er ans Haus gekettet ist. Alles, was kleiner als ein Auto ist, muß man in New York an etwas Größeres hängen, wenn es nicht geklaut werden soll.

Trotzdem hat die Kette ein wenig Spiel.

Er stemmt sich gegen den Container, der quietscht und kreischt, was in der Gasse besonders laut ist. Aber er bewegt sich, und während eine große Ratte darunter hervorhuscht, manövriert er den Container so lange herum, bis er unter der Feuerleiter zum Stehen kommt.

Er sucht die dunklen Fenster ab. Niemand sieht zu ihm heraus.

Wenn er den Container schließt und auf den Deckel klettert, stellt Tillman fest, kommt er mit den Fingern gerade um die unterste Sprosse der Feuerleiter. Er ist nur nicht kräftig genug, um sich hochzuziehen. Er sucht die Hauswand ab und findet ein Loch, wo ein loser Ziegel herausgefallen ist. Indem er den Schuh darin verkeilt, bekommt er die unterste Sprosse schließlich richtig zu fassen und zieht sich hoch. Dann ist er auf der Feuerleiter.

Aufgeregt beginnt Tillman ihrem Fenster entgegenzusteigen, aus dem ein Flackern dringt, das Leuchten, wie man es von einem laufenden Fernseher kennt.

Jetzt kann er die Worte der Nachrichtensendung verstehen. Ein Mann sagt: »... Monstersturm, der jetzt auf seinem Weg in den Osten Ohio erreicht hat. Straßen mußten gesperrt werden. Stromleitungen sind lahmgelegt. In Pennsylvania und New Jersey horten die Menschen bereits Wasser, Mehl, Laternen, Toilettenpapier. Es ist ein Jahrhundertsturm.«

Ich habe Ian versprochen, dir nichts zu tun.

Aber er weiß ja nicht, was du dir heute abend geleistet hast.

Auf Zehenspitzen schleicht Tillman die Feuertreppe hinauf, dann hebt er langsam den Kopf in Richtung auf den geöffneten Fensterspalt, macht dabei jedoch ein Geräusch, das sie herumfahren läßt. Er duckt sich, zählt bis zehn, bevor er wieder hochguckt.

Donnerwetter, denkt er, als er ihren nackten Rücken sieht.

Absichtlich läßt er Voorts Handschuh auf die Feuertreppe fallen. Nur Voorts Fingerabdrücke sind darauf.

Ich sehe dich.

11

Kaum eine Stunde später stößt Voort, mittlerweile betrunken genug, um Dinge zu tun, die er normalerweise nur denken würde, die Tür des Big Buddy Car Service an der Ecke Einundzwanzigste Third auf, einem schmucklosen kleinen Büro, einem Wartezimmer im Erdgeschoß mit einer hölzernen Bank, Resopalboden und einem Glaskabuff für den Chef vom Dienst.

Ich bin drauf und dran, gegen die Dienstvorschriften zu verstoßen, und es ist mir völlig egal.

Seit dem Augenblick, als er das Café Tonni verlassen hatte, ist sein Zorn immer größer geworden. Ständig hat er das Bild von Camilla und dem Tänzer vor sich, Händchen haltend, hinten am Tisch. Er sieht den Champagnerkübel und die Freude auf dem Gesicht des Tänzers. Er hört Camillas Lachen.

Als hätte es mich nie gegeben. Als könnte sie die Kerle wechseln, ohne auch nur eine Sekunde überlegen zu müssen.

Ich möchte nicht so denken, aber ich muß mich einfach fragen, ob sie mit dem Kerl nicht die ganze Zeit über im Bett gewesen ist.

Das würde sie nicht tun. Aber vielleicht kenne ich sie nicht so gut, wie ich gedacht habe.

Vielleicht war's das, was sie jeden Freitag getrieben hat. Sie traf sich mit ihm.

Es sind um diese Stunde nur zwei Leute im Büro des Car Service, Voort und der Mann, der Funkdienst hat, ein magerer Kerl mit Glatze im karierten Flanellhemd hinter kugelsicherem Triplex-Glas; die Wand, für die man sich entscheidet, wenn man in dieser Stadt sein Geschäft nachts betreibt. Der Mann ist klein, dunkel, hat einen Schnurrbart und spricht über Funk mit seinen Fahrern, während er eine filterlose Zigarette raucht. Er muß stets wissen, wo sie sind. Wagen 123 zum Kennedy Airport. Wagen 901 holt eine alte Dame ab, die ins Lenox Hospital muß. Mach schnell. Wagen 12 sitzt am Long Island Expressway wegen eines Auffahrunfalls, in den vier Fahrzeuge verwickelt sind, auf der Standspur fest, auf dem Rücksitz ein stinksaurer Makler, der von einer Junggesellenparty nach Hause kommt, zu seiner noch viel wütenderen Frau.

»Polizei«, sagt Voort, klopft ans Fenster des Chefs vom Dienst und hält ihm seine goldene Kripomarke hin. Der Mann bekommt große Augen. Voort erkennt sofort, wenn einer Angst hat. Gut.

»Ja, Sir?«

»Ich bin von der Kripo und ermittle in einem Mordfall. Einer der Fahrer hat letzten Freitag morgen jemanden abgeholt«, sagt Voort, und nennt das Datum, an dem der Wagen Camilla vor seinem Haus abgeholt hat, und die Uhrzeit, um sie hinzubringen, wohin auch immer sie jeden Freitag verschwunden ist.

Es scheint ihm bereits Monate her zu sein.

Voort sagt dem Chef vom Dienst, daß es sich beim Fahrgast um Camilla Ryan gehandelt hätte, von NBC. Er weiß verdammt gut, daß der Tänzer an der 77., in der Nähe vom Lincoln Center, wohnt. Er sagt sich: Wenn der Wagen sie dort abgesetzt hat, bring ich die beiden um.

»Wo hat der Wagen sie hingebracht?«

»Das ist, äh, eine vertrauliche Information, Sir. Wir dürfen so was nicht sagen.«

Voort bedenkt ihn mit seinem Bullenblick. »Ich sagte, es handelt sich um einen Mordfall.«

»Ich könnte meinen Chef anrufen«, schlägt der Chef vom Dienst vor.

Voort schiebt das Gesicht vor die Scheibe. »Wie heißen

Sie?« fragt er mit so lauter Stimme, daß der Mann zusammenzuckt und ihm schlagartig klar ist, daß er Ärger bekommen wird.

»Lou.«

»Lou und?«

Der Mann jammert: »Wozu wollen Sie meinen Namen wissen?«

Voort sieht ihn nur an.

»Eigentlich«, sagt Lou, »brauche ich den Chef gar nicht zu wecken. Er sagt mir sowieso ständig, ich soll 'n bißchen Initiative zeigen. Ich guck für Sie im Fahrtenbuch nach. Dauert nur 'ne Minute.«

»Lassen Sie sich ruhig Zeit«, sagt Voort und tritt einen Schritt zurück, darum bemüht, sich seinen Zorn nicht anhören zu lassen. *Was du machst, ist falsch.*

Aber Voort ist völlig außer sich. Er sagt sich: Scheiß auf *falsch*. Scheiß auf die beiden. Plötzlich sieht er ein Bild vor sich, von einem Urlaub mit Camilla. Er sieht sich mit ihr, Hand in Hand, auf den kopfsteingepflasterten Straßen des French Quarter in Montreal. Er sieht sich mit ihr im Whirlpool ihrer Suite in der Auberge du Vieux Port, ihr Gesicht hinter einer Wolke aufsteigenden Dampfes, auf dem Boden ein Kübel mit Champagner auf Eis. Er sieht sich einen der Eiswürfel aus dem Kübel nehmen, ins heiße Wasser tauchen und ihn, noch während er schmilzt, ihren Schenkel hochziehen, in ihren Schritt, an ihre Scham. Sie stöhnt und bäumt sich auf unter dem neuen Gefühl, dieser Mischung aus eiskalt und heiß.

Chamilla füllt ihren Mund mit Champagner und beugt sich vor. Sie nimmt eine seiner Brustwarzen in den Mund. Er spürt das Prickeln des Champagners auf seiner Brust.

Selbst jetzt noch, im Büro des Car Service, angetrunken wie er ist, erinnert er sich daran, daß sämtliche Nervenenden ihrer beider Körper zu explodieren schienen vor Lust. Wie sie aus dem Whirlpool gestiegen waren, unter heftigen Küssen hinüber zu dem Messingbett unter dem offenen Fenster, während der Straßenlärm vom French Quarter in Wellen heraufstieg. Fußgänger, Radfahrer, Kellner. Und Camilla schrie so laut: »Voort, Voort, ich *komme*!«, daß, als sie fertig waren, aus dem Café zwei Stockwerke unter ihnen Applaus zu hören war.

»Zugabe!« rief eine der Frauen herauf. Voort und Camilla prusteten los vor Lachen und, als Reaktion darauf, auch ihre unsichtbaren Fans.

»Bravo!«

Zehn Minuten später klopft es an der Tür. Der Hotelbesitzer rief: »Entschuldigen Sie, aber die Leute im Café unten schicken Ihnen eine Flasche Wein herauf. Einen ausgezeichneten französischen Roten!«

Ich möchte alles essen, Voort, hatte sie ihm gesagt. Ich möchte alles trinken. Ich habe schon wieder Lust auf dich. Auf der Stelle.

Der Chef vom Dienst reißt Voort wieder zurück in die Gegenwart. »Tut mir leid, ich hab's noch nicht. Dauert noch ein paar Minuten. Wir haben eine Riesenflotte von Town Cars. Sind Sie schon mal mit uns gefahren, Sir? Wissen Sie, wir fahren eine Menge Leute von NBC.«

»Stellen Sie nur fest, wo Ms. Ryan hinfuhr.«

Voorts Gedanken gehen zurück zu dem Kasino in Montreal, zu den vier Etagen, des gigantischen Spielplatzes für Erwachsene, wo er und Camilla stundenlang Blackjack spielten. Voort sieht den Croupier ihren gewaltigen Haufen Chips verdoppeln.

»Sie 'aben vielleischt ein Glück! Schon wieder Blackjack!«

Wieder unterbricht ihn der Chef vom Dienst. »Ah! Camilla Ryan! Der Wagen fuhr sie in die 93. Ost, zwischen Third und Lex.«

Er gibt Voort die Adresse.

Die kalte Luft draußen nüchtert Voort genügend aus, um sich zutiefst für das zu schämen, was er da eben getan hat. Aufhalten kann ihn das jedoch nicht. Von einem öffentlichen Telefon aus ruft er im Präsidium an, bittet einen der jungen, ebenfalls mit dem Fall Niana Embers vertrauten Detectives in seinem Stab, sich das »verkehrte« Telefonbuch vorzunehmen, in dem man Namen und Nummern anhand der Adressen findet. Er gibt dem Jungen die Adresse in der 93. Ost und fragt ihn, auf welche Namen dort ein Telefon gemeldet ist.

»Nur auf einen einzigen, Voort. Ihm gehört wohl das ganze Haus. Es ist ein Arzt. Ian Bainbridge. Ist der einzige Name, den ich hier habe.«

»Ein Arzt?« fragt Voort überrascht.

»Steht jedenfalls hier.«

Voort legt auf. Der Kopf tut ihm weh. Er gehört ins Bett.

Sie war bei einem Arzt.

Voort hofft, daß sie nicht krank ist. Nicht einmal in seinem Zorn erträgt er den Gedanken, daß Camilla leidet.

Ein weiterer Flashback. Voort sieht sie bei ihrer Abreise aus Montreal. In seinem Jaguar rasen sie in Quebec die Route 10 entlang in Richtung Vermont. Camilla steckt eine Bach-Cassette in den Recorder. Das Verdeck ist offen. Ihr blondes Haar weht im Wind, und die blonden Härchen funkeln auf der braungebrannten Haut ihres Arms.

»Voort, ich glaube, ich bin dabei, mich in dich zu verlieben«, sagt sie. »Es ist richtig zum Fürchten. Geht's dir auch so?«

Bach spielt, mit all seiner zurückhaltenden Kraft, wie immer völlig kontrolliert.

»Es macht mir keine Angst. Ich bin glücklich.«

Camilla, denkt Voort, wieso solltest du mir nicht sagen wollen, daß du zum Arzt gehst?

12

»Wir haben Blick auf beide Eingänge der Bank.«

Um acht Uhr am Morgen darauf kümmert sich Mickie in ihrem Dienstwagen um den Funk, während Voort, völlig verkatert, den Chevy in eine Parklücke an der Jones Street bugsiert, einem Sträßchen im West Village mit Braunsteinhäusern, kleinen Wohnblöcken und französischen Cafés. Der Tag ist wie eine offene Wunde. Drei Stunden zuvor fegte ein Unwetter mit Eisregen durch die Stadt, Straßen waren verstopft, Unfälle von Staten Island bis in die Bronx.

Eis hängt von den mageren kahlen Bäumen, Eis verklebt die Deckel der Mülltonnen und glitzert in schwarzen Flecken in der Jones Street.

Mickie gibt Anweisungen an die Detectives, die zwei Blocks weiter warten: »Wir wollen erst alle Angestellten drin haben. Wir schlagen zu, bevor sie aufmachen, Punkt zehn vor neun.«

Er trägt einen Kamelhaarmantel, einen blauen Kaschmirschal und Schuhe von Gucci, die er mit altmodischen Gummischützern versehen hat. Voort trägt seinen Schaffellmantel und eine Wollmütze.

Mickie wendet sich an Voort: »Damit haben wir fünfzig Minuten. Also, ich steh nicht länger im Freien herum als unbedingt nötig.«

Er reicht Voort aus einer Papiertüte ein mit Butter bestrichenes Kaiserbrötchen in Wachspapier, einen schwarzen Kaffee in einem blauen Pappbecher mittlerer Größe mit einem Parthenon außen drauf. Er nimmt einen Cassettenrecorder im Taschenformat vom Sitz zwischen ihnen und stellt ihn an.

»Er heißt Harris Tillman. Er arbeitet in der Apple Bank an der 4. Straße, im Village«, kommt eine verängstigte Männerstimme mittleren Alters vom Band.

Voort schnaubt frustriert. »Wenn er so besorgt ist, wieso sagt er uns dann verdammt noch mal nicht, wie er heißt?«

Er ist erschöpft. Als er nachts nach Hause kam, erwartete ihn Mickies Nachricht über den Tipgeber, worauf Voort sofort ein Taxi ins Präsidium nahm und bis vier Uhr morgens alle Harris Tillman im Telefonbuch durchging. Er jagte den Namen durch die Computer sämtlicher Vollzugsbehörden, fand aber nichts außer einem 64jährigen Harris Tillman, der wegen Autodiebstahls in einem Gefängnis in Salem, drüben in Oregon, saß.

Er hat zwei Stunden auf der Couch im Büro geschlafen, die bequem wie ein Bett aus Federn war, worauf er Mickies teuren Geschmack in Sachen Möbel erst so richtig zu würdigen weiß. Mickie hatte auch einen handgenähten Bennington-Quilt in ihrem Schrank im Büro, frisch gereinigt, Extrakissen, außerdem Kaffee, Jamaican Blue Mountain, im Kühlschrank.

Er kaut, ohne etwas zu schmecken, und sieht mit geröteten Augen zu, wie die Bewohner der Jones Street vorsichtig aus ihren braunen Sandsteinhäusern treten, und dann, in einer Schlitterpartie auf dem Eis, zur Arbeit gehen. Ein Mann und eine Frau, beide gut gekleidet, kommen die Treppe vor ihrem Haus herab, junge Makler, Anwälte vielleicht, stellt sich Voort vor. Sie sehen glücklich aus, weil ihnen ihre Zukunft im Augenblick sicher erscheint. Sie halten sich bei der Hand. Von hinten ähnelt die Frau Camilla.

»Der Anrufer war verschwunden, als die Streife an die Telefonzelle kam«, sagt Mickie. Die Stimme auf dem Band sagt: »Ich fürchte, er tut noch jemandem etwas an.«

Als er Camilla gestern abend im Café Tonni sah, hätte Voort sich, für einen Augenblick, am liebsten ebenfalls in Luft aufgelöst. Aber heute morgen ist davon nichts weiter übrig als eisige Wut. Sie Hand in Hand mit ihrem alten Lover zu sehen hat Voort die unangenehme Realität vor Augen geführt, und Voort zieht die Realität dem Wunschdenken jederzeit vor.

Und was den Arzt betrifft, zu dem sie geht, diesen Ian Bainbridge, sagt sich Voort im kalten Licht des Morgens, geht ihn nichts an. Er wird dem nicht weiter nachgehen.

»Die Zeit ist um Connie. Beweg dich.«

Sie steigen aus dem Wagen und gehen in westlicher Richtung die 4. Straße hinauf. Die Aussicht auf eine Verhaftung läßt Voorts Herz schneller schlagen, und sein Zorn blüht bei dem Gedanken an den Mörder geradezu auf, während er geschlossene Pubs und Andenkenläden passiert, vor denen die Inhaber mit Pickeln Risse ins Eis auf dem Gehsteig hacken, bis die messerscharfe Eisglasur in Scherben zerbricht. Andere schütten, um es zu schmelzen, dampfendes Wasser darauf. Andere stellen ihre Ware auf, Kaninchenfellmützen aus China, Sonnenbrillen, billige Lederhandschuhe und Schals. Sie verkaufen die Lösung für jedes nur erdenkliche Problem. Überhaupt scheinen die Verkäufer einen direkten Draht zum Schicksal zu haben. Sollten eines Tages die Ozeane steigen und New York im Wasser stehen, dann haben sie Schwimmwesten und Schlauchboote parat. Und verkaufen den flüchtenden Einwohnern Angelschnüre und Haken im Gehen.

Voort sieht, daß an der Ecke Vierte und Christopher eine Kripokollegin so tut, als benutze sie den Geldautomaten am Nordeingang der Bank, während ein junger Kollege zusammengekauert auf der Treppe vor dem Eingang der 4. Straße sitzt. Einen Pappbecher schüttelnd, bettelt er Passanten um Kleingeld an.

»Fünf Minuten«, sagt Voort in sein Sprechfunkgerät. »Und keiner verläßt die Bank vor uns.«

Um acht Uhr fünfzig tritt er an den Eingang in der 4. Straße, wo er scharf gegen die Glastür klopft. Ein älterer Wachmann zeigt drinnen auf seine Uhr und formt mit den Lippen »Zehn Minuten!« Voort drückt seine goldene Marke gegen das Glas, worauf der Mann eilfertig auf Voorts höheren Rang reagierend, sofort herüberkommt und aufschließt.

Drinnen, im marmorgetäfelten Foyer, ist es ruhig und sonnig, es riecht nach frischem Kaffee und Putzmitteln. Hinter dicken kugelsicheren Glasfenstern zählen Kassierer ihr Geld, während aus einem Radio die Imus Show zu hören ist. Ein Mechaniker schließt einen Geldautomaten, den er gerade repariert hat.

Voort fällt auf, daß keiner der Angestellten einen nervösen Eindruck macht, aber andererseits wissen sie ja auch nicht, daß die Polizei hier ist. Ruhig sagt er zu dem Wachmann: »Ich hätte gern mit dem Manager gesprochen.«

Der sich als eine Sie entpuppt, eine zierliche Pakistani namens Shari mit eleganter Haltung in einem schmalgeschnittenen Geschäftskostüm und hochhackigen Pumps in der Farbe ihres kurzen blauschwarzen Haars. Zu seiner Überraschung fühlt Voort sich von ihr angezogen. Es ist das erste Mal seit Monaten, daß er überhaupt eine andere Frau als Camilla bemerkt.

»Wir würden gern mit einem Ihrer Angestellten sprechen. Harris Tillman«, sagt er, während sie seine Marke berührt. Ihre Brauen senken sich, was sie fünf Jahre jünger, vielleicht drei-, vierundzwanzig, wirken läßt. Ganz zu schweigen davon, daß sie gut riecht, nach einem Parfum, das Voort zwar nicht kennt, aber mag.

»Aber wir haben hier keinen Harris Tillman.«

»Sind Sie sicher?«

Ihr Lächeln ist sagenhaft, aber die Gewißheit darin nimmt Voort den letzten Rest seines Muts. »Ich kenne doch meine Leute«, sagt sie. »Können Sie mir sagen, worum es geht?« Mickies Blick in Voorts Richtung sagt: *Der Anruf war faul.*

Voort schüttelt den Kopf: *Der Anrufer wußte von den Initialen CTH.*

Er sagt: »Können wir uns in Ihrem Büro unterhalten, Shari?« Anmutig führt sie die beiden aus dem Schalterraum, an den Kassierern vorbei, die miteinander flüstern, seit sie bemerkt haben, daß da was Interessantes vorgeht, vorbei am Serviceschalter und schließlich, im Raum hinter der Halle, in ein Glasbüro mittlerer Größe mit einer geblümten petrolgrünen Couch und einem grauen Schreibtisch aus Stahl, das aufgeheitert wird durch eine Menge frischer Blumen. Weiße Rosen. Rosa Tulpen. Gelbe Gladiolen in Vasen. Töpfe mit Farnen über ihrem Computermaterial und neben einem Familienfoto im Zoo in der Bronx. Vor der Jungle World, der Gatte hat seinen kräftigen Arm um Shari gelegt, während sie mit ihren schlanken Armen zwei kleine Töchter umschließt. Voort kann nur staunen, daß eine so winzige Frau Mutter ist. Wenn er seine beiden Hände um ihre Taille legt, berühren sich seine Mittelfinger, denkt er.

»Vielleicht sind wir bei der falschen Filiale gelandet«, sagt Voort. »Wäre es wohl möglich herauszufinden, ob Mr. Tillman in einer anderen arbeitet?«

»Warum nicht?« Sie setzt sich an den Schreibtisch, legt mit flüssigen, femininen Bewegungen die schlanken Beine übereinander und nimmt den Hörer vom Telefon. Sie hat etwas in sich, einen Druck, eine Energie, die sie während der Arbeitszeit zurückhält. Sie ist völlig ruhig am Telefon, gibt ihre Anfrage an die Hauptfiliale durch, und als sie auflegt, sagt sie: »Wir haben eine Sylvia Tillman in Midtown. Eine Clara Tillman in Cobble Hill. Aber keinen Harris Tillman. Sind Sie sicher, daß Sie den richtigen Mann haben?«

Mickie sackt gegen das Fensterbrett. »Es ist Tillman.«

Voort fragt nur: »Wie lange arbeiten Sie schon hier?«

»Zwei Jahre.«

»Gibt es jemanden, der länger hier ist?«

Mit einem ihrer langen Fingernägel drückt sie auf den Knopf der Gegensprechanlage. »Chuck, kommen Sie doch in mein Büro, ja?«

Und zu den Detectives sagt sie: »Hätten Sie gern eine Tasse Kaffee? Wir haben kenianischen Hochland. Ich kaufe ihn auf der Straße, in Astoria. Er ist so billig, ich glaube, der ist geklaut.«

Grinsend fügt sie hinzu: »In jedem Fall, Officers, ist er *heiß*.«

»Nein, danke«, sagt Voort.

»Doch«, sagt Mickie, als Chuck Niles hereinwatschelt. »Einen Kaffee.«

Niles ist ein unauffälliger birnenförmiger Mann über Fünfzig, mit schütterem sandfarbenen Haar und wäßrigen braunen Augen. Er trägt ein rotweiß gestreiftes Hemd, messerscharf gebügelt und gestärkt. Auf seiner Krawattennadel sitzt der Panda vom World Wildlife Fund. Seine Stimme ist rauh, und Voort tippt auf einen starken Raucher, ein Eindruck, den der vage Hauch von Tabak und Old Spice noch verstärkt. Sein Händedruck ist kräftig und paßt nicht zu dem aufgedunsenen Körper, der völlig außer Form ist, und die Handflächen sind mit dicken Schwielen gespickt. Voort stellt sich den Mann vor, wie er am Wochenende im Garten mit einer schweren Schaufel hantiert.

Niles begrüßt die Polizisten freundlich. »Ich wurde voriges Jahr überfallen, in Little Neck, und die Polizei hat den Mann innerhalb einer Stunde erwischt. Ist mir egal, was die Leute sagen. Meine Dankbarkeit haben Sie. Sie leisten gute Arbeit.«

»Mr. Niles, wir suchen nach einem Mann, der hier vor einigen Jahren gearbeitet haben könnte. Harris Tillman.«

»Harris? Im Ernst? Was hat er getan?«

Voort, der seine Erregung unterdrückt, sagt: »Sie wissen nicht vielleicht, wie er zu erreichen ist?«

»Er wohnte in Gramercy Park, aber das ist … Gott, Jahre her. Er war nett, großzügig, hat immer Pizza gekauft, Cola und Doughnuts fürs ganze Büro. Er hatte ein Haus in den Hamptons, das er zusammen mit anderen gemietet hat. Ein paar von den Mädchen hier waren in ihn verknallt. Aber ich habe immer gedacht, daß der noch eine andere Seite hat.«

»Wieso haben Sie das gedacht?«

Niles lehnt eine feiste Hüfte gegen Sharis Tisch. »Er war einfach zu fröhlich. Meine Frau hat mir gesagt, vor langer Zeit mal, wann immer einer sich in der Öffentlichkeit auf eine bestimmte Art und Weise verhält – wenn er völlig übertreibt, Sie wissen, was ich meine –, dann stellt sich irgendwann heraus, daß er auch eine andere Seite hat. Der ruhigste Mensch hat die schlimmsten Ausbrüche. Der Glücklichste die schlimmsten Depressionen. Meine Frau sagt, das Beste an einem Menschen ist auch das Schlimmste an ihm, wissen Sie, was ich meine?«

Mickie sagt: »Wie war denn Mr. Tillmans andere Seite?«

»Die habe ich zu sehen bekommen, als er sich verliebt hat. Die Frau hatte so einen komischen Namen..., eine Dichterin, glaube ich. Er wurde völlig schwermütig, als sie ihn abgesägt hat. Er hatte kein anderes Thema mehr. Es war zum Fürchten, so depressiv war er.«

»Wie zum Fürchten?«

»Na ja, einige von uns haben sich Sorgen gemacht, er könnte sich etwas antun.«

»War er bei einem Psychiater?«

»Ich habe es ihm geraten.«

»Hatte er Familie, wissen Sie das?«

»Das weiß ich nicht.«

»Hat jemand die Verbindung mit ihm aufrechterhalten, nachdem er gegangen ist?«

»Er ist verschwunden. Jemand wollte mal nach ihm sehen, ob alles in Ordnung ist. Ja, es war eine der Kassiererinnen, die in ihn verknallt war. Aber er war weggezogen und hatte keine Nachsendeadresse hinterlassen. Genauso war's mit der Telefonnummer. Absolut null.«

»Haben Sie irgendeine Idee, was die Initialen CTH bedeuten könnten, in bezug auf Harris?«

»CTH?« Niles kneift die Augen zusammen, während er angespannt überlegt. Einen Augenblick lang vergißt er, daß noch jemand da ist.

»Nein. Aber«, sagt er und strahlt, »Harris ist auf einem der Fotos vom Zweigstellenpicknick, an der Wand, oben. Man läßt es hängen, weil es das einzige Mal ist, daß eines unserer Teams eine Meisterschaft gewonnen hat. Wollen Sie's sehen?«

Die Bank ist jetzt geöffnet, und als sie nach oben gehen, bemerkt Voort die langen Schlangen an den Geldautomaten und vor den Schaltern.

Oben befindet sich die Devisenabteilung. Niles geht auf ein halbes Dutzend verblassender, zwanzig mal dreißig großer Fotos vom Softballteam der Bank zu, die an einer Wand neben dem gutbesuchten Schalter für die Travellerschecks hängen. Er findet Tillman in der hinteren Reihe, aber Tillman muß sich in dem Augenblick bewegt haben, als man das Bild schoß, denn Voort sieht nur frustrierend verschwommen einen hochgewachsenen Mann, der lächelnd die Arme über den Schultern der Spieler rechts und links von sich hat.

»Sie können sich das Bild ausleihen und eine Kopie machen«, sagt Shari.

»Sonst noch irgendwelche Fotos von ihm?«

»Nicht, daß ich wüßte.«

Voort holt sein Taschenmesser heraus, an dem eine Lupe angebracht ist, und versucht das Gesicht genauer zu betrachten. Blondes Haar fällt ihm in die Stirn. Er hat die Baseballkappe nicht auf und deshalb einen deutlichen weißen Streifen auf der Stirn. Durchschnittliche Schultern. Die untere Gesichtshälfte wird von dem Spieler vor ihm verdeckt. Er ist etwa einsfünfundachtzig.

»Das Gesicht ist nicht sehr deutlich«, sagt Shari, der Voorts Enttäuschung leid tut.

Jeder hat das Gesicht eines Mörders, weiß Voort, und dieselben Leute haben die Gesichter von Heiligen.

»Es würde uns weiterhelfen, wenn wir Tillmans Personalakte einsehen könnten«, sagt er.

»Bei Akten, die so weit zurückgehen, müssen Sie Midtown fragen. Die werden dann auch genauer wissen wollen, worum es geht?«

»Mr. Tillman hat Informationen, die uns bei der Lösung eines Verbrechens helfen könnten.«

Sie hebt die Brauen, und Voort sieht sich in den schwarzen Seen ihrer Pupillen. Der Ausdruck in ihrem Gesicht sagt ihm, daß seine Erklärung ihr nicht genügt.

»Es kommt womöglich jemand zu Schaden, wenn wir ihn nicht finden«, fügt Voort hinzu.

Sie folgen ihr zurück ins Büro, bewundern ihren Gang, die knappen Bewegungen ihrer Beine, die Art, wie der Rock sich an sie schmiegt. Shari ruft die Hauptfiliale an, diskutiert eine Weile mit einem Manager der mittleren Ebene, wird dann mit der PR-Abteilung, der Personalabteilung und schließlich mit der Rechtsabteilung verbunden. Währenddessen ist Voort beeindruckt von der Dringlichkeit, die sie hinter ihre Stimme setzt, als hätte sie die Suche nach Tillman zu einem persönlichen Anliegen gemacht.

»Mr. Hayakawa«, sagt Shari zu dem Anwalt, »ich bin sicher, sie sind von der Polizei. Sie haben mir ihre Dienstmarken gezeigt ... Ja, ich habe auf der Wache angerufen und es mir bestätigen lassen.«

Sie sieht zornig aus, als Mr. Hayakawa ihre Bitte ablehnt, und als sie Voort mit einem Blick den Hörer reicht, als wolle sie sagen: »Ich habe mein Bestes getan«, streicht ihr Finger über die Innenseite seines Daumens.

Voort stellt sich Harris Tillman vor, wie er irgendwo da draußen durch die Stadt läuft. Wie ein Irrer, dessen nächste Explosion sich bereits wieder aufzubauen beginnt. Er trägt völlig anonyme Kleidung: einen grauen Mantel und die Wollmütze eines Arbeiters, Stiefel mit Gummisohlen für die vereisten Gehsteige. Kein Mensch achtet auf ihn. In der Menge ist der Mann sicher. Er geht, bleibt in Bewegung, um die Kontrolle über seinen Zorn nicht zu verlieren.

Voort sieht vor seinem inneren Auge Tillman durch dieselben Straßen gehen, die er selbst letzte Nacht genommen hat. Die Stimme des Anwalts am Telefon jedoch bringt ihn abrupt zurück in die Gegenwart.

»Tut mir leid«, sagt Hayakawa, »aber ich brauche einen Gerichtsbeschluß, bevor ich eine Personalakte freigeben kann. Die Entscheidung liegt nicht bei mir. Es ist die Politik des Hauses. Aus dem einfachen Grund, daß wir im Augenblick von einem *verurteilten* Verbrecher verklagt werden, der sich noch nichts zuschulden hatte kommen lassen, als er hier angestellt war, und der für etwas geschnappt wurde, was er *nach* seinem Weggehen getan hat, weil wir der Polizei freiwillig seine Akte gegeben haben. Eine Frage der Privatsphäre. Wenn Sie mit Firmen besser zusammenarbeiten wollen, dann sollten Sie den Gesetzgeber um eine Änderung des Privatrechts angehen.«

»Ich werd meinen Abgeordneten anrufen«, sagt Voort, während Mickie schnaubt, obwohl sein Kongreßabgeordneter, soviel wie Voort dem Mann spendet, tatsächlich jederzeit für ihn zu erreichen ist. Und er wird sich beschweren, was Recht und Ordnung angeht, und das nicht zum ersten Mal.

Inzwischen formt Mickies Mund nur ein Wort: »Anwälte«. Für Polizisten gibt es nichts Schlimmeres als den Umgang mit Anwälten. Die Leute sind ausgebildete Pessimisten, die aus Prinzip keine Frage beantworten. Wie Polizisten verbringen sie ihr Leben mit der Suche nach Fehlern.

Es läuft darauf hinaus, daß Voort und Mickie durch die Regeln der Bank und die Unerreichbarkeit des Staatsanwaltes, der in diesem Fall für die Beschaffung von Gerichtsbeschlüssen verantwortlich ist, wichtige Zeit damit verschwenden müssen, downtown einen Richter aufzutreiben, den sie kennen und der ihnen das Papier gibt. Der Nachmittag ist schon halb vorüber, als sie es haben, zur Hauptniederlassung der Bank fahren, um dort darauf zu warten, daß Hayakawa von einem Geschäftsessen zurückkommt, bevor sie ihm den verdammten Gerichtsbeschluß unter die Nase halten können.

Hayakawa ist jedoch, wie sich herausstellt, kein Unmensch. Im Gegenteil, er hat ein schlechtes Gewissen wegen der Unterhaltung vom Vormittag. Er ist jünger, als die Stimme hätte ahnen lassen, jungenhaft, Mitte Zwanzig, mit einer widerspenstigen Locke in der Stirn und altmodischen Hosenträgern über dem frischen weißen Hemd. In seinem gewaltigen Ledersessel nimmt er sich wie ein Mafia-Pate aus. Sie befinden sich in einem großen Büro mit Ausblick auf die Midtown, eine unbarmherzige graue Landschaft aus Asphalt, Eis und Beton, die einen ziemlichen Kontrast zu der Reihe großformatiger Safarifotos aus Afrika bildet, die die Wand neben dem Juradiplom aus Yale schmückt.

»Das Problem ist das gegenwärtige System«, belehrt Hayakawa die beiden. »Die Präzedenzfälle werden enger. Die Folgen weitreichender. Der Kongreß sollte einen Ausschuß zusammenstellen, um Wege vorzuschlagen, wie unsere Gesetze in Einklang zu bringen sind.« Voort betrachtet ein Rudel Löwen unter einem Baum. Er sieht ein Krokodil, das ein Elefantenbaby in einen schwarzen Fluß zieht. Vor einem Sonnenuntergang liegt ein Leopard auf einem Ast, während eine Gruppe Touristen in Khaki, darunter der Anwalt, beim Abendcocktail in einem Land Rover sitzt und ihn mit dem Kitzel, einem Raubtier nahe zu sein, beobachtet.

»Ich habe mir Tillmans Akte kommen lassen in der Hoffnung, daß Sie kommen. Es wäre mir schrecklich unangenehm, wenn jemandem wegen der Verzögerung etwas zustoßen würde. Lassen Sie sich Zeit. Nehmen Sie mein Büro. Ich hoffe«, sagt Hayakawa, »Sie verstehen die Lage, in der ich mich vorhin befand.«

Voorts Herz klopft bereits wieder heftig. Wie die Löwen sind er und Mickie Jäger. Sie haben eine Beute im Auge. Sie haben Tillmans Akte, eine Vergangenheit, eine Sozialversicherungsnummer, die Kennziffer eines alten Bankkontos, die Adresse einer Wohnung, in der er womöglich noch wohnt.

»Keine lebenden Verwandten«, heißt es in seinem Bewerbungsschreiben.

Voort liest Tillmans Leistungsbeurteilungen vor, in denen von einem Nachlassen die Rede ist.

Von: »›Verliert nie die Beherrschung. Wird es weit bringen.‹«

Über: »›Scheint deprimiert.‹«

Bis: »›Seit dem Auseinandergehen einer persönlichen Beziehung zeigt Harris zunehmende Mutlosigkeit. Seine Leistung hat sich verschlechtert. Er hat uns einige Kredite gekostet. Ehrlich gesagt war ich froh, als er ging.‹«

Um drei Uhr sind sie, nachdem sie zwei Drittel des Tages mit einem Gerichtsbeschluß vergeudet haben, wieder in One Police Plaza und warten auf die Ergebnisse ihrer Computeranfragen. Draußen schneit es wieder, die Flocken sind groß und braun, als hätten sie sich im Fallen voll Ruß gesogen, als sei es in New York unmöglich, unbesudelt auf der Erde zu landen. Immer wieder ändert der Wind die Richtung. Der Schnee klatscht gegen das Fenster, wirbelt dann vom Haus weg, kommt schließlich quer vorbei, in Richtung der Brücke, wo der Verkehr völlig zum Erliegen gekommen ist.

»Sylvia dachte, du möchtest vielleicht Freitag abend zum Essen kommen«, sagt Mickie.

»Ich hab schon was vor.«

»Lesen, allein, in deinem Wohnzimmer?«

»Mickie, ich mag mein Haus, und manchmal ist es gar nicht so schlecht, ein bißchen zu sinnieren, vor dem Kamin. Wie auch immer, ein Neffe feiert Geburtstag.«

»Was ist los mit Camilla, daß sie dich so einfach sitzenläßt?«

»Wenn ich dahintergekommen bin, bin ich wahrscheinlich froh, daß sie weg ist«, sagt Voort, als das rote Telefon klingelt.

Zu seiner Überraschung ist es keines der EDV-Mädchen, sondern Shari von der Bank. Inzwischen scheint sie weniger professionell. Fast schüchtern sagt sie, sie habe einige Erkundigungen eingezogen über Harris Tillman, und berichtet Voort, was sie am Nachmittag noch erfahren hat. Es ist nichts wirklich Wichtiges, sondern eher so trivial, daß Voort das Gefühl hat, der Anruf habe einen anderen Grund.

Und tatsächlich beginnt sie ihm von ihren beiden Töchtern zu erzählen, sie sei geschieden und habe das Bild ihres Exmannes nur auf dem Schreibtisch, um sich die Männer vom Leib zu halten.

»Rechtskräftig wurde die Scheidung vor einem halben Jahr.« Sie zögert: »Ich komme mir so albern vor. Ich habe noch nie einen Mann angerufen. Nicht so wie jetzt.«

Voort spürt die Hitze in sich hochkommen, das Prickeln in seinen Lenden, die warmen Wallungen, wenn einen eine sehr schöne Frau attraktiv findet. Doch er sagt zu ihr: »Ich bin noch mit jemandem zusammen, in gewisser Weise.«

»In gewisser Weise?«

»Ich bin noch nicht drüber weg.«

»Kommt ja vielleicht noch.«

Voort lacht. »Tja, ich wäre lieber schon drüber weg, wenn ich die Wahl hätte.«

»Wäre es zu forsch von mir zu sagen, ich wäre gern dabei, wenn Sie den Anfang machen?«

»Ich würde mich durchaus freuen, es zu hören«, antwortet Voort.

Mickie grinst, als Voort auflegt. Der Schnee draußen fällt inzwischen so dicht, daß man absolut nichts mehr sehen kann. »Du weißt ja, wie's heißt, Connie, das Beste dran, eine zu verlieren, ist, sich eine andere zu suchen.«

»Das Beste ist, so was durchzustehen, bevor man eine

andere überhaupt ansieht«, sagt Voort. »So lang wie du schon verheiratet bist, könnte ich mir meinen Rat in bezug auf Liebschaften auch bei einem Priester holen.«

»Bei dir muß das ausgebrannt werden, was?«

»Mit Napalm.«

»Ist jemand zu Hause?« unterbricht sie eine Frauenstimme von der Tür her. »Erst habt ihr's so eilig, daß ihr eure Infomationen am liebsten gestern hättet, und jetzt guck sie euch einer an – die Füße auf dem Tisch.«

Es ist Hazel aus der EDV mit einem dicken Packen Endlospapier in der Hand. Auf ihrem Handgelenk hat sie eine Tätowierung, eine Nummer, aus Auschwitz. Ihre Familie war zwar nicht jüdisch, aber die Nazis hatten ihr nicht geglaubt. Sie war acht, eine Waise, als die Amerikaner das Lager befreiten.

Hazel sagt: »Eure Information, ihr Sherlocks, über Tillman. Ich wollte eure Gesichter sehen, wenn ihr das lest. Darauf kommt ihr nie im Leben, und ich garantiere, daß ihr's nicht glaubt.«

Mickie stöhnt. »Kaum sieht's so aus, als hätten wir was, zieht der Kerl ein neues Karnickel aus dem Hut.«

»Das ist kein Karnickel mehr«, sagt Hazel und tritt auf weichsohligen orthopädischen Schuhen in das Büro. »Das ist schon ein ausgewachsener Ochse.«

Hazel legt Voort den Ausdruck auf den Tisch. Die Hände in die breiten Hüften gestemmt, sieht sie sich in dem Büro um.

»Das ist kein Büro. Das ist ein Ausstellungsraum bei Bloomingdale's. Es heißt, daß ihr Champagner im Kühlschrank habt.«

»Betrachte den Inhalt des Kühlschranks als persönliche Belohnung, rund um die Uhr«, sagt Voort.

»Bevor ich mich schlagen lasse.«

Die drei drängen sich um den Ausdruck und überfliegen die Seiten. Voort kann geradezu hören, wie Mickie die Luft wegbleibt.

»Das ist ja unglaublich.«

»Und kein Fehler«, sagt Hazel. »Ich hab's überprüft. Dreimal sogar. Ich hab's auch von den anderen überprüfen lassen.«

Mickie läßt sich auf die Couch fallen. »Unser zweiter Mord geht auf das Konto von Eric Porter, einem Typ, dessen Sozialversicherungsnummer fünf Jahre in Gebrauch war. Und Harris Tillmans Sozialversicherungsnummer wurde gar nur *vier* Jahre benutzt, und das bis genau zu dem Monat, in dem die von Porter beginnt.«

»Was bedeutet, daß unser Knabe die Identität wechselt«, sagt Hazel. »Und offensichtlich läuft er jetzt da draußen mit einer neuen herum. Wie viele andere Frauen der wohl auf dem Gewissen hat?«

»Aber warum wechselt er die Identität?« wundert sich Mickie. »Er hat doch damals keinem etwas getan. Sondern erst jetzt.«

»Vielleicht bringt er schon die ganze Zeit Leute um«, sagt Hazel. »Vielleicht habt ihr nur keine Ahnung davon.«

Voort zieht die Stirn in Falten. »Er wechselt die Identität, wenn er einen Korb bekommt«, sagt er. »Beide Male verschwindet er genau nach dem Ende einer Affäre. Das muß es sein«, sagt er. »Ich sage euch aus eigener Erfahrung, wenn man so was durchmacht, dann wäre man gern jemand anders. Ist unser Typ eben krank, er hat eine Psychose. Normale Leute würden wegziehen, sich einen neuen Job suchen, ihr Leben verändern, wenn man ihnen das Herz bricht. Er dagegen packt's vielleicht einfach nicht. Er bringt alte Freundinnen um. Vielleicht trifft ihn eine Abweisung härter, aus welchem Grund auch immer.«

»Aber wieso gerade jetzt?« »Wer weiß? Ich denke nur laut. Vielleicht verändert er wirklich sein ganzes Leben«, sagt Voort, »außer... hier ist noch was anderes im Spiel, das wir nicht sehen. Mein Gefühl sagt mir, wir haben es mit einem einzigen zu tun, in beiden Fällen dieselben entsetzlichen Gewalttätigkeiten, beide Male das CTH, aber andererseits ist er auch wieder nicht nur *ein* Mann. Das ergibt im Augenblick noch keinen Sinn, so verschieden wie er die beiden Morde angegangen ist. Das erste Mal ist er übervorsichtig. Beim zweiten Mal ist ihm alles egal.«

»Vielleicht hat er sich beim zweiten Mal hinreißen lassen. Vielleicht war er in Eile.«

»Nein«, sagt Voort und spürt, daß die Antwort zum Greifen nah ist. »Der hatte es nicht eilig. Er sah die Kinder und sagte ihnen schlicht, geht wieder ins Bett, erinnert ihr euch? Er war eine Zeitlang beim Portier.«

»Vielleicht war er in irgendeiner ganz bestimmten Stimmung«, meint Hazel.

»In einer Stimmung war er allerdings«, sagt Mickie. »Vielleicht arbeiten da zwei Typen zusammen. Aber das macht genausowenig Sinn. Zwei Typen, die sich die Sozialversicherungsnummer teilen? Das habe ich noch nie gehört.«

Hazel schnaubt. »Und weil du noch nie davon gehört hast, ist es unmöglich?« gibt sie in dem russisch-jüdischen Tonfall zurück, den sie sich im Lager angewöhnt hat.

Um eine logische Antwort ringend, schüttelt Voort den Kopf. »Ich sage euch, da ist noch was anderes im Spiel, ich komme nur noch nicht drauf.«

Draußen auf dem Flur muß jemand einen Witz erzählt haben, da ein gewaltiges Gelächter anhebt, Männerlachen, das hysterisch durchs Haus hallt. Für Voort hört es sich zu seinem Entsetzen an, als lache sich Tillman selbst aus.

»Wir zeigen das hier besser dem Chef«, sagt Mickie. »Der Commissioner wird da mitmischen wollen. Verdammt, jeder wird jetzt ein Stück abhaben wollen von diesem Tillman. Oder wie immer er sich verdammt noch mal im Augenblick nennt.«

»Mit wie vielen Identitäten haben wir es denn zu tun?« überlegt Hazel und öffnet eine Dose Mountain Dew, die sie hastig hinunterstürzt.

Draußen hüllt der schwere Schneefall Autos, Fußgänger, ja selbst das Geräusch ihrer Schritte ein.

Hazel wischt sich mit der Hand über den Mund. Mit unglücklicher Miene starrt sie auf den Bericht.

»Der ist völlig krank, der Mistkerl, den ihr da sucht. Und er verwischt seine Spuren. Mir tut die nächste schon leid, wer immer sie ist.«

»Dieser Anrufer, der sagte doch, er sei Tillmans Arzt«, sagt Mickie. »Denkst du, was ich gerade denke? Daß der Anrufer Psychiater sein könnte?«

Voort steht am Fenster und erinnert sich daran, wie er sich gestern fühlte, im Café Tonni, an den Knacks in seinem Herzen, als er Camilla mit ihrem alten Freund sah. Wie er sich in diesem Augenblick gewünscht hat, an einem anderen Ort zu sein. Irgendwo anders. Oder jemand anderes zu sein. Wie er sich gewünscht hat, selbst mal zur Analyse gegangen zu sein.

13

Der fünfjährige Junge liegt im Bett, Tränen strömen über sein Gesicht. Eines Tages wird er Psychologe werden, Artikel über Liebe und Zurückweisung schreiben, über Besessenheit und Sex. Er preßt sich die Hände auf die Ohren, doch das Geschrei geht trotzdem nicht weg.

»Du betrügst mich!« wimmert seine Mutter einen Stock tiefer. »Du bumst herum! Du bist nicht einen einzigen Tag loyal gewesen, seit wir verheiratet sind!«

Sie ist so laut, daß der Junge das Gefühl hat, ihre Stimme dringe ihm in die Knochen, mache ihm Löcher in die Knorpel und bohre sich durch sein Trommelfell ins Blut und fließe ihm darin ins Herz.

Krachend geht unten etwas Schweres zu Boden.

Der Junge zittert.

»Clara, du bist doch krank!« ruft sein Vater. Der Junge kann es einfach nicht glauben, daß sein Vater, sein ruhiger, rücksichtsvoller Vater, der Mann, der Versicherungen an Firmen verkauft, der Mann, der ihm sonntags den Football zuwirft, ihm zum Schlafengehen Biographien vorliest, ihm Marionettentheater vorspielt, daß dieser Mann da unten sich in so ein Tier verwandelt hat. Der Streit wandert – dem Lärm der Dinge nach, die zu Bruch gehen – vom Eßzimmer ins Arbeitszimmer, ins Wohnzimmer, in die Diele, als würden sich die Erwachsenen in Stücke reißen, wenn sie nur für eine Sekunde stehenbleiben und sich zu beherrschen versuchten. Bücher flögen von den Regalen wie in dem Monsterfilm, der letzte Woche im Fernsehen lief. Die gläsernen Couchtische gingen zu Bruch.

Der Junge im Flanellschlafanzug rollt sich zusammen und wünscht sich, er könnte wegfliegen, geradewegs zur Balkontür hinaus. Er ist ein Einzelkind, und sein großes teures Kinderzimmer liegt im Obergeschoß des alten Kolonialhauses im Westchester County, New York. Der runde Maimond, der ihn blendet, ist gelb wie eine Eiterbeule vor einem Himmel aus dunkelblauem Samt. Er scheint auf den Wimpel der New York Mets, den Baseballschläger und die Schiffsmodelle der Kriegsmarine, auf einen Frisbee, ein geklautes STOP-Schild, den Farbfernseher, auf leuchtende Aquarien, eine Perserkatze und eine überdimensionale Marionette auf einem Stuhl. Es ist der Protector, die Zeichentrickfigur aus dem Fernsehen, der man ein Leben als Puppe eingehaucht hat, ein Holzmann mit Cape, schwarzer Maske, dicke Muskeln und Fäden, die sein Vater tanzen läßt, wenn es Zeit zum Schlafengehen ist, was den Jungen zum Lachen bringt, ihn mit Liebe und einem Gefühl der Geborgenheit erfüllt.

Sein Vater sagt, während er die Arme der Marionette bewegt: *Ich werde dich beschützen! Keiner wird dir je etwas tun, weil ich dein persönlicher Beschützer bin!!!*

Der Junge braucht den Protector gerade jetzt, wo unten seine Mutter schreit: »Du läufst mir nicht davon!«

Und sein Vater antwortet: »Clara, ich setze erst wieder einen Fuß in dieses Irrenhaus, wenn du zum Psychiater gehst! Du erfindest diese Beschuldigungen doch bloß!«

Es kracht.

»Clara, du bist wohl übergeschnappt!«

Der Junge wünscht sich, er könnte sich in Luft auflösen wie der Junge im Fernsehen letzte Woche, in dem Science Fiction-Film. Er lebte auf einem anderen Planeten, einem glücklichen Himmelskörper, auf dem Kinder den ganzen Tag spielen konnten, im Antischwerkraft-Anzug herumschweben, fremdartige Schlekkereien essen, große klebrige Batzen, und deren Eltern sie lieb haben. Er wollte, die Marionette des Protectors würde zum Leben erwachen, hinuntergehen und dafür sorgen, daß Ruhe herrscht.

Und ihn mit fort nehmen, weit weg.

Der Junge hört Schranktüren schlagen, dann schwere Schritte in der Halle. *Nicht gehen, Papi, geh nicht!* Er stellt sich seinen Vater vor, wie er Kleidungsstücke in seinen Samsonite wirft. Zwei perlgraue Anzughemden, als ginge er auf Geschäftsreise. Zwei braune Krawatten. Einen beigen Pulli mit V-Ausschnitt. Ein paar Turnschuhe, die er doch niemals braucht.

Seine Mutter schreit: »Jack, laß mich nicht alleiiiin!«

Die Haustür knallt zu.

Er hat das Gefühl, als schnitten ihn seine Qualen entzwei. Vom Fenster aus sieht der Junge den Vater, zwei Etagen unter ihm, den Fußweg hinabstürmen, vorbei am Tulpenbeet, am Bonsaibaum, auf den cremefarbenen Mercedes zu, der auf dem Halbkreis der Auffahrt steht.

Er schlägt gegen das Fenster. Sein Vater blickt herauf, ein

Mann in einem Burberry, seine Tasche über der Schulter. Als fahre er für einen Tag nach Chicago, nur daß es mitten in der Nacht ist. Die Augen sind unter der Hutkrempe nicht zu sehen, aber eine Hand hebt sich und winkt ihm zu. Eine Lüge, ein Versprechen wiederzukommen. Die gleiche beiläufige Handbewegung, die die Protector-Marionette auf so reizende Weise zum Leben erweckt, erscheint ihm jetzt falsch. Der Mund seines Vaters bewegt sich, aber es ist ihm zu peinlich, seine Botschaft heraufzurufen – zu peinlich, wenn ein Nachbar es hört.

Was sagt er? Es tut mir leid? Ich hasse dich?

»Papi, ich bin auch ganz brav! Egal, was ich falsch gemacht habe, ich mach's nie, nie mehr.«

Aber schon hört der Junge das Grummeln des Automotors. Der Mercedes stößt rückwärts die Auffahrt hinab und biegt in die Straße ein, wo er rasch beschleunigt.

Der Junge zerspringt in zwei Teile. Er will mit seinem Vater wegfahren. Nein, er bleibt lieber hier. Unten hört er Glas brechen, rhythmisch wird alles zerstört. Er ruft etwas in dem Versuch, die Schreie seiner Mutter zu übertönen. Er erinnert sich, wie ihm diese Woche im Kindergarten – einer Privatschule für ganz, ganz besonders begabte Kinder, für übermäßig phantasiebegabte kleine Genies – Miss Patricki etwas von Mo-le-külen erzählt hat, ganz, ganz kleinen Teilchen, die zusammengenommen alle Materie ausmachen. Moleküle sind ganz, ganz stark, hat sie gesagt, aber der Junge weiß, die Stimme da unten kann sie zerschmettern, diese Grundbausteine der Wirklichkeit.

»Verlogenes Schwein!«

Es scheint ihm unmöglich, daß die Vorstadt draußen vor dem Fenster friedlich geblieben ist. In den anderen Häusern, wo Eltern sich nicht streiten, brennt nirgends Licht. Sehnsüchtig blickt der Junge auf die Eichen hinaus, die die gewundene Straße säumen, auf Kolonial- oder Halbgeschoßhäuser, auf die Vorgärten, in denen weitere Häuser Platz hätten, und auf die Rasenflächen wie aus poliertem Marmor so glatt, die Straßenlampen Imitationen alter Gaslaternen. Die Volvos und Jaguars.

»Ich bring dich um!«

Sie kommt die Treppe herauf.

O nein. Nicht wieder. Nicht heute nacht. Nicht jetzt. Irgend etwas wächst in ihr, etwas Schlimmes, das von Augenblick zu Augenblick schlimmer wird. Er mag es gar nicht, wenn sie nachts kommt.

Bitte, lieber Gott, mach, daß der Protector lebendig wird und dafür sorgt, daß sie aufhört, sie und das Schlimme in ihr, so wie es der richtige Zeichentrick-Protector im Fernsehen kann.

Er tut, als schlafe er, preßt die Augen zusammen und wünscht sich, wie immer wenn Streit ausbricht, der Sohn des Psychologen in dem Tudorhaus gegenüber zu sein, ein bedächtiger Mann, locker, verständnisvoll. Ein Mann, auf den man im Viertel hört, und der sogar tatsächlich mal, als sie sich gestritten haben, angeklopft hat und den Eltern seine »Hilfe« anbot.

Oder er könnte zu dem Banker ziehen, der ein Stück die Straße hinauf wohnt, den er jeden Morgen in seinem gebügelten Mantel seine Töchter zum Schulbus bringen sieht. Im Gegensatz zum Psychologen sieht der Banker immer zornig aus. Einmal hat der Junge den Banker sogar einen anderen Jungen am Ohr ziehen sehen, als dieser eine seiner Töchter geärgert hat. Der Banker hat dem Jungen solche Angst eingejagt, daß er seine Töchter nie wieder belästigt hat.

Ich bin nicht hier. Ich bin woanders.

Ich werde weglaufen. Ich klopfe an die Tür des letzten Hauses in der Straße, das Haus, das der Mechaniker geerbt hat. Er hat gesagt, daß er mich mag. Er kann mir alles über Autos beibringen.

Der Mechaniker. Ein gutmütiger, etwas verwirrter Zwanzigjähriger, der das 400000-Dollar-Haus geerbt hat und immer die Nachbarn verärgert, weil er ständig an Autos bastelt, Motoren aufheulen läßt und Jaguare aus dritter Hand auf Betonblöcke stellt.

Aber in der wirklichen Welt kann der Junge nirgendwo hin. Seine Tür geht auf. Sie ist vom Licht im Flur umrahmt; mit hängenden Schultern kommt sie auf ihn zu, in einem Lichtkegel, der gelb ist wie eine Krankheit. Er hat das Gesicht seiner Mutter noch nie so gesehen, grimmig, traurig, geistesabwesend wie das des Wachsindianers, den er vorige Woche im Naturkundemuseum gesehen hat.

»Mein Junge. Mein kleiner Junge. Solltest froh sein, daß das Arschloch weg ist. Treibt sich herum. Der falsche Hund.«

Der Junge denkt: Treibt sich herum? Manchmal, wenn er aus dem Haus geht, was er nicht darf, ruft seine Mutter: »Treib dich bloß nicht rum!«

Der Junge sieht seinen Vater vor sich, wie er sich draußen auf der Straße rumtreibt. Aber er weiß, daß sie das nicht meint.

»Oh, mein kleiner Junge. Aber jetzt bist du mein großer Junge. Komm her. Laß mich dich halten.«

Die Arme seiner Mutter umschlingen ihn. Er zittert. Er mag es, daß sie da ist, aber sie macht ihm auch angst.

»Liebling.«

Ihre Hände liegen auf seinen Schultern. Aber sie fühlen sich anders an als sonst, bedürftig. Irgend etwas stimmt nicht mit der Art, wie sie ihn berührt.

Er zittert jetzt so sehr, daß es ihn schüttelt, worauf sie ihn nur noch fester hält. Sie singt ihm etwas vor und scheint sich gleichzeitig in sich zurückzuziehen. Und dann passiert etwas Gutes. Der Junge spürt nichts mehr. Es ist, als schlafe er ein. Friedlich. Nur vage ist er sich ihrer Hände bewußt, die nach Stellen an seinem Körper greifen, die sie noch nie zuvor berührt haben. Er schwebt. Er ist auf dem Baum draußen und sieht herein auf eine Frau und ihren Sohn. Die Frau macht merkwürdige Dinge mit ihrem Sohn. Die ganz angenehm sind. Einen Augenblick lang ist er sogar froh, daß sein Vater weg ist.

In diesem Augenblick hört das Gefühl auf.

Seine Mutter schlägt ihm ins Gesicht, so heftig, daß er mit dem Kopf gegen die Wand hinter sich knallt.

Sie faucht ihn an: »Ich kann nicht glauben, daß du mir das antust! Ich glaube es einfach nicht, daß du meine Hand dahin tust!«

Sie schlägt ihn noch mal. Fester. Er heult, zu Tode geängstigt.

»Daß du mir ja nie jemandem sagst, daß du das getan hast. Wenn du das tust, dann holt dich die Polizei. Dafür sorge ich schon. Die wird auf mich hören. Die steckt dich ins Gefängnis. Da kommst du nie wieder raus. Dann wohnst du in einer Zelle, wie ein Tier. Wie dein Vater!«

Sie stürmt hinaus.

Der Junge folgt ihr, bettelnd, verwirrt; er weiß nur, daß das, was er da eben gemacht, das Gefühl, das er da gehabt hat, etwas Unverzeihliches ist.

»Mama, mach, daß sie mich nicht wegholen!«

Zwei Tage später kommt sein Vater zurück, um seine Sachen zu holen und für immer auszuziehen. Es kommt wieder zu einem Streit, und hinterher kommt seine Mutter wieder ins Zimmer des Jungen, als habe sie vergessen, was zuvor passiert ist.

Süßer Junge. Kleiner Mann. Der einzige, auf den ich mich verlassen kann. Lieber Junge. Wenigstens du bist loyal. Der Junge kann nicht anders. Das vage Gefühl überkommt ihn wieder. Er schwebt wieder nach draußen.

Hinterher schlägt sie ihn wieder.

»Zieh morgen in die Schule ein Hemd über den blauen Fleck. Wehe, es sieht jemand. Dann holt dich die Polizei! Du widerst mich an. Du Schmutzfink!«

Seither sind Jahre vergangen. Es ist die letzte Zusammenkunft des »Club der toten Herzen«, und Arthur Davis, der Mechaniker sagt: »Sie hieß Greta.« Ian Bainbridge, Harris Tillman und Arthur sitzen an dem grauen Resopaltisch in der Küche des Doktors, in seinem Haus in der 99. Ost.

Zwei Plätze am Tisch sind leer. Einer für den Mann, der nie kommt. Einer für den Literaturagenten, Eric Porter.

»Eric fühlt sich nicht wohl. Er ist nach oben gegangen«, sagt Bainbridge.

Der Raum ist ein Anachronismus; häßlich schon vor vierzig Jahren, als er gebaut wurde, ist er heute abscheulich. Der pfirsichfarbene Anstrich im Lauf der Jahrzehnte ist völlig verschmiert von Fett, Ruß, Fingerabdrücken, zerquetschten Schaben und Bleistiftstrichen, mit denen man das Wachstum der Kinder festhielt. Das Linoleum ist vergilbt. Den Putz verunzieren die Löcher von Reißzwecken, die irgendwann einmal Kalender gehalten hatten, und den Schrauben der Regale für die Kupfertöpfe. Stahlschränke im selben verblaßten Pfirsichton weisen die Flecken von Klebestreifen auf, wo alte Rezepte gehangen haben, Listen mit Telefonnummern, Spuren von Bewohnern, die längst nicht mehr hier sind, und dennoch greifbarer als alles, was der gegenwärtige Besitzer hinzugefügt hat.

»Sie war Krankenschwester. Ich habe sie auf der Unfallstation kennengelernt, im Mount Sinai.«

Arthur Davis, der jüngste der Gruppe, trägt Jeans und Hemden aus Baumwolle oder Flanell und Arbeitsstiefel. Seine Haut ist so glatt, daß man meinen könnte, er bräuchte sich nie zu rasieren. Er ist blaß, weil er ständig drinnen arbeitet, und seine Hände sind so schwielig wie sein Gesicht glatt. Er repariert teure ausländische Modelle – Jaguar, Mercedes, Jensen – und legt eine Schüchternheit an den Tag, die davon herrührt, daß er ständig mit Kundschaft zu tun hat, die gebildeter, reicher, belesener ist, weiter herumgekommen und selbstbewußter ist als er.

»Wann kommt eigentlich endlich der andere, der Typ, der sich nie sehen läßt? Und wieso treffen wir uns hier statt bei Mackey's?« fragt Arthur.

»Mackey hat gesagt, nach dem Streit von letzter Woche will er uns nicht mehr sehen.«

»Und der fünfte Typ? Wer ist er eigentlich?«

»Er kommt, wenn er soweit ist«, sagt Bainbridge.

Bainbridge versucht zuzuhören, aber er ist erschöpft. Er kann sich nicht erinnern, je in seinem Leben so müde gewesen zu sein. Ihm ist, als mangle es seinem Körper an Substanz, als hebe er, wenn er losläßt, womöglich ab in die Stratosphäre, ein Stückchen Asche, ein Stückchen verbrauchte Materie, um dort zu zerfallen.

Er hat Kopfschmerzen. Sein Blick ist so verschwommen, daß er einen Augenblick lang den Eindruck hat, er sei alleine im Raum. Dann jedoch klärt er sich wieder, und er sieht den Mechaniker.

»Sie hat rumgebumst«, sagt Arthur.

»Arthur, haben Sie diese Woche die Zeitung gelesen? Oder die Nachrichten im Fernsehen verfolgt?« fragt Harris Tillman unschuldig.

»Ich lese nie Zeitung. Genausowenig wie ich Nachrichten seh.«

Harris lächelt. »Sie sind ein ganz besonderer Mensch, Arthur. Ihnen weh zu tun ist eine unverzeihliche Sünde.«

»Harris, bitte«, warnt Bainbridge. Er weiß genau, worauf Harris hinauswill, und spürt den zunehmenden Druck im Raum, eine Böswilligkeit, die bereits außer Kontrolle geraten ist.

»Wer hat Sie denn gefragt?« antwortet Harris.

Bainbridge lehnt sich zurück und beginnt zu essen. Er hat einen Bärenhunger. Essen ist das einzige, wozu seine Kraft noch reicht. Er stopft sich den Hamburger aus dem Imbiß in den Mund, ißt seine Fritten zu Ende und hat immer noch

Hunger, als absorbiere er Proteine für sie alle, als speichere er Energie für das, von dem er weiß, daß es kommen wird, und von dem er sich sagt, daß es nicht passieren darf, und in das er sich, ohnmächtig, hineingezogen fühlt.

Eine Stimme in seinem Kopf, der Hauch eines Flüsterns nur, kaum existent, sagt: *Du kannst es nicht aufhalten. Du weißt, daß Tillman ihn dazu zu bewegen versucht, sie heute nacht umzubringen.*

Der Junge ist jetzt zwölf, schüchtern, aber gescheit, in der Schule ein Einzelgänger, der Einsen schreibt, was ihm den Respekt der Lehrer einbringt, die den anderen Kindern sagen: »Wieso könnt ihr nicht so nett sein wie er?«

Ein braver Junge. Ein ruhiger Junge. Hin und wieder bittet er ein Mädchen, mit ihm auszugehen, aber er ist zu unsicher, ihm fehlt das Selbstvertrauen. Er fühlt sich von Mädchen angezogen, sie sind weich und riechen gut, und außerdem mag er, wie ihre Gliedmaßen unter den Falten ihrer Kleider verschwinden. Ihr Haar hüpft so schön, wenn sie laufen, und er weiß, was für Vergnügen sie einem bereiten können, selbst mit ihren kleinen Körpern, obwohl er das eigentlich nicht wissen darf und es nur weiß, weil er ein schlimmer Junge, ein Schmutzfink ist. Er hat furchtbare Angst, was den Umgang mit Mädchen angeht, geradezu Todesangst davor, daß er etwas falsch machen könnte, zu viel, zu wenig. Und daher könnten sie ihn ohrfeigen, und das Geheimnis käme heraus. Und sie könnten die Polizei rufen.

Einmal hörte er Rebecca Wait, wie sie sich über ihn lustig macht, im Speisesaal, als sie den anderen Cheerleadern erzählt: »Er geht mit mir ins Kino, rührt mich aber nicht an. Er folgt mir auf Schritt und Tritt. Wenn man ihn auch nur einen Augenblick allein läßt, dreht er durch.«

Im Sommer arbeitet er im Garten des Literaturagenten die Straße hinauf, einem freundlichen unsicheren Mann, der gern übertreibt, wenn er über Verträge spricht, die er abgeschlossen hat, oder berühmte Autoren, die er kennt, das neueste Stück, das neueste Buch. In Wahrheit jedoch ist er ein Mitläufer, der stets tut, was seine herrische Frau ihm aufträgt, oder er macht es den anderen Männern im Viertel nach, guckt Football, spielt Karten und trinkt Bier am Pool.

Ein anderer Nachbar, ein junger Mechaniker, bringt dem Jungen etwas über Austin-Healeys und Fiats bei, wie man einen kaputten Kolben ausbaut, einen Antriebsriemen ersetzt, das Getriebeöl wechselt, eine Kupplung nachstellt.

Freunde in seinem Alter hat er nicht. Die Erwachsenen sind seine Freunde.

Doch von denen ahnt keiner das Geheimnis, das er mit seiner Mutter teilt. Keiner kann sich vorstellen, daß sie manchmal nachts in sein Zimmer kommt. Das passiert aber nur, wenn sie keinen Liebhaber hat. Im Gegenteil, wenn sie einen Freund hat, spricht sie kaum mit dem Jungen, sieht ihn über längere Strecken noch nicht einmal an, sondern trägt ihm nur mit monotoner Stimme die Hausarbeit auf. Das Laub gehört zusammengerecht, der Keller gewischt. Sie stellt ihm die Mahlzeiten hin, zusammen mit einer Ausrede, warum sie nicht mit ihm essen kann. Ich habe schon gegessen. Ich habe Bauchschmerzen. Ich bin zum Abendessen verabredet. Ich habe heute abend keinen Hunger.

Warum sollte sie mit einem kleinen Schmutzfinken essen?

Und wenn ihre Freunde sie, nach lautstarken Auseinandersetzungen voller Vorwürfe verlassen, was sie ausnahmslos tun, kommt sie weinend in sein Zimmer, entschuldigt sich, und er ist so glücklich, wenn sie ihn beachtet, sehnt sich so sehr danach. Selbst wenn es nur für eine halbe Stunde ist. Dann stellt er sich vor, daß aus irgendeinem Grund diesmal die schlimmen Dinge nicht passieren.

Er sagt sich, es kann sich schließlich nichts ändern, wenn er ihr keine Chance dazu gibt. Er kann nicht einfach fliehen wie sein Vater. Die ganze Verwandtschaft sagt ihm: Kümmere dich um deine Mutter. Die ganze Verantwortung liegt jetzt bei dir.

»Mein Junge«, säuselt sie bei diesen Gelegenheiten, »mein kleiner Junge. Du bist der einzige, auf den ich mich verlassen kann. Du bist der einzige, der nicht geht. Ich bin gemein gewesen, aber das ist jetzt vorbei. Eine Mutter und ihren Sohn verbindet ein besonderes Band. Ein geheimes Band. Ein Band, von dem nie jemand etwas erfährt. Ein Band, das nur der Himmel sieht.«

Wenn sie so zu reden beginnt und er es mit der Angst bekommt, schließt der Junge die Augen, spürt ihre Hände auf seinem Körper, schwebt aus dem Fenster und tut, als wohne er gegenüber, beim Psychologen im großen Tudorhaus. Er gibt vor, eines der Kinder des Psychologen zu sein. Er sieht die Familie beim Scrabble, am Kamin, im Arbeitszimmer, und sie lachen dabei wie das eine Mal, als er bei ihnen zum Abendessen war.

Er hört im Geiste den Psychologen zu seinen Kindern sagen: Ihr seid schön, gescheit, talentiert, gut im Scrabble. Ihr seid mein alles. Ich habe euch lieb.

Der Junge drückt die Augen noch fester zu.

Bring sie doch einer um, denkt er, irgendwer. Helft mir. Mama, ich wollte, du wärst tot. Ich wollte, ein Laster würde dich überfahren. Ich will, daß ein Baum umfällt und dir die Knochen zerdrückt.

O Gott, es tut mir leid, daß ich das gedacht habe, ich habe es nicht so gemeint. Ich liebe meine Mutter. Ich werde es wiedergutmachen. Ich bin besonders brav. Gott, verzeih mir, bitte, bestrafe mich nicht.

Sie sagt ihm: »Keine Frau wird dich je lieben. Alle werden sie dich verlassen, weil du schlecht bist. Keiner wird dir glauben, wenn du jemals was über mich erzählst. Du bist schmutzig, und ich hasse dich, und du hast es nicht verdient zu leben.«

Eines Tages, als sie in sein Zimmer kommt, er ist fünfzehn, schwebt er wie gewöhnlich zum Fenster hinaus, als sie nach ihm greift. Nur daß sie sich dieses Mal, als er wieder hereinkommt, die blutige Nase hält.

»Du hast mich geschlagen!« schreit sie. »Du hast deine Mutter geschlagen!«

»Habe ich nicht.« Er erinnert sich nicht daran.

Danach kommt sie nie wieder zu ihm.

Jetzt, Jahre später, denkt Bainbridge: Ich habe aufgelegt, als ich die Polizei anrief und Tillman ans Messer hätte liefern können. Er hört Arthur Davis zu, der mit seiner Geschichte, der Geschichte seines gebrochenen Herzens, fortfährt.

»Ich war eines Abends dabei, das Fenster auf der Beifahrerseite des Jaguars auszuwechseln. Rowdies hatten es eingeschlagen. Ich schnitt mich dabei am Handgelenk, also nahm ich ein Taxi in die Notaufnahme. Sie wissen ja, wie's in Krankenhäusern zugeht. Da könnte man mit einer Schußverletzung hinkommen, und sie lassen einen ein Formular ausfüllen. Ich blute wie angestochen, und die Schwester von der Aufnahme fragt mich: ›Sind Sie versichert?‹

Da kommt plötzlich eine andere Schwester dazu und ruft: ›Sehen Sie zu, daß er sofort behandelt wird!‹«

Tillman stößt ein verächtliches Lachen aus. »Sie hat nur ihre Arbeit getan. Wahrscheinlich wollte sie nicht, daß einer das Krankenhaus verklagt.«

Aber Arthur hat sich im guten Teil seiner Erinnerungen verloren, dem Teil, dem nichts etwas anhaben kann, dem Teil, der dazu geführt hat, daß er sein Herz verliert, dem unantastbaren Kern des Verrats, der noch folgen sollte.

»Ich fand sie noch nicht mal attraktiv«, sagt er mit einem Blick auf die Narbe auf seinem linken Handgelenk, wo die Verletzung gewesen war. »Sie war zu dick für meinen Geschmack. Und außerdem bin ich schüchtern. Im Gegensatz zu

Ihnen«, sagt er zu Tillman, der nickt. »Ich dachte nicht, daß sie sich für mich interessiert. Ich dachte zuerst auch nur, sie macht eben ihren Job. Aber sie wich mir nicht von der Seite, machte sich an meiner Hand zu schaffen, und als ich fertig war, sagte sie, sie habe jetzt frei. Sie fragte mich, ob ich mit ihr spazierengehen wolle. Oder auf einen Kaffee.«

»Sie hat Sie reingelegt«, sagte Harris Tillman.

Der Doktor steht auf, er hat schreckliche Kopfschmerzen, und geht hinüber zum Schrank über der Spüle, um sich eine Advil und kaltes Wasser zu holen, als er den Mechaniker sagen hört: »Das Mount Sinai liegt gegenüber vom Central Park, und es war Sommer, ein schöner Abend. Sie erzählte mir, daß sie sich jeden Tag nach der Arbeit gern eine Weile unter die Bäume auf der anderen Seite stellt, um abzuschalten, den Duft des Laubs einzuatmen, den Medizingeruch aus sich heraus zu bekommen. Also gingen wir über die Fifth Avenue, suchten uns eine Bank und unterhielten uns stundenlang.«

»Sie haben sich nur unterhalten«, sagt Tillman mit lüsternem Unterton.

»Ich sage Ihnen doch, ich bin schüchtern«, sagt der Mechaniker. »Als ich bei unserer Unterhaltung erfuhr, daß sie an Autos bastelte und ihr Vater Mechaniker war, da fing ich an, sie ein bißchen zu mögen. Und auf dem Heimweg fiel mir die Art auf, wie sie lächelte. Es war schön. Die Farbe ihres Mantels, Grün, paßte gut zu ihrem Gesicht. Sie schien mir nicht mehr so dick. Sie sah hübsch aus, und später dann noch mehr als das, wenn Sie wissen, was ich meine.«

»Sie haben sie gebumst, als Sie sie nach Hause gebracht haben«, sagt Tillman mit glänzenden Augen.

»Nein, wir haben es nie gemacht.«

»Nie? Wie lange gingen Sie denn mit ihr?« fragt Tillman völlig verblüfft.

»Zwei Monate.«

»Was zum Teufel haben Sie denn zwei Monate lang gemacht?«

»Na ja, sie kam in die Werkstatt und half mir mit den Wagen.«

»Augenblick mal. Sie beide steigen in die Montur, fahren die Bühne hoch und gucken sich *Autos* an?« fragt Tillman.

»*Ihre* Freundin hat Gedichte gelesen. *Meine* mochte Autos. Meinen Sie Gedichte sind so was Tolles? Gereimte Wörter?«

In dem Versuch, zu entschärfen, was Tillman da vorhat, sagt Dr. Bainbridge mild durch das von Augenblick zu Augenblick schmerzhaftere Pochen in seinem Kopf: »Wenn Sie nie mit ihr geschlafen haben, Arthur, dann können Sie ja vielleicht gar nicht sagen, daß sie Sie betrogen hat.«

Der Mechaniker bricht in Tränen aus.

»Hat sie aber!«

Einen Augenblick lang ist er so überwältigt, daß er nichts sagen kann. Die Gesichtsmuskeln sind erstarrt, seine Augen verdrehen sich, so daß das Weiße darin zu sehen ist, und seine Fäuste auf dem Tisch verlieren die Farbe. Der Doktor bemerkt die gespannten Muskeln an den Händen des Mannes, die schwielig und voller Narben sind.

»Sie haben ihn aufgebracht«, sagt Tillman.

»Wie gesagt«, sagt Arthur heiser, »zwei Monate lang kam sie dreimal die Woche in die Werkstatt, abends, nachdem die anderen Mechaniker, Pedro und Cassidy, weg waren. Manchmal brachte sie eine Flasche Wein mit, und wir holten uns Pizza mit Pilzen. Sie zog die Montur über, und wir machten das Radio an. Diese Luxuswagen haben tolle Anlagen. Wir arbeiteten an den Motoren. Oder legten eine Decke über den Rücksitz und machten ein Picknick mit Sandwiches und Wein. Oder manchmal brachte sie *Hummus* mit, so'n Zeug aus Erbsen, wie sie gesagt hat, aus Ägypten oder Frankreich, jedenfalls weit weg, also das war gut. Hummus.«

»In die Werkstatt?«

»Warum nicht? Es ist dort sauber und warm, und die Autos riechen nach Leder und Politur, Walnuß, Mahagoni. Meine Wohnung ist klein. So tolles Holz gibt's da nicht, und in meinem Haus riecht es nach Kohl, und meine Sessel sind aus zweiter Hand. Außerdem ist es abends in der Werkstatt viel ruhiger als in der Wohnung. Meine Nachbarn streiten die ganze Zeit. Und Greta wohnte mit zwei Frauen zusammen. Also, wo hätten wir da hingehen sollen?«

»Ich frage ja nur«, sagt Tillman.

»Tut mir leid. Ich wollte nicht so bissig sein. Ich bin ja schließlich nicht wütend auf Sie.«

»Wir sind Brüder im Schmerz«, sagt Tillman. »Ist es nicht komisch, kaum kommt das Gespräch auf *sie*, schon streiten sich Freunde.«

Ian Bainbridge, der zusammengesunken am Tisch sitzt, stöhnt auf.

»Zwei Monate vergingen«, fährt der Mechaniker fort. »Harris, ich bewundere Sie dafür, daß Sie Ihrer Freundin am ersten Abend gesagt haben, daß Sie sie lieben. Ich bin da ganz anders, aber verliebt habe ich mich auch. Ich konnte an nichts anderes mehr denken als an sie. Manchmal ging ich sogar spät abends zur Pforte der Klinik in der Fifth Avenue und stellte mich auf der anderen Straßenseite in den Schatten, wartete bis elf, bis sie fertig mit der Arbeit war, dann sah ich zu, wie sie herauskam und über die Straße ging, manchmal allein, manchmal mit einem Arzt, der gerade Schluß machte. Aber ich war zu nervös, um sie zu bitten, mal richtig mit mir auszugehen. Ich hatte Angst, daß sich alles ändern würde, wenn ich es tat.«

Der Mechaniker sinkt auf seinem Stuhl zusammen. Die Erinnerungen haben ihn der Kraft in den Beinen beraubt. Er blickt auf den unberührten Hamburger aus dem Imbiß vor ihm, ohne ihn wirklich zu sehen. Er sieht die Vergangenheit.

»Ich war so nervös. Ich hatte Karten gekauft, gute, für's

Lincoln Center, die Symphonie. Sie hatte mir erzählt, wie gern sie klassische Musik mag. Ich habe von Musik keine Ahnung, aber sie sagte mir immer wieder, daß Bach so schön ist, also habe ich Karten gekauft. Aber ich habe ihr nichts gesagt. Es sollte eine Überraschung sein. Zweite Reihe. Ausverkaufte Vorstellung. Ich lieh mir einen Smoking. Es scheint albern, aber –«

»Albern? Was Sie da gemacht haben, war großartig. Sie hat Sie an der Nase rumgeführt«, sagt Tillman. »Sich dreimal die Woche mit Ihnen zu treffen, so wie sie das tat.«

»Das sagt auch die Stimme in meinem Kopf.«

Dr. Brainbridge sagt: »Ich fühle mich gar nicht gut.«

»Ich habe sie gebeten mitzugehen, an jenem Abend«, sagt der Mechaniker. »In der ersten halben Stunde, als wir an einem Jensen gearbeitet haben, hatte ich solche Angst, daß ich kaum mitbekam, was sie sagte. Sie hatte sich die Haare geschnitten, sie reichten ihr nicht ganz auf die Schulter, und sie roch so was von gut, als hätte sie gewußt, das ist der Abend, an dem mehr passieren würde. Ich bildete mir das nicht nur ein. Wir setzten gerade die Radkappen wieder auf, da platzte ich mit der Einladung heraus, dem Konzert am Samstag abend, ob sie gern mitkommen würde.«

Der Mechaniker brach in Tränen aus.

»Warum legen wir nicht eine Pause ein«, sagt der Psychologe und preßt sich beide Hände gegen den Kopf.

»Ach, dazu ist es schon viel zu spät«, sagte Tillman.

Der Junge ist jetzt einundzwanzig, das erste Jahr am Bostoner Northeastern College, für das er ein Stipendium hat, als der Anruf kommt. Er lebt seit seinem siebzehnten Lebensjahr nicht mehr bei seiner Mutter, sondern allein; seinen Lebensunterhalt verdient er sich als Mechaniker. Er hat wenig Freunde. Für Mädchen ist er zu schüchtern. Er kennt den Anwalt nicht, der ihn mit der schrecklichen Nachricht anruft:

»Es tut mir leid, Ihnen mitteilen zu müssen, daß Ihre Mutter gestorben ist. Sie war bei Saks, einen Pullover kaufen, und ehe sie sich versah, hatte sie ein Blutgerinnsel. Kurz und schmerzlos. Sir, geht es Ihnen nicht gut?«

Er spürt zuerst nichts. Keinen Schmerz. Keinen Zorn. Lange hatte er sie, wann immer sie ihm in den Sinn kam, einfach verdrängt. Er dankt dem Anwalt und sagt, er würde zur Beerdigung kommen. Geld braucht er nicht, da er seinen Job als Mechaniker hat.

Der Junge setzt sich in eine Maschine und fliegt zur Beerdigung, an der außer ihm nur zwei weitere Menschen teilnehmen. Die beiden anderen, ein Geistlicher und ein Anwalt, werden dafür bezahlt, dort zu sein. Der Anwalt sagt ihm: »Wir haben Ihren Vater nicht ausfindig machen können. Offensichtlich hat er, als er sie verließ, eine völlig neue Identität angenommen. Neue Kreditkarten. Neue Sozialversicherungskarte. Ich finde keinerlei Angaben über ihn.«

»Vielleicht ist er gestorben.«

»Es gibt keinen Totenschein. Tut mir leid, Ihnen das sagen zu müssen, mein Sohn, aber es sieht ganz so aus, als wollte er nichts mit Ihnen zu tun haben. Wenn jemand verschwinden will, also Sie würden nicht glauben, wie einfach das ist. Da gibt es Lokale an der Lower East Side; Männer, die ihnen falsche Papiere verkaufen, Geburtsurkunden, Empfehlungsschreiben. Die besorgen Ihnen sogar eine neue Sozialversicherungskarte. Ich kenne jemanden, der so etwas macht. Er arbeitet für illegale Einwanderer. Da sind Sie Amerikaner im Handumdrehen. Mit Vergangenheit. Es kostet eine hübsche Stange, aber es funktioniert.«

Diese Nacht kann der Junge, der in einem Motel abgestiegen ist, nicht schlafen; er sieht dem Blinken der Neonreklame zu, den Autos, die vorbeirasen, und denkt zurück an die Nächte mit ihr, ihre Stimme, wenn sie schrie. Er wollte, er könnte vergessen.

Aber in seinen Träumen kommt sie zurück, in sein Motelzimmer, geht einfach durch die verschlossene Tür, unaufhaltsam. Sie ist tot und kommt trotzdem, und sein Vater ist weg, und er kann sich nicht bewegen, weil er wieder fünf Jahre alt ist und sie so viele Arme hat wie ein Tintenfisch, und Hände, die ihn packen, liebkosen und schlagen zugleich, während sie schreit, daß ihm nie, nie jemand zuhören wird, nie jemand hören wird, nie jemand gern haben, bei ihm bleiben und ihn lieben wird.

Schweißgebadet wacht er auf, duscht sich und kommt in seinem einzigen Anzug frisch gekämmt und mit geputzten Schuhen in die Kanzlei des Anwalts. Seine Mutter hatte es gern, wenn er sich feinmachte, wenigstens in den Zeiten, in denen sie mit ihm sprach. Es scheint ihm angemessen, sich ordentlich anzuziehen für ein letztes Lebewohl.

Und der Anwalt scheint ihm recht freundlich, ein bißchen aufgeblasen, aber ansonsten ganz nett, bis er den Umschlag öffnet und liest.

»›Ich vermache hiermit all meinen irdischen Besitz, meine Bankkonten, mein Paine Webster-Konto, meine Obligationen, die eine Menge wert sind, den Inhalt meines Bankschließfachs, alles, was ich besitze, meinem einzigen Sohn …‹«

Der Junge bricht, überrascht wie er ist, in Tränen aus. In Anbetracht ihrer Meinung von ihm, hat er nicht erwartet, daß sie ihm etwas vermacht. Vielleicht hat er sich in ihr getäuscht, und sie hat ihn doch geliebt.

»›… aber bilde Dir nicht ein, mein Sohn, daß ich, wenn ich Dir, in Erfüllung meiner Pflicht als Mutter, diese Dinge hinterlasse, die schrecklichen Dinge vergebe, die Du mir zu Lebzeiten angetan hast …‹«

Der Junge hebt entsetzt den Kopf. Der Anwalt starrt ihn an. Der Junge spürt sich aufsteigen, aus seinem Körper schweben, an die Decke, von wo er auf sich herabblickt.

»›Ich würde Dich nie bei der Polizei anzeigen, dafür bin ich zu loyal, und der Anwalt ist angewiesen, diesen Brief zu vernichten, so daß es nichts Schriftliches darüber geben wird. Aber Du hast mich vergewaltigt –.‹«

Das ist zuviel. Der Junge kehrt in seinen Körper zurück.

»Nein!«

»›Du hast mich mißbraucht.‹«

»Hab ich nicht!« heult der Junge, aber er sieht in den Augen des Anwalts, daß der Mann ihm nicht glaubt, wie der Mann ihn, wie jeder andere auch – Leute auf der Straße, Leute in der Arbeit, Leute auf immer und ewig – ansehen werden, wenn es jemand erfährt.

»›Du hattest immer schmutzige Gedanken und einen schmutzigen Körper. Ich bete zu Gott, daß er Dir vergibt.‹«

»Sie hat sich immer irgend etwas ausgedacht«, erzählt er dem Anwalt mit der reglosen Miene und wünscht sich, woanders zu sein.

»›Ich hoffe, Du wirst ein besserer Mensch, als Du es bisher gewesen bist. Andernfalls wirst Du in die Hölle kommen. Ich hoffe, Du hast gelernt, daß die schrecklichen Dinge, die Du Deiner Mutter angetan hast, eine Sünde gewesen sind. Ich bin froh, daß ich Dich und die Bürde, die Du darstellst, verlassen kann. Ich bin froh, Dein Gesicht nicht mehr sehen und Deine widerlichen Hände nicht mehr spüren zu müssen.‹«

Der Junge springt auf. Der Anwalt wird ihn eine halbe Stunde später beschuldigen, ihm das Testament aus den Händen gerissen zu haben. Es in Fetzen gerissen zu haben. Die Fetzen in die Luft geworfen zu haben, so daß sie trudelnd auf dem Teppich gelandet sind. Mit einer Stimme, die nicht die normale Stimme des Jungen ist, sondern tiefer, als wäre es die eines anderen, gemeineren Jungen, geschrien zu haben: »Lügen!«

Der Junge wird keine Erinnerung daran haben, daß der Anwalt mit dem Rücken zur Wand stand. Woran er sich erinnern wird, das ist der Ekel auf dem Gesicht des Anwalts, so greifbar, daß ihm ist, als schlage seine Mutter noch auf ihn ein, treibe ihn aus der Kanzlei, in den Aufzug, nach draußen, zum Flughafen.

Im Flugzeug ist ihm, als stehe er neben sich. Er spürt, wie die anderen Leute ihn anstarren. Und sie *starren* ihn an. Sie haben irgendwie erfahren, was seine Mutter gesagt hat, obwohl das unmöglich ist. Sie glauben ihr.

Die Stewardeß sieht mich komisch an. Sie weiß es. Alle wissen Bescheid.

Er ist todmüde, als er nach Hause kommt, und der Schmerz in seinem Kopf bringt ihn um. Er hält es nicht mehr aus. Er wünschte, er wäre tot. Er wünschte, er wäre ein anderer. Er nimmt ein paar Aspirin und legt sich mit pochendem Kopf hin, als ihm eine Stimme im Raum, beruhigend und leicht wie ein Flüstern, zart wie ein Gedanke, sagt: »Mein lieber, lieber gequälter Junge. Mein armes Kind. Ich werde mich um dich kümmern, immer.«

Er sieht sich um, aber es ist niemand da.

»Laß mich dich lieben. Laß mich um dich kümmern. Laß mich tun, was zu tun ist.«

Schließlich fällt der Junge in den tiefsten Schlaf seines Lebens.

»Da habe ich also endlich den Mut aufgebracht, Greta zu bitten, mit mir in die Symphonie zu gehen, und sie sagt nein, sie kann nicht«, sagt der Mechaniker und spricht plötzlich rascher, als wolle er den schlimmen Teil schnell hinter sich bringen. »Sie sagt mir, daß sie jemand anderen liebt. Einen Arzt. Den Mann, den ich mit ihr gesehen habe, im Central Park unter den Bäumen. Sie liebt ihn. Sie versucht ihn zu vergessen, aber es geht nicht. Sie sagt es immer und immer wieder, wie leid es ihr tut.«

Harris Tillman steht auf, völlig außer sich, überragt er den zusammengesunkenen Mechaniker. »Warum hat sie dann überhaupt erst soviel Zeit mit Ihnen verbracht?«

»Weil er verheiratet war«, sagt der Mechaniker. »Er hatte Frau und Kinder, und sie wollte ihn vergessen, sie betete darum, ihn zu vergessen, aber sie konnte es nicht.«

»Sie hat Sie an der Nase herumgeführt«, sagt der Banker.

»Genau, nicht wahr? Sie hat mir nichts von ihm erzählt, und das war irgendwie eine Lüge.«

»Und was für eine.«

»All die Monate, und ich hatte nie eine Chance. Sie hat mich reingelegt.«

»Sie waren eine Zerstreuung für sie«, flüstert Tillman.

»Was ist das?«

»Ein Spielzeug. Mit dem sie sich die Zeit vertrieb, während sie auf den großen Doktor wartete. Ich wette, sie ging die ganze Zeit über mit ihm ins Bett.«

»Ich möchte gar nicht daran denken.«

»Ich wette, sie hing die ganze Zeit, während sie mit Ihnen Autos repariert hat, ihren Phantasien über ihn nach – wie er ohne Klamotten aussah, wie er sie stoßen würde, auf dem Tisch, auf dem Boden, von hinten in den Arsch, in einer Besenkammer im Krankenhaus, in Hotelzimmern, die er von seinem dicken Gehalt bezahlte, tropfnaß war sie bei dem Gedanken, wie sie im Bett liegen und über seine Frau lachen würden, die sie zum Narren hielten, und über Sie, den armen Mechaniker, der nie eine Chance gehabt hat und sich nach ihr verzehrt. Ich wette, die beiden haben sich totgelacht.«

»Das können Sie nicht wissen«, sagt Bainbridge.

»Glauben Sie, sie hat sich auch nur einen Augenblick was aus Ihnen gemacht? Vergessen Sie's«, sagt Tillman.

Arthur Davis hat eine Gabel in der Hand. Urplötzlich sticht er damit auf den Tisch ein, mit solcher Heftigkeit, daß die Zinken tiefe Furchen auf dem Holz hinterlassen. Langsam, methodisch, immer wieder attackiert er ihn, treibt er die Gabel ins Holz. Mit einer ausladenden Armbewegung schiebt er das Essen und die Gläser vom Tisch.

»Ich hasse sie. Meine Mutter –«

Er hält inne.

»Was ist mit Ihrer Mutter?« fragt Bainbridge.

»Ich habe nichts von meiner Mutter gesagt«, sagt Arthur. »Wie kommen Sie auf sie?«

»Weil Sie gesagt haben«, sagt Bainbridge und beugt sich vor, »›meine Mutter‹, und dann sind Sie verstummt.«

Arthur schüttelt den Kopf, starrt auf die Gabel in seiner Hand, als würde er sich ihrer erst jetzt bewußt. Er wirft sie auf den verschmutzten Boden, wo sie klappernd über das gelbe Linoleum rutscht, gegen die Wand schlägt und zurückprallt.

»Das habe ich nicht gesagt.«

Tillman pflichtet ihm bei. »Ich habe nicht gehört, daß er was von seiner Mutter gesagt hätte.«

Der Banker massiert die Schultern des Mechanikers.

»Völlig verspannt«, sagt er. »Lassen Sie mich Sie etwas fragen. Sie können nicht aufhören, an sie zu denken. Die ganze Zeit.«

»Ja.«

»Sie wollten, Sie könnten aufhören, aber sie quält Sie.«

»Ja.«

»Sie würden alles tun, um Sie aus dem Kopf zu bekommen.«

»Sie hat den Doktor geheiratet. Er hat seine Frau verlassen. Sie wohnen in der 58. Ost und arbeiten beide in diesem Krankenhaus. Immer noch.«

»Die beiden sind glücklich, weil Sie gelitten haben.«

»Das ist extrem, Harris«, wirft der Psychologe ein. »Sie stellen ihm das ja so dar, als wäre das ganze Verhältnis zwischen den beiden nur ein Streich gewesen, den man ihm gespielt hat.«

»Sie hat ihn eifersüchtig gemacht, indem sie mit Ihnen rumhing«, sagt Tillman, Bainbridge ignorierend. »Sie hatte nie die geringste Absicht, wirklich mit Ihnen zu gehen. Sie waren ein Spielzeug für sie. Vielleicht lachen die beiden heute noch über Sie. Vielleicht liegen sie im Bett, bumsen, und wenn sie fertig sind, sagt er: ›Was ist eigentlich aus dem armseligen Mechaniker geworden?‹ Und sie sagt: ›Wen interessiert's?‹«

Die Augen des Mechanikers sind glasig geworden, während seine Schultern sich rhythmisch heben und senken. »Ich habe ihr mal was getan«, flüstert er und wirkt dabei beschämt und erregt zugleich.

»Ich weiß. Sie haben es uns erzählt. Sie haben sie in der Fifth Avenue abgepaßt. Mit einem Baseballschläger. Sie haben sie geschlagen. Sie mußte ins Krankenhaus. Sie wollte Sie nicht anzeigen wegen dem Doktor, den sie da nicht hineinziehen wollte.«

»Aber die Polizisten haben mich zusammengeschlagen. Sie kamen nach Dienstschluß noch mal. Sie haben mich vor der Werkstatt erwischt. Sie trugen Masken, aber ich habe ihre Stimmen erkannt. Sie sagten mir, sie würden mich umbringen, wenn ich sie je wieder anrühre. Ich hatte Angst, mich zu beschweren. O Gott, es tat so was von weh.«

»Beruhigen Sie sich. So ist es besser. Lassen Sie mich Sie noch etwas fragen, oder wäre es Ihnen lieber, ich lasse es sein? Vielleicht sind Sie zu aufgebracht für weitere Fragen«, sagt Tillman, »wenn dem so ist, sagen Sie's einfach, und wir legen eine kleine Pause ein. Hey, wollen Sie was trinken? Unser gemeinsamer Freund und Wohltäter, Gastgeber und Seelenklempner, Dr. Bainbridge, hat hier irgendwo einen exzellenten Single Malt. Wie wär's mit einem Schlückchen? Zur Beruhigung.«

»Es wird nicht mehr getrunken«, sagt der Psychologe.

»Was ist Single Malt?« sagt der Mechaniker.

»Ich hole ihn«, sagt der Banker, und als er am Schrank steht und den Glenlivet mit drei Gläsern zum Vorschein bringt, fügt er hinzu: »Vielleicht sollte ich Ihnen meine Frage später stellen, wenn's Ihnen besser geht.«

»Ist mir egal, was Sie tun.«

»Na, dann frage ich.«

»Ich hasse sie«, flüstert der Mechaniker mit einer Stimme, die aus den Tiefen seiner primitiven Seele dringt.

Bainbridges Kopfschmerzen sind so stark, daß ihm alles vor den Augen verschwimmt. Wieder ist ihm einen Augenblick lang, als sei er allein im Zimmer, ohne die beiden anderen Männer.

»Ich frage aus reiner Neugier«, sagt Tillman zu dem Mechaniker, »aber wie würden Sie reagieren, wenn Sie in der Zeitung lesen würden, daß sie einen Unfall gehabt hat? Ohne daß Sie persönlich etwas damit zu tun hätten, nur zu erfahren, daß ihr etwas zugestoßen ist?«

»Sie meinen wie eine Strafe«, flüstert der Mechaniker, und seine Miene hellt sich auf.

»Genau. Von einem Beschützer. Gott.«

»Es würde mich freuen, und es ist mir egal, wer das hört!«

Der Banker massiert erneut die Schultern des Mechanikers. Die Uhr über der Spüle zeigt elf Uhr dreißig, dann elf Uhr einunddreißig. Die Nacht draußen vor dem Gitter am Fenster ist kalt und klar.

Tillman redet dem Mechaniker gut zu. »Ich habe eine Idee. Gehen wir doch alle rüber zum Mount Sinai. Ich wette, Sie können etwas Bewegung vertragen. Haben Sie nicht gesagt, sie hat um Mitternacht aus.«

»Ich gehe nach oben«, sagt der Psychologe. »Ich muß schlafen.«

»Schlafen? Oder telefonieren? Ich halte es im Augenblick für keine so gute Idee, daß Sie gehen.« Der Banker blockiert die Tür. »Machen Sie Ihr Nickerchen, wenn wir zurückkommen. Holen Sie Ihren Mantel, Arthur. Sie auch, Doc.«

»Nein«, sagt Bainbridge.

Tillman richtet sich auf. Er ist erheblich stärker und größer als der Doktor und strahlt rohe Gewalt aus.

Bainbridge duckt sich, als Tillman ihn gegen die Wand stößt. Schweiß läuft dem Doktor übers Gesicht.

»Also, Ian, als Sie unseren netten Verein gründeten, da haben Sie gesagt, es würde eine Art Gruppentherapie. Was für eine Therapie wäre das ohne unseren Doktor? Was wäre es denn für eine Exkursion ohne den Gründer der Gruppe?«

14

Das Mount Sinai Medical Center ist ein Komplex aus acht Gebäuden, die, eines neben dem anderen, Block auf Block, zwischen der 102. und der 98. Ost, südlich von East Harlem aufragen. Es ist eine weitläufige Stadt der Medizin mit Röntgen- und CAT-Scan-Apparaten in den Kellern, einem Pavillon für Muskelrehabilitation und einem für Schwangere. Im Inneren schützen braungetönte Glaswände über zwanzig Stockwerke gegen die Sonne und versiegeln die Übergänge zwischen den Gebäuden, Atrien, Plätzen, Balkonen, als wäre die Stadt New York draußen, mit den Nachtclubs, der Politik, dem Verbrechen und ihren Geschäften nichts weiter als ein Zeitvertreib im Vergleich zu Mikroben, Krankheit, Überleben und Tod.

Um elf Uhr abends beendet Greta Harden Berger, die nur noch weniger als eine Dreiviertelstunde zu leben hat, ihre Runde als Oberschwester und Mitarbeiterin des Jahres in der Onkologie im elften Stock des Nordpavillons. Sie ist eine heitere Frau, klein, rund und wegen ihrer positiven Lebenseinstellung äußerst beliebt. Doch dieser Abend hat sie ihre letzten Kraftreserven gekostet, um die harte Schicht durchzustehen.

Sie sagt dem dominikanischen Jungen auf 1123, dem wegen seines Knochenkrebses ein Bein amputiert werden soll: »Denk dran, Valdez, ich habe für den dritten Juni Karten fürs

Shea Stadium. Sag deinem Vater, das Bier geht auf ihn.« Zu dem früher mal hinreißenden Model auf 1131, einer jetzt kahlköpfigen 22jährigen, die man für einen alten Mann halten könnte, weil ihr Gesicht, das einmal Jeans, Parfum, Unterwäsche und Rasierschaum verkauft hat, jetzt ein mit gelblicher Haut überspannter Totenkopf ist, sagt sie: »Morgen versuchen wir's mal mit fester Nahrung, Tina.«

Ihrer Lieblingspatientin, der 60jährigen Geschiedenen aus Scarsdale auf 1121, die an diesem Nachmittag von einer Magenoperation aufgewacht ist, sagt Greta, während sie ihr, den Gestank der kot- und grasfarbenen Galle ignorierend, die durch Plastikschläuche in und aus ihrem Körper rinnt, das Handgelenk massiert: »Tut mir leid, Jessie. Sie werden nie wieder essen können, nie mehr. Wir ernähren Sie durch den Schlauch in Ihrem Hals. Haben Sie schon mal daran gedacht, in eine Sterbeklinik zu gehen?«

Die anderen Schwestern schneiden im Aufenthaltsraum Gewürzkuchen auf. Sie feiern den Geburtstag des Pflegers.

»Gute Nacht, Greta!«

»Hey, Greta, nimm nicht den Ausgang zur Madison! Sie haben den Räuber noch nicht geschnappt!«

Sie trägt Jeans, Schuhe mit flachen Absätzen, einen schlichten weißen Pullover und ein Goldkettchen um den Hals. Sie nimmt den blauen Mantel von einem der Haken im Aufenthaltsraum und macht sich mit einer jüngeren Schwester, deren Schicht ebenfalls zu Ende ist, auf den Weg aus der achteckigen Station in das Atrium, das den Nord- vom Südpavillon trennt; dann geht es einen balkonartigen Flur hoch über dem Erdgeschoß auf die Fahrstühle zu.

Die andere Schwester, jung und hübsch, stammt aus Trinidad. »Greta, du bist doch lang genug hier. Warum nimmst du eine so späte Schicht?«

»Mich stört das nicht. Den anderen ist die Tagschicht lieber, und Jack ist sowieso bis zehn oder halb elf im OP.«

»Und warum gerade in der Onkologie? Wieso nicht bei den Kindern oder den Schwangeren? Also, ich habe meine Probleme mit sterbenden Patienten, und ich bin erst seit drei Monaten hier.«

»Meine Mutter war Krankenschwester, und sie hat mir gesagt: ›Wenn du das Glück hast, in deinem Leben Liebe zu finden, dann teile sie. Wenn du sie teilst, macht sie dich stärker. Je stärker du bist, desto mehr hast du zu teilen.‹«

Als der Aufzug kommt, sind sie die einzigen, die hinabsausen, dann öffnen sich mit einem pneumatischen Zischen die Türen und entlassen sie in ein großes dreieckiges Atrium aus Marmor und Stahl, auf dem ihre Absätze widerhallen. Angesichts der ungeheuren Dimensionen der Architektur verschwinden sie geradezu, als hätte der Architekt dieser Ministadt, weil für ihn ihre Bewohner nicht zählten, ihren zeitlosen Komponenten ein Monument gebaut – Glas, Marmor und Stahl.

»Greta, warum hinkst du eigentlich? Hattest du einen Unfall?«

Greta bleibt stehen und runzelt die Stirn. Es ist eine schreckliche Erinnerung, und beim bloßen Gedanken daran fängt ihre kaputte linke Hüfte, ja ihre ganze linke Seite zu schmerzen an.

»Ich wurde mal überfallen, von einem Freund, vor Jahren.«

»Was hat er gemacht?«

»Er hatte einen Baseballschläger. Er war verrückt. Er war ein schüchterner Mann, und als ich ihm sagte, ich hätte Jack kennengelernt und daß wir heiraten würden, machte ihm das zunächst nichts aus. Er hat gesagt, er versteht es. Aber dann fing er an, die ganze Zeit anzurufen und mich zu verfolgen. Es war schrecklich. Und eines Abends, ich dachte schon, er hätte sich endlich damit abgefunden, ist er draußen auf mich losgegangen. Er hat mir die Hüfte gebrochen.«

»Ach Gott!«

»Man steckt eben nicht drin in den Leuten«, sagt Greta. »Ich dachte sogar mal, es könnte was werden mit ihm. Jack war verheiratet, als wir uns kennengelernt haben, und ich hatte ein schlechtes Gewissen, aber ich war verliebt. Ich habe mich dagegen gewehrt und versuchte, Schluß zu machen. Ich versuchte es mit anderen. Ich dachte nicht, daß er seine Frau je verlassen würde, und Arthur – der Mann, der mich angegriffen hat – war richtig nett, ruhig. Am Ende wurde er zu einem Ungeheuer.«

»Tut es noch weh?«

»Jack sagt, ich sollte mich operieren lassen, um das Hinken zu korrigieren. Aber allein der Gedanke, in ein Krankenhaus zu gehen!« Sie grinst. »Vor allem das hier.«

Die beiden Schwestern prusten los, und ihre mädchenhafte Freude hallt durch das leere Atrium, gegen die falschen Topfpalmen, das rußbraune Glas und die Backsteinwände im Inneren, deren Fenster den Eindruck vermitteln, sie führten in richtige Wohnungen statt in enge Krankenzimmer.

»Ja, wer will hier schon bleiben«, scherzt die Schwester aus Trinidad, als sie weitergehen.

Draußen auf der Fifth Avenue ist es eher warm – jedenfalls für die Jahreszeit – und feucht, ein leichter Westwind weht aus dem Central Park herüber. Es herrscht kaum Verkehr, fast nur Taxis sind unterwegs, und der Central Park mit seinen schneebedeckten Eichen und Ahornbäumen auf der anderen Seite ist so schön wie einer der alten Drucke von Currier & Ives.

»Dieser Mann, der dich da überfallen hat, war der auch Arzt wie Jack?«

»Automechaniker.«

Ein Grinsen. »Du hast es nicht schlecht getroffen, was deine Ehe angeht.«

»Ich hätte Jack so oder so geliebt, egal, was er war.«

»Na ja, ich jedenfalls muß nach Brooklyn. Wir können nicht alle in einer Maisonette in der Fifth Avenue wohnen wie du, Greta.«

»Paß mir ja auf, wenn du zur Bahn gehst, vor allem in der Madison.«

Greta sieht dem kleiner werdenden Rücken der jüngeren Schwester nach, bis sie um die Ecke verschwindet und auf die Station der Lexington-Avenue-Linie in der 86. Straße zugeht. Ihre eigene Wohnung liegt zwei Blocks nördlich und bietet einen Blick auf den Park. Jack hat ihr gesagt, daß er was Thailändisches kommen läßt – Glasnudelsuppe mit Hackfleisch, einen großen Fisch mit Erdnußdip – und hat zwei Videos ausgeliehen. Woody Allen und Jim Carrey. Nach einer Schicht in der Onkologie guckt Greta sich zum Entspannen gerne Komödien an.

Greta schlendert über die Fifth Avenue auf die Parkseite, spürt ihren Atem ruhig werden, spürt, wie sie sich entspannt, wie der Gestank von Alkohol und Erbrochenem an Intensität verliert angesichts der schieren Lebenskraft dieser Stadt. Der Schnee im Park riecht wie Basilikum. Von hier aus sieht das Krankenhaus gegenüber, mit all dem menschlichen Ringen darin, nur wie ein weiterer Wohnblock aus, nichts weiter. Die Sterne sind zu sehen, der Mond ist zu drei Vierteln voll, was die Luft kristallklar und das Scheinwerferlicht der Taxis zu richtigen Mondstrahlen macht. Die wenigen Wolken am Himmel wirken silbrig und mild.

»Greta?«

Sie dreht sich um, als sich an der Steinmauer, die die Grenze zum Park bildet, unter einer großen Eiche der Schatten eines Mannes löst. Der Schatten des Mannes hat etwas Langes und Dünnes in der Hand.

Er kennt meinen Namen, denkt sie, es muß wohl jemand aus dem Krankenhaus sein.

»Wer –«

»Ich bin's, Arthur. Erinnerst du dich? Ich bin grade so rumgelaufen, und da sah ich dich. Ich bin's, Arthur.«

Sie weicht einen Schritt zurück. Sie denkt: Nein, nein, nein,

nein, während ihr Herz wie wild pocht. Sie erinnert sich, daß sie sich das letzte Mal – vor Jahren, obwohl es scheint, als wäre es gestern gewesen – umgedreht hat, um wegzulaufen und daß er sie eingeholt hat. Er war schon immer schneller, und jetzt hinkt sie auch noch, ist also noch langsamer als früher.

Sie sagt sich, das ist doch unmöglich, daß er zurückgekommen ist, nach all dieser Zeit.

O mein Gott. Gütiger Himmel. Er hat einen Golfschläger dabei.

Kein Mensch ist auf der Straße. Sie sieht nach oben, zum Krankenhaus hinauf, das so weit weg auf der anderen Seite der Fifth Avenue liegt, zum Gesicht eines Patienten im sechsten Stock, der die Stirn gegen die Scheibe preßt. Greta weiß, wenn man nachts aus diesen versiegelten Fenstern zu blicken versucht, sieht man nichts als sich selbst.

Das letzte Mal hat sie versucht wegzulaufen. Sie hatte zwei Schritte gemacht, als der Schläger sie traf.

»Wie geht es dir, Arthur?« Ihre Stimme hört sich zu ihrer Verwunderung ganz normal an, beruhigend, als wäre sie auf der Station und spreche einen Patienten an.

»Es ist ein erstaunlicher Zufall«, sagt er, »daß du mir über den Weg läufst.«

Zufall? Sie will lachen vor Angst.

Trotzdem gelingt es ihr zu sagen: »Wie ist es dir denn so ergangen? Du siehst toll aus. Fit.« Obwohl er in Wirklichkeit so heruntergekommen ist, denkt sie, daß sie ihn kaum wiedererkennt. Dicker ist er geworden, und gealtert ist er.

Er antwortet nicht.

Sie zwingt sich zu einem Plauderton. »Ich sage mir ja immer, ich sollte was für mich tun, aber mein Dienstplan ist die Hölle, weißt du, bei all den Kürzungen. Ich komme überhaupt nicht mehr ins Fitneßcenter.«

Arthur blickt über ihre linke Schulter. Sie hat sonst niemanden kommen hören, doch er sagt, als stehe da jemand: »Ich will nur einen Augenblick mir ihr reden! Ich habe sie lange nicht gesehen.«

»Mit wem redest du?« fragt sie und wirft einen Blick nach hinten, doch es ist niemand hinter ihr.

Arthur erwidert, als beantworte er eine Frage von der unsichtbaren Person: »Ich weiß, ich sollte mich beeilen. Sie brauchen nicht mit mir zu reden, als wäre ich ein Kind!«

»Arthur«, sagt sie fröstelnd. »Es ist niemand da!«

Doch er steht einfach nur da und starrt vor sich hin. Doch plötzlich geht eine unglaubliche Verwandlung mit ihm vor sich. Seine Augen werden glasig, und er sackt in sich zusammen. Dann jedoch richtet er sich wieder auf. Zu ihrem Entsetzen scheint er plötzlich ein ganz anderer zu sein. Es ist mehr als ein Stimmungswechsel. Er scheint plötzlich um gut eine Handbreit größer und breiter, da er die Schultern zurückgenommen hat. Seine Gesichtszüge sind völlig verändert, der Mund härter, die Lippen dünner geworden, hochmütig, die Augen klein, zornig und von grimmiger Intelligenz; keine Spur mehr von der Fügsamkeit, die in der Vergangenheit für Arthur so typisch war.

»Arthur! Was ...«

Er hält den Kopf anders, tiefer, was die Kraft intensiviert, die von ihm ausgeht. Und als er spricht, hört sie zu ihrem Entsetzen eine ganz andere Stimme, kultivierter, tiefer, geringschätzig; es ist die Stimme eines Angehörigen der Oberschicht, der sich an jemanden aus der Unterschicht wendet, eine Stimme, die sie nie mit Arthur in Verbindung bringen würde.

»Sie werden ihm das nicht ausreden, Greta.«

»Was heißt hier ›ihm‹?«

Sein abweisender Gesichtsausdruck erinnert sie an die Krebsforscher im elften Stock, denen sie gelegentlich Biopsien vorbeibringt, abgetrennte Stückchen menschlichen Fleisches, in denen diese Leute, wenn sie sie untersuchen, nichts weiter als Keime, unmenschliche Mikroben und nicht etwa Teile eines lebenden, atmenden Patienten sehen.

Plötzlich redet Arthur weiter: »Es wird Zeit, daß Sie etwas von dem fühlen, was Arthur fühlt. Es wird Zeit, daß Sie ein bißchen von Arthurs Qualen zu spüren bekommen. Von Arthurs gebrochenem Herzen.«

»Aber du bist doch Arthur!«

Sie tritt einen halben Schritt zurück, aber Arthur bewegt sich mit ihr, Schritt für Schritt. Sogar sein Gang hat sich verändert. Aus seiner schüchternen Art zu gehen sind jetzt selbstsichere Schritte geworden. Ihr Selbsterhaltungstrieb sagt ihr, über die wachsende Panik hinweg, daß jeder weitere Rückzug etwas Gewalttätiges auslösen, die Kraft entfesseln wird, die er, für den Augenblick wenigstens, gerade noch im Zaum halten kann.

»Warum ... unterhalten wir uns nicht ein bißchen«, sagt sie und versucht es mit ihrer Schwesternstimme, ihrer Berufsstimme, der Stimme, die sie braucht, wenn Patienten schreien, sterben, nichts sehnlicher wollen, als aus ihren kranken Körpern zu fliehen.

Erneut sackt Arthur in sich zusammen und richtet sich langsam wieder auf. Sein Gesicht wirkt jetzt nicht mehr so intelligent. Es ist wieder nichtssagend und etwas verwirrt. Und mit dem Aufweichen der strengen Patrizierzüge erscheint das Gesicht eher oval. Es ist das Gesicht des Arthur, den sie gekannt hat. Sie hätte sich nie träumen lassen, daß ein Mensch sich äußerlich derart verändern könnte, nur weil seine Stimmung umschlägt.

»Du hast mir das Herz gebrochen«, jammert er. »Ist es nicht so, Harris? Sie hat mir das Herz gebrochen.«

Sie möchte heulen: Das gibt es doch nicht. Ich wache jeden Augenblick auf, zu Hause, in meinem Bett, neben Jack. Zu Hause.

Arthur sagt: »Sie lacht mich aus. Beide. Sie bumsen und lachen mich aus. Genau wie Sie gesagt haben, Harris.«

»Tu mir nichts«, fleht Greta ihn an.

Sie weicht einen weiteren Schritt zurück, hört das Knarren des Schnees, den sie zerdrückt. Ihr ist schwindlig vor Angst. Doch irgendwie schafft sie es, sich davon zu befreien. »Tut mir leid, wenn ich dir jemals weh getan haben sollte.«

Er antwortet ihr mit der barschen Stimme: »Sie haben ihn ruiniert.«

Der Schläger zischt. Sie weiß, sie kann ihm nicht entkommen. Sie sagt, mit zitternder Stimme, während sie die Kontrolle über sich verliert: »Das ist doch schon so lange her, Arthur. Du kannst doch unmöglich noch daran denken.«

Augenblicklich weiß sie, aus dem Zorn, der sich auf seinem Gesicht abzeichnet, etwas Schlimmeres hätte sie nicht sagen können.

»Sehen Sie?« sagt die neue Stimme triumphierend. »*Er* quält sich, und *Sie* verschwenden noch nicht mal einen Gedanken an ihn. Für *Sie* ist das alles ein längst vergangener Jux. Sehen Sie, Arthur? Sie hat sich nie was aus Ihnen gemacht.«

»Das ist nicht wahr!«

Grausam äfft die Stimme sie nach. »Das ist nicht *wahr*. Das ist nicht *wahr*. Wenn Arthur so was verdammt Besonderes war, *Fräulein*, wie hießen denn dann die beiden Mechaniker in Arthurs Werkstatt?«

»Ich…, ich weiß nicht mehr. Was spielt das für eine Rolle?«

»Was war das erste, was Sie zu Arthur gesagt haben, als Sie ihn kennengelernt haben, auf der Unfallstation? Ich weiß es. Wissen Sie's?«

Sie weint jetzt. »Tu mir nichts«, sagt sie.

»Greta. Meinen Sie, Leute wie Sie können durchs Leben gehen und dem Mann hier weh tun, ohne dafür irgendwann die Rechnung präsentiert zu bekommen?«

»Was soll das heißen, *›ihm‹? Es geht doch um dich!*«

Für einen Augenblick scheint ihm ihre Logik einzuleuchten. Er blinzelt hektisch, seine Schultern fallen zusammen. Einen Augenblick lang ähnelt er wieder dem alten Arthur, dem Mechaniker, dem ruhigen Mann.

Sie gestattet sich etwas Hoffnung.

Aber dann nimmt Arthur den Kopf zurück, neigt ihn seitlich, als höre er jemandem zu, der ihm etwas zuflüstert. Er nickt der unsichtbaren Stimme zu. Er fragt sie, fast schüchtern: »Greta, hast du mit dem Arzt geschlafen, während du mit mir gingst?«

Sie lügt. Sie legt all ihre Fähigkeiten, all ihr Verlangen zu leben in die Antwort. »Nein. Ich verspreche es.«

Der Golfschläger hebt sich, ein Schatten im Schnee, dünn wie eine Spritze, kräftig wie eine Baseballkeule, schimmernd wie der Mond.

»Du lügst, Greta. Es ist falsch zu lügen.«

O Gott. Das ist doch alles nicht wahr!

Sie wendet sich ab, um wegzulaufen.

Das Mondlicht ist so hell, daß es auf dem Schnee über ihrer Schulter zu brennen scheint. Sie scheint durch Wasser zu waten, langsam, sie will laufen, kann aber nicht.

Sie sieht den Schattenmann, hinter sich, mit dem Golfschläger zuschlagen.

Sie schreit.

Ein Knirschen ist zu hören, und der Schrei verstummt.

Zehn Minuten später richtet Dr. Ian Bainbridge sich neben einer großen Weide, unter der er sich erbrochen hat, auf. Außer seinem Stöhnen ist es im Park still. Der Schnee liegt hier tiefer als draußen auf der Fifth Avenue. Er ist schön hier, von keiner Fußspur verunstaltet; blau, geradezu fluoreszierend unter dem strahlenden Mond, erstreckt er sich wellig unter den Gruppen von Eichen und Ahornbäumen auf die Sheep Meadow zu.

Doch er ist auch von den Resten seines Abendessens verunziert, Hamburger und Fritten, Cola. Und Galle.

»O Gott. O Gott«, sagt er. »Arthur hat es tatsächlich getan.«

»Und Sie standen dabei«, sagt Tillman, »und sahen zu.«

»Sie haben mich gezwungen, mitzugehen.«

»Allerdings. Sich zu weigern wäre sehr schmerzhaft gewesen für Sie. Aber in den Augen der Polizei, Doc, sind Sie jetzt ein Mittäter. An *drei* Morden.«

Bainbridge flüstert: »Sie hat Ihnen doch nichts getan.«

Tillman und der Mechaniker stehen einige Meter weiter über der Leiche der Krankenschwester, die Tillman tiefer in den Park gezogen und gegen einen Baum gelehnt hat.

»Sie sieht aus, als schlafe sie, wenn man mal von ihrem Kopf absieht«, stellt Tillman fest.

Der Doktor jammert: »Was soll ich tun?«

»Ich sage es Ihnen, Ian. Was immer Sie tun, es ändert nichts an dem, was passiert ist, also beruhigen Sie sich. Und Sie, Arthur, sind Sie okay?«

Arthur starrt die Leiche an.

»Arthur?«

»Der Schläger klang so komisch, als ich sie schlug.«

»Ja, nun, dann wischen Sie ihn ab. Wir haben ihn auf einem Müllhaufen gefunden, also kann auch keiner feststellen, woher er kommt.«

Tillman wirft ihn weg. Er funkelt, als er sich im Flug dreht, und landet im Schnee.

Er kniet neben Gretas Leiche und nimmt etwas aus seiner Brusttasche. Es ist ein schwarzer Filzstift. Tillman beugt sich über ihr Hosenbein.

C, schreibt er. T...

»Ich geh jetzt nach Hause«, sagt Arthur schlicht, dreht sich um und geht aus dem Park. Über die Schulter ruft er noch: »Tschüs!«

Als Tillman sein Werk beendet hat, sagt er: »Damit wissen die anderen Bescheid.«

»Welche anderen?«

»Alle, die uns weh getan haben«, antwortet Tillman. »Alle, die uns verarscht haben. Jede einzelne Frau, die uns reinlegt, betrügt, fortschickt und meint, uns aufs Kreuz legen zu können.«

Die Worte durchdringen Bainbridges Entsetzen. Er hebt den Kopf und sieht in Tillmans strahlendes Gesicht. Er ist verrückt, denkt Bainbridge, und er hat noch nicht genug. Im Gegenteil, der sieht hungrig aus und erregt.

»Aber das waren doch jetzt alle, die uns was getan haben.«

»Ach ja?«

»Na ja, wer ist denn noch übrig?« Bainbridge beugt sich vor und beginnt zu würgen, aber es kommt nichts heraus. Seine Übelkeit stimmt Tillman etwas milder.

»Kommen Sie. Beruhigen Sie sich. Ich glaube nicht, daß wir fertig sind, und Sie auch nicht. Dazu sind Sie zu clever, Doc. Als Club brauchen wir doch Gemeinsamkeiten. Dinge, die wir teilen können, nicht nur Gedanken. Taten. Um uns aneinander zu binden. Sie haben die Polizei doch schon mal anzurufen versucht. Wer sagt denn, daß Sie, wenn ich Sie allein lasse, nach einiger Zeit, wenn Sie darüber nachgedacht haben, nicht noch mal anrufen. Jetzt haben Sie Angst, und ich kann Sie kontrollieren. Vielleicht bekommen Sie ja später ein schlechtes Gewissen, und ich bin nicht da, um Sie aufzuhalten.

»Verstehen Sie? Ich kann nicht zulassen, daß Sie jetzt *mir* schaden, Doc, oder Arthur oder Eric. Ich kann nicht zulassen, daß die Polizei hinter *mir* her ist, nur weil *Sie* es sich anders überlegt haben.«

Bainbridge schreit: »Ich werde es mir nicht anders überlegen!«

»Es war nie ein Club für gebrochene Herzen. Es war ein Rächerverein. Ein Bündnis des Zorns, um es denen zu zeigen, die uns übel mitgespielt haben. Und Sie sind der Gründer, unser Wohltäter, der Mann, in dessen Fänge wir geraten sind. Und jetzt ist es Zeit, daß auch Sie Ihren Einstand geben. Erst wenn Sie das getan haben, bin ich mir sicher, daß Sie den Mund halten. Vielleicht Ihre Praxis zumachen, New York verlassen, sich eine neue Identität zulegen. Ist ganz einfach. Es gibt da Leute an der Lower East Side, zu denen können Sie gehen.«

»Ich kann nicht klar denken!«

»Sie haben diesen Club gegründet, weil Sie nicht wollten, daß man Ihnen noch mal weh tut. Und Camilla hat mit diesem Tänzer geschlafen. Ich bin ihr gefolgt. Ich habe es gesehen.«

»Sie haben die beiden in ihr Haus gehen sehen, weiter nichts.«

»Ha! Die Töle geht zum Kacken raus, und wenn sie schwanzwedelnd wieder reinkommt, sind Sie nicht sicher, daß sie es getan hat, nur weil Sie's nicht gesehen haben, was?«

Ian, wir kümmern uns um alle Frauen, die uns das Herz gebrochen haben.«

»Aber Camilla hat mir nicht das Herz gebrochen.«

Tillman grinst. »Also, wo Sie recht haben, haben Sie recht«, räumt er ein, während er einen kleinen Ast von einer immergrünen Hecke bricht. Mit einer Geste deutet er Bainbridge an, den Park vor ihm zu verlassen, damit er die Fußabdrücke verwischen kann, die Schleifspur und das Blut.

Der Doktor fügt sich.

Tillman, der sich daran macht, die Spuren zu verwischen, sagt: »Dann geben wir ihr doch die Chance.«

15

Es ist elf Uhr vormittags, tags darauf, und der Mann, dem Anonymität über alles geht, der sie zu seinem Geschäft gemacht hat, fürchtet sich vor einem seiner eigenen Kunden. Alexander Leibovitz, siebenundsiebzig Jahre alt, ein Magier, der neue Identitäten herbeizaubert, nippt Mountain Dew aus einer kalten Flasche, während er in seiner Souterrainwerkstadt in der Avenue A an der Lower East Side von Manhattan letzte Hand an eine frisch gefälschte Geburtsurkunde legt.

»Ian Bainbridge« dürfte jeden Augenblick hier sein.

Im scharfen Kontrast zu der Mietskaserne, die er bewohnt, ist Leibovitz' Drei-Zimmer-Wohnung mit Mietpreisbindung ganz im Hazienda-Stil eingerichtet: Stuckbögen, Zedernböden, Tisch und Schrank aus mexikanischer Pinie, Navajobrücken und die schönste Sammlung blühender chilenischer Minikakteen von ganz New York. Das angenehme Summen eines Apparats in einer Ecke schluckt den Straßenlärm, während er den Geruch von Wüstensalbei verströmt.

Der Summer ertönt, und Leibovitz' Herzschlag stockt für einen Augenblick. Er hat eine Heidenangst vor »Bainbridge«, der wahrscheinlich eben in die Halle draußen getreten ist.

Auf einer Gehhilfe, wie man sie in Krankenhäusern benutzt, wankt Leibovitz auf den Monitor seiner Überwachungsanlage zu. Er hat die Größe eines Basketball-Centers, die Blässe eines Krebspatienten, die ruhige Hand eines Diamantenschleifers und den kahlen Kopf eines buddhistischen Mönchs. Tatsächlich sieht er auf dem Monitor »Bainbridge« neben den Briefkästen stehen, steif, den Blick nach oben in die Kamera gerichtet, in einem waldgrünen Parka und Jeans.

Das Gesicht des Mannes in der Halle entspricht dem auf den Fotos in dem Führerschein aus Massachusetts und dem neuen Paß auf Leibovitz' Schreibtisch.

»*Wej is mir*«, murmelt Leibovitz, der 1954 aus Rumänien in die Staaten geflohen ist und der seinen Kunden, da sie sowieso alle falsche Namen benutzen, den Spitznamen »die Marionette« gibt.

Außerdem liegen auf dem Schreibtisch hinter Leibovitz zwei Kreditkarten auf den Namen Otis Becket, Visa und American Express, eine gefälschte Sozialversicherungskarte und der Ausweis einer Krankenkasse.

Der wirkliche Otis Becket ist 1958 in Pittsfield, Massachusetts, im Alter von drei Jahren gestorben. Er wurde von einem Auto überfahren.

Leibovitz, der das Treffen lieber schon hinter sich hätte, drückt auf den Türöffner und läßt die Marionette ins Wartezimmer, das eine Tür mit zwei Medico-Schlössern von der eigentlichen Wohnung trennt, in der er lebt und falsche Papiere für Männer und Frauen macht, die nachts bei ihm klingeln, die selbst im Regen Sonnenbrillen tragen und in Autos mit getönten Scheiben vorfahren. Er sieht sie als Mr. Big Boots, Mr. Rastafari, Ms. Karo, Mr. Kronzeuge, Mrs. Ledernacken auf Urlaub, Mr. Alimente, Mr. Illegaler Einwanderer Nummer 2009.

»Noch zwei Minuten«, sagt er zu der Marionette über die Gegensprechanlage, mustert die merkwürdig steife Haltung des Mannes, die Art, wie der Kopf nach links hängt, wie er die Hände nie über die Hüften hinaus hebt, die ruckartigen Vogelbewegungen, die er bei jedem Besuch des Mannes – vier waren es während der vergangenen zwanzig Jahre – so charakteristisch fand.

Sein Kunde setzt sich in einen weißen Korbsessel und greift nach einer Nummer von *National Geographic*.

Leibovitz beeilt sich, das Foto im Paß zu laminieren. In seinem Arbeitsraum hat er zwei Computer, auf denen er die Geburts- und Todesregister von einundvierzig Staaten einsehen kann, dazu die Datenbanken von Sozialkasse, Militär, Kfz-Zulassungsstellen und Standesämtern, Wählerlisten und Kreditinformationen sowie die Todesanzeigen von Bangor bis San Diego. Er hat Farben und Spezialpapier, teure Tinten und das Laminierungsgerät. Er hat Kameras für Paßfotos, Arbeitsgenehmigungen für die Einwanderungsfälle. Er besitzt eine eigene Druckerpresse, auf der sich Briefköpfe für zweihundert

Firmen herstellen lassen, für Empfehlungsschreiben an Arbeitgeber; und in einer Vitrine hält er, gegen einen saftigen Aufschlag, farbige Kontaktlinsen und Perücken bereit.

Leibovitz trägt Otis Beckets Ausweisstapel durchs Wohnzimmer in Richtung der Stahltür, die es vom Wartezimmer trennt. Die Gehhilfe macht ihn unerträglich langsam. Er schließt die Medicos auf.

Im Wartezimmer erhebt sich die Marionette ruckartig mit ausdruckslosem Gesicht.

Leibovitz sagt, mit aufgesetzter Fröhlichkeit: »Wie lange ist das nun her, neun Jahre?«

Der Mann mustert nur wortlos Paß und Kreditkarten. Alle paar Jahre, wenn er aufkreuzt, hat sich seine Erscheinung verändert, durch Perücken, Kleidung, farbige Kontaktlinsen, Frisur. Nur seine Art sich zu bewegen, ändert sich nie.

Leibovitz sagt: »Für gewöhnlich kommen die Leute nur einmal zu mir. Aber Sie. Erst drei Jahre Pause. Dann fünf, vier. Und dann neun als Dr. Bainbridge.«

Die Marionette greift in eine Innentasche, und Leibovitz spürt, wie sich seine Brust zusammenzieht. Aber die Hand befördert lediglich einen weißen gefalteten Umschlag heraus.

»Kaufen einem die Leute diese Ausweise auch ab? Computer sind heute besser, wenn es darum geht, so eine Identität zu verfolgen.«

Leibovitz sagt stolz: »Da haben Sie recht. Identitäten zu fälschen ist nicht mehr so leicht wie früher einmal. Heutzutage wird alles per Computer gegengeprüft, an Grenzen, von der Polizei, von Firmen. Man kann keinem mehr einfach seine Papiere geben. So ein Dokument muß einer Überprüfung standhalten. Also suche ich mir jemanden, der tatsächlich gestorben ist, vor langer Zeit, und der jetzt in Ihrem Alter wäre. Ich vergewissere mich, daß seine Sozialversicherungskarte nicht abgemeldet wurde, was recht einfach ist, und stelle ihm dann eine neue aus. Ich drucke eine falsche Geburtsurkunde mit realen Angaben, in diesem Fall auf ein Standardformular aus Massachusetts, und mit dieser ersuche ich um einen echten Paß, den ich innerhalb von achtundvierzig Stunden bekommen kann.

Mit dem Paß, der Geburtsurkunde und gefälschten Kontoauszügen beantrage ich Kreditkarten, ganz einfach, und was den Führerschein anbelangt, belassen wir's dabei, daß ich einen Freund beim zuständigen Amt in Springfield habe. Sie sind sauber in die Computer des Staates Massachusetts gerutscht. Einer der Gründe dafür, daß meine Gebühren gestiegen sind. Ich muß teilen. Sie sind völlig sicher, wenn die Obrigkeit – Vermieter, Kreditkartenfirmen, Polizei, Zoll – Ihre Ausweise überprüft. Natürlich, wenn Sie ein schweres Verbrechen begehen und die graben wirklich nach, dann kann ich für nichts garantieren.«

»Viertausend, Cash«, sagt die Marionette und reicht Leibovitz den Umschlag. Fast wie zu sich selbst fügt er hinzu: »Bainbridge hat mich gebeten, seinem Club beizutreten, aber ich bin nie hingegangen. Sie haben mir einen Platz freigehalten, in dem Restaurant. Soweit kommt's noch, daß ich zu dem Haufen da gehe.«

»Das ist schön«, sagt Leibovitz, der keine Ahnung hat und auch keine Ahnung haben will, wovon der Mann da spricht.

Die Marionette geht jedoch nicht. Sie steht einfach nur da. Der Mann ist völlig heruntergekommen, seit er das letzte Mal bei ihm gewesen ist, er hat eine birnenförmige Figur mit hängenden Schultern, alles an ihm ist schlaff. Liebovitz' Hals ist wie ausgedörrt. Seit fünf Jahrzehnten hat er mit Männern zu tun, die auf der Flucht vor der Polizei sind. Männer, die Waffen tragen, Männer, die Männer beschäftigen, die für sie töten. Und in all den Jahren hat Leibovitz noch nie vor jemandem solche Angst gehabt wie vor der Marionette. Bei ihm liegt die Gewalt weniger an der Oberfläche. Aber der psychische

Defekt darunter scheint Leibovitz nie sehr weit weg und bedrohlicher, weil er sich nie sicher sein kann, worin genau er besteht.

Jetzt sagt die Marionette: »Haben Sie eigentlich nie Bedenken, daß einer Ihrer Kunden Ihnen was tut? Ein alter Mann mit einer Gehhilfe. Vielleicht hat mal einer Angst, Sie könnten ihn verraten.«

»Kameras nehmen jeden auf, der kommt, und es laufen Bänder mit. Hier und gleichzeitig in einer anderen Wohnung. Das ist meine Versicherung.«

Die Marionette scheint zu überlegen, ob er Leibovitz glauben soll oder nicht.

»Clever«, sagt er schließlich. »Ich brauche noch etwas. Vielleicht wissen Sie, wo ich es bekomme. Eine Pistole.«

Leibovitz schüttelt den Kopf. »Ich mache nur Papiere.«

»Das glaube ich nicht.«

»Sie haben doch früher nie eine Waffe gewollt, nie eine gebraucht.«

»Umstände ändern sich. Außerdem ist es nur eine Vorsichtsmaßnahme. Ich bin sicher, ich werde sie nie benutzen. Nur zur Verteidigung.«

Ein Hundert-Dollar-Schein ist zwischen seinem Zeige- und Mittelfinger erschienen, steif und neu wie ein falscher Ausweis.

Die Marionette sagt: »Es muß eine Waffe sein, die man nicht zurückverfolgen kann. Das Kaliber ist mir egal, nur daß sie nicht zu groß sein sollte. Ich möchte keine große Beule in meiner Kleidung.«

»Ich sage Ihnen doch, nein.«

»Zweihundert.«

Nie wieder lasse ich mich mit diesem Menschen ein.

»Es ist keine Frage des Geldes«, antwortet Leibovitz brüsk.

»Alles ist eine Frage des Geldes, ganz zu schweigen davon, daß ich Ihnen angst mache.«

»Ich bin siebenundsiebzig Jahre alt. In meinem Alter hat man vor jedem Angst.«

Die Hand der Marionette bewegt sich wie von allein, stößt zu wie eine Schlange, die Finger packen Leibovitz so fest bei der Schulter, daß er sich krümmt, doch er kann dem Griff nicht entkommen. Der Schmerz wird schlimmer. Die Marionette ist gefühllos, wie ein Schraubstock.

Liebovitz geht in die Knie und kippt gegen die Wand im Haziendastil. Von seinem Winkel aus sieht er über die Schulter der Marionette hinweg durch die vergitterten Souterrainfenster seiner teuren Wohnung den Teil eines Gerüsts auf dem Schieferdach gegenüber sowie den Himmel, der wegen eines aufziehenden Schneesturms unheilvoll grau, fast schwarz geworden ist.

»Wo, sagten Sie, könnte ich eine Pistole kaufen?« sagt die Marionette.

Leibovitz sagt es ihm.

Am selben Tag um zwei Uhr durchmißt Mackey Kassulke, der Wirt von Mackey's Tavern, in der sich der »Club der toten Herzen« zu treffen pflegte, die enge, niedere Halle von One Police Plaza, passiert ein Drehkreuz für Besucher und geht auf eine provisorische Anmeldung zu, an der zwei Männer in Blau Besucherpässe ausstellen, die man hier als Zivilist braucht, um nach oben zu gehen. Nach sieben Stunden Schicht sterben die beiden Männer in Blau fast vor Langeweile, aber da man nie weiß, wann ein wichtiger Vertreter der Stadt hereinkommt, müssen sie auf dem Posten sein.

Mackey wartet in der Schlange, hinter einem Fotografen der *New York Times*, der den Commissioner für die Sonntagsbeilage knipsen soll. Die Schlagzeile auf seiner zusammengefalteten Zeitung lautet TOTE KRANKENSCHWESTER IM PARK NUMMER DREI.

Als Mackey an der Reihe ist, sagt er: »Ich habe ein Restaurant am West Side Highway. Der Typ, nach dem ihr sucht, der die drei Mädchen umgebracht hat, also ich glaube, der ist Gast bei mir.«

Der Mann in Blau mustert Mackey – sauber rasiert, offener Blick, gute Haltung, neues Tweedsakko, gesetzter Ton – und kommt zu dem Schluß, nicht irgendeinen Spinner vor sich zu haben, auch wenn Mackey an diesem Tag schon der elfte ist, der hereinkommt und den Mörder zu kennen behauptet.

Der Mann in Blau sagt: »Wir haben da eine Hotline, wissen Sie, wo Sie anrufen können.«

»Das habe ich. Vor zwei Tagen.«

»Und?«

»Ich habe seither nichts gehört«, sagt Mackey, der etwas schwitzt in dem überheizten Bau. »Die Geschichte hört sich etwas verrückt an. Ich habe so das Gefühl, es ist besser, das persönlich zu regeln.«

»Wir gehen jedem Anruf nach, Sir, aber es sind so viele, daß es manchmal ein paar Tage dauert, um durchzukommen.«

»Ja, schon gut, nur ich glaube wirklich, daß er es ist. Und jetzt auch noch die Frau im Park, da dachte ich mir, kommst du besser persönlich her. Aber wenn ich wieder gehen soll? Bitte. Glauben Sie mir, ich habe was Besseres zu tun.«

Der Mann in Blau hat genaue Anweisungen von Voort aus der Sonderkommission, die den Fall bearbeitet. Er soll bei den Besuchern nach seinem persönlichen Urteil gehen. Er kann sie wegschicken oder hinaufbitten. Der Mann in Blau ruft oben an, stellt einen Etagenpaß aus und dirigiert Mackey in den neunten Stock, zu einem Detective Quinlan. Mackey zwängt sich in den Aufzug. Noch nie hat er so viele hochrangige Polizisten auf einem Haufen gesehen. Die Hälfte der älteren Typen hier trägt goldene Tressen, Orden und Auszeichnungen, als sei er in eine Parade geraten. Oder eine Beerdigung.

Quinlan entpuppt sich als spindeldürrer schwarzer Detective, der inmitten von anderen Detectives in einem Großraumbüro am Telefon sitzt. Er winkt Mackey neben seinen Apple auf einen knarrenden Stuhl. Durch das große Fenster sieht man, daß der Himmel im Westen über Jersey die lila Farbe eines Blutergusses angenommen hat. Mackey hat in der Morgenzeitung gelesen, daß der hereinkommende Sturm den Westen von New Jersey lahmgelegt hat. Die Schulen sind geschlossen, Stromleitungen gerissen, und alte Leute sitzen in ihren Häusern fest.

Quinlan schreibt mit der Linken, den Telefonhörer zwischen Schulter und Kinn, während er sagt: »Gute Frau, ich hab's gehört. Ihr Cousin Christopher hat schon immer was gegen Krankenschwestern gehabt. Ja. Die Initialen. Christopher Theodore Hopper. CTH. Aber haben Sie nicht gesagt, er wohnt in Seattle?«

Einige Minuten später legt Quinlan auf.

»Möchten Sie einen Kaffee?« fragte er Mackey. »Also ich brauche einen.«

Mackey sagt: »Mir gehört ein Restaurant mit Bar am West Side Highway. Vor ein paar Monaten kommt ein Mann herein, mittlere Größe, Glatze, ein Weißer, gebildet, und sagt, er hätte da einen Club, er und ein paar andere, und sie würden gern für Donnerstagabend das Hinterzimmer mieten.«

Quinlan beugt sich vor. Er macht sich keine Notizen, sondern hört nur zu und neigt den Kopf nach rechts. Mackey denkt sich, daß er wohl auf dem Ohr etwas schlecht hört.

Mackey sagt: »Das hört sich jetzt verrückt an. Aber ein Typ, der Frauen umbringt, also, der muß ja wohl nicht ganz richtig sein, stimmt's? Der erste Donnerstag kommt, er kreuzt auf, allein, mit einer großen Papiertüte. Was er drin hat, kann ich nicht sehen. Er bezahlt für das Hinterzimmer, in bar. Er bestellt vier Abendessen. Nur daß keiner dazukommt. Aber die Bedienung, also die hört ihn reden da drin, das heißt mit sich selber, in verschiedenen Stimmen.«

Quinlan sagt: »Ein einzelner Mann.«

»Ich sage Ihnen ja, daß es verrückt klingt.«

»Erzählen Sie weiter.«

»Verdammt, schließlich hat er bezahlt, oder? Fürs Zimmer. Für die Mahlzeiten. Was er damit macht, ist seine Sache. Wenn er sich da reinsetzen und mit sich selber reden will, was kümmert das mich?«

Quinlan holt einen großen gelben Block heraus. Er notiert das Wort »Bar« und dann »Abendessen«.

»In der Woche darauf dasselbe. Der Typ. Die Tüte. Die vier Mahlzeiten. Diesmal hört ihn die Bedienung drin schreien, mit sich selber, irgendwas von einer Frau, die ihn nicht mag und verlassen hat. Er schreit: ›Ich bringe sie um.‹«

Quinlan unterbricht ihn: »Wie heißt denn der Mann?«

Mack sieht ihn belämmert an. »Bill Smith, hat er gesagt. Aber er hat bar bezahlt, im voraus, und eine Mordsvorauszahlung für den Schaden hinterlassen. Über tausend. Wie auch immer, in der Woche darauf geht die Bedienung mal rein. Der Typ hat sich verkleidet, mit einer schwarzen Perücke, das Haar nach hinten geklatscht, falscher Schnurrbart. Er ist sogar größer geworden, und er spricht mit einer anderen Stimme. Er hat ihr einen Heidenschreck eingejagt.«

»Wieso glauben Sie, daß er es ist, der die Morde begangen hat?«

»Darauf komme ich ja gerade. Sie haben in den Nachrichten die Polizeizeichnung gezeigt, und das war er, ich sag's Ihnen, das war er in seiner Verkleidung. Und dann, als sie die andere Zeichnung gebracht haben, die von dem aus der Bank, also beim zweiten Mord, auch *das* hätte er sein können, in einer Verkleidung, in der ich ihn gesehen habe, als ich in das Zimmer kam. Das ist wohl, was er in der Tüte hat, verstehen Sie? Perücken. Den falschen Bart. Vier Abendessen. Vier Verkleidungen.«

Der Detective sagt: »Und so kommt der Typ seit Wochen? Und Ihnen kam das nicht irgendwie komisch vor?«

»Wir sind hier in New York, verflucht noch mal«, fährt Mackey ihn an. »Gehen Sie mal zwanzig Sekunden auf die Straße, wenn Sie was Komisches sehen wollen. Ich dachte mir, daß er vielleicht Schauspieler ist oder Regisseur, der irgendwelche Rollen probiert, wer zum Teufel weiß so was schon. Ich meine, als Whoopi Goldberg ihre Soloshow am Braodway hatte – die ich übrigens gesehen habe –, glauben Sie nicht, die hat das geprobt und Perücken probiert? Daß die mit verschiedenen Stimmen gesprochen hat? Der Broadway ist gerade mal fünf Blocks vom Restaurant. Diese Schauspieler spinnen doch allesamt. Also, ich denke mir, daß er vielleicht von der Stanislawski-Schule ist, wissen Sie. Oder vielleicht versucht er ja zu Hause zu probieren, aber die Nachbarn beschweren sich, wenn er zu schreien anfängt. Er hatte Geld. Er war höflich. Gab Riesentrinkgelder. Die Sache ist doch die, ich und die Kellnerin, wir haben ihn so verkleidet gesehen wie auf den beiden Zeichnungen im Fernsehen.«

»Haben Sie irgendeine Ahnung, wo er wohnt, was er beruflich macht, wissen Sie irgendwas über ihn?«

»Nee.«

»Hat er gesagt, was für eine Art Club er da hat?«

»Einen Männerclub.« Mackey lacht. »Einen Einmannclub.«

»Und er kommt jeden Donnerstag?«

»Genau gesagt, das letzte Mal habe ich ihn an dem Abend gesehen, als die Frau in Brooklyn ermordet wurde, und glauben Sie mir, der ist völlig durchgedreht da hinten, er hat gebrüllt, daß er irgendeine Frau haßt und sie umbringen will. Die Kellnerin hatte richtig Angst.«

Quinlan lehnt sich in seinem Drehsessel zurück. Seit er hergekommen ist, hört Mackey in den Sprechpausen drei, vier andere Detectives im Raum telefonieren. Anhand der Gesprächsfetzen wird ihm plötzlich klar, daß sie in der ganzen Stadt Ärzte anrufen. Er hört einen, in einer Sprache, die sich nur ein Anwalt ausgedacht haben kann: »Ich bin gesetzlich verpflichtet, Sie darüber in Kenntnis zu setzen, daß dieser Anruf aufgezeichnet wird, es sei denn, Sie erheben Einspruch.«

Ein anderer sagt: »Wir versuchen einen Einbrecher aufzuspüren, der auf Ärzte spezialisiert ist. Wenn der Doc also einen Augenblick erübrigen könnte, am Telefon, es würde uns die Fahrt in die Praxis ersparen.«

Was freilich eine Lüge ist, wie Mackey aus den Bemerkungen schließt, die die Detectives untereinander machen. Offensichtlich sind sie lediglich daran interessiert, die Stimmen der Ärzte mit einer anderen zu vergleichen, die sie auf Band haben, der Stimme eines anonymen Tipgebers.

Mackey wird klar, daß die Detectives die Geschichte mit dem Einbrecher erfunden haben, um den Tipgeber, der wohl Arzt sein muß, nicht zu verschrecken.

Natürlich, denkt Mackey, gibt's nur 'n paar Milliarden Ärzte hier in der Stadt. Gegen drei Detectives am Telefon.

Quinlan sagt müde: »Er bestellt vier Abendessen, und Sie halten ihn für einen Schauspieler? Welcher Schauspieler hat denn schon Geld? Mein Schwager ist Schauspieler. Er schnorrt sich seine Mahlzeiten bei uns.«

»Wollen Sie mir die Leviten lesen oder weitergeben, was Sie von mir haben? Seit wann ist es verboten, sich was zu essen zu bestellen, solange man dafür bezahlt? Sie können mich mal. Das ist er.«

»Jeder sagt: ›Das ist er.‹«

Sie funkeln einander an. Als der Ehre auf beiden Seiten Genüge getan ist, greift Quinlan zum Telefon und ruft beim Polizeizeichner an.

»Vielleicht können Sie uns zu einer Zeichnung verhelfen«, sagt er zu Mackey. Dann fügt er, mehr zu sich selbst, hinzu: »Sie, der Typ in Brooklyn, die Frau in Astoria ... Junge, Junge, über die heutige Liste wird Voort sich freuen.«

Voort, der einige Etagen darüber sitzt, kommt inzwischen nicht von den Fotos der Toten los. Sie sind entsetzlich, so an die Korkwand gepinnt. Schwarzweiß, zwanzig mal dreißig, reduzieren sie das Ende von Greta Berger auf zwei Dimensionen. Dreht man sie zur Seite, verschwinden die Bilder, als hätten sie nie existiert. Dreht man sie um, hat man eine leere weiße Fläche; als hätte es nie einen Mord gegeben.

Voort sieht sich den zerschmetterten Schädel der Schwester an, die dunklen Flecken im Schnee. Die Beine sind ineinander verschlungen, als hätten sie, in ihrer Panik, ein Eigenleben entwickelt, als seien sie langsamer gewesen als die Frau, die sich alle Mühe gab, vor ihrem Angreifer zu fliehen. Die Vergrößerung des nach hinten gedrehten Halses, ganz weiß im Blitzlicht des Polizeifotografen, ähnelt einer Skipiste. Der einzelne Schuh im Schnee, die von der Leiche gerissene Kleidung, erinnert ihn an eine Ausstellung im Museum of Modern Art, die er sich letzten Monat mit Camilla angesehen hat. »Landschaft mit Kleidung.«

Der Commissioner höchstpersönlich hat mir heute morgen eine vor den Latz gegeben. »Wie viele Tote braucht es noch, bevor Sie endlich eine Spur haben, Detective«, hat er gesagt. »Wie viele?«

»Umgebracht hat er sie in der Fifth Avenue«, berichtet Voort den Detectives von der neuen Schicht, die eben hereingekommen sind, den Männern und Frauen, die man ihm zugeteilt hat. »Er hat sie in den Park geschleift. Wir haben den Golfschläger im Schnee gefunden, acht Meter von der Leiche entfernt. Keine Abdrücke. Keine Fußspuren. Aber wieder mal die Initialen. Seht euch das Foto an, hier.«

Er richtet den Zeigefinger auf eine Vergrößerung am unteren Rand der Korkwand. Es ist ein Hosenbein der toten Frau, auf der mit einem dicken Filzstift die Buchstaben CTH geschrieben stehen. Voort ist im »Krisenraum«, einem verglasten Konferenzraum mit einem langen Fichtentisch, schlichten

Metallklappstühlen und drei Korkwänden auf Holzbeinen, von denen jedoch nur zwei mit Fotos bepinnt sind. Die dritte hält einen Stadtteilplan der Upper East Side voller konzentrischer Kreise, die man mit Filzstift um die Kreuzung gezogen hat, von der aus der anonyme Arzt vor vier Tagen Mickie angerufen hat.

Die Kreise stehen für die Bereiche, auf die sich die Polizei mit ihren Anrufen bei den Ärzten konzentriert.

»Siehst nicht gerade so aus, als hättest du geschlafen«, sagt einer der drei Detectives, die eben gekommen sind, zu Voort, und greift nach einem Pappteller mit gefüllten Pilzen, die Mickie, der Gourmet, mitgebracht hat.

»Schlafen? Was ist das?« fragt Mickie.

Voort jedoch ist natürlich rasiert, er trägt Slipper aus Korduanleder, eine dicke italienische Kordhose und einen waldgrünen Pullover mit rundem Ausschnitt, den er voriges Jahr in Florenz gekauft hat.

Mickie trägt einen grauen Wollanzug von Barney's und ein frischgewaschenes weißes Hemd mit Laschenkragen von Donna Karan. Er sieht aus wie ein Filmproduzent – als könnte er bei Paramount aufkreuzen und mit einem Vertrag in der Tasche wieder gehen.

Voort seufzt. »Letzte Nacht, so gegen zwei, kam ein Junge von einer Party nach Hause, völlig zugeknallt. Er dreht noch eine Runde mit dem Borzoi der Familie. Der Hund reißt sich los und läuft in den Park, der Junge hinter ihm her. Der Hund findet die Leiche. Der Junge und der Hund zertrampeln den Schnee. Der Junge flippt aus, läuft hinaus auf die Straße und stoppt den Verkehr. Und schon trampeln auch noch zwei Taxifahrer dort rum.«

Und Mickie fügt hinzu: »Vergiß nicht den Fotografen von der *Daily News*.«

»Wer könnte den vergessen? Wir haben mit den anderen Schwestern gesprochen. Zuerst ging's um einen Räuber, der schon Leute vor dem Krankenhaus überfallen hat, aber auf der Madison Avenue, nicht auf der Fifth, und außerdem wurde sie nicht beraubt. Der Ehemann hat ein Alibi. Wie sich herausstellt, wurde sie vor Jahren schon mal überfallen, von einem ehemaligen Freund. Es ist unsere einzige Spur, und zudem noch steinalt. Ein Automechaniker. Wir überprüfen ihn, versuchen ihn ausfindig zu machen. Arthur Davis.«

Einer der älteren Detectives spitzt die Ohren. »An den erinnere ich mich.« Der Mann grinst. »Den haben die mächtig aufgemischt, als sie ihn nicht anzeigen wollte.«

Eine der Frauen unter den Detectives, eine Bosnierin, die seit zwei Jahren hier bei der Polizei ist, mischt sich ein: »*Die*? Du bist ein Dinosaurier. Wegen Typen wie dir habe ich Bosnien verlassen.«

»Ich bin ein Tyrannosaurus Rex. Und glaub mir, besser, du hast mich auf deiner Seite. Trotzdem, es war schon komisch, als Davis damals, ah, die Prügel bezogen hat, da klinkte er sich mit einmal aus. Sprach mit einer anderen, tieferen Stimme. Sein Blick wurde irgendwie glasig. Auf einmal war er jemand ganz anderes, völlig bekloppt. Er behauptete, daß er noch nicht mal einen Arthur Davis kennt.«

»Wo ist dieser Arthur Davis jetzt?« fragt die Frau.

»Wir haben bei seiner alten Werkstatt nachgefragt, wo er vor Jahren gearbeitet hat, und uns seine Papiere, seine Sozialversicherungsnummer geben lassen. Hazel jagt ihn gerade durch den Computer. Inzwischen wird Mickie einteilen, wer ins Krankenhaus geht, zu Nachbarn und Patienten. Der Bürgermeister, der Commissioner und Addonizio«, sagt er, den Kripochef beim Namen nennend, »wollen den Kerl geschnappt sehen, und zwar schnell.«

»Wir vielleicht nicht?«

Das Telefon klingelt, und Mickie hebt, über das Mineralwasser und die Plastikbehälter mit Pesto-Pasta-Salat, den er fürs Team hat kommen lassen, hinweg ab. »Ja«, sagt er, dann runzelt er die Stirn.

»Connie«, sagt er und reicht Voort den Hörer. »Du gehst vielleicht besser im Büro ran. Ich bring das hier zu Ende.«

»Hallo?«

Es ist der Typ in Blau unten am Empfang, der ihm sagt, er habe Besuch von einer Frau. Camilla Ryan.

Die Luft im Raum ist auf einmal siedend heiß.

Voort sagt: »Schicken Sie sie rauf in mein Büro.«

Sein Herz klopft wie verrückt, als er, äußerlich völlig gelassen, den Hörer auflegt und zu den Kollegen sagt: »Bin gleich wieder da.« Mit einer aufkeimenden Hoffnung verläßt er den Krisenraum.

Der Tänzer hat den Laufpaß gekriegt.

Natürlich erreicht Voort sein Büro vor ihr, setzt sich, steht wieder auf, richtet Papiere aus, sieht aus dem Fenster, setzt sich wieder hin. Da kommt sie; durchs Glas trifft ihn ein Pfeil ihrer Liebe, direkt ins Herz, eine große schöne Blondine, heute in Gelb – enges zitronengelbes Jackett, hochhackige zitronengelbe Pumps und ein passender, auf Taille geschnittener Rock. Sie geht am schwarzen Brett vorbei – Ankündigungen für ein Polizeipicknick, Landhaus zu vermieten, Gewerkschaftsversammlungen, Hinweise auf die Spenden für verletzte Detectives. Sie hat eine lederne Faltmappe dabei, als hätten die beiden einen geschäftlichen Termin, als würde sie, wenn sie hereinkommt, Tabellen und Diagramme herausholen, Ideen für ihre Reporter, ihre Kameraleute, ihre Sprecher im Fernsehen.

Das Klacken ihrer hohen Absätze nähert sich der Tür.

»Camilla.«

Sie knallt die Tür hinter sich zu. Die Scheibe klirrt. »Du Dreckskerl!«

Darauf war er nicht gefaßt, daß sie so auf ihn losgeht, mit funkelnden blauen Augen, das Gesicht fast so rot wie ihr Lippenstift, die Farbe dunklen Blutes erstreckt sich, den Linien ihrer Venen entlang, über den Hals.

»Du Arschloch. Du warst bei meinem *Car Service*? Du hast denen gesagt, daß du mich für die Ermittlungen in einem *Mordfall* überprüfst? Hast du dir nicht denken können, daß die beim Sender anrufen, nachdem du gegangen bist? Daß die uns wissen lassen, wer da was über uns wissen will? Ermittlungen in einem Mordfall? *Wie kannst du es wagen, hinter mir herzufragen!*«

»Ich war betrunken.«

»Du warst *betrunken*«, wiederholt sie, als hätte er eben eingestanden, sie absichtlich mit Syphilis angesteckt, ein Baby umgebracht und einen Opferstock ausgeraubt zu haben.

»Also, jetzt weißt du, wo ich freitags hingegangen bin, du großartiger Detective. Bist du nun zufrieden?«

Camilla zittert vor Rage. Noch nie hat er sie so wütend gesehen. Sie ist so nahe, daß er die Poren auf ihrem Gesicht sehen kann. In den Duft von Parfum und Schweiß mischt sich ein schärferer, bitterer Geruch, und ihm wird klar, es ist ihr Zorn.

»Vielleicht habe ich mich zuvor noch schuldig gefühlt, dich so zu verlassen, aber jetzt, nein. Erst die Anrufe«, faucht sie. »Einfach wieder aufzulegen, ich konnte nicht glauben, daß du das bist. Und jetzt das!«

»Welche Anrufe?« sagt Voort.

»Spar die die Mühe«, sagt Camilla. »Ich habe die Nummer verfolgen lassen. Voort, ich hätte dich wirklich für cleverer gehalten. Du weißt, daß ich sehe, welche Nummer anruft, oder nicht? Na, vielleicht nicht. Also, wie kannst du mich da von einer Telefonzelle einen Block von deinem Haus entfernt anrufen, he?«

»Dafür bin ich wirklich zu clever: Ich weiß, daß du die Nummer siehst. Wieso sollte ich anrufen?«

Aber sie ist zu wütend, um ihn zu hören, ihn einzuschätzen oder auch nur nachzudenken. Sie sagt: »Oder direkt von hier, vor dem Präsidium, anzurufen. Hältst du mich für blöd? Glaubst du, ich komm nicht drauf«, sagt sie und kommt noch näher, wird noch lauter, läuft noch dunkler an, »daß du das bist? Allein letzte Nacht wurde viermal aufgelegt.«

»Um ehrlich zu sein, ich glaube nicht, daß ausgerechnet du hier Leute beschuldigen solltest.«

»Was soll das denn heißen? Was bitte soll das heißen? O Camilla«, sagt sie zu sich, wendet sich ab, weil sie ihn nicht ansehen will, weil sie alles mögliche ansehen will, ein Fenster, einen Boden, ein Insekt, den schmutzigen Schnee, der draußen zu fallen beginnt, nur nicht ihn, »du hast wirklich ein Händchen für Typen.« Sie lacht, ein häßliches Grunzen voller Selbstverachtung.

»Camilla, hör zu. Wenn dich jemand anruft und wieder auflegt, dann will ich herausfinden, wer es ist.«

»Sicher doch. Oder vielleicht erzählst du mir, daß alles ein Zufall ist. Oder daß die Telefonleitungen durcheinandergekommen sind. Und ganz zufällig fängt das genau an dem Abend an, an dem ich dich verlasse. Zwei Stunden später bekomme ich den ersten Anruf. Was bin ich bloß für ein Idiot. Immer gerate ich an die Falschen. Du schienst mir so gewandt, Voort, so selbstsicher. Du schienst so normal. Aber vielleicht sind alle Typen wie du. Vielleicht ist es ein Modellfehler. Vielleicht entpuppt sich jeder, wenn man ihn kennenlernt, letztlich als Tier. Mein erster Mann. Du. Letztendlich verrät jeder jeden.«

Er sieht sein Spiegelbild im Fenster, vor dem aufziehenden Sturm, nach ihrer Schulter greifend. Im Spiegelbild dreht sie sich ab, bevor es zum Kontakt kommt. Ihr Parfum ist unerträglich nahe. Ihr Rücken hebt sich, aber vor leidenschaftlicher Wut, nicht weil sie weint.

»Noch ein Anruf von dir, und ich gehe zu deinem Chef«, sagt sie. »Ich mach deine Karriere kaputt. Im Augenblick wissen es nur du und ich, aber damit ist jetzt Schluß.«

Voort legt all seine Energie, seine Ehrlichkeit, seine Liebe und Macht in seine Stimme. »Camilla, sieh mich an.«

Sie schwankt. Sie sieht ihn geringschätzig, haßerfüllt an, sie scheint sich ein wenig zu beruhigen, und, wenigstens für einen Augenblick, schimmern ihre Zweifel, ihre Verletzlichkeit und ihre Angst ein wenig durch. Dann sieht sie ihm ins Gesicht. Er zwingt all seine Willenskraft an die Oberfläche. Er versucht, sie in sich hineinsehen zu lassen. Einen Augenblick, den Bruchteil einer Sekunde, sieht er, wie sie sich bemüht, wie sie ihm glauben will.

Camilla greift in ihre Handtasche und holt einen schwarzen Lederhandschuh heraus, den er sofort erkennt. Er ist verwirrt, sie so plötzlich das Thema wechseln zu sehen.

Sie sagt, milder: »Übrigens, der hier lag in meiner Wohnung. Gehört er dir?«

»Ich habe mich schon gefragt, wo er hingekommen ist«, sagte Voort.

Ihr Ausdruck verschließt sich wieder, verzerrt sich, und er hat sie verloren, obwohl er nicht versteht, warum. Sie sagt: »Er war nicht *in* meiner Wohnung. Er lag vor meinem Schlafzimmerfenster auf der Feuertreppe, wo du ihn hast liegen lassen. Wenn ich je wieder von dir höre, wenn du mich anrufst, wenn du auch nur noch ein einziges Mal auflegst, egal von welchem Apparat aus, dann gehe ich zum Kripochef. Hast du verstanden? Bleib weg von mir. Ruf nicht an. Schreib nicht. Denk noch nicht mal an mich, denn ich werd's merken, und dann ruiniere ich dich. Das ist dann das Ende eurer schönen zweihundertjährigen Familiengeschichte bei der Polizei. Du kotzt mich an!«

»Auf der Feuerleiter«, sagt Voort, dem plötzlich schwindlig wird. Ich bin sicher, denkt er, daß ich gestern abend noch beide hatte.

Er bemerkt, daß Mickie mit einem anderen, älteren Detective auf dem Korridor draußen steht und an die Scheibe in der Tür klopft.

»Ich bin auf dich reingefallen«, sagt sie. »Gott, bin ich froh, daß ich auf meinen Arzt gehört habe. Ich bin dankbar, daß ich jetzt die Wahrheit über dich erfahren habe, nicht später. Ich kann es einfach nicht glauben«, sagt sie mit vernichtender Verachtung, »daß ich dich je gemocht habe. Daß ich mich von dir berühren ließ.«

Er macht einen letzten Versuch. »Wenn dich jemand anruft und auflegt, dann mußt du herausfinden, wer das ist, egal ob du mich nun sehen willst oder nicht.«

Er sieht ihrem Rücken nach, als sie den Korridor hinab auf den Fahrstuhl zugeht.

Mickie und der alte Detective stehen schweigend da, während sie ihr zusammen mit Voort nachsehen. Mickie zuckt nur die Achseln. Der andere Detective sagt: »Mann, ich erinnere mich noch, wie das in Korea war, wenn man gegen die Horden gekämpft hat und sie schließlich davonliefen. Mann, da atmet man auf.«

»Du warst auf ihrer Feuertreppe?« sagt Mickie.

»Ja, klar. Ich war auf ihrer Feuertreppe und hab Nacktfotos von ihr gemacht. Ich war ein Obdachloser, der ihr beim Ausziehen zugeguckt hat. Was glaubst du?«

»Schon gut, tut mir leid. Vergiß es. Freddie hier hat vielleicht die Stimme des Doktors gefunden«, sagt Mickie. »Er rief einen Psychiater an der 93. Ost an, sechs Blocks von dem Telefon, das der Tipgeber benutzt hat.«

»Laß mal hören.«

Sie schließen die Tür. Die Detectives spielen ein Band mit der Stimme des Doktors ab, das mit »Hier Bainbridge« beginnt.

Voort stöhnt auf. »Nicht Ian Bainbridge, Camillas Seelenklempner. Nun hört aber auf.«

Bainbridge hört sich unruhig an auf dem Band, dann nervös, als er der von einem Anwalt geschriebenen Einleitung des Detectives lauscht. Bainbridge sagt: »Tut mir leid, aber bei mir hat niemand, auf den Ihre Beschreibung paßt, um eine Behandlung gebeten.«

»Okay, spiel das andere Band.«

Mickie stellt die erste Aufnahme an.

»Ich denke, er ist es«, sagt Voort einen Augenblick später. Die anderen Detectives nicken. »Die Stimme. So total unschlüssig.«

Einen Augenblick lang sagt keiner etwas. Alle blicken auf den Aufzug. Camilla ist verschwunden, aber sie hat eine solche Energie, daß man meinen könnte, sie stehe noch da. Vorsichtig sagt Mickie: »Vielleicht gehe ich mal besser zu ihm.«

»Vielleicht verstecke ich mich im Keller und bewege mich nie wieder, nur weil sie sauer ist«, sagt Voort. »Vielleicht sollte ich den Fall abgeben. Vielleicht sollte ich unter einen Stein kriechen.«

»So ist's recht«, sagt Mickie.

Jetzt kommt Detective Quinlan in das Büro, der junge Mann, der im CTH-Fall das Tiptelefon bedient.

Quinlan hält Voort eine große braune Akte hin.

»Die Liste mit den Tips des Tages«, sagt er. »Sind 'n paar dolle Dinger dabei.«

Voort nimmt das Jackett vom Haken und steckt die Akte in die Innentasche, ohne sie anzusehen.

»Laß uns gehen«, sagt er zu Mickie. »Mit diesem Bainbridge möchte ich reden. Und zwar gleich.«

16

Der Sturm beginnt mit Hagel. In ganzen Wänden kommen silberdollargroße Geschosse von Westen, aus Jersey, über den Hudson gepfiffen, zerschlagen Scheiben, lassen die Fußgänger in U-Bahnen, Geschäfte, Wohnblöcke und Kinos fliehen.

Es ist erst fünf Uhr nachmittags, aber der Himmel ist

schwärzer, als Voort ihn je tagsüber gesehen hat. Das Prasseln des Hagels auf dem Chevy hört sich an, als schieße einer neben ihren Ohren mit einem MG. Die rechte Seite der Windschutzscheibe ist bereits beschädigt. Voort steuert den Wagen über die knirschende Masse von Kugeln, die den Asphalt überzieht. Es scheint, als könnten die grimmigen Geschosse jeden Augenblick durch das Dach sausen, durch Stoff und Fleisch, um dann durch das Chassis auf die Straße zu knallen.

»Officer, verletzt, 58. Ecke Sixth, durch Hagel«, kommt es über Funk.

Mickie übertönt den Sturm. »Das ist ja biblisch!« Als sie über die Kreuzung 58. und Third Avenue schlittern, sind die Hagelkörner zu Eiskügelchen geworden, so daß das blecherne Stakkato des Maschinengewehrfeuers auf dem Dach noch lauter wird.

»Biblisch? Du kommst doch nicht etwa auf den Gedanken, doch noch in die Kirche zu gehen?«

»Ach was.«

Der Himmel ist lila, und die geschundene Wolkenmasse, die tief über wild tanzenden Ampeln zu wogen scheint, bildet kleine Nippel am Himmel, während der Hagel zu Eis wird, zu einer dünnen, glänzenden Schicht auf den Schildern für Hundehalter, den Gehsteigen, dem Asphalt und den Markisen koreanischer Lebensmittelgeschäfte, die durchhängen und reißen, so daß die Konstruktion auf Kisten mit Winteräpfeln und Kürbissen kracht.

»Schon mal so was gesehen?«

»Ja, in einem Film mit Charlton Heston. Als die Ägypter die Hebräer nicht ziehen lassen wollten.«

Vor ihnen, auf der Third Avenue, Höhe 90., neigen sich Autos quer über die Spuren, rauchende Motorhauben stehen neben gestauchten Türen, verbeulte Vans neben den Kühlergrillen von Lkws. Voort hört Sirenen hinter sich und vom East River herauf, doch – sie scheinen sich nicht zu bewegen, sondern heulen nur. Er hört die Sirene eines Krankenwagens, die eines Polizeifahrzeugs, und jetzt mischt sich das leisere, tiefere Geheul eines Feuerwehrtrucks dazu.

Mickie sagt, als er die Tür öffnet: »Sehe ich da einen Lieferanten auf einem Rad? Autsch! Das dürfte weh getan haben.«

Er und Mickie sind ausgestiegen, die Hände zum Schutz über dem Kopf, und versuchen nicht auszurutschen, als sie auf die Autos mit den schlimmsten Schäden zugehen, um zu helfen.

Voort reißt die Vordertür eines eingedrückten Firebird auf. Der benommene Fahrer, ein Teenager, blutet auf das Lenkrad, dazu dröhnt von einer Cassette der Song »Mister Fury« von der britischen Band *Naked Birds*.

Voort, der den Jungen vorsichtig über die Glasscherben auf dem Schalensitz zieht, sagt: »Vorsichtig mit der Hand, Champ.«

Der Junge heulte: »Mein Papa bringt mich um.«

Worauf Voort trocken antwortet: »Umbringen ist ein relativer Begriff. Also, da würd ich mir keine Sorgen machen. Wie wär's, wenn ich mit deinem Papa rede, am Telefon?«

Er seufzt. Sieht so aus, als müßte der Besuch bei Bainbridge noch etwas warten.

»Wenn Sie nicht fahren können«, bellt Camilla aus dem Fond des Town Car den Fahrer an, »wie wär's, wenn Sie mich selbst fahren lassen? Und Sie setzen sich nach hinten!«

»Ms. Ryan, es ist spiegelglatt.«

»Sind Sie noch nie auf Eis gefahren? Sie sind doch angeblich Profi!«

In den Augen des Chauffeurs im Rückspiegel ist die Angst zu sehen, während der Lincoln rutschend den West Side Highway entlangkriecht. Die Heizung dröhnt. Der Fahrer trägt ein kurzärmeliges Madrashemd, als wäre es nicht Januar, sondern Juli. Er sagt: »Ms. Ryan, ich sehe heute zum erstenmal Schnee. In Bombay schneit es nicht.«

Ihr wird klar, daß er Angst um seinen Job hat. Der Car Service hat bereits den Mann gefeuert, der Voort am Abend zuvor die Auskunft gegeben hat.

Ich sollte es nicht an ihm auslassen, denkt sie. Ich bin so was von sauer. Vielleicht sollte ich zu Bainbridge gehen.

Camilla greift nach der knochigen Schulter des Mannes. »Tut mir leid. Ich habe einen schlechten Tag, ich wollte Sie nicht so anschnautzen. Das Bootshaus kommt jetzt gleich rechts.«

Dort kann ich nachdenken.

Aus dem Sturm ist hier, am Westufer Manhattans, ein regelrechter Blizzard geworden. Die Eiswand ist vorübergezogen, und es fallen große nasse Flocken, die einem die Sicht nehmen, die Windschutzscheibe des Town Car bedecken, auf der Straße liegenbleiben und die niedrigen Dächer der Werkstätten und des Gebäudes von Travelers' Insurance an der Ostseite der Straße mit einer Schneedecke überziehen.

Auf der Flußseite befindet sich der Radweg, weiß wie eine Landstraße und im Augenblick menschenleer. Etwa eine Meile vor ihnen sollte sie bereits den Turm des World Financial Centers mit all seinen Lichtern sehen, aber nichts durchdringt die Schneewand.

Der Wind ist lauter als das Rauschen im Radio.

»Da! Das ist die Einfahrt zum Parkplatz!«

Der Lincoln rutscht auf den Parkplatz, und der Fahrer schielt nach der kleinen Mauer zwischen den Spuren, die kaum eine Handbreit von seinem Fenster vorbeigleitet. Als sie zum Stehen kommen, atmet er auf. Er sieht sie verwirrt an.

»Ms. Ryan, Sie wollen wirklich hierher? Hier gibt es doch nichts.«

Er dreht sich um über die Holzperlenauflage auf seinem Sitz. Auf dem Armaturenbrett hat er eine Postkarte mit einem Elefanten in Kleidern, einer Hindu-Gottheit, und eine gefaltete Zeitung in Hindi; im Radio spielt Softjazz, Wynton Marsalis, gegen das Heulen des Windes an.

»Entschuldigen Sie, aber für so ein Wetter haben Sie nicht gerade das richtige an.«

»Ich habe nur ein paar Schritte zu gehen.«

Nachdem sie ausgestiegen ist, drehen die Hinterreifen durch, und der Wagen bewegt sich zunächst nicht. Als sie schließlich greifen, schiebt sich das Fahrzeug in den Verkehr Richtung Süden, auf die Battery zu.

Kalt und naß wie er ist, tut ihr der Schnee auf der Haut gut, während in Camillas Innerem heftiger Zorn pocht. Ihr Kopf dröhnt.

In Gedanken hört sie Voorts Stimme: »Ich habe nicht bei dir zu Hause angerufen, Camilla.«

Sie antwortet ihm laut: »Lügner.«

Auf der Stelle dringt der nasse Schnee durch ihre Strümpfe, schmilzt auf den Handgelenken, dort, wo die Handschuhe enden, und in ihren hochhackigen Pumps.

Sie wird nicht heulen, sagt sie sich. Sie wird nicht heulen. Was hätte das schon für einen Sinn? Er ist doch ohnehin schon passé. Sie haßt ihn. Einmal mehr hat sich der Mann ihrer Wahl als jemand anderes entpuppt als der, der er zu sein behauptete – mit einem geheimen Ich, ein Betrüger, der lügt, wenn er den Mund aufmacht, ein Kontrollfreak, der sich hinter Geschenken, Urlaub, Sex und verlogenem Süßholzgeraspel versteckt.

Ich habe dich aus gutem Grund verlassen, Voort. Ich sehe das jetzt. Ich habe die ganze Zeit gespürt, wer du bist. Ich war mir dessen nur nicht bewußt.

In ihren Gedanken wagt Voort ihr zu widersprechen. »Du irrst dich.«

Sie schreit, weil sie weiß, daß sie hier keiner hört: »Du warst auf meiner Feuertreppe!«

Sie muß vorsichtig sein, da sie sich auf den bleistiftdünnen Absätzen bewegt, ein Balanceakt – wie alles für Frauen ein Balanceakt ist, jeder Augenblick ihres Lebens, wenn sie nicht unter die Räder kommen wollen. Der Schnee verschmiert ihr Make-up und verklebt ihr Haar. Er klebt ihr auf den Lidern und nimmt ihr damit die Sicht. Die Reihen von Autos auf dem Parkplatz werden langsam begraben, werden unsichtbar, eins mit den Bewegungen einer weißen Stadt.

Camilla findet die Lücke in der Mauer und wankt auf den Radweg hinaus. An Frühlingsabenden wimmelt es hier nur so von Radlern, Skatern und Leseratten auf den Bänken – Hammett, Morrison, King –, sexy Models mit ihren Fotografen bei den Vorbereitungen einer Fotostrecke für *Glamour* oder *Vogue*. An Frühlingsabenden drehen hier unten die Studenten der Filmhochschule, aufstrebende Regisseure und Schauspieler, ihre vierminütigen Kurzfilme als Wettbewerbsbeiträge für die Festivals in Telluride und Sundance. Dem Gewinner winkt ein Job in Hollywood.

Broker kommen von der Arbeit, Liebespärchen mit Picknicktaschen, Obdachlose, Touristen aus Hamburg, Osaka, Oslo, Salt Lake City, Manila und Madrid. Wenn das Wetter schön ist, strömen sie in Scharen auf diesen Weg.

Jetzt ist Camilla allein.

Vielleicht sollte ich Bainbridge anrufen.

Die Schneeschicht wächst so schnell, daß bereits eine Handbreit liegt. Voort hat sogar das Fegefeuer auf den Kopf gestellt. Schließlich sollte es dort heiß sein und nicht eiskalt.

Nein. Ich kann immer besser nachdenken, wenn ich am Bootshaus arbeite. Ich komme damit schon alleine klar.

Sie kann nicht zurück zur Arbeit. Sie erträgt es nicht, ins Studio zu gehen, nicht bei all den Leuten dort. Die unverbesserlichen Klatschmäuler bei NBC mit ihrem besorgten Blick, ständig auf Informationen aus: Was ist denn, Camilla? Wie geht's denn Voort? Die können sie mal. Sie erträgt jetzt keine Leute um sich. Sie hat ihr Team angerufen und sich für ein paar Stunden entschuldigt. Verflucht, die Nachrichten für morgen sind längst im Kasten, und der Sender schuldet ihr ohnehin mindestens fünfzehntausend Tage Urlaub. Der Laden wird doch wohl auch mal ein paar winzige Stunden ohne sie auskommen.

Und wenn nicht, dann ist das deren Pech.

Sich durch das heftige Schneetreiben tastend, legt Camilla den Weg entlang der mehr als mannshohen Backsteinmauer zu dem Wellblechzaun zurück, der sie von der Pier trennt, auf dem der Bootsschuppen steht. Sie findet das Schloß und kramt aus ihrer Handtasche den Schlüsselbund heraus, an dem sich – neben den Schlüsseln zu Voorts Haus und der Hälfte der verschlossenen Räume in der sechsten Etage bei NBC – das Gegenmittel für das große Medicoschloß befindet, das den Zaun sichert.

An Sommerabenden holt sie gern das Kajak heraus, schleppt es an die Leiter, klettert hinein und paddelt sich, noch vor Sonnenuntergang, auf dem Hudson in Schweiß.

Jetzt schließt sie das Tor hinter sich ab und tastet sich zur Tür an der Stirnseite des Bootsschuppens vor. Sie öffnet ein weiteres Medico und stößt die Tür auf.

Drinnen scheint der Wind lauter zu sein, aber wenigstens spürt sie ihn hier nicht mehr. Es ist eiskalt hier drin, die Kälte steigt vom Betonboden auf, von dem halbrunden Wellblechdach, durch die rissigen Wände aus astiger Fichte, die schon dreißig Jahre alt sind, und die sie mit Voort seit August, wann immer sie Zeit hat, mit Glasfasermatten abzudichten versucht.

Camilla schaltet ein halbes Dutzend großer elektrischer Heizstrahler ein, die strategisch in dem einen großen Raum verteilt stehen. Es wird eine Viertelstunde dauern, bevor die Bude sich etwas aufzuwärmen beginnt.

In ihren Regalen an der Ostwand glänzen die Kajaks aus poliertem Kunstharz in den Farben Limone, Holzkohle, Koralle, Türkis. Es gibt Kammern für die Ausrüstung, Sägeböcke für die Arbeit an den Kajaks, eine Korkwand mit handschriftlichen Mitteilungen über Bootsangebote und einer Liste, in der man sich für die winterliche Säuberungsaktion des Hudson einträgt.

Voorts Stimme, besorgt, verlogen, bearbeitet sie in ihren Gedanken: *Camilla, wenn jemand auf deiner Feuertreppe war, dann mußt du herausfinden, wer.*

Laß mich in Ruhe.

Aber es klappt nicht. Er läßt sie nicht in Ruhe. Er geht ihr nicht aus dem Kopf. Sie kann es nicht ertragen. Sie sieht sich und Voort im Geiste vorigen Sommer ein Mad-River-Zweierkajak von der Halterung schieben und zur Leiter hinaustragen, wo sie es zu Wasser lassen; dann klettern sie zu dem kleinen Schwimmdock hinab und paddeln zusammen in die schnellere, gefährlichere Strömung jenseits der Pier, in die tiefen, ausgebaggerten Fahrwasser hinaus, wo Müllbarken und Schlepper vorbeikommen, Kreuzfahrtschiffe auf ihrem Weg von oder nach Rotterdam, Wilmington, Antigua, Caracas.

In der Ausrüstungskammer macht sie einen weiteren Heizstrahler an und beginnt rasch, die nasse Kleidung, Regenmantel, Schuhe und Strümpfe auszuziehen. Sie steigt in eine weiche lange Unterhose, die sie eigens hier hat; Baumwolle mit Waffelmuster, zitronengelb, dazu dicke Skisocken, eine Latzhose voller Farbflecken und eine weite irische Fischerweste, die hoffnungslos mit Farbe bekleckst ist. Darüber zieht sie noch einen alten Parka und eine limettengrüne Wollmütze.

Sie erwehrt sich einer Vision von sich und Voort, hier, in dieser Kammer. Sie hat die Beine um seine Hüften geschlungen. Es ist eine Herbstnacht, warm, und außer ihnen ist niemand da. Er stößt sie in die Mäntel an der Wand.

Sie nimmt einen Hammer und eine gerollte Glasfasermatte mit in den großen Raum. Sie wird mit ihren Problemen allein fertig werden. Sie zieht eine Stehleiter an die Westwand, wo die Isolierung zur Hälfte fertig ist und sich Abschnitte mit

Rosa, plastiküberzogene Matten mit kahlen Stellen abwechseln, an denen der Wind durch die Ritzen zwischen den verwitterten grauen Planken pfeift.

Camilla steigt die schwankende Leiter hinauf.

Ich werde nicht an Voort denken.

Sie rollt die Glasfasermatte ein Stück weit ab, deckt sie mit Plastikhaut ab und hämmert kräftig drauflos, nagelt so einen Streifen Isoliermaterial in den Raum zwischen zwei Pfosten. Als sie die erste Bahn gezogen hat, ist ein weiterer Strom eisiger Luft ausgesperrt.

Na also! Man kann doch was bewirken.

Trotzdem kann sie nicht zu hämmern aufhören. Unentwegt knallt der Hammer auf den Nagel, verfehlt ihn dann, zerreißt die Plastikplane, worauf die Glasfasermatte durch den Riß hängt.

Die Glasfasermatte landet, in einem rosa Haufen, auf dem Boden.

Camilla weint.

Ich weine nie. Ich höre sofort wieder auf.

Voort. Ich will dich nie wieder sehen. Ich hasse dich. Wenn du je wieder mit mir zu reden versuchst, du Dreckskerl, bring ich dich um.

Sie steigt von der Leiter, geht hinüber zum Telefon, einem alten Modell mit einer Wählscheibe, das jetzt voll eingetrockneter weißer Farbspritzer ist. Das Surren der Wählscheibe, die sich unter ihren Fingern dreht, ist ein Geräusch aus Kindertagen für sie.

»Hallo? Dr. Bainbridge? Es ist mir wirklich peinlich, Sie so anzurufen, aber... Ja, es ist ein Notfall, nehme ich an. Wenn Sie Zeit haben, wenn es Ihnen nichts ausmacht, meinen Sie, ich könnte Sie sprechen, heute noch, vielleicht sogar gleich?«

Eine halbe Stunde vor Camillas Anruf sitzt Bainbridge oben im Büro seines Hauses an seinem Schreibtisch vor seinem

Computer. Er erinnert sich nicht mehr, wie er letzte Nacht vom Central Park nach Hause gekommen ist. Er erinnert sich noch, daß Arthur die Schwester umgebracht hat, an die Leiche im Schnee, an das Blut, das Gespräch mit Tillman, aber was danach war, weiß er nicht mehr. Er hat keine Erinnerung daran, sich angezogen zu haben, was er im Augenblick trägt. Er erinnert sich noch nicht einmal mehr, ins Bett gegangen zu sein.

Seine Kopfschmerzen sind monumental.

Bainbridge wirft einen Blick in den Spiegel an der Wand gegenüber neben seinem Bücherregal, in dem sein Artikel über Liebe und Zurückweisung, gebrochene Herzen und Haß liegt.

Dr. Bainbridge schnappt nach Luft. Er sieht zwei Leute darin.

Der eine, das ist er selbst, korpulent, in einer alten abgetragenen Cordsamthose und einem Pullover der kanadischen Luftwaffe. Der andere ist ein hochgewachsener Mann. Aus Holz. Eine Marionette des Protectors, um genau zu sein. Es ist eine überdimensionale Version der Marionette, mit der Dr. Bainbridges Vater am Fuß des Bettes gespielt hat, in dem der Junge lag, vor vielen Jahren, wenn es Zeit zum Einschlafen war; die Marionette, die er an den Fäden hielt, während er sagte: *Ich werde dich beschützen.*

Jetzt, im Spiegel, sieht Bainbridge, wie die Marionette beide Hände hochhält, wie ein Footballspieler, der eben einen Touchdown geschafft hat. Triumphierend. Sie tanzt.

Bainbridge legt die Hände aneinander, und die Kopfschmerzen sind schlagartig weg. Bainbridge lacht entzückt.

Die Marionette im Spiegel trägt ein Cape und eine schwarze Maske, wie Batman. Er sagt, in der alten Stimme seines Vaters: »Ich bin der Protector! Niemand wird dir was tun, wenn ich in der Nähe bin! Ich habe Superkräfte!«

Bainbridge fühlt sich sicher.

»Wenn dir jemand auch nur irgend etwas zu tun versucht«,

sagt der hölzerne Mann, »dann hau ich ihm auf den Kopf! Ich geb ihm eins auf die Nase! Ich werde meine Muskeln spielen lassen, dann läßt er dich in Ruhe!«

Im Spiegel springt Bainbridge auf und ab. Selig. Der Protector überragt ihn, wohlwollend, seine hölzernen Züge völlig übertrieben, der Mund breit und mit Scharnieren versehen, die Augen schwarze Farbtupfer, Wimpern wie Streichhölzer so lang. Ellenbogen und Knie quietschen, wenn die Marionette sich bewegt, mit jedem kräftigen Zucken seiner hölzernen Muskeln.

»Aber jetzt«, sagt der Protector ernst, während er sich neben Bainbridge auf die Schreibtischkante setzt, »ist es Zeit für uns zu gehen, wegzuziehen, wieder mal woanders hinzugehen.«

»Ich will aber nicht. Ich bin verliebt«, sagt Bainbridge.

Der Protector sagt, als hätte er Bainbridges völlig überhört: »Während du geschlafen hast, habe ich, wie immer, alles Notwendige arrangiert. Du bekommst einen neuen Namen, das macht dir doch sicher Spaß? Du heißt jetzt Otis.«

»Otis?«

»Du bekommst deine eigene Tankstelle, in Lee, einem kleinen Ort in Massachusetts. Du reparierst dort Autos. Du hast ein schönes Haus. Im Winter kannst du Schlittenfahren, Skilaufen. Mach dir keine Gedanken. Du brauchst nur einen Koffer zu packen. Wir gehen einfach hier weg. Das Geld ist schon überwiesen. Es liegt auf deiner neuen Bank, in Lee, auf deinen neuen Namen, Otis. Wir gehen zum Busbahnhof an der Port Authority, und zwar gleich. Wir essen unterwegs in einem Howard Johnson, die magst du doch so.«

Bainbridge schüttelt den Kopf. »Ich kann Camilla nicht verlassen.«

Die große Marionette seufzt. So beängstigend sie auf andere Leute wirken kann, für Bainbridge ist sie fürsorglich und warm. Sachte, wie ein Vater, sagt sie: »Du kennst sie doch gar nicht richtig. Du siehst sie nur in deinem Büro. Du kannst nicht wirklich jemanden lieben, den du nicht kennst. Du kommst über sie hinweg. Du bist doch noch nie wirklich mit ihr zusammengewesen.«

Aber Bainbridge schüttelt den Kopf. »Ich weiß es hier drin«, sagt er und berührt mit dem Zeigefinger den Pullover über seinem Herzen. »Ich sehe es an der Art, wie sie mich ansieht. Ich bin einsam. Es macht mir nichts aus, das einzugestehen. Deine Pläne sind gut und schön, aber was haben sie schon für einen Sinn, wenn ich allein bin?«

»Du bist nicht allein.«

»Du sprichst von dir, aber das ist nicht dasselbe.«

Der Protector sieht ihn traurig an. »Hör zu, du mußt hier weg. Du hast Fehler gemacht, die Polizei sucht nach dir, sie hat Spuren. Sie wird dich finden, wenn du nicht gehst. Ich kann dich beschützen, *wenn wir gleich gehen.*«

»Die suchen nicht mich. Die suchen Tillman.«

»O Gott! Hör zu. Du hast sie angerufen und ihnen von Harris erzählt. Wenn sie Harris finden, dann kriegen sie auch dich.«

Dickköpfig kreuzt Bainbridge die Arme.

Der Holzmann geht zum Spiegel. »Das ist der Teil, der dir noch nie gefallen hat, wann immer es dazu kommt«, sagt der Mann. »Ich will dir nicht weh tun, aber es gibt da einiges, was du wissen mußt. Du hast es noch nie gern gehört. Ich muß hinterher immer dafür sorgen, daß du einschläfst, und es vergehen Jahre, bis ich wieder alles aussprechen muß.«

»Ich erinnere mich nicht daran.«

Der Holzmann dreht sich um und sieht Bainbridge direkt an. »Ian, als du Psychologe wurdest, als du studiert hast und alles über das Gehirn des Menschen gelernt hast, wie es funktioniert, da hast du angefangen, dich gegen mich zu wehren. Ich war dir immer ein Freund, und ich habe dich geliebt, aber du hast dich gegen mich gesträubt. Ich habe Macht über *dich*. Nicht umgekehrt.«

»Was soll das heißen, Macht?«

»Ich hätte dich nie Psychologe werden lassen dürfen. Wir hatten ein System, und es hat funktioniert, und du hast versucht es zu ändern. Du hast die Macht an dich zu reißen versucht. Unbewußt. Aber hier drin«, sagt der Protector und tippt sich an den hölzernen Kopf, »hier drin hast du gewußt, daß in dir was nicht stimmt. Du wolltest nicht mehr, daß ich unsere Entscheidungen treffe, nachdem du dich verliebt hast. Hältst du das für fair? Dir zu wünschen, daß ich gehe, nach allem, was ich für dich getan habe?«

Bainbridge sagt: »Ich habe keine Ahnung, wovon du sprichst.« Langsam jedoch sieht er aus, als habe er Angst.

»Ich sage das jetzt nur, weil du nicht weggehen wirst, wenn ich dir jetzt nicht ein bißchen weh tue, weil du dich sonst nicht in Sicherheit bringen wirst«, sagt die Marionette. »Ich habe dich gern, mein Sohn, es ist meine Aufgabe, dir zu helfen, deine Eltern haben es ja nie getan. Du kamst der Wahrheit immer näher – wer du bist, was du getan hast. Die Kopfschmerzen. Du wolltest nur nicht zulassen, daß du dich erinnerst, aber du hast es versucht. Du hast diese Männer als ›Patienten‹ zurückgeholt. Harris. Arthur. Eric. Du hast sie einander vorgestellt. Du hast sie dazu ermutigt, zornig zu werden. Vielleicht wäre es dir möglich gewesen, sie zu integrieren, sie zu kontrollieren. Aber warum hätte ich das zulassen sollen? Warum hätte ich mich in deinem albernen Club sehen lassen, mich auf den leeren Stuhl setzen sollen, warum hätte ich zulassen sollen, daß du *mir* zeigen kannst, was du willst, daß wir alle in dir zusammenkommen, damit ich die Macht verliere?«

»Das ist doch zum Lachen. Du behauptest hier, ich hätte eine gespaltene Persönlichkeit? *Ich bin Psychologe!*«

»Willst du's in deiner eigenen Sprache hören, wissenschaftlich? Du bist eine dissoziierte Persönlichkeit. Kommt es zu einem Trauma, tauchst du ab in einen Dämmerzustand, und zu solchen Traumata kommt es immer dann, wenn du dich verliebst und die Frau deine Liebe nicht erwidert. Dann nimmst du eine andere Identität an. Ich trete auf den Plan und biege alles wieder zurecht. Du wachst auf und erinnerst dich an nichts mehr. Du hast doch solche Fälle studiert. Sieh dich an!«

»Das ist nicht wahr!«

»Dann versuch dich an deine Mutter zu erinnern. Weißt du noch, wie sie abends die Treppe rauf in dein Zimmer kam?«

Bainbridge bekommt wieder Kopfschmerzen. »Hör auf!«

»Wie die Tür aufgeht? Wie alt bist du? Fünf? Sie setzt sich aufs ...«

Sein Kopf bringt ihn um. »*Hör auf!*«

»... Bett.«

»*Hör auf, hör auf, hör auf, hör auf!*«

»Siehst du? Du bist außerstande, alleine zurechtzukommen. Und das brauchst du ja auch gar nicht. Du brauchst niemanden außer mir. Diese Frauen waren nie loyal dir gegenüber. So wie ich. Sie liebten dich nicht bedingungslos. So wie ich. Ich bin das Flüstern in deinem Kopf. In Harris' Kopf. In Arthurs. Ich war es, die ganze Zeit über, der euch gedrängt hat, nicht Harris. Er tut nur, was ich ihm sage. Er ist leichter dazu zu bekommen, etwas zu tun, weil sein Zorn von vornherein größer ist. Dich mußte ich härter anfassen, um dich dazu zu bekommen, diesen Club aufzugeben, mich wieder zu akzeptieren und Camilla und New York zu verlassen.«

Die Puppe steht auf und geht mit steifen Gliedern aufgeregt auf und ab.

»Ich mußte alles beseitigen, was eine Bedrohung für mich darstellt, und die Bedrohung ist stets eine Frau.«

Bainbridge zittert.

Mit verängstigter Stimme, beinahe schon einer Kinderstimme, sagt er: »Willst du damit sagen, es gibt keinen Club?«

»Na, endlich siehst du es.«

»Du sagst also, ich habe diese Männer erfunden. Diese Männer haben nie *existiert*?«

»Mein Sohn, mein Junge, mein Freund, mein Mündel, du weißt, was gespaltene Persönlichkeiten sind. Du verfügst über die Werkzeuge, es zu verstehen. Diese *Leute* sind in dir, seit du ein Junge warst, es sind verschiedene Seiten von dir.«

»Mein Kopf!«

Der Puppenmann läßt nicht locker, unerbittlich bringt er seine Argumente: »Der Banker, der Zornige, er will zurückschlagen. Der Mechaniker, der verwirrte, das Kind. Der Agent, schroff, unsicher, ein Teenager. Und ich. Der vierte. Der, der sich nie blicken läßt, es sei denn, er wird gebraucht. Der, der sich um die Verwandlungen kümmert, euch alle voreinander beschützt und bestimmt, wer gerade im Rampenlicht steht. Aber nachdem du Camilla kennengelernt hast, wurde das schwerer. Die Liebe hat dich verändert. Ist sie erst einmal aus deinem Leben verschwunden, ist wieder alles beim alten. Du wirst dich noch nicht mal an dieses Gespräch erinnern.«

»Nein!«

»Du wirst dich nicht daran erinnern, nach Massachusetts gezogen zu sein. Es ist schön dort, und der Banker wird nicht mehr da sein, und –«

Bainbridge schreit: »Du sagst ja, *ich hätte diese Frauen getötet*!«

Die Marionette legt eine Hand auf Ians Schulter. »Ich hab's dir doch gesagt, Sohn. Alle paar Jahre, wenn es Zeit wird, weiterzuziehen, haben wir diese komplizierten Gespräche. Du gerätst in Schwierigkeiten. Wir denken uns ein neues Leben aus. Du fühlst dich besser. Diesmal hat es neun Jahre gehalten. Ich dachte schon, ich würde dich nicht mehr woanders hinbringen müssen. Aber Ian, weißt du eigentlich, wie schwer es jetzt für mich war, zu kommen? Camilla ist wirklich eine ziemliche Nervensäge, und sieh der Wahrheit ins Auge, es besteht nicht die geringste Chance, daß sie dich jemals mag, als

Mann, nicht als bezahlter Arzt. Keine Frau wird dich je lieben, weil du ein schmutziger Junge bist. Ein Schmutzfink –«

Bainbridge springt auf die Beine, so jäh, daß der Sessel zur Seite kippt. Er peßt die Hände auf seine Ohren. Sein Schädel droht zu zerbersten. Die Schmerzen schießen wie Dolche in seinen Rücken hinab. Er schreit: »Das ist nicht wahr!«

Die Marionette sagt leise: »*Du* bist der Mechaniker, der Literaturagent und der Doktor.«

»Ich geh sie holen!«

Bainbridge flieht aus dem Büro in den Raum, wo eigentlich der Agent schlafen sollte. Es ist niemand da. Er läuft in die Gästezimmer, ruft: »Harris! Eric!«

Keine Antwort.

»Wo verstecken sie sich?« kreischt Bainbridge.

»Sie waren nie hier.«

»Wenn sie nicht hier waren, dann gibt es dich auch nicht!«

Die Puppe läßt sich das durch den Kopf gehen. »Da ist tatsächlich was dran.«

Im Spiegel dreht Bainbridge sich um, dick und alt in seinen abgetragenen Sachen, dann poltert er die Treppe hinab, wobei er den hervorstehenden Drähten ausweicht, die wie Fangarme nach ihm zu greifen scheinen. Er ist fast an der Haustür, als der Puppenmann sich ihm mit gestreckten Händen, als wolle er ihn fangen, in den Weg stellt.

»Mein armer Freund.«

Bainbridge weicht zurück, um den Fingern zu entgehen, wendet sich ab und läuft den dunklen Flur lang und durch die Küche auf die zweifach verschlossene und verriegelte Hintertür zu. Den Schlüssel dafür hat er in der Hand.

Irgendwie hat der Protector es geschafft, ihn zu überholen, und versperrt ihm die Tür.

»Tillman, Arthur und Eric sind fort. Und das bist du auch bald. Laß mich dir helfen, Otis. Mehr als mich brauchst du nicht, Otis. Und du bist wieder völlig sicher, Otis.«

»Ich werde nicht schlafen!«

Es klingelt an der Tür.

Leise sagt der Marionettenmann: »Das ist die Polizei, mein Sohn. Entscheide dich. Du bist zu nervös, um mit denen fertig zu werden. Gib mir die Kontrolle zurück.«

Bainbridge kauert auf dem Boden in einer Ecke, die Hände auf den Ohren, genauso wie er sich in eine Ecke zurückzuziehen pflegte, wenn Papi und Mami sich stritten, wenn Mami nach oben kam und zu ihm sagte: Du bist schlimm, du bist schmutzig, keine Frau wird dich mögen, die Polizei wird dich verhaften.

Der Puppenmann beugt sich vor und wiegt den weinenden Psychologen in den Armen. »Ach, mein armer Junge, hat man dir weh getan. Mein armer kleiner Mann. Beruhige dich doch.«

Aber Bainbridge sagt: »Was hat es für einen Sinn, ohne sie wegzugehen.«

Wieder klingelt es.

Schnaubend blickt der Puppenmann den langen Korridor hinab auf die Haustür. »Bist du noch immer nicht draufgekommen? Wenn du zu ihr gehst, werde ich ihr was tun. Es ist die einzige Möglichkeit, dir zu helfen. Du bist nicht stark genug, um mich aufzuhalten.«

»Du warst nie mein Freund.«

»Papperlapapp! Du bist jetzt nur wütend. Außerdem, wenn etwas passiert, wird man dich verhaften, nicht mich. Ich verschwinde wieder. Den Schmerz erträgst du.«

»Ich bin stärker als du«, sagt Bainbridge. »Und ich würde nie zulassen, daß du ihr etwas tust.«

Die Marionette lächelt. »Dann kann es ja auch nicht schaden, wenn du mich jetzt übernehmen läßt, oder?«

Bainbridge blickt wieder auf die Tür, zu Tode geängstigt, dann wird sein Blick glasig, und eine tiefe Ruhe überkommt ihn. Erschauernd richtet er sich auf. Seine Haltung ist voller

Selbstvertrauen, was ihn trotz der alten Kleidung würdiger und weniger schlaff aussehen läßt.

Das Haus ist ein einziges Chaos.

Der Doktor fährt sich mit den Händen durchs Haar und geht zur Haustür.

Als er sie öffnet, stehen zwei Männer draußen im Schneetreiben.

»Dr. Bainbridge?«

»Ja?« sagt der Doktor in einem freundlichen, neugierigen Ton.

»Ich bin Detective Voort. Das hier ist Detective Connor. Wir würden uns gern wegen eines Anrufs mit Ihnen unterhalten, den jemand vor zwei Tagen bei der Polizei gemacht hat.«

Im Haus beginnt das Telefon zu klingeln.

Bainbridge sagt: »Sie meinen, wegen Harris Tillman. Ja, das war ich.«

17

»Es ist wahr. Harris Tillman war mein Patient«, sagt Dr. Bainbridge zu Voort und Mickie in seinem Sprechzimmer. Voort hat sich in den verstellbaren »Streßfresser« gesetzt, auf dem Camilla wahrscheinlich während der Sitzungen lag, Geheimnisse ausplauderte, über ihren Sex mit Voort plapperte, ihre Streitereien und ihren Liebhaber, den Tänzer. Mickie hat sich den hölzernen Windsor-Stuhl hinter dem Schreibtisch des Doktors hervorgezogen, auf dem er jetzt, die Arme über die Lehne gelegt, sitzt.

»*War* Ihr Patient?«

»Noch etwas Tee?« fragt Bainbridge mit einem ermutigenden sanften Nicken auf die Porzellankanne mit dampfendem Kamillentee, die er aus der Küche geholt hat.

»Haben Sie Tillmans Adresse?« fragt Mickie ungeduldig.

»Jetzt wird mir erst klar, warum er sie mir nie gegeben hat.« Bainbridge zuckt die Achseln. »Er hat bar bezahlt. Er hatte Probleme. Als Psychologe ist es meine Pflicht, Leuten mit Problemen zu helfen, also habe ich bei der Adresse ein Auge zugedrückt.

Ich fürchte, er ist fort«, sagt er und schlürft lautstark an seinem Becher, auf dem I LOVE DOCTORS zu lesen ist. »Er hat mich angerufen, nachdem ich Sie angerufen habe. Ich denke, er hat gespürt, was ich getan hatte. Ich bin«, sagt er verlegen, »nicht sonderlich gut darin, etwas zu verbergen.«

»Wann war das?«

»Gleich darauf. Vor zwei Tagen. Er sagte, er sei hier fertig.«

Mickie schüttelt den Kopf, was besagen sollte: Kaum zu glauben, ein solches Pech! Voorts Sessel ist kaputt, so daß jeder, der hier sitzt, sich zwangsläufig zurücklegen oder zusehen muß, daß er sich den Rücken nicht ausrenkt. Er sitzt kerzengerade. Er muß Camilla da heraushalten. Er muß die zügellose Neugier ignorieren, die an ihm nagt. Er gäbe alles darum, zu wissen, was sich in diesem Raum abspielt, wenn sie hier ist, wenn sie ihr Herz diesem Ersatzhippie da ausschüttet, mit seinem Kraushaar, der dicken Brille, die seine wäßrigen Augen noch größer macht, dem Pullover von der kanadischen Luftwaffe mit den Ärmelflicken, in dem er aussieht wie ein intellektueller Stadtflüchtling beim Pfirsichpflücken in Oregon. Bainbridge trägt große haarige Filzpantoffeln. Seine unschuldige Gelehrtenart läßt ihn älter erscheinen, wie einen Mann, der seine Männlichkeit gegen eine geschlechtslose, fast hausmütterliche Fürsorglichkeit eingetauscht hat. Außerdem hat er etwas an sich, was Voort irgendwie bekannt vorkommt.

»Wenn er kein Patient mehr ist, können Sie uns doch seine Akte zeigen.«

Beinbridge stößt ein kleines Lachen aus, wie ein Schachspieler, der bewundernd den cleveren, aber letztlich harmlosen Zug eines Gegners zur Kenntnis nimmt. »So einfach ist das nicht.«

»Warum?«

»Das wissen Sie doch. Die ärztliche Schweigepflicht.«

Mickie breitet die Hände aus. »Es geht hier nicht gerade um graue Theorie. Er hat drei Leute ermordet. Wie steht's denn mit Ihrer Pflicht zu ein bißchen Präventivmedizin? Wollen Sie wetten, daß er's wieder tut, wenn wir ihn nicht erwischen?«

Das macht Bainbridge zu schaffen, gibt er zu. Die vergrößerten Augen blinzeln langsam, und ein schmerzvoller Ausdruck liegt in ihnen. »Geben Sie mir eine Stunde Bedenkzeit. Tillman könnte schließlich anrufen und noch mal kommen. In gewisser Hinsicht ist er ja immer noch mein Patient. Einmal Patient, immer Patient. Und wenn Sie seine Akte erst haben, kann ich es nicht rückgängig machen.«

Voort mustert ihn. Bainbridge scheint die Realität der Bedrohung nicht wirklich einzuleuchten, und das trotz seines Versuches, die Polizei zu rufen. Voort sieht diese Haltung nicht zum erstenmal. Bainbridge hat Probleme damit, sich schlicht nicht vorstellen zu können, daß jemand, den er kennt, jemand, mit dem er sich unterhalten hat, imstande ist, einen Mord zu begehen. Voort ist schon oft der Gedanke gekommen, der beste Verbündete des Bösen ist das Unvermögen des Durchschnittsmenschen, seinen Willen zu akzeptieren.

Aber darüber hinaus ist Voort der Ansicht, hier sei noch etwas anderes im Spiel, eine Mixtur diverser Elemente, die einfach nicht stimmen will. Stimmt mit dem Doktor etwas nicht? Oder liegt es einfach daran, daß Camillas Präsenz im Raum seinen Instinkt irreführt?

Bainbridge steht auf, als das Telefon klingelt. »Wahrscheinlich ein Patient. Ich gehe«, sagt er, ganz automatisch die Privatsphäre des Patienten schützend, »nebenan ran.«

Er ist agil für jemanden, der sich derart gehenzulassen

scheint. Er vergewissert sich im Hinausgehen, daß die Doppeltür hinter ihm auch dicht schließt.

»Irgendwas ist hier faul«, sagt Voort zu Mickie. »Glaubst du den Mist mit der Adresse?«

»Wer weiß? Er redet, sagt aber nichts. Glaubst du, er deckt den Typ? Und wieso zuckt er so rum? Meinst du, er hat MS?«

»Ärzte meinen immer alles besser zu wissen als unsereins«, sagt Voort, während ihm klar wird, daß er sich darauf bezieht, was immer Bainbridge Camilla wahrscheinlich so an Psychiaterquark erzählt. Ob Bainbridge ihr wohl geraten hat, ihn zu verlassen, überlegt er.

Ganz zu schweigen davon, daß der Kripochef in dem Augenblick, in dem Camilla erfährt, daß Voort hier war, durch NBC von dem angeblichen Telefonterror, von dem Handschuh auf der Feuertreppe und von seinem Abstecher zu ihrem Car Service hören wird.

In seinen Gedanken sagt Camilla zu Voort: »Das ist dann das Ende eurer zweihundertjährigen Familiengeschichte bei der Polizei.«

Der Doktor wird jeden Augenblick zurückkommen. Voort sagt: »Rasch. Der Schreibtisch.«

Sie arbeiten flink, im Team, öffnen Schubladen, versuchen das Knarren des Holzes so leise wie möglich zu halten. »Kaugummi. Nur Juicy Fruit, päckchenweise«, sagt Mickie, der im obersten Schubfach nachsieht.

In einer Schublade auf der Seite findet Voort einen Stapel Hochglanzmagazine. Der *New Psychologist*. Und Bainbridges Namen auf einem davon, als Autor eines Artikels im Heft, daneben die Hauptschlagzeile des Hefts mit dem Bild einer Couch: »Sitzen oder Liegen? Wie holt man aus seinen Patienten unter minimalem Zeitaufwand mehr raus?«

»Hör dir das an«, sagt er, als er den Artikel findet. »›Liebe und Gewalt. Auf den Spuren der Zuneigung auf ihrem Weg zum Haß.‹«

Voort liest vor. »›Ein Patient, den wir hier A. nennen wollen, arbeitet im Finanzwesen und ist in der Vergangenheit des öfteren von Frauen abgewiesen worden –‹«

»Tillman!« sagt Mickie.

Voort liest weiter: »›Der Patient steht unter dem Eindruck gewalttätiger Impulse. Er muß unentwegt daran denken. Der Druck staut sich schließlich derart, daß der Patient davon zu träumen beginnt, der Frau, die ihn verletzt hat, Schmerzen zuzufügen ...‹«

»Großer Gott.«

Bainbridge ist in der Küche. Er beugt sich über den Hörer und spricht mit gedämpfter Stimme, während er auf ein Scharren vom Sprechzimmer her lauscht, das die Tür verursachen würde, falls sie ihm nachspionieren würden, während er telefoniert.

»Camilla«, sagt er beschwichtigend, aber ihre Stimme hat ihn völlig aus dem Konzept gebracht. »Beruhigen Sie sich.«

Aber es ist unmöglich. Sie tobt. Ihre wunderbare Stimme erfüllt ihn mit Liebe, obwohl sie so verzweifelt ist. Sie brauche ihn, sagt sie. Sie sagt, Voort habe sie letzte Nacht von ihrer Feuertreppe aus beobachtet, er sei ihr zu einem Restaurant gefolgt und habe einem Angestellten ihres Car Service die Auskunft abgepreßt, daß einer der Fahrer sie jede Woche bei Bainbridge absetzt.

»Ich brauche ein persönliches Gespräch«, sagt Camilla. »Tut mir leid. Sind Sie beschäftigt? Ich bezahle extra.«

Bainbridge hört schweigend zu, was die Eindringlichkeit ihrer Worte um so größer macht. Er will ihr eben sagen, er könne sie unmöglich sehen, als er sich herausplatzen hört: »Aber selbstverständlich.«

Ian, verdammt noch mal!

Der Protector ist wütend über seinen Widerstand.

»Doktor? Sind Sie da?«

Sie liebt mich. Ich würde nicht so empfinden, gäbe es da nicht ein Band zwischen uns.

»Doktor Bainbridge? Hallo?«

Es ist keine Zeit, dagegen anzukämpfen. Die Detectives könnten jeden Augenblick hereinkommen.

»Äh, sicher, wir unterhalten uns, Camilla. Ich habe eben in meinem Kalender nachgesehen. Aber nicht hier. Komisch, was Sie da über Ihren Car Service sagen. Ich sage Ihnen das nur ungern, aber Voort ist im Augenblick hier im Haus.«

»Er ist bei *Ihnen*?«

»Er kann einem schon ein bißchen angst machen. Voort. Er erkundigt sich nach Ihnen.«

Camilla flüstert: »Ich bringe ihn um!«

Der Doktor kichert, scheinbar professionell belustigt. »Na ja, aber nicht, bevor wir miteinander gesprochen haben. Ich möchte sichergehen, daß Sie sich der Folgen bewußt sind, bevor Sie sich mit einem New Yorker Polizisten anlegen.«

»Zum Teufel mit den Folgen. *Ich glaube das einfach nicht!* Geben Sie ihn mir! Was will er denn wissen?«

»Ach, was Sie mir so erzählen. Was ich Ihnen rate. Ich würde ihm das freilich nie sagen«, sagt er und unterdrückt den aufwallenden Zorn, froh darüber, zur Abwechslung mal sie verrückt machen zu können. »Kleinigkeiten.«

»Ich rufe die Polizei. Auf der Stelle!«

Er beruhigt sie. »Ich weiß, was in Ihnen vorgeht, aber wenn ich als Ihr Arzt – als Ihr Freund, wenn ich mich so nennen darf, als jemand, dem etwas an Ihnen liegt – etwas dazu sagen darf, dann rate ich Ihnen, nichts zu unternehmen, bevor wir miteinander gesprochen haben. Heute abend paßt es, das Problem ist nur, ich glaube nicht, daß Sie herkommen sollten, wenn er hier ist.«

»Glauben Sie vielleicht, ich komme nicht wegen *ihm*?«

»Camilla, ich muß gestehen, er macht mich nervös, die Art, wie er da draußen stand und das Haus beobachtet hat.« Er hört, wie sie einatmet, jäh und scharf. Er sagt sich, während er sich das alles aus den Fingern saugt, was auch immer er ihr vorlügt, länger als eine Stunde braucht es nicht standzuhalten. Bis er hier wegkommt.

»Er ist ... ah ... etwas erregt«, sagt er und läßt die ganze schlimme Tragweite des Wortes auf sie wirken. »Ich gestehe, ich bin es nicht gewöhnt, Leute hier zu haben, die eine, ah ... na ja, ich weiß natürlich, daß er sie nicht benutzen wird, aber er greift ständig nach seiner, äh ...«

»Seiner Waffe?«

»Er streift sie immer wieder, unbewußt, da bin ich ganz sicher, mit dem Handrücken. Ich bin sicher, es hat nichts zu bedeuten. Man bringt Polizisten doch bei, ihre Emotionen im Zaum zu halten, nicht wahr? Aber er ist aufgebracht. Ich sage Ihnen was. Treffen wir uns doch woanders. Ich weiß, es ist unorthodox, nicht hierher zu kommen. Und es tut mir auch leid, aber –«

»Nein!« Es braucht Ihnen nicht leid zu tun! Was immer Sie sagen!« Sie scheint dankbar dafür, daß Bainbridge Zeit für sie hat. »Es ist mir peinlich, daß er Sie schikaniert.«

Er kichert wieder, läßt es jedoch nervös klingen: ein Mann, der jemand anderem, ohne Erfolg, weiszumachen versucht, er habe doch keine Angst. »In meinem Beruf sehe ich Merkwürdigeres als einen Exfreund. Es ist nicht das erste Mal, daß ich einen ehemaligen Liebhaber zu beruhigen habe.«

Er seufzt. »Aber wo treffen wir uns? Ein Restaurant ist zu öffentlich, und Sie müssen sich etwas austoben, wie's scheint.«

»Wir hätten meine Wohnung«, schlägt sie vor.

»Das wäre eine Idee.«

»Nein! Er war letzte Nacht auf der Feuertreppe. Ist das zu fassen? Auf der *Feuertreppe*!«

»Ich glaube nicht, daß er das zwei Tage hintereinander machen würde.«

»Ich hätte auch nicht gedacht, daß er zu Ihnen geht. Ich hab's! Der Bootsschuppen!« sagt sie. »Ich bezahle auch das Doppelte für die Sitzung. Ich finde es beschämend, was Sie mit ihm mitmachen müssen.«

»Er ist doch derjenige, der verrückt spielt, nicht Sie.«

»Ja, na gut, jedenfalls hab ich ihn mir ausgesucht. Sie verdienen ein doppeltes Honorar.«

Siehst du, Ian? Sie behandelt dich wie einen Dienstboten. Sie liebt dich nicht.

Camilla sagt ihm, wie er zum Bootshaus kommt, mit dem Taxi, der U-Bahn oder, falls die Straße gesperrt ist, zu Fuß. Sie sagt ihm, sie arbeite dort alleine. Und daß es warm sei wegen der Heizstrahler; ungestörter könne man in New York nicht sein. Sie lacht. Ein Terrorist könnte in einer Nacht wie dieser dort eine Bombe hochgehen lassen, und kein Mensch würde es hören.

»Ich werde warten. Ich habe ohnehin genug Arbeit«, sagt sie. »Sind Sie sicher, daß ich nicht die Polizei rufen soll, damit die ihn zurückpfeifen?«

»Ich komme schon zurecht.«

»Ich kann einfach nicht glauben, daß Voort so etwas tut.«

Er beruhigt sie. Die Waffe, die er gekauft hat, ist oben, zusammen mit dem neuen Führerschein, den Kreditkarten, dem Sparbuch und der Busfahrkarte.

»Camilla, jeder kann sehr gefährlich werden, wenn man ihn nur entsprechend provoziert.«

»Was würde ich nur ohne Sie machen?« sagt Camilla.

»Fangen wir doch noch mal von vorn an«, sagt Voort, als Bainbridge ins Sprechzimmer zurückkommt. »Es gibt da einige Punkte, die Detective Connor und mir nicht ganz klar sind.«

Bainbridge bemerkt nickend, daß die Schreibunterlage auf dem Tisch etwas verschoben ist. Er hatte gehofft, die Detectives würden etwas verschieben in seiner Abwesenheit. Es erleichtert ihm, was er tun muß. Außerdem bewahrt er in diesem Teil des Hauses ohnehin keine Unterlagen auf.

Leise, aber mit spürbar hartem Unterton sagt Voort: »Warum haben Sie die Polizei überhaupt angerufen?«

»Das habe ich Ihnen doch gesagt. Harris hat mir von Niana erzählt, und nachdem sie umgekommen ist, ich meine, er hat nicht direkt zugegeben, sie getötet zu haben, aber er war so erregt, daß ich befürchtete, er könnte es getan haben.«

»Das heißt, Sie haben aus einem ... äh, vagen Verdacht heraus angerufen?«

»Mehr als vage. Er schien sie ziemlich zu hassen.«

»Warum haben Sie denn dann aufgelegt?«

Der Doktor lacht verlegen. »Ich dachte, vielleicht könnte ich ihm helfen, ihn dazu bringen, es einzugestehen, ich meine, falls er es war, und daß ich dann mit ihm zur Polizei gehen würde.« Bainbridge schüttelt den Kopf, als tue der Mann ihm leid. »Er wurde von so vielen Menschen in seinem Leben verraten.«

»Er hat also nie etwas zugegeben.«

»Wenn er hätte, glauben Sie mir, ich hätte es zu Ende gebracht.«

»Wissen Sie vielleicht, was CTH bedeutet?« fragt Mickie. »Die Initialen, in bezug auf Tillman?«

»CTK?«

»Nicht K«, sagt Mickie, »H.«

Bainbridge überlegt. »Ich kann mir nicht denken, was das bedeuten könnte«, sagt er. »Hmmmm. Nein.«

Voort greift jetzt hinter sich auf den Klappstuhl und hält die Zeitschrift hoch. »Ihr Artikel«, sagt er. »Über einen Banker und eine Dichterin. Ist das Tillman, über den Sie da schreiben?«

Zögernd: »Ja–a.«

Mickie sagt barsch: »Sie wissen, was passiert, wenn man einen Mörder deckt? Sie wissen, was Beihilfe heißt?«

Aber Bainbridge lächelte nur mild. »Ist das die Nummer, wo einer von Ihnen freundlich ist, während der andere grob wird? Ich habe gelesen, wie Sie das machen. Glauben Sie mir, ich habe niemanden gedeckt, nicht wissentlich. Ich *argwöhne*. Ich *weiß* nicht. Wir wissen noch immer nichts, oder? Er ist nur ein Verdächtiger.«

»Doktor, hören Sie auf, uns was vorzuspielen«, sagt Voort. »Die Sache ist doch die, wenn er noch Ihr Patient ist und Sie haben irgendwie vor, ihm zu helfen und uns das später zu sagen, vergessen Sie's. Das Gesetz ist da eindeutig. *Sie können es sich nicht aussuchen*. Wir haben mit Ihnen gesprochen. Sie kennen die Konsequenzen. Wir haben Sie auf Band. Und jetzt antworten Sie mir, ja oder nein, *sehen Sie Tillman noch*?«

Bainbridge senkt den Kopf, so daß die Detectives den Ausdruck in seinen Augen nicht sehen können. Seine Schultern werden gerade. Er atmet tief ein. Als er wieder aufblickt, hat er, im Gegensatz zu vorhin, einen Glanz, eine offensichtlichere Intelligenz im Gesicht. Er wirkt fast herausfordernd.

»Vielleicht haben Sie recht, und ich habe mich da zu weit vorgewagt. Sie sind clever. Ehrlich gesagt, er ist für eine Sitzung angemeldet, hier in diesem Raum«, sagt Bainbridge und wirft einen Blick auf die Uhr. »In zwei Stunden. Er hat angerufen, um den Termin zu bestätigen, trotz des schlechten Wetters. Ich wollte ihn nach der Frau fragen. Der im Park. Wirklich. Ich kann nur einfach nicht glauben, daß er es wirklich war. Ich wollte nur sichergehen, bevor ich ihn ausliefere.«

»Schon besser«, sagt Mickie.

»Wir warten hier im Haus«, sagt Voort grimmig. Er hat nach wie vor das Gefühl, daß hier etwas nicht stimmt. Zusammen mit Ihnen.«

»Nein. Draußen«, sagt Bainbridge. »Es wäre besser, ich spreche mit ihm allein.«

»Sie werden allein sein«, beruhigt Mickie ihn. »Wir gehen nach nebenan.«

Bainbridge schüttelt den Kopf und steht auf, als seien sie damit entlassen, als hätte ihm sein Eingeständnis die Macht in diesem Raum zurückgegeben.

Ist es das, was Camilla hier macht? Dinge eingestehen?

»Tut mir leid, aber ich hätte Sie lieber draußen«, sagt Bainbridge mit sehr viel mehr Nachdruck als zuvor. »Es gibt nur zwei Eingänge im Haus. Ist Harris einmal drin, kann er nicht mehr raus. Sie können die Haustür vom Wagen aus beobachten. Oder hinten warten oder einen Streifenbeamten hinstellen, was immer Sie wollen. Aber draußen.«

»Haben Sie einen besonderen Grund, uns nicht hier haben zu wollen?«

»Allerdings«, sagt Bainbridge mit einem Seitenblick auf die Zeitschrift in Voorts Hand. »Ich will nicht, daß Sie oben mein Archiv durchgehen, wenn ich Ihnen nicht auf die Finger sehen kann. Es ist offensichtlich, daß Sie, während ich telefoniert habe, meinen Schreibtisch durchsucht und sich die Zeitschrift hier genommen haben. Wozu Sie, glaube ich, rechtlich nicht befugt sind. Ich möchte mich nicht mit Ihnen streiten. Ich möchte nur noch eine letzte Chance mit meinem Patienten.«

Bainbridge schlägt einen milderen Ton an, er klingt vernünftiger und weniger aggressiv. »Detectives, wollen Sie mich auf Ihrer Seite haben, wenn Sie ihn verhaften müssen, oder wollen Sie, daß ich Ihnen Schwierigkeiten mache? Sie wissen, wenn es zum Prozeß kommt, werde ich früher oder später ausagen. Ich mag ihn. Und bisher hat ihm seine Schuld keiner bewiesen. Er ist mein Patient. Verstehen Sie das? Im Zweifelsfall für den Angeklagten, Sie verstehen?«

Voort kann nichts tun. Es schmeckt ihm nicht, aber ihm bleibt nichts anderes übrig. Er entschließt sich zu einer Lüge, obwohl er weiß, daß das, was er hier androht, ohne Gerichtsbeschluß illegal ist, aber die Worte an sich, der Trick, der ist gesetzlich erlaubt: »Schön. Aber bevor wir gehen, rufen wir auf dem Revier an und lassen Ihr Telefon überwachen für den Fall, daß Sie ihn anrufen und ihm sagen, daß er wegbleiben soll. Doktor, ich traue Ihnen ebensowenig wie Sie mir. Im Augenblick habe ich nichts als Zweifel.«

Der Schnee ist härter, achtzehn bis zwanzig Zentimeter tief an manchen Stellen. Die Seitenstraßen werden zunehmend unpassierbar, während die Durchgangsstraßen gepflügt werden, wenn auch nur auf der mittleren Spur.

Dreizehn Minuten sind vergangen, und die Detectives sitzen im Chevy, bei laufendem Motor und launischer Heizung. Die Scheinwerfer sind aus, und von Zeit zu Zeit betätigen sie die Scheibenwischer, um ein Auge auf die Treppe vor Bainbridges Tür zu haben. Mickie hat die geschlossene braune Akte auf dem Sitz zwischen ihnen, die Detective Quinlan ihm im Präsidium gegeben hat.

»Meinst du, Camilla erzählt dem Typ irgendwas über euer Sexualleben?« sagt Mickie.

»Nein, ich glaube, sie geht rein, setzt sich in den Sessel, bezahlt ihm zweihundert Mücken die Stunde und macht den Mund nicht auf.«

»Vergiß es wieder.«

»Wieso kommt mir der so bekannt vor?« sagt Voort. »Als hätte ich mich schon mal mit ihm unterhalten.«

Sie richten sich auf, als sich Bainbridges Haustür öffnet. Die Gestalt eines Mannes füllt das dunkle Rechteck, und der Doktor in einem Schaffellmantel taucht auf. Er blickt nach beiden Seiten, bis er ihren Wagen erspäht.

Halb wankend, halb hinkend, als sei er verletzt, kommt er die Treppe herab und hält auf den Wagen zu.

Er erreicht Voorts Seite, worauf Voort das Fenster herabkurbelt.

»Wenn er sagt, Tillman hat abgesagt, nehmen wir ihn mit«, sagt Voort aus dem Mundwinkel.

Der Doktor, der sich zum Fenster hereinbeugt, hat seine friedliche Moonie-Erscheinung wiedererlangt.

»Tut mir leid wegen vorhin. Bitte, verstehen Sie. Ich sorge mich um Harris. Ich arbeite mit Ihnen zusammen, wenn er sich als derjenige erweist. Ich verspreche es.«

»Danke«, sagt Mickie.

»Ich gehe zum Koreaner, Papiertücher kaufen. Sie sind mir ausgegangen. Ich habe immer welche im Sprechzimmer für ... na ja, Sie wissen schon, wenn die Leute zu weinen anfangen.«

»Ich gehe mit«, sagt Voort.

Knisternd kommt Leben in ihr Funkgerät. »Wagen Elf, hier Hazel. Ich habe eure Informationen über Arthur Davis.«

Mickie greift nach dem Funkgerät, als Voort aus dem Wagen steigt. Die Kälte ist brutal. Der Schnee ist beißend, ohrfeigt ihn geradezu. Er und Bainbridge beugen sich in den Wind, als sie gehen, und schützen dabei mit den Händen den Mund. Der Gehsteig vor einigen der Sandsteinhäuser ist geräumt, vor anderen nicht. Im ganzen Block ist sonst niemand unterwegs.

»Sie heißen Voort, sagen Sie, ja?« fragt Bainbridge.

»Ja.«

»Sie ist eine nette Person. Ich hoffe, das renkt sich wieder ein zwischen Ihnen«, sagt Bainbridge. »Ich weiß, Sie wissen Bescheid über mich.«

Überrascht sagt Voort: »Danke.« Er spürt etwas Feuchtes in einem Augenwinkel und sagt sich, daß es der Schnee sein muß.

Der koreanische Lebensmittelhändler an der Ecke hat geöffnet; er hat immer geöffnet. Würde hier eine Atombombe losgehen, der Koreaner an der Ecke bliebe offen. Leise summend packt Bainbridge in der schmalen, menschenleeren Schneise das eine oder andere ein: einen Karton Kleenex-Tücher, einige furchtbar teure Papayas, Äpfel, Mineralwasser und Toilettenpapier.

»Im Radio hieß es, Vorrat anlegen. Wollen Sie was?«

»Nein, danke.«

Bainbridge füllt sich die Arme mit unhandlichen Küchentüchern und fügt dann noch zwei Dosen gebackene Bohnen hinzu. Eine Dose fällt herunter und rollt die Schneise entlang.

»Ich hole einen Korb«, sagt Voort.

Er geht den Gang hinauf an die Kasse, wo ein Stapel blauer Einkaufskörbe aus Plastik steht. Als er sich vornüberbeugt, um einen herauszunehmen, sieht er in dem runden Spiegel an der Decke Bainbridge hinten zur Tür neben den Eiscremekühlschränken hinauslaufen. Er hinkt plötzlich nicht mehr.

»Scheiße!«

Voort kollidiert mit der Ladeninhaberin, als er nach hinten läuft, stößt die zornige Frau in die Salatbar, die den größten Teil des Ganges belegt. Auf dem Boden liegen die Sachen, die Bainbridge zusammengetragen hat, rollen herum und behindern Voort, der darüber hinwegspringt, sofern er sie nicht einfach beiseite tritt.

Er rennt zur Hintertür hinaus in eine leere Gasse.

Er folgt Bainbridges Fußspuren im Schnee, aus der Gasse heraus an den Straßenrand, aber hier, auf der Lexington Avenue, sind eine Million Fußspuren zu sehen. Und kein Bainbridge. Nur in der Straßenmitte ist eine einzige Spur geräumt.

Voort sieht sich gehetzt um. Rechts sieht er einen U-Bahn-Eingang, vielleicht fünf Meter entfernt. Vier oder fünf Taxis, die die Straße hinauf in einer Reihe im Leerlauf vor einer roten Ampel stehen. Jedes von ihnen könnte Bainbridge aufgelesen haben.

Mit zusammengekniffenen Augen sieht Voort in alle Richtungen, aber nirgendwo ist jemand in einem Schaffellmantel zu erkennen.

Er tippt auf das Taxi. Er beginnt zu laufen, rutscht aus, als die Ampel Grün wird. Schnee versperrt ihm die Sicht auf das

Nummernschild des letzten Taxis in der Reihe, das einzige, das er überhaupt hätte sehen können. Alle fünf Taxis sind zu weit weg und verschwinden in der Wand aus Flocken, ein Stückchen noch, dann sind sie weg.

Er ruft Harris an!

Als Voort endlich wieder zum Chevy zurückkommt, sitzt Mickie noch immer am Funkgerät; er sieht aufgebracht aus, obwohl er noch gar nicht weiß, was passiert ist. Die Akte mit Quinlans Tips des Tages ist geöffnet, und die getippten Bögen liegen über die vordere Sitzbank verstreut.

»Er ist mir abgehauen«, sagt Voort. »Ich ging einen Korb holen, und er lief zu Hintertür raus. Er wird Tillman anrufen und warnen.«

Mickie macht einen benommenen Eindruck. »Das glaube ich nicht.«

»Hast du eine bessere Idee?«

Mickie sagt: »Mit Davis' Sozialversicherungsnummer ist es dasselbe wie mit der von Tillman und Porter. Das letzte Mal, daß er sie mit einem Ausweis benutzt hat, war zwei Tage, bevor Porter aktiv wurde.«

»Es ist also ein und derselbe. Alle drei Morde. Tillman.«

»Oder welchen Namen auch immer er jetzt benutzt. Aber es kommt noch schlimmer«, sagt Mickie und lacht bitter in sich hinein.

Mickie sammelt Detective Quinlans Tiplisten zusammen, die er gelesen hat, während Voort beim Koreaner gewesen ist. Er erzählt Voort von Mackey und der Geschichte des Wirtes von dem Mann, der donnerstags Mackeys Hinterzimmer für einen Club mietet. Der vier Mahlzeiten kauft, obwohl immer nur einer kommt.

»Nicht das.«

»Schau dir die Zeichnungen an, Connie.«

Voort wirft einen Blick darauf, und schlagartig verläßt ihn der Mut. Er sieht sich das runde Gesicht mittleren Alters an, das krause Haar und die dicke Brille, den Ausdruck seliger Zufriedenheit auf dem Holzkohlenbild.

Mickey spricht das Offensichtliche aus. »Es ist nicht sein Patient. *Er* ist es.«

»Dann kommt er auch nicht mehr zurück«, sagt Voort.

»Wir müssen in das Haus. Wenn er nicht Tillman anrufen geht, wo will er hin?«

Voort greift nach dem Handy.

Sie wissen beide, wenn sie ohne Durchsuchungsbefehl eindringen, verwirft man jeden der dort gefundenen Beweise vor Gericht. Für das, was Voort vorhat, braucht er eine private Verbindung, nicht den Polizeifunk. Es ist jetzt keine Zeit, den Staatsanwalt aufzutreiben, der für diesen Fall verantwortlich ist.

»Telefonauskunft!«

Er bekommt die Nummer, die er braucht, die eines Richters, der um diese Stunde – hoffentlich – zu Hause in Bayside, Queens, ist. Normalerweise steht Richter Hamish Kelly der Polizei freundlich gegenüber. Kelly hat letzte Woche im Fernsehen bekanntgegeben, daß er im Herbst für die Republikaner bei den Kongreßwahlen antritt.

»Hier Richter Kelly!«

»Sir, hier Detective Conrad Voort. Tut mir leid, Sie zu Hause zu stören.«

»Für Sie bin ich immer da!« dröhnt der Richter, eher wie ein Politiker, der die Namen der großen Spender in seiner Stadt auswendig kennt, als der bestallte Gerichtsbeamte, der den Polizisten theoretisch herumkommandieren kann. »Wir saßen eben beim Essen. Roastbeef. Erbsen. Kommen Sie doch mal rüber zu uns, zum Essen!«

Jeder Politiker in der Stadt kennt die Geschichte von den zweihunderttausend Dollar, die Voort zum Wahlkampf des neuen Bürgermeisters beigesteuert hat.

Voort erklärt, daß es sich um einen Notfall handelt. Er habe den Mörder im Fall Niana Embers identifiziert und brauche eine Durchsuchungsgenehmigung, noch in diesem Augenblick, bevor der Mann noch jemandem etwas tut.

»Kommen Sie vorbei, und wir erledigen das.«

Voort sagt, nein, dazu sei keine Zeit mehr. Er müsse auf der Stelle ins Haus. Er bittet Kelly den Durchsuchungsbefehl auf heute zu datieren, damit er sofort Gültigkeit hat.

»Sind Sie sicher, Sie wissen, was Sie da tun?« fragt Kelly.

»Ja, Sir, absolut.«

»Weil man uns nämlich angewiesen hat, besonders vorsichtig zu sein, was Beschlüsse angeht, nach der Geschichte in Staten Island vor zwei Wochen. Sie wissen ja. Falsches Haus. Falscher Mann.«

Voort gefällt die Richtung nicht, die das Gespräch nimmt. Eigentlich nutzt er die Vorteile, die ihm sein Reichtum gegenüber anderen städtischen Angestellten so gibt, nicht gern aus. Trotzdem sagt er: »Sir, ich möchte Ihnen zu der Ankündigung Ihrer Kandidatur gratulieren.«

Das Angebot und die Drohung stehen nebeneinander im Raum. Der Richter sagt: »Was sagen Sie, Conrad? Ich habe so ein Rauschen in der Leitung.«

Voort ignoriert den Schnee, der auf seinem Hals schmilzt. Er weiß verdammt gut, daß es nirgendwo rauscht, aber er spielt das Spiel mit und spricht lauter. »Ich habe gehört, es wird Sie eine Stange kosten, gegen Gorman anzugehen.«

»Verdammt, dieses Telefon«, sagt der Richter, und es kommt klar wie ein Bestechungsversuch durch die Leitung.

Schweigen. Einen Augenblick lang glaubt Voort schon, es übertrieben zu haben.

Dann sagt der Richter: »Wenn Sie mich hören können, wenn Sie denken, es ist so wichtig, sofort in das Haus zu kommen, um ein anderes Opfer zu schützen, werde ich Sie nicht aufhalten. Ich gebe den Durchsuchungsbefehl durch.«

Voort hört im Auflegen Kellys Stimme, körperlos, voll

falscher Freundlichkeit, eine Handbreit vor ihm. »Kommen Sie doch mal zum Abendessen rüber! Mary macht einen Hackbraten, also, das glauben Sie nicht!«

Dann läuft Voort zu Bainbridges Tür.

18

Mohammed Abdul Mohammed aus Brooklyn Heights – zweiunddreißig Jahre alt, legaler Flüchtling aus Somalia, Ehemann, Vater und seit acht Monaten Taxifahrer – steuert seinen gelben Chevy Caprice auf der Höhe der 58. durch den Central Park. Er genießt die Herausforderung des Fahrens im Schnee und mustert staunend den verrückten Fahrgast im Fond.

Für ihn ist das bisher der beste Abend in seiner Karriere als professioneller Fahrer, und die Szene im Rückspiegel schlägt jeden Film.

Zuerst kam der Sturm, der die Kollegen verschreckte, so daß die New Yorker eine Fahrgelegenheit dringender brauchen denn je. Für Mohammed kam es überhaupt nicht in Frage, sich diese Gelegenheit, wirklich mal etwas zu verdienen, entgehen zu lassen, zumal der sechste Geburtstag seines Sohnes bevorsteht. Die letzten drei Stunden ist er herumgefahren, mit abgeschaltetem Taxilicht, hat für Leute gestoppt, denen er sagte, er sei auf dem Heimweg, um sich dann von ihnen den drei-, ja vierfachen Fahrpreis »aufdrängen« zu lassen.

Und dann ist da noch der Schnee, der eine herrliche Herausforderung darstellt. Mohammed, ein exzellenter Fahrer, der in Mogadischu – für den Aidid-Klan – bei einer Miliz gekämpft hat, gefällt das Eis und wie der schwere Wagen in den Kurven hinten ausbricht und um Haaresbreite Busse verfehlt. Das bringt etwas Aufregung in seinen sonst eintönigen Job.

Und schließlich ist da noch sein Fahrgast, der auf der Lexington Avenue, Ecke 93., auf sein Taxi zugerannt kam, hereinsprang und »Port Authority« schrie.

Mohammed beobachtet den Mann im Rückspiegel, wann immer er dazu Gelegenheit hat. Noch nie hat er etwas gesehen wie die regelrechten Metamorphosen, zu denen es hinter ihm kommt. Noch nie hat er einen so ungeheuren inneren Kampf miterlebt wie den, der den Weißen auf seinem Rücksitz fast zu zerreißen wollen scheint.

Einen Augenblick liegt er stöhnend auf dem Sitz, hält sich den Kopf und sieht aus wie ein Herzpatient auf dem Weg ins Krankenhaus. Im nächsten Augenblick strahlt er triumphierend übers ganze Gesicht. Lachend beugt er sich vor an die kugelsichere Plastikscheibe, als dränge er das Taxi, schneller zu fahren, ohne Rücksicht auf den dicht fallenden Schnee.

An einer Ampel riskiert Mohammed einen weiteren Blick, und der Mann weint! Er sitzt da, und die Tränen laufen ihm übers Gesicht.

Der Fahrgast spricht mit sich selbst. »Ich gehe nicht, ohne sie noch ein letztes Mal zu sehen!«

Frauen, denkt Mohammed. Ich hätte mir denken können, daß da eine Frau im Spiel ist. Mohammeds Onkel Hussein zu Hause in Mogadischu, wo ein Mann so viele Frauen haben kann, wie er nur will, hatte drei. Hussein war ein gefürchteter Kämpfer, der eine Menge Feinde getötet hat, aber was seine Ehefrauen anging, denen mußte Hussein Häuser kaufen. Er hatte in strikter Reihenfolge mit ihnen zu schlafen, sonst wurden sie böse. Hussein konnte noch nicht einmal Urlaub machen, weil ihn seine Frauen nur unglücklich machten mit ihrem Gezänk, welche nun mitdurfte und welche nicht.

»Geht's nicht schneller?« bellt der Fahrgast ihn an.

Noch so ein Bonze von der Upper East Side, dem es nicht schnell genug gehen kann.

»Sicher, wenn Sie auf einem Unfall bestehen«, sagt Mohammed.

Mohammed schikaniert man nicht.

Der Sturm hat aus dem normalerweise gerammelt vollen Schachbrett der Straßen in der Midtown einen Irrgarten gemacht. Ein liegengebliebener Laster blockiert die 69. Straße, eine riesige Schneewehe die 64. Mohammed bleibt hinter einem Pflug stecken, dessen Fahrer Kaffeepause zu haben scheint, falls er – Gott bewahre! – nicht streikt, obwohl Mohammed kein Problem damit hat, solange die Kasse stimmt, schließlich hat der Gast die Fahrt bereits bezahlt, mit einem Hunderter, dem kleinsten Schein, den er bei sich hat.

Jetzt hört er, wie sein Fahrgast in einer anderen, tieferen Stimme zu sich selbst sagt: »Und was willst du ihr sagen, wenn du hingehst? Daß du nur noch ein letztes Mal mit ihr reden willst? Du benimmst dich wie ein Dreizehnjähriger.«

Pause.

Der Fahrgast schnaubt. »Sie liebt dich nicht, Ian. Du wirfst alles weg, um zehn Minuten mit ihr zu reden, und das lasse ich nicht zu! Schlaf ein!«

Schließlich erreichen sie die Port Authority, das riesige Gebäude an der Eighth Avenue, das sich über zwei Blocks erstreckt. Von hier aus gehen Busse quer durch die Vereinigten Staaten. Passagiere brauchen keinen Namen zu nennen, um ein Ticket zu bekommen. Man bezahlt und bekommt seine Fahrkarte für einen Greyhound-Bus.

Mohammeds Fahrgast öffnet die Tür, steigt aber nicht aus. Mit glasigem Blick sitzt er da, halb drinnen, halb draußen, während ein Band die nervtötende Abschiedsformel der New Yorker Taxikommission plärrt: »Hey, Sie! Denken Sie dran, nichts liegen zu lassen! Schönen Tag noch!«

Der Fahrgast sackt in sich zusammen, dann strafft sich sein Körper wieder.

»Ich habe es mir anders überlegt«, sagt er, nun mit milder

Stimme, aber die Worte scheinen ihm große Mühe zu bereiten. »Ich möchte woanders hin. Kennen Sie das Bootshaus am Pier ... Pier ... am Pier 26?«

Mohammed ist entzückt. Das Bootshaus liegt auf dem Heimweg. Trotzdem läßt er das Gesicht hängen.

Wenn ich das den Jungs in der Garage erzähle.

Er sagt: »Ich kenne es, aber ich wohne in der anderen Richtung. Ich habe Ihnen ja gesagt«, fügt er hinzu, während er an das Bündel Scheine des Mannes denkt, »daß ich nur eine Fahrt machen kann. Es ist gefährlich, heute nacht in der Stadt zu fahren!«

»Ich breche hier nicht ein, bevor der Chef nicht hier ist«, sagt der Vorsteher der Mannschaft vom Technischen Hilfsdienst zu Voort, »Gerichtsbeschluß hin oder her. Ich gehe in zwei Wochen in Rente, die werd ich mir wegen Ihnen doch nicht versauen.«

»Ich sage Ihnen doch, dazu ist keine Zeit! Er sitzt irgendwo im Sturm fest, verdammt noch mal, also machen Sie endlich auf!«

Sie streiten sich auf Bainbridges Treppe im Schnee. Der Drei-Mann-Trupp steht da, in blauen Parkas, Vorschlaghämmer in der Hand, während ihr Chef mit Voort im Clinch liegt. Der Chef sagt: »Schon gar nicht nach der Verwechslung auf Staten Island letzte Woche. Den Kollegen dort hat man *suspendiert*!«

Erst als fünf Minuten später sein Sergeant vom Dienst auftaucht, sagt der Chef des Trupps: »Also dann, Jungs. Wer wohnt denn eigentlich hier! Die Fenster vergittert! Fünf Riegel! Da kommt man ja in die Wohnung von 'ner alten Frau leichter rein!«

Vier Minuten später sind sie im Haus, stürmen am Vorsteher des Trupps vorbei, der ihnen hinterher ruft: »Nichts zu danken, ihr Arschlöcher!« Bainbridge hatte etwas von »meinem Archiv« oben gesagt, also stürmen die Detectives, mit jedem Schritt zwei Stufen auf einmal nehmend, die Treppe hoch.

Das Geländer ist so wacklig, daß man meinen könnte, es gehe jeden Augenblick zu Bruch.

Bei aller Eile bleiben sie, oben angekommen, erst einmal stehen.

»Heiliger Strohsack«, sagt Mickie.

Sie haben beide denselben Gedanken. Sie sind im Laufe der Jahre in Pennerhotels, Crackhäuser, verlassene Wohnungen mit illegalen Mietern gestürmt, und hier haben sie genau dasselbe Gefühl. Die Aura des Verfalls. Die Art und Weise, wie diese Gebäude nicht das Leben der Leute reflektieren, die sie bewohnen, sondern das geballte Gewicht aller, die mal dort gewohnt haben. So wie Geschichte grundsätzlich mächtiger als die Gegenwart zu sein scheint. Dreck, Wasserflecken, hervorstehende Drähte, alles zeugt von dem völligen Mangel an Innenleben, an Selbstwertgefühl desjenigen, der hier haust.

Sie trennen sich. Voort nimmt das Büro, den einzigen Raum, an dem offenbar gearbeitet wurde; Mickie nimmt sich die anderen Räume vor. Sie suchen im Augenblick weniger nach Beweisen als nach Hinweisen darauf, wohin Bainbridge geflohen sein könnte. Voort könnte sich in den Hintern beißen, so wie ihm der Mann entkommen ist. Er ist stocksauer darüber, daß sie mit dem Kerl in einem Raum gesessen haben, nur wenige Schritte von ihm entfernt, und dann lassen sie ihn einfach gehen.

Er hört Bainbridges milde, androgyne Stimme, alles Schauspielerei, Teil eines Tricks: »Hätten die Detectives gern etwas Tee?«

Im Büro geht er Regale durch, Körbe mit Korrespondenz, sieht sich die Schreibunterlage an in der Hoffnung, eine Notiz zu finden, eine Adresse, eine Telefonnummer, irgendwas.

In der rechten oberen Schublade des Schreibtisches sieht er

mit sinkendem Mut eine Reihe von Ausweisen. Bainbridges New Yorker Führerschein ist dabei, eine Sozialversicherungskarte, Kreditkarten, Bibliotheksausweis, die Mitgliedskarte vom Amerikanischen Psychologenverband.

»Er hat wieder die Identität gewechselt«, sagt Voort laut zu sich selbst. »Er ist jetzt jemand anderes.«

Mit klopfendem Herzen öffnet er die nächste Schublade. Auf einem Stapel brauner Aktendeckel sieht er zwei Schachteln Munition – Patronen Kaliber .38.

Eine der Schachteln ist halb leer, und eine Waffe kann Voort nirgendwo sehen.

»Er hat sie mitgenommen. Scheiße.«

Mickie erscheint in der Tür; mit bestürzter Miene hält er ihm etwas Kleines, Schwarzes hin, ein Diktiergerät.

»Ich habe Quinlan angerufen, damit er den Mann anhand der Zeichnung zur Fahndung freigeben läßt. Aber hör dir das hier besser mal an, Conrad. Es war im Schlafzimmer. Das ganze Bett ist voller Flecken. Ich denke, Bainbridge hört sich das hier an, während ... äh, während er sich einen runterholt.«

Von unten hören sie die Stimme anderer Detectives, die eben eintreffen, sich übers Haus verteilen, Fingerabdrücke nehmen und nach Beweismitteln suchen.

»Um die kümmere ich mich«, sagt Mickie. »Hör du dir lieber das Band kurz an.«

Voort stellt das Gerät an, als Mickie geht, aber noch bevor er die Stimme darauf hört, weiß er, wem sie gehört.

Und tatsächlich, es ist Camilla. »Sein Körper ist groß und hart –«

Voort drückt auf Vorlauf. »... einmal, in einem Whirlpool in Montreal, als wir auf Urlaub waren, gab Voort Eis in einen Eimer und –«

Voort stöhnt auf.

»... Voort vertrauen? Wie meinen Sie das, ob ich ihm vertraue?«

Voort sinkt auf dem Sessel des Doktors zusammen.

Von unten hört er Mickies Stimme, mit der er leise, aber dennoch nachdrücklich, die Kollegen auf den neuesten Stand bringt.

Von all den verdammten Psychologen in dieser Stadt mußt du dir ausgerechnet den aussuchen.

Eine entsetzliche Angst um Camilla erfaßt ihn.

Er sagt sich: *Bainbridge hat keine Zeit, ihr etwas zu tun. Er ist auf der Flucht.*

Aber es hat keinen Sinn. Alles, was Voort denken kann, ist: Er hat bereits drei Frauen umgebracht. Ich muß wissen, ob alles in Ordnung mit ihr ist. Ich kann nichts anderes tun, ich kann hier nicht weitermachen, nach ihm suchen, bevor ich sie nicht gewarnt habe.

Voort geht zum Telefon, wählt ihre Durchwahl bei NBC. Er hat fast einen Monat nicht mehr angerufen, und die Tatsache, daß er sie anruft, betont nur die Kluft zwischen ihnen, die immer noch wächst, und das in so kurzer Zeit.

Wenigstens meldet sich eine menschliche Stimme.

»Anschluß Camilla Ryan!«

Er erkennt die Stimme. Sie gehört Dorothea, einer anderen Produzentin, eine von Camillas neugierigen und glücklich verheirateten Freundinnen.

»Hier Conrad Voort. Ich muß mit Camilla sprechen. Es ist wichtig.«

Schweigen.

»Sie Arschloch. Sie hat mir erzählt, was Sie gemacht haben«, sagt Dorothea.

»Hören Sie. Ich habe keine Zeit, Ihnen das alles zu erklären –«

»Auf ihrer *Feuertreppe*? Sie sind doch pervers.«

Voort sagt: »Geben Sie sie mir.«

Schweigen.

»Dorothea, Sie glauben mir das jetzt wahrscheinlich nicht,

aber ich war nicht auf ihrer Feuertreppe, und der Typ, der dort war, ist jetzt hinter ihr her. *Geben Sie sie mir!*«

»Reden Sie gefälligst in einem anderen Ton mit mir«, sagt Dorothea.

»Hören Sie, sagen Sie mir einfach, ob sie das ist.«

Sie kichert. »Wieso, wollen Sie ihr in der Lobby auflauern?«

»Es handelt sich um eine Polizeiangelegenheit.«

»Ach, eine Polizeiangelegenheit. Tatsächlich?«

Voort kämpft gegen den Impuls an, sie anzuschreien. Sie ist kurz davor, aufzulegen.

»Dorothea, wenn sie da ist, wenn sie tatsächlich da ist, dann nehmen Sie bitte eine Nachricht für sie entgegen, dann lege ich auf. Okay? Falls sie nicht da ist, ist sie in Gefahr! Ich meine es ernst. Falls sie die Nachricht nicht bekommt, könnte ihr etwas zustoßen.«

»Sie wollen mir angst machen.«

»Da haben Sie verdammt recht!«

»Ich muß Ihnen sagen, daß ich alles aufnehme, was Sie sagen«, sagt Dorothea triumphierend. »Ihre Drohung ist jetzt auf Band.«

»Gut.« seufzt Voort. »Dann hat sie ja nichts zu befürchten, wenn ich lüge.« Er legt seine ganze Liebe, seine ganze Angst um Camilla in seine Stimme. Ihm wird klar, daß er Dorothea mit Logik nicht überzeugt. Vielleicht schafft er es mit Sorge.

»Bitte sagen Sie mir, ob sie da ist.«

Schweigen.

»Dorothea!«

Sie sagt zweifelnd: »Falls Sie lügen –«

»Hören Sie, Sie haben mich auf Band. Wenn ich Mist baue, kriegt der Kripochef das zu hören, oder?«

Schweigen. Dann. »Sie ist nicht hier.«

»Wo ist sie?«

»Voort, sie hat mir gesagt, daß Sie wahrscheinlich anrufen.

Sie hat mir verboten, mit Ihnen zu sprechen. Sie hat gesagt, falls Sie etwas wissen wollen, soll ich Ihnen unter keinen Umständen antworten. Sie bringt mich ohnehin schon dafür um, daß ich Ihnen das alles sage.«

Sie legt auf.

Scheiße.

Voort versucht Camillas Piepser, hört das Signal, möchte eine Nachricht hinterlassen, aber was soll er ihr sagen, was sie ihm, auch nur im entferntesten, glaubt?

»Camilla, ich bin's. Was immer du denkst, selbst wenn du nicht mit mir reden willst, bleib weg von Bainbridge. Er war das auf deiner Feuertreppe. Ich denke, er ist derjenige, der bei dir angerufen hat. Er ist gefährlich. Wir fahnden nach ihm. Er ist –«

Piiiiiiiep.

Er versucht es bei ihr zu Hause, wo er ihren munteren Anrufbeantworter zu hören bekommt. »Ich bin nicht da, hinterlassen Sie bitte eine Nachricht!«

Er hinterläßt dieselbe Nachricht.

Seine Angst um sie wird zur Panik.

Er hört die Kollegen im Haus herumkramen, Treppen steigen, Küchenschränke aufmachen und weiß, sie nehmen Fingerabdrücke, hoffen Kleidungsstücke der Opfer zu finden, Perücken, ein Messer, einen Baseballschläger, eine Liste belastender Telefonnummern. Irgend etwas, das von Nutzen sein könnte.

Mickie taucht in der Tür auf.

»Hazel hat angerufen. Sie hat Bainbridges Sozialversicherungsnummer durch den Computer gejagt. Sie wurde in dem Augenblick aktiv, in dem Tillman die seine nicht mehr benutzte.«

»Ich kann Camilla nicht finden, Mickie.«

»Hör zu«, beruhigt Mickie ihn, »er weiß, daß wir hinter ihm her sind. Er ist auf der Flucht. Er hat keine Zeit für sie.«

Doch Mickie scheint nicht wirklich überzeugt von seinen Worten zu sein.

Voort schreit auf: »Ihr Car Service!«

»Großartig. Die werden sich freuen, von dir zu hören.«

Voort ruft beim Car Service an.

Er sagt dem Mann mit der aalglatten Stimme, der dort ans Telefon geht, es handle sich um eine Polizeiangelegenheit. Er sagt, er müsse wissen, ob man Camilla diesen Nachmittag gefahren hat.

»Voort, sagten Sie, heißen Sie?«

»Es handelt sich um eine Dienstsache«, sagt Voort und wiederholt damit genau die Lüge, mit der er das letzte Mal an seine Informationen gekommen ist.

Der Mann in der Zentrale sagt: »Wir haben sie nicht gefahren.«

»Das ging ziemlich schnell«, sagt Voort. »Haben Sie überhaupt auf Ihrer Liste nachgesehen?«

»Tut mir leid. Ich darf nicht mit Ihnen sprechen«, sagt der Mann und legt auf.

Voort sagt zu Mickie: »Gib mir die Schlüssel!« Er greift nach seinem Mantel und läuft die Treppe hinab, Mickie hinter ihm her. Als leitende Beamte in diesem Fall hat einer von ihnen im Haus zu bleiben, um die Suche nach Beweisen zu überwachen.

»Nimm jemanden mit!«

»Nein, ich mach mich zusammen mit ihr auf die Suche nach ihm. Du brauchst hier drin jeden Mann.«

Der Schnee draußen fällt immer noch so dicht, daß Voort erst Zeit damit verschwenden muß, mit dem Ärmel seines Mantels die Windschutzscheibe abzuwischen, bevor er losfahren kann. Immerhin springt der Chevy gleich an. Geistesgegenwärtig beschleunigt er langsam und vorsichtig, um den Reifen Gelegenheit zum Greifen zu geben, dann reiht er sich, halb rollend, halb rutschend, in den hupenden Stoßverkehr ein, kriecht die Lexington Avenue hinauf und wendet sich dann Richtung downtown.

Voort schaltet die Sirene an und setzt das Rotlicht aufs Dach. Aber angesichts der Stärke des Sturms und der Behinderungen, für die er gesorgt hat, haben die anderen Autofahrer kaum Platz, um ihm aus dem Weg zu gehen.

Wenigstens braucht er nicht vor roten Ampeln zu stehen.

Auf der Höhe der 40. Straße steuert Voort den Chevy auf den Gehsteig, um einem Unfall auszuweichen. Er bahnt sich seinen Weg nach Süden, setzt die Sirene ein, kommt auf die Höhe der 21., biegt dort links ab und hält vor einem halb vom Schnee begrabenen Hydranten vor dem Car Service an der Third Avenue. Als er ins Haus läuft, nicht im mindesten in Stimmung für eine Diskussion, findet er in der Glaskabine einen Kollegen des Mannes von neulich. Andere Fahrer, die auf Fuhren warten oder außer Dienst sind, sitzen auf einer Holzbank in dem kleinen, überhitzten, schmucklosen Raum.

Sie ist in Ordnung. Ich muß es nur bestätigt haben, bevor ich mich um etwas anderes kümmern kann.

Er hält seine Marke gegen das Glas, genauso wie neulich nacht, und ärgert sich neuerlich darüber, so dumm gewesen zu sein.

»Ich muß wissen, ob und wo einer Ihrer Fahrer heute nachmittag einen bestimmten Fahrgast abgesetzt hat.«

Der Mann blickt auf, ein dunkles Gesicht mit höher werdender Stirn, das in den Finanzteil der Spätausgabe der *Daily News* gestarrt hat.

»Sie sind Voort, nicht wahr? Sie haben angerufen.«

»Hat einer Ihrer Fahrer diesen Nachmittag Camilla Ryan abgeholt? Auf Rechnung von NBC?«

»Nein.« Aber der rechte Arm des Koordinators rutscht nach links, weg von der Zeitung, um ein Klemmbrett auf dem Tisch zu verdecken, das neben einer Flasche Mineralwasser liegt.

Voort und der Mann blicken beide auf das Brett.

»Lassen Sie mich rein«, sagt Voort.

»Ich habe strikte Anweisung, das Fahrtenbuch jederzeit jedem Polizisten zu zeigen, sofern er einen Gerichtsbeschluß hat. Haben Sie einen Gerichtsbeschluß? Falls Sie einen Gerichtsbeschluß haben, sperre ich Ihnen liebend gern auf.«

»Den habe ich«, lügt Voort.

»Zeigen Sie ihn mir.«

»Dazu habe ich keine Zeit.«

»Ich schon«, sagt der Mann. »Meinen Kollegen hat man rausgeschmissen, weil er mit Ihnen geredet hat.«

»Machen Sie die verdammte Tür auf«, sagt Voort.

Statt dessen sagt der Mann und greift dabei zum Telefon: »Ich rufe die Polizei!«

Die Fahrer hinter Voort beginnen sich zu zerstreuen; niemand will in diese Sache hineingezogen werden, bloß kein Zoff mit der Polizei. Ganz plötzlich fällt ihnen ein, daß sie Hunger haben, Durst, daß sie unbedingt eine Zeitung brauchen oder ihre Frau anrufen müssen – von einem anderen Raum aus –, andere müssen, trotz des Sturms plötzlich nach Hause.

Der Mann drinnen wählt 911. Es ist unglaublich.

Voort zieht seine Waffe.

Er zielt freilich auf niemanden, hält sie nur einfach an der Seite, die Mündung auf den Boden gerichtet. Die Bewegung des Koordinators gefriert plötzlich, während er auf die Waffe starrt. Voort weiß nicht, was er tun soll.

Er steckt sie ins Holster zurück.

»Sagen Sie mir einfach, wo Sie sie hingefahren haben«, bettelt Voort. »Ich liebe Sie, Hergott noch mal. Ihr könnte was zustoßen.«

Aber der Koordinator erklärt dem Polizisten beim Notruf, daß Voort ihn bedroht.

»Zu einem Bootsschuppen«, sagt eine Stimme hinter Voort.

Voort fährt herum. Ein magerer, schmächtiger Mann, ein

Inder oder Pakistani steht in einem viel zu großen Parka vor ihm und sieht ihm in die Augen.

»Sie würden ihr doch nichts tun, oder? Sie haben gesagt, Sie lieben sie. Ist das wirklich eine Polizeiangelegenheit?«

»Ja. Nein. Ich bin mir nicht sicher. Aber ich würde ihr nie im Leben was tun.«

Der Mann wiederholt, langsam und deutlich, als wolle er, daß es der wutschäumende Koordinator hinter der Scheibe auch hört: »Ich habe sie zu dem Bootsschuppen gefahren, downtown, am Pier 26. Kleiner Streit unter Liebenden, was? Wir Männer müssen zusammenhalten.«

Der Fahrer starrt den Mann hinter der Scheibe angewidert an. »Weiber haben aus ihm ein Weib gemacht«, sagt er Voort. »Jetzt hat er Angst vor allem, sogar davor zu sagen, was Sache ist.«

»War sonst noch jemand am Bootshaus, als sie dort ankam?«

Der Koordinator in der Glaskabine schüttelt schnaubend den Kopf. Er ruft dem Chauffeur etwas zu, in einer anderen Sprache, Hindi vielleicht, doch wie immer es lautet, eine Beleidigung ist es auf jeden Fall.

Der Fahrer schreit zurück, die Fetzen fliegen.

Voort hingegen geht bereits durch die Tür.

Der Chevy draußen springt, verläßlich wie immer, sofort wieder an, bleibt unglücklicherweise an der 23., auf dem Weg auf die andere Seite der Stadt, im Verkehr stecken. Die Straße ist, von Randstein zu Randstein, voll mit hupenden Autos. Er versucht es mit einer anderen. Auch diese ist zu. Er hat bereits elf Minuten im Verkehr verschwendet.

Voort fährt den Chevy, direkt vor einem Hydranten, an den rechten Straßenrand.

Über Funk ruft er in der Mordkommission an. Er sagt der Telefonistin dort, er habe allen Grund zur Annahme, der CTH-Mörder halte sich im Bootshaus, West Street, Ecke Hubert, auf. Pier 26. Es ist ihm egal, ob es stimmt oder nicht, ob es nur seine Angst oder eine Vorahnung ist. Immer wieder hört er Camillas Stimme auf Bainbridges Band.

»Er hat es auf sie abgesehen. Schicken Sie jemanden hin. Sie braucht Schutz. Sofort.«

Dieses eine Mal hofft er, daß die verhaßte *Daily News* den Polizeifunk abhört. Er hofft inbrünstig, daß sämtliche Journalisten zuhören. Er hofft, daß jeder Polizeifunkfreak sich innerhalb von zehn Meilen auf den Weg zu dieser Pier macht.

Doch der Kollege, der sich gemeldet hat, sagt: »Zehn-zwo, Detective«, was bedeutet: Alles liegen und stehen lassen und im Präsidium melden. Sofort.

»Haben Sie nicht gehört, was ich gesagt habe?«

»Ich hab's gehört. Haben Sie mich gehört? Zehn-zwo. Addonizios Order.«

»Sie kapieren nicht«, sagt Voort, dem klar wird, daß die Beschwerde von Camillas Car Service dem Kripochef bereits zu Ohren gekommen ist. Addonizio hat den Sender im Nacken, der behauptet, einer seiner Detectives habe mit seiner Waffe einen Zivilisten bedroht.

»Voort, sind Sie noch da?«

»Schicken Sie einfach jemanden zur Pier, okay?«

Voort steigt aus dem Wagen, rutscht aus, schließt ab und läßt ihn vor dem Hydranten stehen. Er weiß, daß die Streifenwagen oder wenigstens die, die bei diesem Sturm unterwegs sind, jetzt nach ihm suchen. Er weiß, sie haben Order, ihn, falls sie ihn finden, ins Präsidium zu bringen. Ohne Widerreden. Ein Mann von der Kripo New York hat seine Waffe nicht – nie und nimmer! – ohne guten Grund zu ziehen. Und falls es dennoch dazu kommt, dann besser nicht wegen eines Streits mit der Nachrichtenredaktion von NBC.

Scheiß drauf, wer muß schon unbedingt Polizist sein? Arbeite ich eben auf dem Schlepper der Familie.

Es sind zwei Meilen zum Bootshaus, schätzt er, und das über den West Side Highway und durch den Schnee.

Der Verkehr ist zum Stillstand gekommen. Es hat ganz den Anschein, als würden die Autos sich nie wieder bewegen, bei diesem Sturm.

Voort beginnt zu laufen.

19

»Noch etwas Champagner?« sagt Marla Voort, Conrads Cousine, die auf dem Deck des Schleppers *Admiral* die Balance nicht zu verlieren versucht, während sie Voort und Camilla an der Bugreling ein antikes Silbertablett mit Sektflöten voll Bollinger's entgegenhält.

Sie sind das zweite Mal miteinander aus, und er hat sie auf eine Familienfeier – das 300jährige Jubiläum der Voorts in New York – mitgenommen, die wie immer auf dem Wasser, nördlich der Verrazano Narrows auf dem Hudson, stattfindet. Es ist ein kalter Herbsttag, wolkenlos und klar. Voort trägt eine Cordsamt-Levis, Deckschuhe und eine braune Pilotenjacke gegen die Kälte. Camilla trägt eine taillierte Armani-Jacke aus schwarzer Wolle und darunter einen Kaschmirpullover. Ihre engen Jeans stecken in weichen Lederstiefeln, und ihr langes Haar trägt sie offen, so daß es im Sonnenlicht der Dämmerung glüht.

»Riesenfamilie«, sagt sie und genießt es, von lachenden, lauten Feiernden umgeben zu sein; auf den Decks wimmelt es von Voorts aus New York und dem Hudson Valley. Sie nippen an Weingläsern im Ruderhaus, die Kinder spielen Fangen, die Erwachsenen tanzen zu Country Music von den Dutchmen, einer vierköpfigen Band, alles Mitglieder der Familie Voort aus Croton, wo sie eine bekannte Wochenendattraktion sind.

Marla nippt an ihrem Champagner. »Nat Voort, unserem

Cousin ersten Grades, gehört der Schlepper, zu Hause ist er auf Staten Island. Hendrik aus der Hudson-Valley-Fraktion hat die gigantischen Kürbiskuchen mitgebracht, die gebratenen Truthähne, die Schinken, den Herbstmais, den Apfelcidre und das frische Schwarzbrot. Jeder bringt irgendwas mit.«

»Was steuern Sie denn bei, Marla?« fragt Camilla.

»Wir haben ein Spirituosengeschäft in SoHo.«

»Und du, Voort?«

»Er? Er hat Sie mitgebracht, und das macht er sonst nie«, sagt Marla. »Und ansonsten«, sie zwinkert ihr zu, »kümmert er sich um unsere Strafzettel. Bringt unsere Konflikte mit dem Gesetz in Ordnung. Rettet unsere Kinder aus lebensgefährlichen Situationen. Das muß er Ihnen doch erzählt haben, das eine Mal, als –«

»Marla«, warnt Voort mit einem Blick auf die Freiheitsstatue.

»Du hast es ihr nicht erzählt? Warum nicht?«

Auf einem Transparent, das die Voorts aus Greenwich Village gemacht und mit Wimpeln geschmückt über die Reling gehängt haben, steht: DREI JAHRHUNDERTE VOORTS. Und es scheint Camilla, als grüße jeder vorbeikommende Schlepper, jede Barkasse, jedes Kreuzfahrtschiff die Familie mit ihrem Horn.

»Um Himmels willen«, sagt Marla, »das ist nun wirklich nicht der Augenblick, um schüchtern zu sein. Sie verliebt sich in dich, wenn sie das hört.«

»Camilla«, sagt Voort, »wußtest du, daß Henry Hudson einen Voort an Bord hatte, als er das erste Mal im New Yorker Hafen einlief? Er war Kabinenjunge.«

»Du kannst einen wirklich rasend machen«, sagt Marla naserümpfend, gibt aber auf. Sie ist dunkler als Voort, kräftig mit pechschwarzen Zöpfen auf den breiten Schultern, wuchtigen Hüften und einem leichten asiatischen Einschlag durch die mandelförmigen Augen einer Vorfahrin, einer Mohegan, die 1703 einen Trapper namens Voort geheiratet hat, als die Franzosen und Briten um die Kontrolle der nordamerikanischen Kolonien rangelten.

»Immerhin sehe ich jetzt, lieber Cousin«, sagt Marla, »wieso du in letzter Zeit recht oft lächelst.«

Camilla fühlt sich aufgenommen, als gehöre sie dazu. Es ist lange her, seit sie sich gewünscht hat, von einer fremden Familie angenommen zu werden. Sie genießt den Champagner, das Essen, den Hafen, der sich von seiner schönsten Seite zeigt.

Sie fragt: »Lächelt er denn normalerweise nicht?« Sie hat noch nicht mit Voort geschlafen, und ihre Hand, die auf seinem Bizeps liegt, spürt die harten Muskeln unter dem weichen Leder. Es erregt sie.

»Ach, der doch nicht«, sagt Marla und stürzt ein weiteres Glas in sich hinein, statt das Zeug herumzutragen. »Er haut Kinder. Gerät in Schlägereien. Läuft auf der Straße Frauen nach und macht ihnen angst. Alles, was ich Ihnen Gutes über ihn erzählt habe, ist gelogen. Bist du jetzt zufrieden, Conrad?«

»Sicher, sag ihr ruhig die häßliche Wahrheit. Und gib mir noch ein Glas, bevor du gehst.«

»Ja, du mich auch. Ach übrigens, Nat, unser verwegener Captain, hat mich gebeten, euch zu sagen, ihr sollt euch mal Kabine 102 ansehen. Der Schlüssel liegt über der Tür. Er sagt, es sei eine Überraschung für dich drin, Connie.«

»Tickt sie?«

Der Schleppdampfer hält nach Norden, an Governor's Island vorbei, während Voort von ihrer Geschichte erzählt. Vorbei an der Battery, dem alten holländischen Fort an der Südspitze Manhattans, wo die Voorts die Geschütze bemannten. Im Wald nördlich davon, der heutigen Wall Street, kämpften sie mit ihren Donnerbüchsen gegen die Irokesen, im Süden nahm man die britischen Kriegsschiffe im Hafen unter Beschuß. Vorbei am World Financial Center, am West Side

Highway, wo die Voorts mit ihren Äxten Eichen geschlagen, strohgedeckte Häuser gebaut, Gärten angelegt haben, mit Erbsen, Tomaten, Kartoffeln aus Europa. Vorbei an The Palisades im Westen, wo die Voorts an den Briten vorbei Silber aus den alten Minen geschmuggelt haben, zur Finanzierung des Unabhängigkeitskriegs.

»Wir haben es durch eine Kirche geschleust. Der Priester war ein Voort.«

»Wir?« zieht Camilla ihn auf. »Warst wohl dabei?«

»Ich bin älter, als ich aussehe. Siehst du die alte Pier dort, wo ihr euren Kajakschuppen habt? Während des Revolutionskrieges hatten die Briten dort das Dock der Hafenpatrouille – gegen die Schmuggler. Tja, die Voorts waren Schmuggler. Wir ruderten unsere kleinen Boote im Nebel an ihren Schiffen vorbei.«

Camilla drückt seinen Arm und sagt mit sanfter Stimme: »Sehen wir doch mal nach der Kabine, von der Marla gesprochen hat.«

Wie sich herausstellt, liegt sie auf dem Hauptdeck, es ist die Kapitänskajüte, ein gemütlicher kleiner V-förmiger Raum mit Bullauge und riesigem Bett, frisch bezogen, frischen Blumen, einem Eimer Champagner, einem Silbertablett mit Appetithappen, Obst, holländischem Käse und Pralinées.

Als sie das sieht, prustet Camilla laut los.

»Sieht mehr nach einem Landgasthaus aus als nach einem Schlepper. Wieso habe ich nur das Gefühl, in eine Falle geraten zu sein?« sagt sie.

Voort schüttelt den Kopf. »Sagte die Fliege zur Spine. Guck mal nach der Stereoanlage. Wollen wir wetten, daß Sinatra aufliegt? Fünf zu eins.«

Camilla stellt sich auf die Zehenspitzen, küßt ihn und verschließt dann die Tür. »Wir können das alles hier schließlich nicht verkommen lassen. Ach übrigens, was war das für eine

Geschichte, von der Marla da angefangen hat, von wegen ›Kinder retten‹?«

»Das kriegst du nie aus mir raus.«

Später, im Sender, schlägt Camilla per Computer Voorts Namen im News Service der *New York Times* nach und findet den Artikel vom letzten Jahr. Die Überschrift lautet: POLIZIST RETTET NEFFEN BEI GEISELNAHME IN SPIRITUOSENHANDLUNG. ZWEI TOTE.

Jetzt, in der Kabine, fallen die beiden unter Küssen aufs Bett. Voorts Hände sind unter ihrem Pullover, drücken ihre Brüste, kneifen ihre Brustwarzen. »Fester!« keucht sie.

Camilla, die seine Gürtelschnalle öffnet, hört triumphierendes Kinderkichern vom Flur, oder ist es womöglich der ganze Clan, der sich über den Neuzugang freut?

Fünf Monate ist das jetzt her, eigentlich gar nicht so lange und doch ein endloses Nichts. Camilla sitzt auf dem Boden des Bootsschuppens, in eine Ecke gelehnt, die Knie angezogen, und schluchzt.

Noch nie hat sie derart die Beherrschung verloren. Sie kann nicht aufhören zu weinen, sie kann nicht denken, sie kann nicht stehen. Sie hat ihr Herz verloren. Im oberen linken Quadranten ihres Körpers, zwischen Brustkorb und Wirbelsäule, hat sich ein Loch aufgetan. Ihre Organe sind herausgerissen, ihr Gewebe. Und obwohl nichts die Lücke füllt, so spürt sie dennoch den Schmerz, so wie ein Amputierter schwört, sein fehlendes Bein sei noch da.

Camilla spürt ihren Kummer als physischen Schmerz.

Wo bleibt denn nur Bainbridge?

Das Heulen des Windes sagt ihr, daß der Sturm draußen zugelegt hat. Das Blechdach krümmt sich, vibriert, klappert, zieht an den Schrauben. Bei Zyklonen, das weiß sie aus Filmmaterial aus Asien, werden ganze Häuser abgedeckt. Die Leute werden aus den Häusern gesaugt und verschwinden in einem schwarzen Himmel. Im Bootsschuppen flackert das Licht. Die Kajaks glänzen in ihren Regalen, in denen sie während des Winters gelagert werden. Die Heizstrahler bilden einen glühenden Kreis in der Mitte des Raums um zwei Klappstühle, die einander als provisorisches Psychologensprechzimmer gegenüberstehen.

Ihr Doktor kommt und bringt Trost für ihr gebrochenes Herz.

Der Summer unterbricht ihre Träumerei und ruft sie an die Gegensprechanlage, über die sie ihn schreien hört: »Hier draußen ist der Teufel los! Lassen Sie mich rein!«

Sie stellt sich Ian vor, rundlich, ein Teddybär, gegen den Schnee eingemummelt, draußen am Maschendrahtzaun. Sie betätigt den Summer, läßt ihren Retter durchs äußere Tor, schließt Augenblicke später das blechverkleidete Holztor auf, und er taumelt aus dem Wind. Sie verschließt das Tor hinter ihm.

»Der Verkehr staut sich bis herunter an den West Side Highway«, sagt Ian. »Ein Unfall nach dem anderen. Es ist die reinste Antarktis da draußen.«

»Danke, daß Sie gekommen sind.«

Er umarmt sie. Er zittert, vor Kälte, denkt sie. Er riecht nach nasser Wolle und ungewaschenem Haar. Seine Oberarme sind schlaff, dick, aber nicht muskulös. Es steckt keine Kraft drin, aber dennoch geben sie ihr Sicherheit; als wäre ein Freund gekommen.

»Ich muß zugeben, Voort hat mir angst gemacht«, sagt er und geht auf einen der Heizstrahler zu, dessen Glühen er die Handflächen entgegenhält wie einem offenen Feuer.

»Um den kümmere ich mich schon.« Allein seine Anwesenheit gibt ihr wieder Kraft.

»Ich wollte es Ihnen zuvor nicht sagen«, sagt Ian, »um Sie nicht zu beunruhigen, aber er hat mich bedroht. Er sagt, ich soll Sie besser nicht wiedersehen. Er wollte wissen, ob ich mit Ihnen schlafe. Der Mann ist nicht richtig im Kopf.«

Bainbridge zieht seinen Mantel aus, und etwas Schweres schlägt durch die rechte Tasche hindurch auf dem Boden auf. Sie fragt sich, was da drin wohl so schwer wiegt, was einen so lauten schweren Schlag verursachen könnte, wie Metall, das auf Holz trifft.

»Voort schrie«, erzählt er. »Er sagte, er habe mich beobachtet, und – obwohl ich nicht glaube, daß er es wirklich tun würde – er würde mir eine Kugel in den Kopf jagen. So hat er sich ausgedrückt, wortwörtlich. Er sollte zum Therapeuten gehen.«

»Ian, wir werden dafür sorgen, daß er nie wieder jemanden bedroht.«

Die Heizstrahler flackern, zusammen mit den Neonröhren über ihnen. Der Sturm setzt Manhattans Stromleitungen zu.

Bainbridge wirft einen Blick auf die Lampen und atmet dann laut aus, um sich zu beruhigen. »Er erinnert mich an einen meiner Patienten«, sagt er. »In einem Club, dem ›Club der toten Herzen‹, wie ich ihn nenne. Männer, die nach außen hin völlig gesund wirken, aber innerlich sind sie völlig verkorkst.«

»Ein Club?«

»Eigentlich mehr eine Gruppentherapie. Camilla, Sie würden diese Männer für völlig normal halten, wenn Sie ihnen begegnen – ein Banker, ein Mechaniker, ein Literaturagent. Aber es war ihnen unmöglich, sich von ihrem Kummer zu erholen. Ich möchte Sie nicht ängstigen, aber sie alle haben, nun ja ... sind Frauen gegenüber gewalttätig geworden. Ich tue, was ich kann, um zu helfen.«

Sie stellt sich Voort vor, zornig, und fragt mit leiser Stimme: »Gewalttätig? Inwiefern?«

»Wir brauchen darauf jetzt nicht einzugehen. Sie haben einen schlimmen Tag hinter sich. Und ich sollte andere Patienten nicht mit Ihnen diskutieren. Sprechen wir doch darüber, was Ihnen passiert ist.«

»Ich rufe den Kripochef an, auf der Stelle. Der zieht den Mistkerl noch vor den Sechs-Uhr-Nachrichten aus dem Verkehr.«

»Ach was«, sagt Ian mild. »Erst sind Sie dran. Sie sind es, um die es hier geht. Um Voort können wir uns später kümmern. Zuerst Sie. Dann ich. Sie machen, was der Doktor sagt.«

»Sie sind ein guter Mensch, Ian. Ich habe sogar die Stühle zurechtgerückt, so wie in Ihrem Büro.«

Er grinst. »Besser als zu Hause.«

»Ich habe nur Pfefferminztee. Geht das in Ordnung?«

»Prima.« Bainbridge sieht sich die Kajaks, dann die fensterlosen Plankenwände an.

»Wir sind hier ja mutterseelenallein«, sagt er.

Etwas in seinen Worten sorgt für einen peinlichen Augenblick, als ihnen bewußt wird, daß sie sich zum ersten Mal außerhalb seines Sprechzimmers sehen. Daß sie überhaupt woanders als in der 93. Straße Ost existieren können, zusammen. Er scheint anders in dieser Umgebung, nicht weniger fürsorglich, aber ohne seinen Sessel, seine Akten, Bücher, ohne seinen kleinen schwarzen Wecker, der die Minuten zählt, wirkt er mehr wie ein Durchschnittsmensch, eine schlichtere Version seiner selbst, die auf einen Plausch bei ihr ist.

Sie bemerkt, wie zögernd er den Tee entgegennimmt, als wäre er nur ein Gast, weiter nichts, bemerkt die leichten Hängeschultern, durch die er zarter wirkt. Voort muß ihm ganz schön angst gemacht haben. In diesem Körper sind echte Knochen, denkt sie, die brechen können. Sie sieht Schuppen auf seinem Pullover und seine zitternden Hände, als er den Souvenirbecher der Mets von der 86er World Series entgegennimmt.

»Das ist die Kälte«, sagt er, als er sich setzt und sich vorbeugt in seiner aufmerksamen »Psychiaterhaltung«, wie sie es insgeheim nennt. »Camilla, Sie haben sich furchtbar angehört am Telefon. Und nachdem ich Ihren Voort kennengelernt habe, verstehe ich, wieso Sie solche Angst vor ihm haben.«

Sie sitzen sich innerhalb des Kreises glühender Heizstrahler gegenüber. Die Wärme kriecht an ihren Beinen hoch, wo sie angenehm brennt, und umhüllt sie, als sie ihm zu erzählen beginnt, was letzte Nacht passiert ist. Wie sie in Voorts Büro gewesen ist. Wie sicher sie gewesen war, die Konfrontation kontrollieren, Voort die Meinung sagen zu können, und wie sie aus heiterem Himmel, kaum daß sie hier im Bootsschuppen war, zu schluchzen begonnen hat.

»Ich habe noch nie so reagiert.«

»Es macht Ihnen angst«, sagt er.

»Dann verstehen Sie es.«

»Sie fragen sich, ob mit Ihnen etwas nicht stimmt, etwas, dessen Sie sich bisher noch nicht bewußt waren, und Sie haben Angst, Sie könnten es vor Ihnen selbst versteckt haben.«

»Ja!«

»Und Ihr Voort –«

»Er ist nicht *mein* Voort«, sagt sie. »Oder *mein* Kenny. *Mein* Mann. Keiner von ihnen.«

»Männer, meinen Sie.«

»Ich möchte nie wieder eine Beziehung«, sagt sie heftig. »Ich will nie wieder von einem Kerl berührt werden. Zum Teufel mit ihnen, allen miteinander.«

Sie hat den Eindruck, so wie er die Augen schließt, daß ihn ein Schmerz durchzuckt. Vielleicht hat er sich draußen auf dem Eis den Knöchel verknackst. Oder er hat sich die Grippe geholt, die überall in der Stadt grassiert. Sie will ihn eben fragen, ob er in Ordnung ist, als er langsam sagt: »Nicht alle Männer sind so.«

»Ja, von wegen.«

»Auf einige Männer«, sagt er, »einige besondere, loyale Männer kann man sich immer verlassen.«

»Denken Sie an einen speziellen dabei?«

»Das ist kein Scherz. Einige Männer können von ganzem Herzen lieben.«

Sie seufzt. »Sie sind ein Romantiker, Ian. Mit der Einstellung wird Ihnen noch jemand das Herz brechen, wenn man's nicht schon getan hat.«

»Was haben Sie gegen Romantik? Bei Ihnen hört sich das an wie ein Schimpfwort.«

»Es ist eben Blödsinn. Es taugt für Filme, für Kinder, für Leute, die es nicht besser wissen. Nicht für Erwachsene.«

»Das glauben Sie doch nicht wirklich«, sagt er, während sein rechter Fuß, der auf dem linken liegt, langsam zu wippen beginnt. Seine Pupillen scheinen kleiner, die Furchen auf seiner Stirn tiefer. Seine neue Haltung hat etwas Beunruhigendes, Direkteres, weniger Gütiges.

Oder liegt es daran, daß ihr nach der Episode mit Voort heute abend einfach alles beunruhigend erscheint und sie an ihrem gesunden Instinkt zweifeln läßt?

Immerhin ist er eigens wegen mir hierhergekommen, er hat sich die Zeit genommen, also was stört mich dann jetzt an ihm?

»Wer hätte vor einem Monat gedacht«, sagt sie und verdrängt ihre Fragen, »daß alles derart den Bach runtergehen könnte? Daß einem etwas total Verrücktes normal vorkommen könnte? Ich meine, daß Voort Sie tatsächlich mit einer Waffe bedroht.«

»Nun, jedenfalls hat er das.«

Unter dem Boden ist ein Krachen zu hören – *bumm!*

Er zuckt zusammen. »Was war das?«

»Nur eine Welle, die an den Pier geknallt ist. Ich sage ›normal‹. Nach dem, was er sich die letzten zwei Wochen geleistet hat, glaube ich wohl wirklich schon, er ist krank genug, um gefährlich zu sein.«

Er scheint sie nicht gehört zu haben, jedenfalls nickt er nicht, ja, er reagiert nicht einmal. Er hat sich offensichtlich in sich zurückgezogen. Eine einzelne Schweißperle steht plötzlich rechts auf seiner Stirn.

»Ian? Geht's Ihnen nicht gut?«

Er greift nach seinem Tee, zieht die Hand jedoch wieder zurück. Seine Lippen bewegen sich, aber es kommt kein Laut über sie. Irgend etwas in ihm scheint sich zu stauen. Und dann glaubt sie, ihn – kaum hörbar – sagen zu hören: »Ich liebe dich.«

Aber das kann er nicht gesagt haben. Sie sagt sich, es ist einfach absurd, daß es das war, was sie gehört hat. Sie beugt sich vor.

»Ian, was haben Sie gesagt?«

»Ich sagte ...« Sein Gesicht glänzt jetzt wie lackiert. Es ist das Gesicht eines anderen geworden. Kantiger, direkter, weniger tolerant. Sein Atem ist tiefer, und er erinnert sie, so wie er sie fixiert, an ihren besten Enthüllungsreporter, kurz bevor der Mann die Frage stellt, die den journalistischen Gnadenstoß signalisiert.

Aber der Blick verflüchtigt sich genauso rasch wieder, wie er gekommen war. »Ich sagte, ich gehe weg.«

Darauf war sie nicht gefaßt, was sie vollends aus dem Gleichgewicht geraten läßt. Nun ist sie es, die Panik verspürt. Sie sieht Bainbridge vor sich, auf einem Flughafen, wie er eine Maschine besteigt, mit einem Koffer. Die Maschine fliegt weg. Es macht ihr schreckliche Angst – der Gedanke, er könnte gehen. Sie hat von Patienten gelesen, bei denen es zu Überreaktionen kommt, wenn ihr Therapeut in den Urlaub fährt, und hat den Gedanken bisher immer für lachhaft gehalten. Doch jetzt ist ihr gar nicht zum Lachen.

»Was meinen Sie, weg? Für wie lange?«

»Ich wollte es Ihnen nicht am Telefon sagen. Es kann schon zu Schwierigkeiten zwischen Arzt und Patient kommen, wenn ein Arzt nur kurz mal verreist. Und mir hat man jetzt eine Stelle geboten, eine tolle Chance, aber nicht in New York«, sagt er. »Ich gehe weg.«

»Ich dachte mir schon, Sie wirken nervös, dachte aber, das liegt an Voort.«

»Ich mag die neue Stelle, aber es ist schwer für mich, Patienten, an denen mir etwas liegt, zu sagen, daß ich weggehe. Und es liegt mir viel an Ihnen«, sagt er und starrt sie dabei an. »Sehr viel.«

»Wann steht denn der große Sprung an?« preßt sie, um einen lockeren Ton bemüht, hervor, aber ihr Anker hat sich bereits gelöst. Der ganze Tag erscheint ihr wie eine endlose Reihe von Verlusten.

»Heute abend. Es ging sehr schnell. Aber zuerst unterhalten wir uns eine Weile. Hier. Sogar ein paar Stunden, wenn Sie wollen.«

Ihre Panik wächst. Was nützt ihr eine lausige Sitzung, egal wie viele Stunden sie dauert, wenn er weggeht?

»Ich dachte, der Grundgedanke einer Therapie ist, daß sie eine Weile dauert«, sagt sie. »Ich komme mir wie eine Zwölfjährige vor. Ich sollte mich für Sie freuen, aber ich denke an mich. Es gefällt mir nicht, daß Sie gehen.«

Nichtsdestoweniger hält sie ihm die Hand hin. »Viel Glück.«

Seine Finger scheinen auf den ihren zu verweilen. »Es ist nicht das Ende der Welt, Camilla.«

»Letztendlich verläßt jeder jeden«, hört sie sich zu ihrer eigenen Überraschung sagen.

»Das stimmt nicht«, sagt er, ohne ihre Hand loszulassen.

»Ist Ihnen je der Gedanke gekommen, daß vielleicht *Sie* es sind, die andere verläßt? Menschen, die *Sie* lieben? Daß Sie *sie* vertreiben?«

»Was reden Sie da? Voort verfolgt mich, er belästigt mich!«

Er läßt ihre Hand los. »Ach so. Sie sprechen von Voort«, sagt er.

»Von wem, glauben Sie, sprechen wir denn hier?«

»Sie haben recht, von *ihm*. Er hatte wirklich etwas so Extremes, daß ich mich fragen mußte, wie jemand so Jähzorniges in New York Polizist werden darf. Ja, als er mir drohte, das war schlimmer, als ich Ihnen erzählt habe. Ich fürchte, er könnte es auf Sie abgesehen haben. Er braucht eine Therapie, Camilla. Aber ... es ist mir nicht gleichgültig, was passiert«, sagt er mit mehr Nachdruck. »Sie werden mir fehlen, wirklich.«

»Auch mir werden unsere Gespräche fehlen.«

»Tatsächlich?« sagt er, und seine Stimmung ändert sich. Absurderweise sieht er glücklich aus, wie ein richtiger Freund, nicht wie ein Mann, dem sie Geld gibt, damit er ihre Geheimnisse teilt und intimere Gespräche mit ihr führt, als sie sie mit den Leuten hat, die sie wirklich gut kennt. Und dann hört sie ihn sagen: »Wenn es uns beiden so geht, vielleicht besteht ja die Möglichkeit, sich wiederzusehen.«

»Wenn Sie in einer anderen Stadt sind? Ian, das ist doch Wunschdenken. Bringen wir's lieber gleich hinter uns, ohne viel Federlesens. Sie überweisen mich an einen Kollegen, nehme ich an.«

Er zuckt tatsächlich zusammen, als hätte ihn ihr Vorschlag schockiert. Sein ganzer Körper erstarrt, und als er seinen leeren Teebecher auf den Tisch stellt, klappert er gegen das Holz der Tischplatte.

Gequält fragt er: »Jemand anderen?«

Seine Hände, die er auf seine Knie preßt, sind völlig weiß.

Camilla ist irritiert. »Ich bin gerührt, wie gern Sie mit mir weiterarbeiten wollen, aber seien Sie realistisch. Bei meinem Terminkalender kann ich Sie als Therapeut unmöglich weiter sehen. Ich stehe beim Sender achtzehn Stunden täglich auf Abruf. Und wenn Sie nicht in New York sind, was sollen wir tun? Es sei denn, Sie kommen für Sprechstunden zurück in die Stadt. Kommen Sie für die Sprechstunden tatsächlich rein?«

Eine einzelne Schweißperle rollt über die rechte Seite seines Gesichts.

»Ach, als Therapeut«, sagt er und sieht erleichtert aus, was sie verwirrt. »Mit der therapeutischen Seite haben Sie natürlich recht. Die müßten wir beenden. Wir wußten beide«, sagt er, »daß es mit der therapeutischen Seite nach unserem nächsten großen Schritt zu Ende wäre.«

Camilla wird plötzlich kalt, trotz der Heizstrahler. Der Raum ist trocken geworden, und wieder zerrt ein Windstoß am Dach. Er sieht so gespannt aus.

Sie wiederholt, in der Hoffnung, keine Ahnung davon zu haben, wovon er spricht, obwohl sie fürchtet, daß sie verstanden hat: »Unser nächster großer Schritt?«

Sie ist eine schöne Frau, und Männer machen ihr den Hof, seit sie zwölf Jahre alt war, in Büros, in Bars, auf der Straße, in Flugzeugen, in der U-Bahn. Sie will nicht glauben, daß ihr Arzt das tut. Sie wird sich schlagartig bewußt, wie abgelegen der Bootsschuppen eigentlich liegt. Trotzdem sagt sie vorsichtig: »Verzeihen Sie, wenn ich frage, aber das ist nicht zufällig ein Ausdruck persönlichen Interesses Ihrerseits, nein?«

Sein wissendes Lächeln läßt sie innerlich schaudern. Er sagt: »Sie können unmöglich überrascht sein, daß es endlich heraus ist. Wäre das denn so schlimm?«

»Sind Sie verrückt? Sie sind mein Psychiater!«

Der Schweiß läuft jetzt ganz ungehemmt, über seine Stirn, in die Augen, im völligen Widerspruch zur Ruhe seines Gesichtsausdrucks. Sie hat das Gefühl, daß er eine ungeheure Kraft aufwenden muß, um so ruhig zu wirken. Nichtsdestotrotz ist sein Gesicht, wenn sie es als das eines Liebhabers und nicht als das eines Arztes betrachtet, abstoßend, fleischig, feucht, und seine Augen sind so groß hinter den beiden Flaschenböden der Brille; seine Wangen sind feist, fast aufgedunsen, zu rot vom Sturm, und der Geruch von nasser Wolle ist stärker jetzt, wie der Gestank einer muffigen Decke. Als er ihre Reaktion sieht, sagt er: »Camilla, widere ich Sie derart an, als Mann?«

»Sie sind kein Mann.«

Er sieht sie betroffen an.

»Sie sind Arzt.«

Er lacht und ist gerade dabei aufzustehen, als jemand draußen an die Tür trommelt. Die Schläge hallen durch das Bootshaus. Bainbridge erstarrt. Camilla denkt: Das Tor draußen ist verschlossen, wie kommt da einer an die Tür?

»Wer zum Teufel ist das?« sagt sie. »Haben Sie hinter sich nicht zugemacht?«

»Doch.«

Das Hämmern wird lauter. Bainbridge starrt auf die verschlossene Tür. »Das ist er«, sagt er.

Sie steht zu schnell auf und hält sich am Stuhl fest, um die Balance nicht zu verlieren, als ihr schwarz vor Augen wird. »Sie sind ja paranoid«, sagt sie. »Wollen Sie damit sagen, er ist Ihnen gefolgt? Wenn er Ihnen gefolgt wäre, wäre er doch längst aufgekreuzt. Glauben Sie vielleicht, er steht seit zwanzig Minuten da draußen rum?

Und überhaupt«, fügt sie hinzu, und ihre Wut verdrängt für einen Augenblick den Kummer, der eben noch an ihr fraß, »wollen Sie mir damit sagen, daß alle Ihre Ratschläge, alles, was ich tun sollte, aus Ihrem persönlichen Interesse an mir kam?«

»Mein Rat war völlig professionell.«

Das Gepolter bricht abrupt ab.

»Ach. Noch ein Profi! Der eine droht Leuten mit der Pistole, und der andere horcht mich nach meinen Geheimnissen aus, um mich ins Bett zu kriegen.«

Das Poltern setzt wieder ein. Bei der dicken Tür, ihrer Entfernung zu ihr, den summenden Heizstrahlern, ihrem Gespräch und dem heulenden Wind ist es ihr unmöglich, draußen jemanden schreien zu hören.

»Das ist nicht fair«, sagt er. Er steht jetzt neben ihr und zieht sich den Mantel an. Er wirkt wie ein Zehnjähriger, völlig wehrlos. »Mögen Sie mich denn nicht wenigstens ein wenig? Ein kleines bißchen, das wachsen kann?«

Fast wie zu sich selbst fügt er hinzu: »Er hat gesagt, daß es dazu kommt.«

»Nein, Ian, ich mag Sie nicht so, noch nicht mal ein bißchen. Und was soll das heißen, *er* hat das gesagt? Wer?«

»Machen Sie nicht auf«, flüstert er, als sie auf die Tür zugeht, weg von den Heizstrahlern, in die kältere Luft jenseits davon.

Sie sagt, über die Schulter: »Soll das ein Scherz sein? Da draußen ist es eiskalt.«

Sie hört die Schritte des Doktors hinter sich näher kommen und hört ihn mit einer völlig anderen, ruhigeren und selbstsicheren Stimme, so daß sie sich überrascht zu ihm umdreht. »Ja, Sie haben recht, natürlich. Lassen Sie ihn herein.«

Sie fährt ihn an: »Brauche ich auch Ihre Erlaubnis, wenn ich was essen will?«

Er ist so nahe, daß sie seinen schweren Atem hinter sich hört und seinen ranzigen Schweiß riechen kann.

Nur am Rande ihres Bewußtseins ist sie sich im klaren darüber, daß seine rechte Hand in der Manteltasche verschwunden ist, in der sich der schwere Gegenstand befand, der vorhin mit einem Schlag auf dem Boden gelandet war.

»Wer ist da?« ruft sie, an der Tür, eher gereizt als ängstlich. Sie denkt daran, Ian wegzuschicken, wenn das Tor offen ist, und wer immer draußen ist, sie ist ihm dankbar, ausgerechnet jetzt gekommen zu sein.

Von Blech und Sturm gedämpft hört sie, kaum vernehmbar, ein einziges Wort.

»Voort!«

20

»Verschwinde«, schreit Camilla, die, während sie sich Voort im Schneetreiben vorstellt, durch die Tür hindurch seine Eindringlichkeit, seine Kraft, seine Besessenheit spürt.

»Bist du allein?« ruft Voort. »Ich verspreche, wenn du alleine bist, gehe ich wieder.«

Das ist eine Lüge, das weiß sie. Sie ist zutiefst bestürzt darüber, daß er sie gefunden, daß er sie hierher verfolgt hat.

Erst vor wenigen Augenblicken hat Bainbridge ihr gesagt: *Er hat uns beschuldigt, ein Verhältnis miteinander zu haben. Er sagt, er würde mir etwas antun.*

Jetzt steht der Psychologe hinter ihr, zu Tode geängstigt, die rechte Hand in der Manteltasche, den Zeigefinger der linken auf die Lippen gedrückt.

Er formt die Worte: »Ich bin nicht da.«

Voort versucht vernünftig zu klingen, wählt die Stimmhöhe so, als gäbe es tatsächlich eine vernünftige Erklärung für seine Anwesenheit. »Bitte! Camilla! Mach das Tor auf!«

Schlagartig fällt ihr ihre Mutter ein, die ihr vor Jahren einmal gesagt hat: »Man muß vorsichtig sein mit den Leuten. Man muß jemanden sehr lange kennen, bevor man all seine Seiten sieht, vor allem bei Männern.«

Voort sagt, mit derselben männlichen Stimme, die sie so oft gehört hat, in ihrem Wagen, im Bett: »Sag mir nur, ob du allein bist! Ich mache mir Sorgen um dich.«

»Ich bin allein. Bist du jetzt zufrieden? Geh!«

»Du bist nicht allein. Hier draußen sind zwei Fußspuren, und die eine ist von einem Mann, und sie führen beide rein, nicht heraus. Und der Schuhgröße nach ist es Bainbridge.«

Er kennt die Schuhgröße meines Psychiaters?

»Wie bist du über den Zaun gekommen?«

»Geklettert. Ist er hier? Können wir deshalb nicht miteinander reden? *Sag mir, ob es Bainbridge ist!*«

»Voort, falls du immer noch nicht draufgekommen bist: Mit wem ich zusammen bin, mit wem ich rede, wo ich hingehe, geht dich absolut nichts an. Tu nicht so, als ob du dir Sorgen machen würdest, schließlich bin ich offensichtlich in Ordnung, wenn ich mit dir rede. Du bist über den Zaun geklettert? Das ist Einbruch! Normale Menschen benutzen die Gegensprechanlage.«

»Du hättest nicht mit mir geredet.«

»Da hast du recht.«

Lächelnd, sie kann nicht anders, blickt sie nach hinten. Bainbridge zieht etwas aus seiner Manteltasche, aber noch bevor sie sieht, was es ist, lenkt Voorts Stimme ihre Aufmerksamkeit wieder auf die Tür.

»Falls der Tänzer bei dir ist, das ist mir egal. Oder ein neuer Typ. Das ist deine Sache. Aber Bainbridge ist gefährlich. Man fahndet nach –«

»Ich will nichts mehr davon hören!«

Bainbridge tritt direkt neben sie. Sie spürt, wie er zittert.

»Mach das Tor auf, und ich erkläre es dir!« Voort hofft, Camilla zu überzeugen. »Nur einen Augenblick. Ich komme nicht rein. Ich rede nur. Hört er zu? Ist es das?«

»Ich rufe die Polizei!« schreit Camilla. »Jetzt.«

Etwas Großes kracht gegen die Tür. Sie springt zurück, während sie sich vorstellt, wie Voort – groß und kräftig – sich dagegen wirft.

Er ist verrückt. Der Mann, der sie geliebt, in dessen Armen sie geschlafen, dem sie ihre Freunde vorgestellt, mit dem zu leben sie in Betracht gezogen hat, ist zu einem Tier geworden.

Genauso wie Ian, der schmachtende Ian, der sie belogen und seinen »Rat« nach seinen eigenen Bedürfnissen verdreht hat.

Wieder kracht Voort gegen die Tür.

»Mach nur, brich dir die Schulter, verdammt noch mal!« schreit sie.

Aber die Tür ist massiv. Es ist eine gute Tür mit einem Riegelschloß, das nicht zu knacken ist; die Art, wie die Polizei sie empfiehlt. Voort, so wird ihr klar, kommt hier nicht rein. Er kann sich gegen die Tür werfen, solange er will. Sie ist sicher. Ihre Atmung beruhigt sich. Seine Angriffe verlieren an Wildheit, der Aufprall wird schwächer, und dann wird es still draußen. Er hat aufgegeben.

Er geht wieder, sagt sie sich, sieht ihn im Geiste durch den Schnee stapfen, auf den West Side Highway hinaus. Aber noch während sie daran denkt, weiß sie, daß dieses Bild so absurd ist wie der Gedanke, daß Voort aufgeben könnte. Wahrscheinlicher ist, daß er sich die Wände ansieht, das Dach, die Stromleitung, sich eine andere Strategie ausdenkt, wie er einbrechen kann.

Es ist Zeit, auf der Stelle ihre Drohung wahr zu machen. Zeit, die Polizei anzurufen.

Sie wendet sich dem Telefon zu, als sie drei laute Schüsse von draußen, über den heulenden Wind hinweg hört.

»Gott, großer Gott! Er schießt!« ruft Bainbridge.

Sie springen zurück, weg von der Tür, und huschen geduckt auf die andere Seite des Bootsschuppens, sehen zu, daß sie die Pfosten zwischen sich und der Tür haben. Sie hört einen weiteren Schuß. Sie kann nicht glauben, daß das hier wirklich passiert. Sie greift nach dem Telefon, kauert sich hinter einen Holzpfosten, nimmt den Hörer ans Ohr und ... Kein Amtszeichen.

Die Leitung draußen ist gerissen. Es gibt keine unterirdischen Leitungen auf der Pier.

Scheiße.

Mein Handy! Wo hab ich das nur?

Ein weiterer Schuß, aber dieses Mal fällt ihr auf, daß sie die Kugeln nicht in die Tür schlagen hört. Voort schießt gar nicht auf die Tür.

Worauf schießt er denn dann?

Sie kriecht auf die Ausrüstungskammer zu, wo sie, wie sooft, ihr Handy gelassen hat. Sie könnte sich in den Hintern beißen, gewartet zu haben, Voort die Möglichkeit zu geben, von alleine zu gehen. Dafür, nicht den Killerinstinkt gehabt zu haben, Voort an die Kehle zu gehen, als sie die Möglichkeit gehabt hat. Während sie weiterkrabbelt, die Handflächen auf dem kalten Boden, wirft sie einen Blick auf Bainbridge, der sich gegen die Wand mit den Kajakregalen gedrückt hat, und bemerkt, zuerst nur im Hinterkopf, daß er etwas in der Hand hat, was einen Augenblick zuvor noch nicht dort gewesen ist.

Eine Pistole.

Der Schmerz in ihrer Magengrube wird übermächtig, steigt in ihren Hals.

Voort hat zu schießen aufgehört. Das ist doch unmöglich, sagt sie sich, daß auch Ian bewaffnet ist, aber die Pistole in seiner Hand verschwindet nicht, verwandelt sich nicht in etwas anderes – einen Handschuh im falschen Winkel gesehen oder einen schwarzen Aschenbecher. Jetzt hat er sich in eine der Kajakkrippen gezwängt, aus der Schußlinie, für den Fall, daß Voort in den Bootsschuppen schießt.

Mit morbider Faszination starrt sie in die stählerne Mündung. Die einzige Pistole, die sie je aus der Nähe gesehen hat, war die Voorts, wenn er sie abends abnahm. Er hat ein Schulterhalfter mit einer Silberschnalle am Lederriemen. Sie hat seine Waffe als Teil Voorts akzeptiert, aber in Ians weißer, glatter Hand sieht eine Pistole wie ein Spielzeug aus. Es ist ihr unmöglich, Bainbridge mit Gewalt in Verbindung zu bringen. Er ist ein Mann mit Pfeifen, Tee, Büchern und Theorien.

Bainbridge sagt in die ungeheure Stille: »Er hat gesagt, er würde mir etwas tun.«

In diesem Augenblick knallt es gegen die Tür, etwas Metallisches, Eisen vielleicht, jedenfalls ein Gegenstand, keine Person.

Bainbridge stößt ein langes leises Ächzen aus. Er hält die Waffe auf die Tür gerichtet, schießt jedoch nicht. Dazu zittert er zu sehr.

Diesmal ist der Lärm von Voorts Angriff zu scharf, der Aufschlag zu hoch, als daß es Voort selbst sein könnte, der sich gegen die Tür wirft. Sie hört ein lautes Reißen von der Tür her; die Schrauben geben nach, oder es ist das Holz, das splittert. Ein Vorschlaghammer, denkt sie.

Natürlich. Deshalb ist Voort für einige Minuten verschwunden. Er hat das Schloß an der Werkzeugkiste draußen zerschossen, die ans Bootshaus angebaut ist.

Camilla zischt: »Ian!«

Sie sieht die Gerätekiste vor sich: die Feueraxt, den Vorschlaghammer, das schwere Werkzeug für die Instandhaltung der Pier, des Daches, der Pfähle. Voort dürfte gewußt haben, was da drin war. Er hat im Sommer die Arbeiter gesehen, die sie vollgepackt haben.

Sein Gehämmer hallt durch den Bootsschuppen. Die Tür jedoch hält stand, splittert nicht, es ist also kein Vorschlaghammer, aber irgendeine Art Werkzeug ist es doch, irgend etwas aus der Kiste.

Bainbridge sagt leise: »Ich habe noch nie in meinem Leben geschossen. Ich habe die Waffe für Einbrecher. Ich habe sie mitgenommen, weil er mir angst gemacht hat.«

Nur wenige Minuten sind vergangen. Camilla sieht Bainbridge wie aus weiter Ferne. Das Komische ist, daß sie in ihrem Job ständig über solche Dinge berichtet. Der Mann, der in Texas durchgedreht hat, ein gesetzter Börsenmakler, der seine Familie mit einer Flinte umgebracht hat. Die Floristin, die ihren Wagen durch das Panoramafenster ihres Freundes fuhr – macht Feierabend, steigt in ihren Pickup und tritt das Gaspedal durch. Und jetzt, wo es ihr selbst passiert, eben jene Art von Verrücktheit, über die sie tagtäglich berichtet, jetzt, wo so etwas in ihr eigenes Leben eindringt, scheint es ihr genauso unwirklich wie die Videos, über die die Techniker Witze reißen, sicher vor der Gewalt, weit weg vom Geschehen, in einem Regieraum bei NBC.

Derlei Dinge passieren immer nur anderen.

Ihr Zufluchtsort, ihr geliebtes Bootshaus, ist zur Falle geworden. Draußen, vor der Tür, ist Voort, hinten der Fluß. Die Wände scheinen heranzurücken. Die ganze Pier erzittert unter dem Sturm. Voort, an der Tür, legt sich wieder ins Zeug, und sie sieht bereits das obere Scharnier etwas wackeln; Millimeter um Millimeter bricht es aus dem Rahmen.

Was zum Teufel macht er damit?

Mit Voort ist nicht vernünftig zu reden, aber vielleicht, so sagt sie sich, dringt sie zu Ian durch.

»Stecken Sie die weg«, sagt sie.

Er scheint sie nicht zu hören. Jeden Augenblick fängt er zu schießen an.

»Ich rufe die Polizei«, schlägt sie vor. Am liebsten hätte sie gelacht. Sie weiß ja noch nicht mal mehr, wo sie das verdammte Handy gelassen hat, und überhaupt, wozu taugt der Notruf schon? Neun-eins-eins. Der Zauberspruch jeder Stadt. Magische Worte, um das Böse zu bannen. Aber es ist keine Zeit für 911. Das obere Scharnier hat sich fast schon gelöst.

Ich habe zu lange gewartet, denkt sie. Ich wollte ihm doch nicht weh tun.

Alles in allem, denkt sie, habe ich gezögert, als es drauf ankam. Jetzt sind die Straßen blockiert. Die Polizei kommt nicht mehr, bevor die Tür bricht.

Ihr Arzt und ihr Exlover sind in jenes Reich primitiver Ursprünglichkeit eingetreten, jenen zornigen Kern, der – jenseits von Gesetz, Vernunft oder weiblichen Einfühlungsvermögens – die männliche Existenz definiert, jener Aspekt des Mannes, der Frauen am meisten angst macht und in dem sie mit Sicherheit nichts mit ihrem jämmerlichen Flehen vermag. Sie versucht es ein letztes Mal über die Schläge gegen die

Tür. »Er erschießt Sie! Er hat Medaillen im Schießen gewonnen!«

Und plötzlich, während sie völlig verblüfft zusieht, scheint mit Ian eine Veränderung vorzugehen. Noch während er in der Kajakkrippe liegt, fällt ganz plötzlich jede Furcht von ihm ab. Ruhe legt sich über sein Gesicht. Es ist eine so tiefgreifende Veränderung, daß er ein völlig anderer Mann geworden zu sein scheint. Es ist mehr als nur eine andere Haltung, eine andere Einstellung. Es geht so tief, daß er Macht, ja eine gewisse Attraktivität ausstrahlt, so tief, daß selbst seine Kleidung nicht mehr zu stimmen scheint.

Ganz bewußt kommt seine Waffe hoch und richtet sich auf die Tür. Er zittert nicht mehr. Sie weiß, und das ohne den geringsten Zweifel, daß Ian durch die Tür schießen wird, noch bevor Voort sie vollends eingeschlagen hat. Dieser neue, kompetente Ian wird genauestens zielen und dann abdrücken. Jemand wird getötet. Womöglich wir alle drei.

Und diese Erkenntnis hebt ihre Angst auf eine Ebene, wo sie sieht, daß sie ganz auf sich allein gestellt ist; sie kann sich nicht auf Ian verlassen, nicht auf Logik, nicht auf die Polizei, und gewiß nicht auf das Schicksal.

Eine letzte Chance, bevor es zu einer Schießerei kommt.

Camilla weiß, was sie zu tun hat.

»Ich schaffe Sie hier raus«, ruft sie ihm zu und sieht in die klaren, ruhigen Augen, die sie fixieren, abschätzen, mit einer Belustigung, die in ihrer Eisigkeit fast absurd wirkt. Holz splittert vom Türpfosten, gleich neben dem mittleren Scharnier, fünf Meter vor ihr. Sie geht hinüber zu Ian in der Hoffnung, daß Voort nicht durch die Tür schießen wird. Sie zerrt an Ian in dem Versuch, ihm aus dem Fach zu helfen.

»Voort wird nie erfahren, daß Sie überhaupt hier waren. Hören Sie! Nehmen Sie das Ding weg!«

Sein starrer Blick folgt ihrem Finger zu den Kajaks rund um sie herum, kleine, leichte Boote, Ein- und Zweisitzer, in ihrem Winterquartier. Und dann zur Hintertür hinaus auf den Fluß.

»Wir fahren zusammen«, sagt sie ihm und zieht ihn am Ärmel.

»Helfen Sie mir, ein Boot herunter zu holen, bevor Voort die Tür aufschlägt!«

Voort, der die Tür mit einem Kuhfuß aufzustemmen und einzuschlagen versucht, hört Camilla nicht mehr. Sie antwortet ihm nicht, sagt ihm noch nicht einmal mehr, er soll gehen. Er verflucht sie leise. Sie hätte ihn doch nur davon zu überzeugen brauchen, daß sie alleine ist. Sie hätte nur einen Augenblick die Tür aufzumachen brauchen, und noch nicht mal das konnte sie.

Sie ist dermaßen stur. Er hofft wirklich, daß sie da drin die Polizei ruft. Nichts wäre ihm lieber, als einige Streifenwagen halten zu sehen, wenn sie durch den Schnee kommen. Andererseits, falls Bainbridge drin ist und die Sirenen hört …

Voort schauert.

Bainbridge könnte in diesem Augenblick auf der anderen Seite der Tür stehen und auf ihn zielen.

Aber Voorts Angst um Camilla übertrifft alles, was er bisher erlebt hat. Er macht sich wieder an die Arbeit.

Da er die Tür anfangs nicht hatte öffnen können, hat er sich durch den Sturm an die Werkzeugkiste gearbeitet, den Schnee weggewischt, um dann, einen Schritt zurücktretend, mit seinem Revolver das Kombinationsschloß wegzuschießen, was ihm, mit vier Volltreffern, schließlich gelang. Aber statt darin, wie er erwartet hatte, einen Vorschlaghammer oder eine Feueraxt zu finden, hatte er festgestellt, daß man die meisten großen Werkzeuge über den Winter weggeräumt hat. Er hatte sich durch rostige Schraubenzieher, Nägel und alte Hammer gewühlt und den Kuhfuß gefunden, eine Brechstange mit einer gebogenen Klaue, mit der man normalerweise eingeschlagene Nägel entfernt, die sich jedoch auch in schmale Zwischenräume schlagen und dort verkeilen läßt.

Er hatte die Spitze des Brecheisens zwischen Tür und Türpfosten angesetzt und zu hämmern begonnen, um das Schloß zu lockern, Splitter von der Tür zu bekommen, die Scharniere herauszustemmen. Irgendwas.

Im Augenblick versucht er, während er sich in die eiserne Stange stemmt, Bilder von Niana Embers zu verdrängen, in ihrer Wohnung, über die umgekippten Möbel gestreckt. Er sieht Karen Chambers auf dem Boden ihres Eßzimmers in Brooklyn. Er sieht Greta Berger, auf einem schwarzweißen Polizeifoto, gegen einen Baum gelehnt, auf der verschneiten Erde des Central Parks, die Gliedmaßen fein säuberlich arrangiert, wie zum Scherz, und Blutflecken im weißen Schnee.

Er hat sich die Hand aufgerissen, als er über den Stacheldraht am Zaun stieg, und zuckt vor Schmerz zusammen, als er mit aller Kraft an der Stange zieht. Er wird mit einem kaum vernehmbaren Ächzen belohnt, mit dem der Türpfosten protestiert. So was von stur, die Frau. Und die Ironie daran: Falls sie mit jemand anderem als Bainbridge da drin ist, wandert Voort ins Gefängnis. Über eine bloße Suspendierung ist er weit, weit hinaus. Da wäre erst mal der Einbruch, die mutwillige Zerstörung fremden Eigentums; dazu kommt Belästigung, das Ziehen der Waffe im Car Service, die Mißachtung eines direkten Befehls vom Commissioner, sich sofort im Präsidium zu melden, das Abfeuern einer Waffe außerhalb des Schießstands.

Alles, was an Voorts die letzten zweihundert Jahre bei der Polizei gewesen ist, wird sich im Grabe umdrehen.

»Camilla!«

Keine Antwort.

Er drischt mit dem rostigen Hammer auf die Brechstange ein, um den Spalt zwischen Tür und Rahmen zu vergrößern. Die Tür ruckelt mittlerweile ein wenig. Mag sein, daß sie langsam nachgibt, aber sicher ist er sich nicht.

Voort lehnt sich in die Stange. Trotz der Kälte rinnt ihm vor Anstrengung der Schweiß von der Stirn.

Ich habe einen Fehler gemacht, aber ich kann jetzt nicht aufhören.

Ich habe mich geirrt. Ich bin geliefert. Aber wenn ich recht habe, dann ist sie womöglich schon tot.

Während Voort sich weiter schindet, geht ihm das Foto von der toten Krankenschwester nicht aus dem Kopf.

»Beeilen Sie sich«, flüstert Camilla hinten im Schuppen. Ihre Ohren klingen von dem Gehämmere an der Tür, vom Sturm, vom Schlag der Wellen, von diesem tosenden Crescendo der Natur und menschlicher Emotionen um sie herum.

Bainbridge fummelt sich in den Neoprenanzug, den sie ihm gegeben hat. Mit ruhiger Hand zieht er den Reißverschluß zu.

Als wäre er ein anderer Mensch.

»Wir haben noch ein paar Minuten, bis er durchkommt«, sagt sie, während sie sich ihre Latzjeans über den Neoprenanzug zieht. »Vergessen Sie nicht, zwei Paar Socken anzuziehen, Ian. Ihm Kajak ist es naß. Wenn Sie nicht warm bleiben, bekommen Sie einen Krampf in den Fingern und können das Paddel nicht mehr halten.«

Sie zieht sich die Jacke über die Latzhose und steigt mit ihren dicken Wollsocken in die Gummischuhe, die man im Kajak trägt.

Er fragt, mehr neugierig als ängstlich: »Und das Boot kippt nicht um?«

»Nicht, wenn Sie aufpassen und auf meine Anweisungen hören. Aber es weht ein starker Wind. Naß werden wir auf jeden Fall.«

Sie ziehen ein Zweierkajak aus einem der Regale, dazu Paddel und zwei orangefarbene Schwimmwesten. Als sie die Hintertür aufschließt, weht Schnee herein, und sie sieht, daß die Pier nach hinten hinaus voll unberührter Schneewehen ist. Die Sichtweite beträgt etwa drei oder vier Meter.

»Die einzige Möglichkeit, nach hinten zu kommen, ist durch den Bootsschuppen«, sagt sie. »Sind wir erst mal im Wasser, dann sind wir sicher. Also lassen Sie die Pistole hier. Ich mag sie nicht.«

Irrt sie sich, oder stößt er wirklich ein kehliges Lachen aus? So wie er dasteht, aufrecht, die Schultern zurückgenommen, scheint er ihr eher kräftig als schwammig zu sein. Seine Stimme ist tiefer, ruhiger, und es spricht eine Überlegenheit aus ihr, die zu jedem anderen Zeitpunkt ärgerlich wäre.

»Wenn ich sie sowieso nicht brauche, dann braucht es Sie ja auch nicht zu stören, wenn ich sie mitnehme«, sagt er. »Oder?«

»Zwei Männer. Zwei Pistolen. Ihr seid ein Haufen Kinder«, blafft Camilla ihn an, als sie das Boot anheben.

Von der Tür her hört sie ein metallisches Knirschen, als rissen Schrauben aus Holz und Stahl.

Sie tragen das gelbe Glasfaserkajak zur Hintertür hinaus, durch den Schnee an die Seite der Pier. Behutsam lassen sie das Kajak eine hölzerne Leiter hinab auf eine Schwimmpier drei Meter tiefer, die sich unter dem zornigen Wasser hebt. Camilla klettert die vereisten Sprossen hinab.

»Glauben Sie, wir kommen damit nach Jersey?« fragt Bainbridge und starrt in das dichte Schneetreiben hinaus. »Ist ein ganz schönes Stück da rüber.«

»Nicht Jersey. Das ist zu gefährlich. Wir paddeln über den Wellenbrecher hinaus in die Strömung. Die trägt uns nach Süden. Wir brauchen nur noch zu steuern, uns am Ufer zu halten, drei, vier Minuten lang, an der nächsten Pier legen wir wieder an. Falls wir die verfehlen, haben wir natürlich ein Problem.«

»Ich bin noch nie Kajak gefahren.« Er hört sich überhaupt nicht nervös an. Nur neugierig.

»Balance ist alles. Die können Sie doch halten, oder? Bleiben Sie ruhig, und hören Sie darauf, was ich sage. Unterkühlung kann einen innerhalb von drei Minuten töten. Mit den

Neoprenanzügen haben wir etwas länger, falls wir kentern sollten, maximal dreißig Minuten, bevor unsere Zukunft zur akademischen Frage wird.«

Sie dreht sich um, wirft noch einen Blick auf das Bootshaus; ihr Gebiet sind die praktischen Probleme, nicht die psychologischen. »Nachdem ich Sie an Land gebracht habe, zeige ich ihn an. Und was Sie angeht, Sie will ich nach dem, was Sie mir gesagt haben, nie wieder sehen.«

Bainbridge steht oben auf der Pier und starrt auf sie hinab. Seine Gesichtsmuskeln scheinen sich gestrafft zu haben, seine Kinnpartie wirkt fester, die Lippen dünner.

»Keine Bange«, sagte er.

»Ich verspreche es«, fügt er nach einer kleinen Pause hinzu. Seine Bewegungen, als er nach ihr die Leiter heruntersteigt, haben plötzlich etwas Ruckartiges. »Sie sehen mich heute zum letzten Mal.«

Voort spürt, wie die Tür nachgibt. Er sieht das Holz splittern, sieht, wie der helle Fichtenpfosten unter der grünen Farbe zerbirst. Das Schloßgehäuse ist lose. Er wirft sein ganzes Gewicht gegen das Brecheisen und drückt.

Das Schloß bricht ab, und die Tür schwingt auf.

Mit gezückter Waffe geht Voort hinein. Er ist schweißgebadet.

»Camilla?«

Keine Antwort.

Er fährt herum.

»Camilla?«

Er sieht sich in dem stillen Bootsschuppen um. Das gibt es doch nicht.

Er hört nichts als den Wind, das klappernde Dach und die gebrochene Tür, die hinter ihm in den Angeln schwingt.

Sie haben sich versteckt.

»Bainbridge, wenn Sie sie angerührt haben …« Er verstummt, als er merkt, daß er sich wie ein Amateur verhält. Er denkt zurück an all die Seminare über Geiselnahmen im Polizeipräsidium, wo er und Mickie Dummys »gerettet« haben. Oder kichernde Sekretärinnen. Oder den Neffen des Kripochefs, der sich als »Geisel des Tages« zur Verfügung gestellt hat. Man sollte den Kidnapper nicht gegen sich aufbringen. Man sollte beruhigend auf ihn einwirken, ihn einlullen. Sein bester Kumpel sein. Ihm zu drohen, man würde ihm eine Kugel in den Kopf jagen, war eine miserable Strategie.

»Bainbridge, reden wir drüber, okay?«

Als er langsam weiter hineingeht, sieht Voort die beiden Klappstühle in der Mitte, umgeben von einem Kreis glühender Heizstrahler, was mehr oder weniger dem Arrangement der Möbel in Bainbridges Sprechzimmer entspricht.

»Dr. Bainbridge, hören Sie, ich weiß, Sie haben über eine Menge zu sprechen. Über Menschen, die Ihnen weh getan haben.«

Sie verstecken sich. Aus Angst vor ihm. Oder Bainbridge hat sie in seiner Gewalt, irgendwo, die Waffe gegen ihren Körper gepreßt. Angestrengt lauscht Voort auf das Geräusch sich bewegender Körper. Auf einen Atemzug. Er hält nach Dampfwolken Ausschau, die hinter einem Kajak hervorkommen könnten, einer Hobelbank, einem Stuhl.

Die Kajaks liegen in ihren Regalen, glänzend und kalt. Voort gleitet an die Wand, betet dabei, daß er nicht Camilla trifft, falls er schießen muß.

Er erreicht die Ausrüstungskammer, zieht die Tür auf und geht hinein.

Nichts.

»Doktor, das war ziemlich clever von Ihnen, da vorhin im Laden, wie Sie mir entwischt sind!«

Er verläßt die Kammer und bemerkt erst dann, daß die Hintertür, von der er gut sieben Meter entfernt ist, einen Spalt weit offen steht. Die Tür hat sich unten im Schnee verkeilt und Flocken treiben durch den Spalt.

Und jetzt fällt ihm gegenüber ein leeres Fach im Kajakständer auf. Die Fächer daneben sind voll. Sein Blick fährt zu den Haken an der Wand, wo normalerweise die Neoprenanzüge und Schwimmwesten hängen. Zwei der Haken sind leer.

Himmel, das ist doch Selbstmord, heute da rauszufahren.

Es ist ein Trick, denkt er.

Aber wenn es ein Trick ist, wo sind sie dann?

Voort erkennt eine einzelne Patrone neben der Hintertür, kupferfarben schimmernd liegt sie auf dem Boden, unverschossen, Kaliber .38, genau wie die in Bainbridges Haus.

Es gibt keine Anzeichen eines Kampfes, keine umgekippten Stühle, kein Blut. Nichts ist, noch nicht einmal andeutungsweise, verrutscht. Und bisher sahen die Tatorte, an denen Bainbridge seine Opfer geschunden hat, wie Schlachtfelder aus. Alles war voller Blut.

Vielleicht war es Camillas Idee, nach hinten hinaus zu verschwinden, um ihn zu schützen. Ich habe wirklich alles verbockt.

Mit Anlauf wirft Voort sich gegen die Hintertür, setzt seine Schultern ein, stürzt hinaus und zielt. Auch hier hinten ist niemand, nur zwei Fußspuren, die in Richtung der Leiter zur Schwimmpier verschwinden.

Er hastet zurück zu den Kajaks, sucht sich ein Einer-Rennkajak, ein leichtes, kleines kanadisches Modell. Es ist weniger stabil als der schwerere Zweier und bei schlechtem Wetter schwerer zu manövrieren. Ihm fehlt das Ruder, das seetüchtige Kajaks haben, was bei starker Strömung einiges ausmachen kann. Aber wenn der Kajakfahrer stark genug ist – und Voort verfügt über Bärenkräfte –, wenn er geschickt genug ist, was er doch hofft, dann kann er mit dem leichteren Boot sogar schneller sein.

Voort greift sich eine Schwimmweste vom Haken, und obwohl er weiß, daß er bei der Kälte einen Neoprenanzug überziehen sollte, läßt er es sein. Er hat dazu schlicht keine Zeit. Die Spritzdecke, in die er seinen Oberkörper windet, muß ausreichen.

Als er draußen das Kajak auf die Schwimmpier hinabläßt, schwappt eine Welle heran und greift ihm mit einem Schwall eisiger Gischt ins Gesicht.

Voort klettert in das Kajak und hält, sich mit einer Hand an der Pier abstützend, die Balance. Er sichert sich im Boot, indem er das Spritzverdeck – eine Gummimembran – über den Süllrand am Cockpit des Kajaks zieht.

Er stößt sich ab, hinaus in den schwimmenden Unrat, den der Sturm mit sich bringt: Holz, Bierdosen, New Yorker Treibgut.

»Camilla!«

Gischt spritzt ihm ins Gesicht, und auf seinen Lidern bildet sich bereits Eis. Seine Handschuhe sind naß. Die Gelnke tun ihm weh. Sein Mantel und seine Pistole sind ebenfalls durchnäßt. Er paddelt los, nach Westen, zum Ende der Pier. Gegen die Strömung ankämpfend, hält er im Winkel auf den schiffbaren Teil des Flusses zu. Er denkt: Wenn das hier der ruhige Teil, das geschütztere Wasser ist, dann muß es in der Fahrrinne die Hölle sein.

Plötzlich stößt er auf die Hauptströmung, und das Kajak treibt mit einem tückischen Ruck nach Süden ab. Er beugt sich mit aller Kraft nach links, um nicht zu kentern, wobei er das Paddel als Ruder benutzt.

»Camillaaa!«

Er hat die Pier hinter sich gelassen und treibt in eine Nebelbank, auf die Verrazano Narrows und damit auf den Atlantik zu, fährt damit in gewisser Weise in umgekehrter Richtung die Strecke zurück, die der erste Voort auf dem Segler Half Moon unter dem Kommando Captain Henry Hudsons, vor über dreihundert Jahren auf seinem Weg nach New York, genommen hat.

Er kann das Ufer nicht sehen, nicht einmal die Lichter auf den Gebäuden an der Mülldeponie knapp zweihundert Meter vor ihm. Wenn Camilla clever ist, bleibt sie auf dieser Seite des Flusses und versucht nicht auf die andere Seite, nach New Jersey, zu kommen.

Er gestattet der Strömung das Kajak herumzunehmen und läßt der Natur ihren Lauf. Damit ist er auf diese Richtung festgelegt, doch er geht das Risiko ein und paddelt blind drauflos. Er legt seine ganze Kraft in dieses Unterfangen. Im schnellen Wasser macht das Kajak einen Satz und kentert beinahe, als es von einer Welle erfaßt wird. Die Strömung dreht ihn in das kräftige Kielwasser eines Schiffes weiter draußen auf dem Fluß. Er schafft es gerade noch, nicht zu kentern.

Wenn ich den falschen Weg genommen habe, sehe ich sie nie wieder.

Und selbst wenn er ihnen tatsächlich folgt, kann er bestenfalls hoffen, daß Bainbridge und das Wetter ihm eine kleine Chance geben.

Voort rast auf den Ozean zu. Die Dunkelheit bricht herein. *Laß mich sterben,* betet er, *wenn sie nur überlebt.*

21

Als der britische Seemann Henry Hudson, der im Dienste der holländischen Ostindiengesellschaft fuhr, das erste Mal 1609 in die Bucht von New York einlief, glaubte er, im Paradies gelandet zu sein. Camilla hat sein Tagebuch gelesen, das Original in Voorts Privatbibliothek, nachdem Voort es auf einer Auktion bei Christie's ersteigert hatte. Voort hielt es in einem Schaukasten unter Verschluß.

»Nach den Unbilden des Nordatlantik«, schrieb Hudson, »ist der Fluß hier blau und ruhig, und es wimmelt nur so von

Alsen, Flundern, Barschen und köstlichen Fischen, die ich noch nie gesehen habe. Das Land ist dicht bewaldet mit Eichen und Ahorn. Ich habe am Ufer Schwarzbären und Rotwild erspäht, und das Landesinnere ist zweifelsohne voll von anderen wohlschmeckenden Kreaturen für unseren Tisch.«

Außerdem schrieb Hudson: »Die Strömungen entlang der Südspitze der Insel sind trügerisch. Reisende sollten den Versuch, hier mit kleinen Fahrzeugen zu landen, meiden. Selbst erfahrene Seeleute haben ihre Schwierigkeiten, wird ihr Boot von einem der Wirbel erfaßt.«

Jetzt, fast vierhundert Jahre später, weiß Camilla, der einzige Teil der Beschreibung, der noch zutrifft, ist die Warnung. Sie und Bainbridge sind in einem Kajak gefangen, das im Kampf mit der Strömung, im Ringen gegen das Kentern, nach Süden schießt.

Es hat sie über die Pier, an der sie anzulegen hoffte, hinausgetragen, hinein in eine Nebelbank, eine Milchsuppe, so dick, daß sie einem den Orientierungssinn nimmt. Manhattan ist verschwunden, und Camilla sieht kaum mehr die knallige orange Schwimmweste auf Bainbridges Rücken, obwohl sie sich noch nicht mal zwei Meter vor ihr befindet.

Sie treibt in einer weißen Kugel dahin, versucht zu steuern in der Hoffnung, das Kajak aus dem Gedächtnis an Land bringen zu können. Hundert Meter links von ihr befindet sich, falls sie richtig liegt, eine solide Betonwand von fünf, sechs Metern Höhe, was jede Landung von Tribeca her im Bereich der Battery, der alten holländischen Festung, unmöglich macht. Kommt man ihr zu nahe, zerschellt man unweigerlich. Bleiben sie dem Ufer fern, verpassen sie die einzige Lücke in der Mauer, die schmale Zufahrt zur Marina direkt vor dem World Trade Center, wo die großen Yachten vor Anker liegen.

Wenn es dazu kommt, dann treibt sie die Strömung an der Insel vorbei, in den Seehafen, mitten ins Reich der großen Schiffe hinein.

Sie bezwingt ihre Angst und sagt ruhig: »Ian, ziehen Sie bei jedem Schlag voll durch, wie ich es Ihnen gezeigt habe.«

Eigentlich macht er sich, bedenkt man die Umstände – den Sturm und die Eiseskälte, die ihnen zusetzt – gar nicht so schlecht. Er hat seine Angst im Griff, obwohl er mit seinen ruckartigen Bewegungen das Paddel eher aufs Wasser patscht, statt es sauber durchzuziehen. Er spritzt ihr damit ins Gesicht. An das enge Kajak nicht gewöhnt, zappelt er außerdem zuviel, wenn eine Welle sie stößt, wodurch er regelmäßig das Boot zum Schwanken bringt.

Sie will, daß er sich konzentriert. »Ich steuere. Sie paddeln einfach. Wir sind fast am Ufer«, lügt sie.

Doch die Wahrheit ist, daß der Nebel nach allen Richtungen hin gleich aussieht und daß sie in wenigen Minuten schon in eine der Fährstrecken geraten können, unsichtbar für Schlepper und Lastkähne, die sie mit Rumpf oder Schraube zermalmen könnten, ohne daß ihre Besatzung auch nur mitbekommt, daß es zu einer Kollision gekommen ist.

»Camillaaa!«

Sie fährt zusammen und läßt fast das Paddel fallen, als sie, irgendwo im Nebel da draußen, Voorts Stimme hört. Er muß eines der anderen Kajaks genommen haben, denkt sie.

»Camilla, ich hab dir das vorhin nicht richtig erklärt! Du mußt mich wissen lassen, wo du bist! Er hat drei Frauen –«

Der Rest seines Satzes wird vom Dröhnen eines Nebelhorns draußen auf dem Fluß verschluckt. Dann beginnt die Stimme in den milchigen Schwaden wieder zu tanzen. Es ist völlig unmöglich, seine Entfernung zu ihnen einzuschätzen.

»Um Himmels willen, Camilla! Diese Anrufe bei dir, das war er! Er hat den Handschuh auf deine Feuertreppe gelegt!«

Mit verhaltener Stimme antwortet sie ihm: »Und wie bitte soll er an den verdammten Handschuh gekommen sein?«

Voort, der die Gedanken seiner ehemaligen Geliebten ahnt, schreit: »Der Handschuh. Das ist es ja! Wie er an den gekommen ist? *Ich weiß, es hört sich verrückt an!* Er ist wahnsinnig, er ist ein, ein ... ich kenne das Wort dafür nicht! Er verändert sich! Seine Haltung. Seine Erscheinung. Die Stimme. Besser als ein Schauspieler! Er ist krank ... er glaubt tatsächlich, jemand anderer zu sein! Wir kennen noch nicht mal seinen richtigen Namen! Er ist jemand völlig anderer! Du hast über solche Leute im Fernsehen berichtet!«

Sie überlegt und drosselt das Tempo dabei. *Ian verändert sich?* Sie muß an die radikale Verwandlung denken – Stimme, Haltung, alles, wie Voort es beschreibt –, die der Psychologe vor weniger als einer Stunde durchgemacht hat. Sie erinnert sich an ihren Gedanken, daß er sich in jemand anderen verwandelt hat.

Doch sie verdrängt diese Gedanken und paddelt wieder los.

Aber natürlich hat Voort recht, daß sie über diese Art von Geschichten berichtet hat. Sie kennt den Begriff für das Syndrom, das er da beschreibt, aus ihrer eigenen Sendung bei NBC. *Multiple Persönlichkeit.* So etwas gibt immer eine tolle Story mit irren Einschaltquoten, aber ob diese Geschichten auch tatsächlich stimmten, das stand auf einem anderen Blatt. Sie denkt an eine Story zurück, die sie vor einem Jahr gebracht hat, über Bobby Flannigan, einen Vergewaltiger in Arizona, der freigesprochen wurde, als man vor Gericht befand, daß er über elf Persönlichkeiten verfügte. Sein Anwalt behauptete, daß er für seine Handlungen nicht verantwortlich sei. Camilla hatte Flannigan für einen großartigen Schauspieler gehalten, nichts weiter, aber die Jury hat ihm geglaubt.

Ihr fällt Clarissa ein, die berühmteste aller multiplen Persönlichkeiten, deren Leben sogar verfilmt wurde. Es handelte sich um eine Hausfrau, die unter Hypnose in die Haut eines ganzen Dutzends verschiedener Persönlichkeiten schlüpfte, von denen keine die andere »kannte«. Camilla, die toughe Produzentin, hat nicht ein Wort davon geglaubt.

Camilla, die aufgrund ihrer Arbeit beim Fernsehen eine

Menge über diese Welt weiß, hat noch nie etwas akzeptiert, nur weil sie es mit eigenen Augen sah.

Voort wird mittlerweile heiser, aber er gibt nicht auf. »Er ist mir in eine Bar gefolgt. Er hat mich angesprochen, und er war ein anderer – Stimme, Perücke, Kontaktlinsen, ein anderer Geruch, ein anderes After-shave! Wir haben bei ihm zu Hause Korsetts gefunden! Er war schlanker! *Ich habe ihn nicht mal erkannt, als ich ihn später traf!*

»Voort«, sagt sie schnaubend. »Nun hör aber auf!«

Ian vor ihr stößt einen leisen mißbilligenden Laut aus. »Er spricht über sich selbst, der arme Mann. Er ist derjenige, der ›ein anderer‹ geworden ist.«

Sie paddelt und paddelt. Die Strömung wird stärker.

»Camilla, antworte mir!«

Sie möchte die Männer aus ihren Gedanken ausschließen, beide.

Voorts körperlose Stimme dringt von überall auf sie ein, von hinten, springt von hier nach da, hat ein Echo, so daß sie ihn plötzlich sogar vor sich zu haben glaubt. Sie versucht das Kajak uferwärts zu bekommen. Sie müssen in der Nähe der Marina sein. Aber der Fluß reißt sie mit, immer schneller, stellt sie quer; dann zerschmettert, jetzt ganz in der Nähe, ein weiteres Mal das Dröhnen eines Nebelhorns die Luft.

»Es wird uns rammen!« entfährt es Bainbridge.

»Ach was. Das täuscht. Für Lastkähne ist es hier viel zu seicht.«

Freilich kann sie unmöglich sagen, ob nicht einer davon zu nahe ans Ufer geraten ist.

Voort schreit: »Glaubst du, ich bin so verrückt, bei diesem Wetter ohne guten Grund in ein Kajak zu steigen? Er hat sich in dich verliebt!«

»Ian, wir müssen beidrehen. Setzen Sie das Paddel links ein. Guuuuuut ...«

Aber der Fluß reißt das Boot jäh nach rechts, wo es in einen

Strudel gerät. Sie neigen sich gefährlich, und Ian kann die Balance nicht halten, weil sein schwerer Körper sich in die falsche Richtung bewegt. Sie muß ihr ganzes Können aufwenden, um das auszugleichen und beugt sich so in die andere Richtung, so daß sie beinahe das Wasser berührt.

Sie schießen aus dem Wirbel heraus, in die tosende Strömung zurück. Sie sind frei, haben jedoch nun völlig die Orientierung verloren. Sie ist sich nicht sicher, ob sie sich auf Jersey oder auf Manhattan zubewegen und welchem der beiden Ufer sie näher sind.

Voort ist verstummt. Er hat aufgegeben, denkt sie erleichtert.

Aber er ändert nur die Taktik, und die Stimme fängt wieder an.

»Tillman! Sind Sie das?«

Keine Antwort.

»Sie haben ganz schön zugelegt im Lauf der Jahre. Sie waren schlank, als Sie in der Bank gearbeitet haben. Und der Bart. Und mehr Haare hatten Sie auch. Zehn Jahre, da verändert man sich! Sie sehen ganz anders aus als auf dem Foto, das wir von der Bank haben!«

»Paddeln Sie!« befiehlt sie Bainbridge.

»Tillman, was mich interessieren würde, wenn Sie ein anderer werden, ich meine, Eric Porter, zum Beispiel, sind Sie sich dessen bewußt?«

Ian schüttelt den Kopf. »Lächerlich.«

Voort gibt nicht auf und schreit: »Weiß der Literaturagent von dem Mechaniker? Weiß der Mechaniker über den Banker Bescheid?«

Und plötzlich stutzt sie. Der Herzschlag in ihrer Brust verlangsamt sich, und in ihrem Magen braut sich ein flaues Gefühl zusammen.

»Ian«, flüstert sie, »das sind doch die Leute, von denen Sie gesagt haben, sie seien in Ihrem Verein.«

Ian dreht sich nicht um.

»Ein Mechaniker, ein Agent, ein Banker«, sagt sie.

Ian paddelt weiter, aber seine Haltung ist starrer geworden.

»Ian?«

Sie bemerkt, daß Voort weiter weg zu sein scheint, ganz so, als schwenke er ab.

Voort ruft, aber es klingt gedämpft, als fahre er in die falsche Richtung. »Tillman, dieser Club, dieser ›Club der toten Herzen‹! Glauben Sie wirklich, daß das verschiedene Leute sind?«

Bainbridge hört zu paddeln auf. Er dreht sich um und sieht ihr direkt in die Augen. Sein Ausdruck ist selbst in diesem Nebel noch deutlich zu sehen, und ihr wird klar, daß Bainbridge sie mustert, um zu sehen, ob sie Voort glaubt.

Er hat Angst.

»Wie hat Voort das mit dem Club erfahren?« flüstert sie dem Psychologen zu, während sie versucht, das heftige Pochen ihres Herzschlags zu ignorieren.

Er wartet zu lange. Er scheint den Fluß vergessen zu haben.

»Ich fürchte«, sagt er, »sie haben wohl mein Archiv aufgebrochen, als ich mit Ihnen telefoniert habe.«

»Sie? Wer ›sie‹?«

»Voort und sein Kollege.«

»Sie meinen Mickie?« sagt sie bestürzt. »Er hatte Mickie bei sich? Das haben Sie mir gar nicht gesagt.«

»Was spielt das schon für eine Rolle?«

Aber Camilla weiß, welche Rolle das spielt. Sie spürt, wie ihr trotz der Kälte der Schweiß auf der Kopfhaut ausbricht. »Sagen Sie«, fragt sie langsam, »haben Voort und Mickie Sie *zusammen* bedroht? Brauchen sie alle *beide* eine Therapie? Stecken Sie bei den Anrufen unter einer Decke? Sagen Sie mir doch, was genau Sie sagen wollen.«

»Daß Polizisten zusammenhalten.«

»Da haben Sie recht«, sagt sie, »und Mickie würde nie und nimmer zulassen, daß Voort sich seine Karriere ruiniert, indem er macht, was Sie ihm da vorwerfen – nicht wenn er dabei ist! Dazu ist er ein zu guter Freund. Mickie würde ihn windelweich prügeln, um Voort davon abzuhalten, so etwas zu tun.«

Bainbridge nimmt das Paddel in die linke Hand und legt es quer über den Bug. Ohne auf das Schwanken des Kajaks zu achten, knöpft er sich die Schwimmweste auf, um die Rechte in die Tasche seines Parkas schieben zu können.

»Großer Gott«, sagt Camilla, als sie sieht, wie Bainbridge die Waffe hebt.

Der Nebel lichtet sich. Ich sehe mehr Wasser. Wenn wir nicht untergehen und ich hier draußen bleibe, dann kann Voort uns vielleicht in einigen Minuten sehen.

Bainbridge nickt in Richtung des Nebels, als meine er damit Voort, der irgendwo da draußen ist. »Er versteht überhaupt nichts. Aber er hat insofern recht, als Ian wirklich gedacht hat, daß er Sie liebt.«

»Aber Sie sind doch Ian.«

»Ich möchte das jetzt nicht vertiefen«, sagt er. »Sie denken, daß er uns in einigen Minuten sehen kann.« Ian schüttelt den Kopf. »Der Nebel wird dünner. Bringen Sie mich einfach an Land, und ich gehe. Ich verspreche Ihnen, ich werde Ihnen nichts tun.«

Voorts Schreie sind zu hören, offenbar aus noch größerer Distanz: »Sie haben selbst bei der Polizei angerufen, Bainbridge! Sie wollen doch, daß man Sie faßt!«

Ian sagt mit tiefer, einschmeichelnder Stimme: »Ich gebe Ihnen mein Wort, Camilla, mein Wort als Protector. Ich sage immer die Wahrheit.«

Camilla bekommt kaum noch Luft. »Protector?«

»Ian ist nicht mehr da. Er wird keinem mehr etwas tun. Ich habe jetzt die Kontrolle, und ich weiß, Sie können uns ans Ufer bringen. Sie haben Ian oft genug erzählt, wie gern Sie Kajak fahren und wie gut Sie paddeln. *Ans Ufer.*«

»Ich weiß nicht wohin«, sagt sie, um Zeit zu gewinnen.

Aber Bainbridge weist nach links, leicht nördlich, und sagt: »Da lang.« Seinem Finger folgend, verläßt sie der Mut, als sie, kurz bevor sich der Nebel wieder schließt, die blinkenden roten und grünen Lichter auf dem World Trade Center sieht.

»Und ich bezahle Sie, sich meine Probleme anzuhören?« sagt Camilla.

Als sie sich nicht bewegt, ermahnt er sie: »Machen Sie den Protector nicht wütend.«

Sie muß eine Entscheidung treffen. In ihrer Position hat sie weniger als fünf Sekunden, um sich zu entscheiden und nach Westen abzudrehen, bevor sie die Strömung zu weit treibt.

»Voort, er hat eine Waffe!« schreit Camilla und überlegt fieberhaft, wie sie Bainbridge in Schach halten kann.

Bainbridge streckt sie ihr entgegen und zielt auf ihre Brust. »Letzte Chance.«

»Sie werden nicht schießen«, sagt sie mit einem Selbstvertrauen, dessen Entstehung sie sich selbst kaum erklären kann. »Wenn ich umfalle, kentern wir und erfrieren beide. Oder ertrinken. Also ich möchte die Schwimmwesten bei dieser Strömung nicht ausprobieren.«

Aber Bainbridge lächelt nur und schüttelt den Kopf.

»Ich bin aus Holz«, sagt er. »Ich schwimme oben.«

Camilla sieht in das glänzende, vom Wahnsinn gezeichnete Gesicht und schreit: »Voort! Wir sind hier!«

Sie sieht die Flamme, bevor sie die Kugel spürt. Es ist wie ein Schlag gegen die rechte Schulter, der sie zurückwirft, so daß es ihren Kopf nach hinten reißt, als sie das Brüllen hört.

Das Paddel fliegt ihr aus der Hand, dann kippt sie um. Das Kajak kentert. Ians Bewegungen sind nicht koordiniert genug, um dem Gewichtsproblem entgegenzuwirken – abgesehen davon, daß es ihn nicht zu kümmern scheint.

Das düstere Wasser stürzt ihr entgegen, dann taucht sie unter. Sie tritt sich vom Boot frei, die erste Sicherheitsübung, die jeder Kanufahrer lernt. Ihre Kleidung zieht sie hinab, während die Schwimmweste sie oben hält. Die Strömung jedoch läßt sie nicht nach oben und wirft sie herum, als wäre sie schwerelos. Sie kann nicht atmen, und der objektive Journalist in ihrem Kopf, der ständige Beobachter, denkt nüchtern: *So ist das also, wenn man angeschossen wird. Wenn man ertrinkt.*

Ich hoffe, Voort schafft es ans Ufer.

Und ich hoffe, er kann mir verzeihen.

Für den Bruchteil einer Sekunde denkt sie sogar: Das gibt eine tolle Story für die Sechs-Uhr-Nachrichten.

Aber sie braucht Luft. Der Druck beginnt am Halsansatz, als Puls in der Lunge, statt im Herzen, als Pochen in ihrem Kopf. Sie kämpft dagegen an, Salzwasser zu schlucken. Die Strömung ist dabei, sie auf den Kopf zu drehen. Es ist so kalt. Sie stößt den letzten Rest Luft aus der Brust. Blasen steigen auf. Sie rudert wild mit den Armen, versucht nach oben zu kommen, ohne im Dunkeln zu wissen, wo das eigentlich ist.

Doch plötzlich sieht sie sich an die Oberfläche gedrückt, ohne sich eigentlich bewußt zu sein, daß es nach oben geht. Japsend atmet sie eiskalte Luft. *Ertrinken werde ich nicht.* Der Schmerz von dem Loch in der Schulter jedoch breitet sich auf ihren Hals und ihr Rückgrat aus. Der Nebel ist verschwunden. Die Strömung hat sie von ihm befreit. Sie wird den Hafen sehen können, während sie an Hypothermie stirbt. Die Nebelbank hängt hinter ihr, eine solide Wand. Sie sieht weder das Kajak, noch Ian, den es ebenfalls hinabgezogen haben muß, noch sieht sie überhaupt irgendein Boot. Sie erkennt die grünen und roten Lichter auf dem World Trade Center in der Ferne, die sie an einen Weihnachtsbaum erinnern. Und der beleuchtete Halbkreis über der Freiheitsstatue, die Krone, schön und näher als sie gedacht hätte, vielleicht eine Meile vor ihr.

Wir sind weit über die Marina hinaus, im Haupthafen.

Die Taubheit in ihren Füßen, ihren Händen nimmt zu. Voorts Stimme ist verschwunden. Er ist wieder im Nebel. Wenigstens ist die Kälte ein Segen. Sie spürt, wie ihre Gliedmaßen starr werden. Ihre Schulter wird taub. In einigen Augenblicken wird sie sich nicht mehr bewegen, nicht mehr sehen können, wird nichts mehr spüren; und schließlich werden die Lichter ausgehen.

Was habe ich nur für Mist gebaut.

Camilla treibt dahin, sich nur am Rande des langen Holzes – ein Baum? Ein Stück Treibholz? – bewußt, das aus dem Nebel kommt. Dann jedoch wird ihr mit dem funktionierenden Rest ihres Verstands klar, daß sich der Bug eines Kajaks neben sie schiebt.

»Camilla«, hört sie Voort sagen. »Gott sei Dank!«

»Du bist für mich gestorben«, sagt sie.

Er greift nach ihr.

»Sei nicht so dramatisch. Wir können immer noch versuchen nach Governor's Island zu kommen«, sagt er und versucht, sich seine Angst nicht anhören zu lassen.

Er zittert vor Kälte. Er trägt keinen Neoprenanzug und ist völlig durchnäßt.

»Ian ist weg«, sagt sie und meint damit fortgespült, von der Strömung. »Er ... er hat mich getroffen.«

Aber es hat keinen Sinn zu sprechen. Sie hat keine Kraft mehr. Sie sagt sich, sie sollte auf das Kajak zu krabbeln versuchen, aber ihre Arme bewegen sich nicht.

Und außerdem neigt sich das Kajak, kippt um ...

Er bringt es absichtlich zum Kentern, läßt sich ins Wasser fallen, um sie aufs Boot zu bekommen.

»Nein ...«

Voort ist im Wasser, packt sie und richtet das Kajak aus,

während er versucht, Camilla, obwohl die Kälte nach seinen Gedanken greift, zu schieben, ihr in das halb mit Wasser gefüllte Kajak zu helfen. Zähneklappernd sagt er: »Versuch dich festzuhalten, wir lassen uns treiben.«

Treiben. Was für ein schönes Wort. Was für ein vollkommenes Gefühl. Zu treiben. Zu spüren, wie der Schmerz sich legt, aus ihr heraussickert, aus ihren Nervenenden rinnt, bis sie sich in einem dumpfen Zustand befindet, betäubt. Sie werden zusammen sterben. Man wird sie finden, auf dem Wasser treibend, nach dem Sturm, im Hafen, mit Holzklötzen, Müll um sie herum, dem einen oder anderen alten Kondom. Von Fischen angeknabbert. Sie werden hinaus in die Marschen von Jersey treiben oder denen von Staten Island.

Sie will ihm sagen, wie leid es ihr tut. Sie zwingt sich, sich ihm zuzuwenden, nicht daß sie noch etwas sagen könnte, nicht daß sie auch nur die leiseste Kontrolle über ihren Kehlkopf hätte.

Und plötzlich platzt Bainbridge einen halben Meter hinter Voort an die Wasseroberfläche.

»Wenn wir es nach Governor's Island schaffen«, ringt Voort sich ab, »finden wir dort einen Arzt.«

Bainbridge blickt Camilla direkt in die Augen, über Voorts Schulter hinweg. Er scheint die Kälte nicht einmal zu bemerken. Sein Gesicht glänzt wie die Oberfläche des Ozeans. Sein Lächeln ist weiß wie ein Neumond.

Er hat die Situation auf der Stelle erfaßt, aber es ist völlig normal für Verrückte, daß sie sich rasch in eine verrückte Situation finden. Seine Waffe erscheint aus dem Wasser, fast in Zeitlupe, und sie will Voort warnen.

Aber es kommt kein Ton.

Klick.

Zu naß, als daß sie losgehen würde.

Voort wendet sich in dem Augenblick nach dem Geräusch um, als Bainbridge mit der Waffe zuschlägt, die seinen Kopf verfehlt und von seiner Schulter abprallt. Es ist nicht gerade ein großer Abend für menschliche Akkuratesse. Die beiden Männer ringen miteinander, verkrallen sich ineinander, während sie die Strömung alle zusammen nach Süden treibt.

Voort stöhnt vor Schmerz auf und geht unter.

Und Bainbridge sagt zu Camilla, den Kälteschock in der Stimme: »Ich habe doch gesagt, daß ich nicht untergehe«, und beginnt auf sie zuzuschwimmen. »Sie haben Ian das Herz gebrochen.«

Doch plötzlich scheint ihn etwas hinabzuziehen.

Camilla hängt nur einen Meter von ihm entfernt, halb erfroren, über Voorts halb geflutetem Kajak. Die Männer tauchen wieder auf, zusammen, umschlungen im Kampf. Sie kann nichts tun. Sie nimmt das Ringen kaum mehr wahr. Ihre Beine treiben im Wasser. Der Fluß sorgt grausam für Distanz zwischen dem Kajak und Voort; nahe genug, um zu sehen, zu weit weg, um etwas zu tun.

Sie befinden sich jetzt im Fahrwasser, der Nebel hat sich gelichtet, und Camilla sieht durch das dünner werdende Schneetreiben in der Winternacht die glänzenden Lichter der Verrazano Bridge, die den Zugang zum Atlantik markiert.

Schlaf. Schließ die Augen.

Herrlicher Schlaf.

Bainbridge versucht ein weiteres Mal, Voort mit dem Knauf der Waffe zu schlagen.

Jetzt muß Voort sich konzentrieren. Seine Schulter brennt, und er hat das Gefühl in seinen Fingern verloren. Bainbridge trägt einen Neoprenanzug, also ist ihm wärmer, und er hat seinen Körper damit besser in der Gewalt. Voort hat nur seine durchweichten Sachen und die Schwimmweste an. Normalerweise hätte er den Doktor im Kampf im Nu erledigt. Bainbridge ist älter, dicker, schlaffer, außerdem hat er seine Brille verloren. Aber seine Finger und Hände sind flink, außerdem ist er voll Adrenalin, dem Elixier des Wahnsinns. Er packt

Voort an der verletzten Schulter und schlägt, die andere Hand zu einer Klaue geformt, nach seinen Augen.

»Sie«, stößt Bainbridge keuchend hervor, »liebt Sie ... nicht ... mich.«

Er schluckt Wasser, als die Strömung sie, halb schwimmend, halb tauchend, von einem Strudel in den anderen reißt. Voort muß seine ganze Kraft aufbieten, um die zustoßenden Finger von seinen Augen fernzuhalten. Er hört das Nebelhorn eines Lastkahns, sehr laut und sehr nahe, und dann das tiefe Brummen eines Motors. Aus dem Nebel heraus gleitet der Bug eines Schiffes auf die beiden zu, die Mannschaft sicher und ahnungslos im Ruderhaus, blind gegenüber den drei winzigen Gestalten vor ihnen im Fluß.

»Du wirst ... Ian ... nichts tun«, sagt Bainbridge, als Voort all seine Kraft aufbietet, um nach oben zu greifen und die Hand von seiner Schulter zu ziehen.

Der Lastkahn verfehlt sie, zieht nur wenige Meter von ihnen vorbei, aber seine Bugwelle hebt sie hoch und taucht sie dann wieder ein. Voort spuckt Wasser. Er ist am Ende seiner Kraft. Er sieht noch nicht einmal mehr Bainbridges Gesicht unter Wasser, nur die flatternde Schwimmweste – *Bainbridges Schwimmweste ist offen,* erkennt Voort.

Der Doktor muß sie aufgeknöpft haben, um seine Pistole zu ziehen.

Voort stößt unter Wasser mit dem Knie zu, in den Gummianzug, der Bainbridges Weichteile schützt, aber das Wasser bremst ihn zu sehr, als daß er ihn ernsthaft treffen könnte.

Voort kann die Finger nicht mehr krümmen. Mit einem kräftigen Beinschlag stößt er sich nach oben, eine letzte große Bewegung, die er gerade noch schafft, zwingt sich weit genug aus dem Wasser, um seine rechte Hand freizubekommen. Sie ist zu einem flachen Keil gefroren, und in Erinnerung an all die Selbstverteidigungskurse schlägt er die Handkante gegen den entblößten Hals des Doktors.

Auf der Stelle lassen die Hände von seinem Gesicht ab. Bainbridges Augen treten aus ihren Höhlen, während Klauen nach seinem Hals greifen. Voort schlägt erneut zu. Bainbridge dreht sich im Wasser; eine besonders starke Strömung erfaßt sie, und während Bainbridge um sich schlägt, rutscht die offene Schwimmweste von seiner linken Schulter und treibt hinter ihm her. Erst jetzt scheint dem Doktor klarzuwerden, daß er vollends untergeht, wenn er auch noch den zweiten Ärmel verliert.

»*Ich werde nicht zulassen, daß Sie Ian was tun!*« preßt er, halb erstickt, heraus.

Voort schlägt ihm auf den Nasenrücken und sieht zu, wie dem Mann ein Schwall dunkler Flüssigkeit aus dem Mund schießt. Bainbridge würgt und zerrt mit beiden Händen an seinem Gesicht.

»*Sie dürfen Ian nichts tun!*«

Aber Voort dreht sich, greift nach unten und bekommt ein Armloch von Bainbridges Schwimmweste zu fassen, die nach wie vor an dem Psychologen hängt. Er tritt nach Bainbridge und stößt den Körper gleichzeitig mit einem Ruck an der Schwimmweste von sich. Sie rutscht von Bainbridges Schulter, so daß Voort plötzlich eine Schwimmweste in den Händen hält.

Rudernd geht Bainbridge unter.

Die Strömung teilt sich. Voort befindet sich in einem Wirbel in der Nähe des Kajaks und dreht sich im Kreis, als Bainbridge wieder an die Oberfläche katapultiert wird, nur einige Armlängen weg. Die schneller werdende Strömung reißt den Ertrinkenden mit sich fort.

Zuerst hören sie nur einen Hilferuf. Dann, mit einer anderen, einer höheren, jüngeren Stimme, der Stimme eines anderen Mannes, hört Voort den Doktor schreien: »Greta! Ich liebe dich!«

Bainbridge treibt immer weiter ab.

»Karen!«

Und immer wieder verändert sich die Stimme. Jetzt ist sie tief, kehlig, die Stimme des Mannes, der Voort in dem chinesischen Restaurant angesprochen hat. Und Voort wird klar, daß Bainbridge sich dadurch vor dem Ertrinken zu retten versucht, indem er alle seine Welten durchspielt, seine Leben, sich in die anderen Mitglieder seines Vereins verwandelt, des Broken Hearts Club – ein letztes Treffen, ein letzter Ruf in den Fluß, als jeder seiner Persönlichkeiten entsetzt klar wird, was passiert.

»Niana! Ich brauche dich!«

Und schließlich kommt aus der Dunkelheit ein Würgen, als hätte er sich völlig verausgabt, bevor ein letzter anhaltender Schrei, die schrille Stimme eines Jungen, zu hören ist – es hört sich nach einem Zehnjährigen an, der Angst hat im Dunkeln, ein Flehen, das einer Mutter das Herz gebrochen hätte.

»Maaaa-miiiiiii!«

Der Schrei bricht jäh ab.

Danach bleibt es still.

Voort, der kraftlos vor sich hin treibt, spürt kaum noch Schmerzen. Er rammt irgend etwas, erkennt, daß es das Kajak ist. Camillas Augen sind geschlossen. Er sieht ein Pochen an ihrem Hals. Es ist besser, daß sie das Bewußtsein verloren hat. Warum leiden? Er zieht sich halb über den hinteren Teil des Kajaks und greift nach ihr, legt seinen triefenden Handschuh auf den Rücken ihres Parkas, als wolle er sie beruhigen und sagen: »Es wird alles gut.«

Aber es wird nichts gut. Sie sterben zusammen, während der Hudson sie in Richtung der Freiheitsstatue stößt, die von der Wasseroberfläche aus viermal so mächtig wirkt. Rund um sich hört er die Geräusche des Hafens. Das Nebelhorn eines Lastkahns. Die Maschinen eines Schleppers. Ein Lautsprecher irgendwo, und als er den Kopf hebt, weil er Licht auf den Lidern spürt, blickt er in einen leuchtenden silbrigen Mond.

Er denkt, während der letzte Rest des Schmerzes in seiner Schulter vergeht, als die Kälte auch in den letzten Winkel seines Körpers kriecht, seine Nervenenden schließt, ihn für das Ende anästhesiert: Na, wenigstens kann man mich jetzt nicht mehr feuern. Und wenigstens habe ich ihn gekriegt. Der wird keinem mehr etwas tun.

Die Flüstertüte schreit: »Connie! Wir sind dem Schuß nachgefahren! Connie!«

Voort öffnet die Augen, geblendet.

Es ist nicht der Mond. Es ist ein Suchscheinwerfer.

Wie? denkt er. Wer?

Mickie?

22

Acht Tage danach steht Conrad Voort, Detective zweiten Grades, von der New Yorker Stadtpolizei suspendiert, in seinem 4-Millionen-Dollar-Haus in der 13. Straße spät auf, hüllt sich in einen weiten Frotteemantel und geht barfuß die Treppe hinab in seine riesige holländische Küche im Erdgeschoß.

Die Morgenausgabe des *Wall Street Journal*, die *Times* und die Spätausgabe der *Post* liegen auf dem holländischen Tisch. Er nimmt Teller mit frisch gemachten Blaubeerpfannkuchen, Landwürsten und Rühreiern aus dem warmen Ofen und gießt sich einen Becher heißen Kaffee mit Haselnußzusatz ein.

Übers Wochenende sind die Voorts aus dem Hudson Valley in der Stadt, die er im Gästezimmer im zweiten Stock untergebracht hat. Sarah Voort hinterläßt ihm jedesmal ein gewaltiges Frühstück, bevor sie einkaufen geht.

Summend geht Voort das *Journal* durch, sieht nach dem uruguayischen Fonds, in den zu investieren Mickie ihn vorigen Monat überredet hat, und liest dann die anderen Blätter durch, vor allem die kleinen Artikel, die er nach dem Namen Bainbridge durchsucht. Eine Überschrift lautet: *MYSTERIÖSER PSYCHIATER – WER WAR ER? Eine andere: ENTRÜSTUNG ÜBER SUSPENDIERTEN HELDEN: Eine dritte lautet: POLIZEI SAGT DER STADT: BAINBRIDGE INS MEER GESPÜLT!*

Voort stellt das schmutzige Geschirr in die Spülmaschine, nimmt eine lange heiße Dusche und ist eben beim Anziehen, als das Telefon klingelt.

»Conrad! Billy Roth!« sagt die volle, dienstfertige Stimme des Stabschefs im Bürgermeisteramt. »Na, Großer, wie geht's unserem Helden denn so?«

»Prima.«

»Wieder auf dem Damm?«

»Absolut, Billy.«

»He, was die Suspendierung angeht, ich soll dir von Seiner Gnaden ausrichten, das geht noch zwei Wochen, damit die Liberalen zufrieden sind, dann stellen wir dich wieder ein. Ich meine, wenn man bedenkt, daß du die Waffe schließlich nicht ganz aus dem Halfter hattest«, sagt Billy langsam, um Voort wissen zu lassen, daß man die Geschichte »zurechtrücken« wird, »und wenn man bedenkt, wie es ausging, wird kein Mensch daraus ein Problem machen.«

»Sicher. Ich hab sie ja nicht gezogen.«

»Kleiner bezahlter Urlaub, okay?«

»Kann nie schaden.«

»El Supremo fragt sich, ob du nächsten Mittwoch nicht Lust auf ein Frühstück bei Gracie hast? Da bist du bereits wieder im Dienst, und es kommen ein paar Jungs, nette Leute, von denen wir denken, daß du sie gern kennenlernen würdest.«

»Und was kostet mich der Spaß?«

»Es ist keine Spendenfeier!«

»Wenn du kommst, Billy? Unmöglich.«

»Jetzt bin ich aber beleidigt, Voort. Was ist, traust du uns nicht? Es geht um Law and Order. Cranston, Melnick, Richards«, sagt Billy und nennt damit einige große Geldgeber, Immobilienmakler, Typen, die in Sachen Gesetz und Ordnung eine harte Position vertreten und wahrscheinlich wütend über Voorts Suspendierung sind. »El Supremo will ihnen zeigen, daß er voll und ganz hinter dir steht.«

»Billy, tu mir 'n Gefallen. Sorg dieses Mal wenigstens für was Richtiges zu essen – nicht wieder Marmeladencroissants.«

Draußen scheint die Sonne. Voort zieht seine dunkelbraune Cordhose an, die weichen Slipper und einen waldgrünen Pulli aus schottischem Kaschmir, den er letztes Jahr vom Golfurlaub in St. Andrews mitgebracht hat. Er nimmt die Windjacke mit dem Reißverschluß, von L. L. Bean, und tritt hinaus ins Sonnenlicht auf die Treppe vor seinem Haus. Es ist ein strahlender Tag, kalt und schön. Die ganze Straße riecht nach verbranntem Holz.

Voort geht zu Fuß hinüber zum Klinikum der New Yorker Universität. Er nimmt den Aufzug in den fünften Stock, wo Camilla liegt. Als er in ihr Zimmer tritt, sitzt sie von ein paar Kissen im Rücken gestützt im Bett und unterhält sich mit Kenny, der fit und muskulös aussieht, in seinem blauen Rollkragenpulli und den engen Jeans. In einer Vase auf ihrem Nachttisch stehen frische Rosen. Der Tänzer redet leise und sanft auf sie ein. Er sitzt neben dem Bett, steht aber auf, als er Voort sieht, und drückt ihm die Hand.

»Verdammt, Voort«, sagt Kenny mit aufrichtiger Ergriffenheit. »Lassen Sie mich Ihnen für die Rettung Camillas danken. Ich schätze, ich habe wohl immer gewußt, daß ich sie letztendlich nicht kriege. Ich hoffe, Sie haben mehr Glück als ich.«

»Danke. Wie geht's uns denn heute morgen, Cam?« sagt Voort, als Kenny zum Abschied winkt, ein trauriges Aufbäumen der Hand, während er zur Tür hinausgeht.

»Prima.« Ihr Handy klingelt. Man ruft sie fünfzigmal pro

Tag aus dem Büro an, selbst im Krankenhaus. Es gibt ein Problem mit einer Sendung aus Atlanta. Irgend etwas mit dem Ankauf von Satellitenzeit. Camilla bellt in den Apparat: »Wenn sie nicht spuren, laß Tucker eben das ganze Scheißding kippen!«

Voort grinst. Es muß ihr wohl wieder bessergehen, wenn sie schon wieder wie ein Bierkutscher flucht.

»Ich war nicht so ganz bei mir, als du mir das am Freitag zu erklären versucht hast«, sagt sie zu ihm, »aber ich komme einfach nicht drauf, und in den Zeitungen steht's auch nicht so genau, wie Mickie uns da draußen gefunden hat.«

Voort zieht sich einen Stuhl neben Camilla, nahe genug, um, über den Geruch von Alkohol und Lysol hinweg, ihr Parfum und den Duft ihrer Haut zu riechen.

»Indem er Bainbridges Haus verlassen hat, was er genaugenommen nicht durfte. Er hat die Durchsuchung einem anderen übertragen. Als dein Car Service bei der Polizei anrief, um sich über mich zu beschweren, bekam Mickie mit, wie die Order an mich rausging, mich sofort im Präsidium zu melden. Er wußte, daß ich auf dem Weg zum Bootshaus war, und er wußte, daß Bainbridge es auf dich abgesehen hatte.

Mickie mag dich, Camilla. Er wollte nicht das Risiko eingehen, daß unsere Jungs womöglich zu spät zum Bootshaus kommen. Also hat er einen Freund vom Wasserschutz im Hafen angerufen, fuhr auf die andere Seite und wurde an der 97. von einer Polizeibarkasse abgeholt. Er wußte ja, daß mit dem Wagen nichts ging, also nahm er die Barkasse downtown.«

Camilla nickt. »Und als er am Bootshaus anlegte, war es leer.«

»Richtig. Die Tür steht offen, die Kajaks sind fort. Er sieht die Patrone auf dem Boden und kann sich ausrechnen, daß ich dir gefolgt bin, auf dem Wasser.«

Camilla sagt: »Aber wie konnte er wissen, welche Richtung ich eingeschlagen habe?«

Voort zuckt die Achseln. »Die Jungs von der Polizeibarkasse sind einfach der Strömung nach. Schließlich geht es auf dem Fluß immer nur in eine Richtung. Dann haben sie den Schuß gehört. Da hatte der Nebel sich schon gelichtet, und sie konnten uns sehen.«

»Ziemlich guter Partner«, sagt Camilla. »Dein Mickie.«

»Loyal«, sagt Voort mit einem Blick in ihre Augen.

»Verläßlich«, sagt sie, verlegen.

»Hundertprozentig.«

Sie starren einander nur an. Das Zimmer geht nach Osten hinaus auf den East River, und über das Bett hinaus sieht er die Türmchen der Queensboro Bridge und den Dampf, der von der grünen Fläche darunter aufsteigt. Er sieht Roosevelt Island und die Straßenbahn, die Menschen in die Stadt bringt. Ein Hubschrauber kommt gerade vom Kennedy Airport herüber in Richtung des Landeplatzes am Fluß, als er sie sagen hört: »Tut mir leid, Voort.«

»Ich weiß.«

»Ich denke, ich wußte von Anfang an, daß Kenny nichts damit zu tun hat, daß ich nicht mehr mit dir zusammen sein wollte. Es liegt an mir, Voort, schlicht und ergreifend. Ich werde ihn nicht mehr sehen, aber wenn ich jetzt zu dir zurückgehen würde, dann aus den falschen Gründen. Ich brauche Zeit, allein, um mir über einiges klar zu werden.«

Voort sagt: »Schon gut.«

»Tatsächlich?« Sie sieht ihn interessiert an und sagt dann traurig: »Aber du wartest nicht.«

»Camilla, ich habe mich in dich verliebt. Was immer ich tue, es ist keine Strategie dahinter. Ich handle nach meinem Gefühl.«

Sie lächelt. »Entweder oder, was?«

Voort beugt sich vor, küßt sie auf die Stirn, die noch immer ein bißchen zu heiß ist. Sie hat ein wenig Fieber.

»Paß auf dich auf«, sagt er. »Wer weiß schon, was passiert?«

Unten angekommen, verläßt Voort das Krankenhaus und geht in westliche Richtung, die 32. Straße entlang.

Er hat keine Eile, niemand hetzt ihn. Am Nachmittag wird er sich in den Jaguar setzen und in die Berge zum Skilaufen fahren. Einer der Voorts hat eine Pension im Norden von Albany, wo immer ein Zimmer für die Familie bereitsteht. Er wird dort übers Wochenende bleiben, mit den anderen Geschichten austauschen, am Montag wieder hier sein, wenn er das Gefühl hat, er sollte wieder zur Arbeit gehen.

Voort erreicht die Seventh Avenue, wo er sich nach Süden wendet, und schlendert nach Greenwich Village. Er geht in ein Blumengeschäft und kauft einen Strauß Wintertulpen. Er läßt sie sich einwickeln, in knisterndes neues Papier, und geht mit ihnen hinunter zum Sheridan Square.

In der Bank an der 44. West herrscht reger Betrieb, als er eintritt. Eine lange Schlange steht vor dem Geldschalter an. Voort bahnt sich seinen Weg zum Schalter der Kundenbetreuung und sieht dahinter, im hinteren Teil der Bank, die Filialleiterin, die an ihrem Computer sitzt.

Shari blickt auf und sieht ihn. Sie hat einen unglaublich reizenden Gang, wie ihm wieder bewußt wird, als sie auf ihn zukommt. Heute trägt sie ein anderes Kostüm, auch dieses auf Taille gearbeitet, grau mit beigen Nadelstreifen, und hochhackige dunkelblaue Pumps.

»Ich habe mich so gefreut«, sagt sie mit einem Blick auf die Blumen, »als ich in den Nachrichten hörte, daß Sie wohlauf sind.«

Irgend etwas regt sich in ihm. Es ist nicht Liebe, aber es lebt, und mit Kummer hat es auch nichts zu tun.

Voort hält ihr die Blumen hin.

»Um ehrlich zu sein, es wird noch einige Zeit dauern, bis ich über sie hinweg bin«, sagt er, »aber falls Ihr Angebot noch steht, wie wär's dann jetzt mit der Tasse Kaffee?«

Dank

Ein ganz spezielles Dankeschön an Kim Addonizio für ihren Rat und die Erlaubnis, einige Zeilen aus ihrem wunderbaren Gedicht »Full Moon« zu zitieren; und dann an Ted Conover, Phil Gerard, Bruce Weber, Ariel Reiss, Ken und Ann Smith, Steve Rabinowitz, Dan Katz, Ira Rosen und Phyllis McGrady für die ausgezeichneten Hinweise auf Fachliteratur, und vor allem an Wendy Roth.